HAFFMANS KRIMINALROMANE
BEI HEYNE

LAWRENCE BLOCK

Der Privatclub

EIN MATTHEW-SCUDDER-KRIMINALROMAN

AUS DEM AMERIKANISCHEN
VON
SEPP LEEB

WILHELM HEYNE VERLAG
MÜNCHEN

HAFFMANS KRIMINALROMANE BEI HEYNE
Herausgegeben von Gerd Haffmans und Bernhard Matt
Nr. 05/135. Im Juni 1996.

Die Originalausgabe
»A Long Line of Dead Men«
erschien 1994 bei William Morrow and Company, Inc., New York.

Für Jerrold Mundis

*Und auch für Phil Brothman, Jerry Carp,
Jerry Carrel, Joel Daniels, Eddie Fischman,
Paul Gandel, Steve Greenberg, Mel Hurwitz,
Symmie Jacobson, Artie Judelsohn, Don Kohnstamm, Bruce
Kramer, Dave Krantz, Lew Lansky,
Dick Lederman, Dave Leff und Dave Stiller sowie zum Gedenken an Rett Goldberg und Mike Woldman*

Umwelthinweis:
Dieses Buch wurde auf
chlor- und säurefreiem Papier gedruckt.

Deutsche Erstausgabe

Printed in Germany 1996
Konzeption und Gestaltung: Urs Jakob
Umschlagillustration: Michael Haussmann, München
Umschlaggestaltung: Atelier Ingrid Schütz, München
Satz: Wolfgang Taschner, Wörthsee
Druck und Bindung: Ebner Ulm

ISBN 3-453-10866-3

I that in heill wes and gladness,
Am trublit now with gret seiknes,
And feblit with infermitie;
Timor mortis conturbat me.

Our plesance here is all vain glory,
This fals world is but transitory,
The flesche ist brukke, the Feynd is slee;
Timor mortis conturbat me.

The stait of man does change and vary,
Now sound, now seik, now blith, now sary,
now dansand mery, now like to dee;
Timor mortis conturbat me.

On to the dead gois all Estatis,
Princis, prelotis, and Potestatis,
Baith rich and pur of all degree;
Timor mortis conturbat me.

He sparis no lord for his piscence,
Na clerk for his intelligence;
His awfull straik may no man flee;
Timor mortis conturbat me.

Sen he hes all my brether tane,
He will nocht lat me lif alane,
On force I mun his next prey be;
Timor mortis conturbat me.

WILLIAM DUNBAR
Lament for the Makers

Look at the mourners:
Bloody great hypocrites!
Isn't it grand, boys, to be bloody well dead?
Let's not have a sniffle
Let's have a bloody good cry!
And always remember the longer you live
The sooner you'll bloody well die!

Irisches Wiegenlied

1

Es muß gegen neun Uhr gewesen sein, als der alte Mann aufstand und mit dem Löffel gegen sein Wasserglas schlug. Die Gespräche ringsum verstummten. Er wartete, bis völlige Stille eingetreten war, dann ließ er lange den Blick durch den Raum wandern. Er nahm einen kleinen Schluck Wasser aus dem Glas, gegen das er geklopft hatte, stellte es auf den Tisch und legte die Hände flach links und rechts daneben.

Wie er nun so dastand, der knochige Körper vorgebeugt, die schmale Hakennase vorstehend, das weiße Haar glatt nach hinten frisiert, die blaßblauen Augen durch die dicken Brillengläser vergrößert, erinnerte er Lewis Hildebrand an die Galionsfigur am Bug eines Wikingerschiffs: an eine Art großen, idealisierten Raubvogel, der den Horizont absuchte und Meile um Meile, Jahr um Jahr sehen konnte. »Meine Herren«, sagte er. »Meine Freunde.« Er machte eine Pause und ließ den Blick noch einmal über die vier Tische im Raum wandern. »Meine Brüder.«

Er ließ die Worte nachhallen, bevor er ihren feierlichen Ernst mit einem kurzen Lächeln auflockerte. »Wie können wir Brüder sein, werden Sie fragen. Sie sind zwischen zweiundzwanzig und dreiunddreißig. Ich dagegen habe es irgendwie geschafft, fünfundachtzig Jahre alt zu werden. Ich könnte der Großvater des ältesten der hier Anwesenden sein. Doch Sie werden heute abend mit mir an etwas teilhaben, was sich über Jahre, über Jahrhunderte erstreckt. Und wir werden diesen Raum in der Tat als Brüder verlassen.«

Machte er eine Pause, um einen Schluck Wasser zu trinken? Nehmen wir einmal an, es war so. Und dann griff er in eine Tasche seiner Anzugjacke und zog ein Blatt Papier heraus.

»Ich muß Ihnen etwas vorlesen«, kündigte er an. »Es wird nicht lange dauern. Es ist eine Liste mit Namen. Dreißig Namen.« Er räusperte sich, dann neigte er den Kopf, um durch die untere Hälfte seiner Bifokalgläser auf die Liste zu sehen.

»Douglas Atwood«, begann er vorzulesen. »Raymond Andrew White. Lyman Baldridge. John Peter Garrity. Paul Goldenberg. John Mercer ...«

Die Namen habe ich frei erfunden. Es gibt keine Abschrift der Liste, und Lewis Hildebrand konnte sich an keinen der Namen erinnern, die der alte Mann verlesen hatte. Er hatte den Eindruck, daß die meisten englisch oder schottisch-irisch waren, mit ein paar Juden darunter, ein paar Iren und einer Handvoll, die wahrscheinlich holländisch oder deutsch waren. Die Namen befanden sich nicht in alphabetischer Reihenfolge, noch war ihre Anordnung sonst einem erkennbaren Schema unterworfen; erst später erfuhr Hildebrand, daß der alte Mann die Namen in der Reihenfolge ihres Todes verlesen hatte. Der Träger des ersten vorgelesenen Namens – nicht Douglas Atwood, auch wenn ich ihn so genannt habe – war als erster gestorben.

Es hatte Lewis Hildebrand fast zu Tränen gerührt, den Worten des alten Mannes zu lauschen und die Namen von den holzvertäfelten Wänden des Raums widerhallen zu hören, wie Erdklumpen, die auf einen Sargdeckel fallen. Er hatte das Gefühl, als hätte sich der Boden unter seinen Füßen aufgetan und als blickte er in eine unendliche Leere. Nachdem der letzte Name verlesen war, trat eine längere Pause ein, und es schien ihm, als wäre die Zeit stehengeblieben, als zöge sich das Schweigen endlos hin.

Der alte Mann brach es. Er nahm ein Zippo-Feuerzeug aus seiner Brusttasche, schnippte den Deckel zurück und strich mit dem Daumen über das Rädchen. Er zündete eine Ecke des Blatts Papier an und hielt es am gegenüberliegenden Ende, während es verbrannte. Als die Flammen das Blatt fast ganz verzehrt hatten, legte er, was davon noch übrig war, in einen Aschenbecher und wartete, bis es zu Asche geworden war.

»Sie werden diese Namen nun nie mehr hören«, erklärte er ihnen. »Sie sind jetzt für immer von uns gegangen, dorthin, wo die Toten sind. Ihr Kapitel ist abgeschlossen. Unseres hat eben begonnen.«

Er hatte das Feuerzeug immer noch in der Hand, und nun hielt er es hoch, zündete es an und ließ es zuschnappen. »Heute ist der vierte Tag im Mai des Jahres 1961«, sagte er. »Als ich zum erstenmal mit den dreißig Männern zusammensaß, deren Namen ich Ihnen vorgelesen habe, war der 3. Mai, und wir schrieben das Jahr 1899. Der Spanisch-amerikanische Krieg war gerade zehn Monate zu Ende gegangen. Ich selbst war damals dreiundzwanzig Jahre alt, nur ein Jahr älter als der jüngste von Ihnen. Ich hatte nicht in diesem Krieg gekämpft, aber es waren Männer unter uns, die das getan hatten. Und ein Mann war dabei, der im Krieg gegen Mexiko unter Zachary Taylor gedient hatte. Wenn ich mich recht entsinne, war er achtundsiebzig Jahre alt, und ich saß da und hörte zu, wie er die Namen von dreißig Männern verlas, von denen ich nie etwas gehört hatte. Und ich sah ihm zu, wie er die Liste mit diesen Namen verbrannte. Allerdings zündete er sie mit einem brennenden Streichholz an. Damals gab es noch keine Zippo-Feuerzeuge. Und dieser Herr – ich könnte Ihnen seinen Namen zwar sagen, aber ich werde es nicht tun, ich habe ihn vor wenigen Minuten zum letztenmal in den Mund genommen – dieser Herr war zwanzig oder fünfundzwanzig gewesen, als er einen anderen alten Mann eine Namensliste verbrennen gesehen hatte. Das müßte also demnach wann gewesen sein? Anfang der vierziger Jahre des vorigen Jahrhunderts, würde ich sagen. Gab es damals schon Streichhölzer? Ich glaube nicht, daß es welche gab. Wahrscheinlich brannte ein Feuer im Herd, und vermutlich warf der Mann – und *seinen* Namen könnte ich Ihnen nicht einmal sagen, wenn ich es wollte – vermutlich warf dieser Mann die Liste ins Feuer.

Ich weiß weder wann noch wo dieses Treffen stattgefunden hat. Mein erstes Treffen war, wie gesagt, 1899, und wir waren einunddreißig Männer, die sich in einem separaten Speisesaal im ersten Stock von John Durlach's Restaurant am Union Square versammelt hatten. Das Lokal existiert schon lange nicht mehr, ebensowenig wie das Gebäude, in dem es sich befand; mittlerweile steht dort Klein's Department Store. Als das Durlach's schloß, probierten wir jedes Jahr ein anderes Restaurant aus, bis wir schließlich in Ben Zeller's Steakhouse blieben. Dort trafen wir uns viele Jahre, doch dann wechselte das Lokal vor zwanzig Jahren zu unserem Leidwesen den Besitzer. Darauf kamen wir hierher, ins Cunningham's, und sind seitdem hier geblieben. Letztes Jahr waren wir zu zweit. Dieses Jahr sind wir einunddreißig.«

Und wo war Matthew Scudder am vierten Mai im Jahr des Herrn 1961?

Ich könnte im Cunningham's gewesen sein. Nicht in einem der separaten Speisesäle, bei dem alten Mann und seinen dreißig neuen Brüdern, aber ich könnte an der Bar gestanden oder an einem Tisch im großen Hauptspeisesaal gesessen haben oder in dem kleineren Grillroom, den Vince Mahaffey so gern mochte. Ich war damals zweiundzwanzig, und bis zu meinem dreiundzwanzigsten Geburtstag waren es keine zwei Wochen mehr. Seit ich das erste Mal gewählt hatte, waren sechs Monate vergangen. (Damals hatten sie das Wahlalter noch nicht auf achtzehn runtergesetzt.) Ich stimmte für Kennedy. Allem Anschein nach taten das auch ein ganzer Haufen Tote und Halbverweste in Cook County, Illinois, und er gewann um Haaresbreite.

Ich war noch Junggeselle, obwohl ich bereits das Mädchen kennengelernt hatte, das ich bald heiraten sollte, um mich später wieder von ihr scheiden zu lassen. Ich kam gerade frisch von der Police Academy, und sie hatten mich in ein Revier in Brooklyn versetzt und mit Mahaffey zusammengesteckt, wahrscheinlich weil sie dachten, ich könne was von ihm lernen. Er brachte mir auch eine Menge bei, allerdings auch manches, was sie bestimmt nicht so gern gesehen hätten.

Das Cunningham's war ein Lokal ganz nach Mahaffeys Geschmack mit viel dunklem Holz, rotem Leder und blankpoliertem Messing, mit jeder Menge Tabakqualm in der Luft und vorwiegend Hochprozentigem in den Gläsern. Sie hatten eine anständige Auswahl an Rindfleisch- und Fischgerichten auf der Speisekarte, aber ich glaube, ich aß jedesmal, wenn ich da war, das gleiche – einen Shrimp-Cocktail, ein dickes Sirloin Steak und eine gebackene Kartoffel mit Sauerrahm. Zum Nachtisch Kuchen, Pekannuß oder Apfel und eine Tasse Kaffee, so stark, daß man drauf Rollschuh fahren konnte. Und natürlich die scharfen Sachen. Als Starter einen Martini, eiskalt und knochentrocken und praktisch pur, nur mit einem Schuß. Und nach dem Essen einen Brandy, zur Verdauung. Und zu guter Letzt einen kleinen Whiskey, um einen klaren Kopf zu kriegen.

Mahaffey brachte mir bei, wie man mit dem Gehalt eines Streifenpolizisten gut ißt. »Wenn ein Dollarschein vom Himmel herunterschwebt und zufällig in deiner ausgestreckten Hand landet«, sagte er, »mach die Hand zu und preise den Herrn.« Tatsächlich regneten nicht wenige Dollars auf uns nieder, und wir kamen zu einer Menge guter Mahlzeiten. Sicher hätten wir mehr davon im Cunningham's gegessen, wenn es nicht etwas ungünstig gelegen wäre. Es war in

Chelsea, in der Seventh Avenue, Ecke Twenty-third Street, und wir waren auf der anderen Seite des Flusses in Brooklyn, nur fünf Minuten vom Peter Luger's. Dort konnte man genau das gleiche Essen bekommen, in ziemlich genau der gleichen Atmosphäre.

Das kann man auch heute noch, aber das Cunningham's existiert nicht mehr. Irgendwann Anfang der siebziger Jahre haben sie dort ihr letztes Steak serviert. Irgend jemand hat das Haus gekauft und abgerissen, um ein zweiundzwanzigstöckiges Apartmenthaus hochzuziehen. Nachdem ich zum Detective befördert worden war, tat ich ein paar Jahre im 6. Revier in Greenwich Village Dienst, ungefähr eine Meile vom Cunningham's. Ich schätze, ich ging in dieser Zeit ein- oder zweimal im Monat hin. Aber bis sie dichtmachten, hatte ich meine goldene Dienstmarke abgegeben und mich in einem kleinen Hotelzimmer in der West Fifty-seventh Street einquartiert. Die meiste Zeit verbrachte ich in Jimmy Armstongs Kneipe gleich um die Ecke. Ich nahm dort meine Mahlzeiten zu mir, traf meine Freunde, wickelte an meinem Stammplatz im hinteren Teil meine Geschäfte ab und sprach vor allem kräftig dem Alkohol zu. Deshalb bekam ich nicht mit, als das Cunningham's Steak House, gegr. 1918, seine Pforten schloß. Irgendwann muß mir aber dann irgendwer davon erzählt haben, und ich schätze, auf diese Neuigkeit hin brauchte ich erst mal was zu trinken. Das brauchte ich damals bei fast allem.

Doch wenden wir uns wieder dem Cunningham's zu, und jenem ersten Donnerstag im Mai 1961. Der alte Mann – warum nennen wir ihn überhaupt so? Er hieß Homer Champney, und er erzählte ihnen von den Anfängen.

»Wir sind ein Club mit einunddreißig Mitgliedern«, sagte er. »Wie bereits gesagt, reicht meine Mitgliedschaft bis ins letzte Jahr des letzten Jahrhunderts zurück, und der Mann, der bei meinem ersten Treffen gesprochen hat, wurde acht Jahre nach dem 1812er Krieg geboren. Und wer hat bei *seinem* ersten Treffen gesprochen? Und wann sind die ersten einunddreißig zusammengetreten und haben gelobt, so lange einmal im Jahr zusammenzukommen, bis nur noch einer von ihnen am Leben wäre?

Ich weiß es nicht. Niemand weiß es. Im Lauf der Jahrhunderte sind in verschiedenen obskuren Geschichtswerken vereinzelte vage Hinweise auf solche Clubs der Einunddreißig aufgetaucht. Meine eigenen Nachforschungen haben ergeben, daß der erste Club der Einunddreißig vor über vierhundert Jahren aus den Freimaurern hervorgegangen sein dürfte, allerdings läßt eine Stelle aus dem Hammurabi-Kodex darauf schließen, daß es schon im alten Babylon einen Club der Einunddreißig gegeben hat und daß ein anderer, oder vielleicht ein Ableger des babylonischen, zur Zeit Christi unter den essenischen Juden existiert hat. Eine Quelle legt den Schluß nahe, daß Mozart einem solchen Club angehört hat, und ähnliche Gerüchte sind auch über Benjamin Franklin, Sir Isaac Newton und Dr. Samuel Johnson laut geworden. Es entzieht sich unserer Kenntnis, wie viele Clubs im Lauf der Jahre entstanden sind und wie viele über Generationen hinweg Bestand hatten. Das Prinzip ist ganz einfach. Einunddreißig Männer von ehrenhaftem Charakter verpflichten sich, jedes Jahr am ersten Donnerstag im Mai zusammenzutreten. Sie essen und trinken, sie berichten von den Veränderungen, die das vergangene Jahr für sie mit sich gebracht hat, und sie nehmen in Ehrfurcht das Dahinscheiden jener Mitglieder zur Kenntnis, die der Tod ereilt hat. Jedes Jahr verlesen wir die Namen der Verstorbenen.

Ist von den einunddreißig nur noch ein Mann übrig, tut er, was ich getan habe. Er wählt dreißig geeignete Kandidaten für die Mitgliedschaft aus und führt sie an einem vorher verabredeten Abend zusammen.

Er liest ihnen, wie ich das getan habe, die Namen seiner dreißig verstorbenen Brüder vor. Er verbrennt die Liste der Namen, schließt ein Kapitel ab und eröffnet ein neues.

Und so geht es dann weiter, meine Brüder. Immer weiter.«

Lewis Hildebrand zufolge war das Bemerkenswerteste an Homer Champney seine Energie. Er war schon lang vor jenem Abend des Jahres 1961 in den Ruhestand getreten, hatte die kleine Produktionsfirma, die er gegründet hatte, verkauft und war finanziell offensichtlich ganz gut gestellt. Angefangen hatte er jedoch in der Verkaufsabteilung, und Hildebrand konnte sich gut vorstellen, daß er ein richtiges Verkaufstalent gewesen sein mußte. Aus irgendeinem Grund hing man ihm förmlich an den Lippen, und je länger er sprach, desto leidenschaftlicher wurde er, und desto mehr wollte man hören von dem, was er zu sagen hatte.

»Sie kennen sich untereinander so gut wie gar nicht«, fuhr er fort. »Vielleicht haben Sie den einen oder anderen der hier anwesenden Herren schon vor heute abend gekannt. Möglicherweise sind sogar drei oder vier unter ihnen, die Sie zu Ihren Freunden zählen. Abgesehen von bereits bestehenden Freundschaften ist es jedoch höchst unwahrscheinlich, daß sich Ihr künftiges gesellschaftliches Umfeld aus den in diesem Raum Anwesenden rekrutieren wird. Denn diese Gruppe, diese Gemeinschaft hat nichts mit Freundschaft im üblichen Sinn zu tun. Hier geht es nicht um soziale Kontakte oder Vetternwirtschaft. Wir sind nicht hier, um Börsentips auszutauschen oder uns gegenseitig Versicherungen zu verkaufen. Wir sind fest vereint, meine Brüder, denn wir beschreiten einen sehr schmalen Pfad, der auf ein ganz spezielles Ziel zuführt. Wir beurteilen die Fortschritte, die jeder von uns auf dem langen Weg bis in sein Grab macht.

Die Mitgliedschaft ist nur mit wenigen Verpflichtungen verbunden. Es gibt keine Monatsversammlungen, an denen Sie teilnehmen, keine Ausschüsse, in denen Sie mitarbeiten müssen. Sie bekommen keinen Mitgliedsausweis und müssen außer Ihrem Anteil an den Kosten des Jahresessens keine Beiträge entrichten. Ihre einzige Verpflichtung besteht darin, und diesen Punkt bitte ich Sie wirklich ernst zu nehmen, daß Sie jedes Jahr an dem Treffen am ersten Donnerstag im Mai teilnehmen.

Es wird Zeiten geben, in denen Sie vielleicht nicht erscheinen wollen, in denen Ihnen die Teilnahme äußerst ungelegen kommt. Ich ersuche Sie, diese eine Verpflichtung als unumstößlich zu betrachten. Einige von Ihnen werden in eine andere Stadt ziehen und es als Belastung empfinden, einmal im Jahr nach New York kommen zu müssen. Und es wird Zeiten geben, in denen Ihnen der Club selbst lächerlich erscheinen wird, in denen Sie ihn als etwas betrachten werden, dem Sie längst entwachsen sind, als einen Bestandteil Ihres Lebens, mit dem Sie nichts mehr zu tun haben möchten. Tun Sie das nicht! Der Club der Einunddreißig nimmt nur sehr wenig Platz im Leben eines jeden Mitglieds ein. Er beansprucht nur einen einzigen Abend im Jahr. Und doch gibt er unserem Leben eine Zielgerichtetheit, wie sie andere Menschen nie kennenlernen. Meine jungen Brüder, Sie sind Glieder einer Kette, die ohne Unterbrechung in die Gründungsphase dieser Republik zurückreicht, und Sie sind Teil einer Tradition, deren Wurzeln bis ins alte Babylon zurückreichen. Jeder Mann in diesem Raum, jeder Mensch, der je geboren wurde, verbringt sein Leben damit, dem Tod entgegenzugehen. Mit jedem Tag macht er einen weiteren Schritt in Richtung Tod. Allein ist dieser Weg sehr schwer zu beschreiten, wesentlich schwerer als in guter Gesellschaft.

Und falls Ihr Weg der längste ist und sich herausstellen sollte, daß Sie ihn als letzter beenden, haben Sie noch eine weitere Verpflichtung. An Ihnen wird es dann sein, dreißig junge Männer zu finden, dreißig vielversprechende Männer zusammenzuführen, wie ich Sie zusammengeführt habe, um der Kette ein weiteres Glied hinzuzufügen.«

Es schien Lewis Hildebrand etwas peinlich zu sein, als er Champneys Worte drei Jahrzehnte später wiederholte. Er meinte, das Ganze höre sich wahrscheinlich ein bißchen kindisch an, aber nicht, wenn man es Homer Champney hatte sagen hören.

Die Energie des alten Mannes sei ansteckend gewesen, sagte er. Sein Fieber sprang regelrecht auf einen über, wobei es jedoch nicht so war, daß einen seine Begeisterung nur wie ein kurzer Rausch erfaßte. Denn später, wenn man wieder auf den Teppich kam, kaufte man ihm immer noch ab, was er einem angedreht hatte. Er hatte einem nämlich etwas vor Augen geführt, was man sonst nie gesehen hätte.

»Wir werden heute abend noch einen Programmpunkt abhaken«, fuhr Champney fort. »Wir gehen dabei reihum vor. Jeder von Ihnen wird aufstehen und uns vier Dinge über sich sagen. Seinen Namen, sein Alter, das interessanteste Faktum, das er über sich erzählen kann, und was er jetzt, in diesem Moment, darüber empfindet, daß er sich mit seinen dreißig Weggefährten auf diese lange Reise begibt.

Obwohl ich wahrscheinlich schon alle vier Fragen beantwortet habe, werde ich den Anfang machen. Also gut. Ich heiße Homer Gray Champney. Ich bin fünfundachtzig Jahre alt. Das Interessanteste, was mir zu meiner Person einfällt, abgesehen davon, daß ich das einzige noch lebende Mitglied des vorigen Kapitels des Clubs bin, dürfte sein, daß ich Präsident William McKinley die Hand geschüttelt habe, und zwar weniger als eine Stunde, bevor er von diesem Anarchisten – wie hieß er doch gleich wieder? –

ermordet wurde. Czolgosz. Natürlich, Leon Czolgosz. Wer könnte diesen armen, irregeleiteten Menschen vergessen?

Und was empfinde ich in Hinblick auf das, was wir heute abend tun? Nun, meine jungen Freunde, ich bin richtig aufgeregt. Ich gebe die Fackel weiter, und ich weiß, ich lege sie in gute und fähige Hände. Seit dem Moment, in dem ich vom Tod des letzten Mitgliedes der alten Gruppe erfahren habe, werde ich von schrecklicher Angst geplagt, ich könnte sterben, bevor ich meine Mission erfüllt habe. Deshalb empfinde ich auch große Erleichterung und ein Gefühl, ja, ein Gefühl großer Erwartung.

Aber ich rede schon viel zu viel. Eigentlich genügen vier Sätze vollauf. Name, Alter, Faktum, Gefühl. Wir beginnen, glaube ich, bei diesem Tisch, mit Ihnen, Ken, und dann machen wir einfach im Kreis herum weiter ...«

»Ich bin Kendall McGarry, ich bin vierundzwanzig, und das Interessanteste an mir ist, daß einer meiner Vorfahren die Unabhängigkeitserklärung unterzeichnet hat. Was für ein Gefühl ich dabei habe, dem Club beizutreten, weiß ich nicht. Ich bin ein bißchen aufgeregt, schätze ich, und ich habe das Gefühl, daß es ein wichtiger Schritt ist, obwohl ich nicht recht verstehen kann, wieso das eigentlich so ist. Schließlich treffen wir uns ja nur einen Abend im Jahr ...«

»John Youngdahl, siebenundzwanzig. Das Interessanteste ... das heißt, mehr oder weniger das *einzig* Wichtige, was mir im Moment einfällt, ist, daß ich Sonntag in einer Woche heiraten werde. Deswegen bin ich dermaßen durcheinander, daß ich Ihnen nicht sagen kann, was ich wegen was anderem empfinde, aber ich muß sagen, ich bin froh, hier zu sein und an all dem hier teilhaben zu dürfen ...«

»Ich bin Bob Berk. Und zwar B-e-r-k geschrieben, nicht Burke. Ich bin also jüdischer Abstammung, nicht irischer, und ich weiß nicht, warum ich das eigentlich erwähne. Vielleicht ist *das* das Interessanteste an mir. Nicht daß ich Jude bin, sondern daß es das erste ist, was mir über die Lippen kommt. Ach, und ich bin fünfundzwanzig, und was in mir vorgeht? Ich habe das Gefühl, daß Sie alle hierhergehören und ich nicht, aber das Gefühl habe ich immer, und wahrscheinlich bin ich auch nicht der einzige hier, dem es so geht, oder? Oder vielleicht doch, ich weiß auch nicht ...«

»Brian O'Hara, und zwar mit Apostroph und großem H, womit ich also Ire bin und kein Japaner ...«

»Ich bin Lewis Hildebrand. Ich bin fünfundzwanzig. Ich weiß nicht, ob das interessant ist, aber ich bin zu einem Achtel Tscherokese. Was meine Gefühle angeht, kann ich schwer sagen, was in mir vorgeht. Ich habe das Gefühl, Teil von etwas viel Größerem zu sein, als ich selbst bin, von etwas, das schon vor mir da war und über meinen Tod hinaus Bestand haben wird ...«

»Ich bin Gordon Walser, Alter dreißig Jahre. Ich bin Kundenbetreuer bei Stilwell Reade and Young. Bloß, wenn das das Interessanteste an mir ist, dann ist das ein bißchen wenig ... Na ja, da ist etwas, was kaum jemand über mich weiß. Ich wurde mit einem sechsten Finger an jeder Hand geboren und wurde mit sechs Monaten operiert. An der linken Hand kann man die Narbe sehen, aber an der rechten nicht ...«

»Ich bin James Severance ... Ich weiß nicht, was an mir interessant ist. Vielleicht ist das Interessanteste, daß ich jetzt zu Ihnen gehöre. Ich weiß nicht, was ich hier eigentlich soll, aber es sieht so aus wie eine entscheidende Wende ...«

»Ich heiße Bob Ripley, und ich kenne alle ›Ob du's glaubst oder nicht‹-Witze ... Bevor ich heute abend hierherkam, war ein Gedanke, der mir immer wieder kam, daß es was ganz schön Morbides hat, einem Club mit Leuten beizutreten, die bloß auf den Tod warten. Aber so ist es ganz und gar nicht. Ich kann Lew nur zustimmen, ich habe das Gefühl, an etwas Wichtigem beteiligt zu sein ...«

»... ich weiß, es ist abergläubisch, aber ich muß ständig daran denken, daß die Tatsache, daß wir uns ständig die Unausweichlichkeit des Todes vor Augen halten, sein Eintreten nur beschleunigen kann ...«

»... ein Autounfall am Abend meines High School-Abschlusses. Wir waren zu sechst im Chevy Impala meines besten Freunds, und alle anderen kamen ums Leben. Ich hatte nur einen Schlüsselbeinbruch und ein paar leichte Kratzer. Das ist das Interessanteste an mir, und das ist auch, was ich in Hinblick auf heute abend empfinde. Das Ganze ist jetzt schon acht Jahre her, aber seit diesem Tag kreisen meine Gedanken unablässig um den Tod ...«

»... ich glaube, die einzige Möglichkeit zu beschreiben, wie ich mich fühle, ist zu sagen, daß ich bisher nur einmal so etwas empfunden habe, und das war an dem Abend, an dem meine kleine Tochter geboren wurde ...«

Dreißig Männer, zwischen zweiundzwanzig und zweiunddreißig Jahre alt. Alle weiß, alle in und um New York City ansässig. Alle hatten ein College besucht, und die meisten hatten einen Abschluß. Mehr als die Hälfte waren verheiratet. Mehr als ein Drittel hatten Kinder. Einer oder zwei waren geschieden.

Inzwischen, zweiunddreißig Jahre später, war mehr als die Hälfte von ihnen tot.

2

Als ich Lewis Hildebrand zweiunddreißig Jahre und sechs Wochen, nachdem er Mitglied im Club der Einunddreißig geworden war, kennenlernte, hatte er eine Menge Haare verloren und um die Mitte ordentlich zugelegt. Sein blondes Haar, auf der Seite gescheitelt und glatt nach hinten frisiert, war an den Schläfen silbergrau. Er hatte ein breites, intelligentes Gesicht, große Hände, einen festen, aber nicht aggressiven Händedruck. Sein Anzug, blau mit einem kreidefarbenen Streifen, mußte tausend Dollar gekostet haben. Seine Armbanduhr war eine Zwanzig-Dollar-Timex.

Er hatte mich am Vortag spätnachmittags in meinem Hotelzimmer angerufen. Ich hatte das Zimmer immer noch, obwohl ich seit etwas mehr als einem Jahr mit Elaine in einer Wohnung genau gegenüber wohnte. Das Hotelzimmer war sozusagen mein Büro, obwohl es nicht gerade der ideale Ort war, um Klienten zu empfangen. Aber ich hatte ziemlich lange darin gelebt, und wie es schien, wollte ich es noch nicht aufgeben.

Er nannte mir seinen Namen und sagte, meinen habe er von Irwin Meisner. »Ich hätte gern mit Ihnen gesprochen«, sagte er. »Könnten wir uns vielleicht zum Mittagessen treffen? Eventuell schon morgen?«

»Kein Problem«, sagte ich. »Wenn es sehr dringend ist, ginge auch schon heute abend.«

»So dringend ist es nicht. Ich bin nicht mal sicher, ob es überhaupt dringend ist. Die Sache beschäftigt mich bloß ziemlich, deshalb möchte ich sie nicht mehr länger hinausschieben.« Er hätte von einem Zahnarzttermin oder seiner jährlichen Routineuntersuchung sprechen können. »Kennen Sie den Addison

Club? In der East Sixty-seventh? Und wäre Ihnen halb eins recht?«

Der Addison Club, benannt nach Joseph Addison, dem Essayisten aus dem achtzehnten Jahrhundert, befindet sich in einem fünfstöckigen Kalksteinbau auf der Südseite der Sixty-seventh Street zwischen Park Avenue und Lexington. Hildebrand hatte sich in Hörweite der Rezeption postiert, und als ich dem uniformierten Portier meinen Namen nannte, kam er auf mich zu und stellte sich mir vor. Im Speisesaal im ersten Stock lehnte er den ersten Tisch, den man ihm anbot, ab und entschied sich für einen in der hintersten Ecke.

»Einen San Giorgio on the rocks mit Schuß«, sagte er zum Kellner. Und mich fragte er: »Mögen Sie San Giorgio? Wenn ich hier bin, trinke ich immer einen. Man bekommt ihn nämlich nur in den wenigsten Restaurants. Im Prinzip ist es ein trockener italienischer Wermut, mit ein paar seltenen Kräutern drin. Sehr leicht. Die Zeiten, als ich mir zum Mittagessen noch einen Martini genehmigt habe, sind leider vorbei.«

»Ich werde irgendwann mal einen probieren«, sagte ich. »Aber heute nehme ich lieber ein Perrier.«

Für das Essen entschuldigte er sich im voraus. »Ein schönes Lokal, nicht? Und natürlich drängen sie einen nicht mit dem Essen, und die Tische sind sehr weit auseinander und zur Hälfte leer – damit wir uns ungestört unterhalten können. Wenn man nichts Ausgefallenes bestellt, ist die Küche ganz passabel. Ich nehme normalerweise den Grillteller.«

»Klingt nicht schlecht.«

»Und einen grünen Salat?«

»Einverstanden.«

Er schrieb die Bestellung aus und gab dem Kellner die Karte. »Privatclubs«, sagte er. »Eine vom Aussterben bedrohte Spezies. Angeblich ist der Addison ein

Club für Schriftsteller und Journalisten, aber schon seit Jahren kommen die Neuzugänge vorwiegend aus der Werbung und dem Verlagswesen. Wahrscheinlich nehmen Sie inzwischen sogar jeden, solange er nur einen Funken Verstand im Hirn, ein Scheckbuch und keine gravierenden Vorstrafen hat. Ich bin vor ungefähr fünfzehn Jahren beigetreten, als meine Frau und ich nach Stamford, Connecticut, hochgezogen sind. Damals kam es ziemlich oft vor, daß ich bis spät abends arbeitete und den letzten Zug verpaßte und in der Stadt bleiben mußte. Hotelzimmer kosten ein Vermögen, und außerdem kam ich mir immer ein bißchen zwielichtig vor, wenn ich mir ohne Gepäck ein Zimmer nahm. Hier haben sie im obersten Stock ein paar Zimmer, sehr reell, und man muß nicht lange vorbestellen. Ich hatte sowieso schon überlegt, ob ich beitreten soll, und das hat dann den Ausschlag gegeben.«

»Sie wohnen also in Connecticut?«

Er schüttelte den Kopf. »Wir sind vor fünf Jahren wieder in die Stadt gezogen – als unser jüngster Sohn mit dem Studium fertig wurde. Das heißt, eigentlich hat er es geschmissen. Wir wohnen nur ein paar Straßen weiter, und an einem Tag wie heute kann ich zu Fuß zur Arbeit gehen. Schöner Tag heute, nicht?«

»Ja.«

»New York im Juni eben. Ich war zwar nie im April in Paris, aber ich hab mir sagen lassen, das kann eine ganz schön feuchte und triste Angelegenheit werden. Der Mai ist wesentlich schöner, aber mit April hört sich die Songzeile wesentlich besser an. Die zusätzliche Silbe ist einfach nötig. Aber New York im Juni, da ist jedem klar, warum man darüber ein Lied schreiben könnte.«

Als der Kellner das Essen brachte, fragte mich Hildebrand, ob ich ein Bier dazu wolle. Ich lehnte dankend ab. Er sagte: »Ich nehme ein Alkoholfreies. Ich habe vergessen, welches Sie haben. Haben Sie O'Doul's?«

Sie hatten welches, und er bestellte eins und sah mich erwartungsvoll an. Ich schüttelte den Kopf. Alle alkoholfreien Biere und Weine enthalten zumindest Spuren von Alkohol. Ob genug, um einem trockenen Alkoholiker zu schaffen zu machen, sei dahingestellt, aber die Leute bei den Anonymen Alkoholikern, die behauptet haben, sie könnten problemlos Moussy oder O'Doul's oder Sharp's trinken, sind früher oder später auf stärkere Sachen umgestiegen.

Was wollte ich außerdem mit einem Bier, von dem man keinen Kick bekam?

Wir unterhielten uns über seine Arbeit – er war Teilhaber einer kleinen PR-Agentur – und über die Vorzüge, nach einer längeren Phase in den Vororten wieder in der Stadt zu leben. Hätten wir uns in seinem Büro getroffen, wären wir gleich zur Sache gekommen, doch statt dessen hielten wir uns an die traditionellen Regeln eines Geschäftsessens und sparten uns den geschäftlichen Teil auf, bis wir mit dem Essen fertig waren. Als der Kaffee kam, faßte er sich an die Brusttasche. Er mußte über sich selbst lächeln und sagte: »Schon komisch. Haben Sie gesehen, was ich eben gemacht habe?«

»Sie haben nach einer Zigarette gegriffen.«

»Genau das habe ich getan, und das, obwohl ich schon vor mehr als zwölf Jahren damit aufgehört habe. Haben Sie mal geraucht?«

»Nicht richtig.«

»Nicht richtig?«

»Ich habe nie regelmäßig geraucht«, erklärte ich ihm. »Vielleicht einmal im Jahr hab ich mir eine Schachtel Zigaretten gekauft und fünf oder sechs Stück geraucht. Aber dann hab ich die Packung weggeworfen und ein Jahr lang keine Zigarette mehr angerührt.«

»Na, so was. Das ist das erste Mal, daß ich von jemand höre, der Tabak rauchen kann, ohne süchtig danach zu werden. Dann sind Sie wohl grundsätzlich kein suchtgefährdeter Typ.« Dazu dachte ich mir meinen Teil. »Mit dem Rauchen aufzuhören war das Schwerste, was ich in meinem ganzen Leben getan habe. Manchmal denke ich sogar, es war das einzig Schwierige, was ich je getan habe. Ich träume immer noch ab und zu, daß ich wieder damit angefangen habe. Machen Sie das immer noch? Einmal im Jahr ein paar rauchen?«

»O nein. Es ist schon über zehn Jahre her, daß ich eine Zigarette geraucht habe.«

»Also, ich kann nur sagen, ich bin froh, daß keine offene Schachtel auf dem Tisch liegt. Matt« – inzwischen waren wir bei Matt und Lew angelangt – »darf ich Sie was fragen? Haben Sie schon mal was von einem Club der Einunddreißig gehört?«

»Einem Club der Einunddreißig? Mit dem Club hier hat das aber vermutlich nichts zu tun, oder?«

»Nein.«

»Ich hab natürlich von diesem Restaurant gehört. Dem ›Twenty-one‹. Aber ich glaube nicht ...«

»Es ist kein Club mit festen Räumlichkeiten, wie der Harvard Club oder der Addison. Und auch kein Restaurant wie das Twenty-one. Es ist eine ganz spezielle Art von Club. Am besten, ich erkläre es Ihnen einfach mal.« Die Erklärung war lang und gründlich. Sobald er in Fahrt gekommen war, schilderte er mir diesen Abend im Mai 1961 in allen Einzelheiten. Er war ein guter Erzähler; ich konnte den Speisesaal und die vier runden Tische förmlich vor mir sehen (acht Männer an drei davon, sechs plus Champney am vierten). Und ich konnte den alten Mann sehen und hören, konnte die Leidenschaft spüren, die ihn beseelte und seine Zuhörer fesselte.

Ich sagte, ich hätte nie von einer ähnlichen Organisation wie der von ihm beschriebenen gehört.

»Wahrscheinlich waren Sie ja auch nicht mit Mozart oder Ben Franklin befreundet«, sagte er mit einem flüchtigen Grinsen. »Oder mit ein paar Essenern oder alten Babyloniern. Erst neulich habe ich wieder mal über das Ganze nachgedacht. Ich habe mir klarzumachen versucht, wie viel ich davon eigentlich glaube. Sieht man mal von der einen oder anderen halbherzigen Stunde in einer Bibliothek ab, habe ich mich nie eingehender mit dem Thema befaßt. Und ich bin dabei auch nie auf eine Organisation wie unsere gestoßen.«

»Und es hat auch niemand, dem Sie davon erzählt haben, schon mal von so einem Verein gehört?«

Er runzelte die Stirn. »Eigentlich habe ich darüber noch mit niemandem gesprochen. Um Ihnen die Wahrheit zu gestehen, das ist das erste ausführlichere Gespräch, das ich mit einem Nichtmitglied über dieses Thema führe. Es gibt jede Menge Leute, die wissen, daß ich mich einmal im Jahr mit einer Gruppe von Leuten zum Abendessen treffe, aber ich habe nie über unsere Beziehung zur Vergangenheit gesprochen oder wie sehr das Ganze manchmal an eine Totenwache erinnert.« Er sah mich an. »Auch meiner Frau und meinen Kindern habe ich nie etwas erzählt – oder meinem besten Freund, obwohl wir nun schon über zwanzig Jahre eng befreundet sind. Er hat keine Ahnung, worum es bei diesen Treffen geht. Er denkt, wir sind so eine Art Studentenverbindung.«

»Hat Ihnen der alte Mann gesagt, sie sollen das Ganze geheimhalten?«

»Nicht mit so vielen Worten. Wir sind jedenfalls kein Geheimbund, wenn Sie das meinen. Aber ich hatte an besagtem Abend beim Verlassen des Cunningham's das untrügliche Gefühl, daß ich da in etwas eingeweiht worden war, was besser geheimgehalten werden sollte. Und in dieser Überzeugung sollten mich auch die kommenden Jahre bestärken. Es stand von Anfang an unausgesprochen fest, daß man in diesem Raum über alles sprechen konnte, ohne fürchten zu müssen, irgend etwas davon könnte weitergetragen werden. Ich habe diesen Leuten Dinge erzählt, über die ich sonst mit keinem Menschen gesprochen habe. Nicht daß ich jemand bin, der große Geheimnisse hat, aber grundsätzlich würde ich sagen, ich bin ein introvertierter Mensch, und ich schätze, ich gewähre meinen Mitmenschen relativ wenig Einblick in mein Inneres. Mein Gott, ich bin siebenundfünfzig Jahre alt. Sie müssen doch auch schon was um den Dreh sein, oder nicht?«

»Ich bin fünfundfünfzig.«

»Dann wissen Sie, was ich meine. Unsere Generation ist in dem Bewußtsein aufgewachsen, daß man seine intimsten Gedanken gefälligst für sich behält. Daran wird auch diese ganze Wald-und-Wiesen-Psychologisiererei nichts ändern. Aber einmal im Jahr sitze ich mit einer Gruppe von Männern am Tisch, die praktisch immer noch Fremde für mich sind, und fast jedesmal fange ich an, über etwas sehr Intimes zu sprechen, das ich eigentlich gar nicht erzählen wollte.« Er senkte den Blick, nahm den Salzstreuer und drehte ihn zwischen seinen Händen. »Vor ein paar Jahren hatte ich eine Affäre. Nicht bloß so ein kurzer Seitensprung auf einer Geschäftsreise – das kam im Lauf der Jahre immer wieder mal vor; nein, eine richtige Liebesaffäre. Sie dauerte fast drei Jahre.«

»Und niemand wußte was davon?«

»Langsam merken Sie, worauf ich rauswill, nicht wahr? Nein, niemand wußte was davon. Es flog nicht auf, und ich hab niemandem was davon erzählt. Falls sie mit jemand darüber gesprochen hat, und ich muß fast annehmen, daß sie das getan hat, so dürfte das keine große Rolle spielen, weil wir keine gemeinsamen Bekannten hatten. Die Sache ist folgende. Am ersten Donnerstag im Mai habe ich über diese Affäre gesprochen. Und das mehr als einmal.« Energisch stellte er den Salzstreuer auf den Tisch zurück. »*Ihr* habe ich vom Club erzählt. Sie fand es irgendwie morbid, ihr gefiel die ganze Idee nicht. Was ihr allerdings gefiel, war die Tatsache, daß sie der einzige Mensch war, dem ich je davon erzählt habe. Das gefiel ihr sogar sehr.«

Er verstummte, und ich nahm einen Schluck Kaffee und wartete. Schließlich fuhr er fort: »Ich habe sie fünf Jahre nicht mehr gesehen. Also, verdammt noch mal, ich habe zwölf Jahre keine Zigarette mehr angerührt, und vor einer Minute wollte ich noch unbedingt eine, oder etwa nicht? Manchmal denke ich, kein Mensch kommt je über irgendwas weg.«

»Manchmal denke ich das auch.«

»Matt, macht es Ihnen was aus, wenn ich mir einen Brandy bestelle?«

»Warum sollte mir das was ausmachen?«

»Wissen Sie, es geht mich ja nichts an, aber es fällt mir schwer, gewisse Schlüsse nicht zu ziehen. Es war Irwin Meisner, der Sie mir empfohlen hat. Ich kenne Irwin schon seit Jahren. Ich kannte ihn schon, als er noch trank, und ich weiß, wie er aufgehört hat. Als ich ihn fragte, woher er Sie kennt, hat er ein bißchen rumgedruckst, und deshalb war ich auch nicht überrascht, als Sie nichts zu trinken bestellt haben. Deshalb ...«

»Es würde mir was ausmachen, wenn ich einen Brandy trinken würde«, sagte ich. »Aber es macht mir nichts aus, wenn Sie einen trinken.«

»Dann werde ich mir, glaube ich, einen genehmigen«, sagte er und fing den Blick des Kellners auf. Nachdem der Mann die Bestellung entgegengenommen und sich entfernt hatte, griff Hildebrand wieder nach dem Salzstreuer, stellte ihn wieder ab und holte hastig Luft. »Zurück zum Club der Einunddreißig«, sagte er. »Ich glaube, jemand will die Sache beschleunigen.«

»Die Sache beschleunigen?«

»Die Mitglieder umbringen. Uns alle. Einen nach dem anderen.«

3

»Wir haben uns letzten Monat getroffen«, sagte er. »Im Keens Chophouse in der West Thirty-sixth Street. Dort halten wir unsere Treffen ab, seit das Cunningham's Anfang der siebziger Jahre dichtgemacht hat. Sie geben uns jedes Jahr denselben Raum. Er befindet sich im ersten Stock und sieht aus wie eine Privatbibliothek. Die Wände voller Bücherregale und Ahnenporträts. Es gibt auch einen Kamin, und sie machen ein Feuer an, obwohl einem im Mai nicht unbedingt danach ist. Aber es schafft eine gemütliche Atmosphäre.

Dort treffen wir uns jetzt schon zwanzig Jahre. Gerade als wir uns dort niederzulassen begannen, hätte das Keens um ein Haar zumachen müssen. Wäre natürlich jammerschade gewesen, das Lokal ist eine richtige New Yorker Institution. Aber sie haben die Kurve noch mal gekratzt. Es gibt sie immer noch. Und uns auch.« Er machte eine nachdenkliche Pause und fügte schließlich hinzu: »Einige von uns.«

Sein Glas Courvoisier stand vor ihm. Er hatte noch immer nichts davon getrunken. Von Zeit zu Zeit griff er nach dem kleinen Cognacschwenker, legte seine Hand um den Kelch, nahm den Stiel zwischen Daumen und Zeigefinger, rückte das Glas ein paar Zentimeter hierhin, ein paar dahin.

»Bei dem Treffen vor einem Monat wurde bekanntgegeben, daß in den vorangegangenen zwölf Monaten zwei unserer Mitglieder gestorben sind. Frank DiGiulio ist im September einem Herzinfarkt erlegen, und Alan Watson wurde im Februar auf dem Heimweg von der Arbeit erstochen. Im vergangenen Jahr hatten wir also zwei Todesfälle. Scheint Ihnen das bedeutsam?«

»Also, wenn ich ehrlich bin ...«

»Natürlich nicht. Wir haben inzwischen ein Alter erreicht, in dem der Tod nichts Ungewöhnliches mehr ist. Was sollte also an zwei Todesfällen innerhalb eines Zeitraums von zwölf Monaten schon groß bedeutsam sein?« Er nahm das Glas am Stiel und drehte es im Uhrzeigersinn um neunzig Grad. »Aber jetzt hören Sie sich das mal an. In den letzten sieben Jahren sind neun von uns gestorben.«

»Das kommt mir ein bißchen viel vor.«

»Und das bloß in den letzten sieben Jahren. Davor haben wir schon acht Mitglieder verloren. Matt, heute sind nur noch vierzehn von uns übrig.«

Homer Champney hatte seinerzeit gesagt, er werde wahrscheinlich als erster von ihnen gehen. »Und so sollte es auch sein, meine jungen Freunde. Das ist der natürliche Gang der Dinge. Aber dennoch hoffe ich, noch eine Weile unter Ihnen weilen zu dürfen. Um Sie kennenzulernen und Sie in der Anfangsphase Ihres Weges zu begleiten.«

Wie sich herausstellte, wurde der alte Mann stattliche vierundneunzig. Er ließ kein Jahrestreffen aus und war bis zum Schluß rüstig und rege.

Und er starb auch nicht als erster. Die zwei ersten Jahrestreffen wurden noch durch keine Todesfälle getrübt, doch 1964 hatten sie bereits das Dahinscheiden von Philip Kalish zu beklagen, der drei Monate zuvor mit seiner Frau und seiner kleinen Tochter bei einem Autounfall auf dem Long Island Expressway ums Leben gekommen war.

Zwei Jahre später fiel James Severance in Vietnam. Er war dem vorangegangenen Treffen ferngeblieben, da seine Reserveeinheit zum aktiven Dienst eingezogen worden war, und die anderen Mitglieder hatten ihre Witze gemacht, ein Krieg irgendwo in Asien sei eine ziemlich faule Ausrede, so einer wichtigen Verpflichtung nicht nachzukommen. Als nächsten

Mai sein Name zusammen mit dem von Phil Kalish verlesen wurde, war es fast, als könnte man die spaßigen Bemerkungen vom vergangenen Jahr hohl von den holzvertäfelten Wänden hallen hören.

Im März '69, weniger als zwei Monate vor dem Jahrestreffen, starb Homer Champney im Schlaf. »Sollten Sie mich eines Tages bis neun Uhr morgens nicht gesehen haben«, hatte er dem Personal in seinem Hotel eingeschärft, »rufen Sie in meiner Suite an. Und wenn ich dann nicht drangehe, kommen Sie nach mir sehen.« Der Portier machte den Anruf und ließ sich von einem Pagen vertreten, um persönlich zu Champneys Suite hinaufzufahren. Als er dort feststellte, was er befürchtet hatte, rief er den Neffen des alten Herrn an.

Der Neffe wiederum erledigte die Anrufe, die ihm sein Onkel in diesem Fall zu machen aufgetragen hatte. Auf der Liste standen die achtundzwanzig noch lebenden Mitglieder des Clubs der Einunddreißig. Champney hatte nichts dem Zufall überlassen. Er hatte dafür Sorge getragen, daß alle von seinem Tod erfuhren.

Das Traueressen fand bei Campbell's statt, und es war die erste Clubtrauerfeier, der Hildebrand beiwohnte. Die Zahl der Gäste war nicht groß. Champney hatte seine Altersgenossen um einiges überlebt, und sein Neffe – eigentlich ein Großneffe, rund fünfzig Jahre jünger als Champney – war der einzige Verwandte, der im weiteren Umkreis von New York lebte. Außer Hildebrand waren noch ein halbes Dutzend andere Clubmitglieder unter den Trauergästen.

Anschließend ging er mit ein paar von ihnen noch etwas trinken. Bill Ludgate, ein Vertreter für Druckereibedarf, sagte: »Also, ich würde sagen, das ist das erste Begräbnis dieser Sorte, an dem ich teilnehme, und es wird auch das letzte sein. In ein paar Wochen sehen wir uns alle im Cunningham's wieder, und Homers Name wird mit denen der anderen verlesen, und wir werden wahrscheinlich über ihn reden. Und das reicht. Ich finde nicht, daß wir zu Mitgliederbegräbnissen gehen sollten. Ich habe nicht den Eindruck, daß wir da was verloren haben.«

»Aus irgendeinem Grund wollte ich heute dabeisein«, sagte jemand.

»So ging's uns doch allen, oder wären wir sonst hier? Trotzdem, ich habe kürzlich mit Frank DiGiulio gesprochen, und er hat gemeint, er werde nicht kommen, er finde es irgendwie nicht angebracht. Und mittlerweile bin ich der Überzeugung, daß er recht hat. Wißt ihr, als das mit dem Club losging, da gab's ein paar Mitglieder, mit denen ich mich auch privat traf. Zum Mittagessen oder nach der Arbeit auf ein paar Drinks oder sogar mit den Frauen zum Abendessen und nachher ins Kino. Aber irgendwann hab ich damit aufgehört, und als ich mich neulich mit Frank unterhielt, merkte ich plötzlich, daß das die erste Unterhaltung war, die ich seit dem Treffen letzten Mai mit einem Mitglied der Gruppe hatte.«

»Magst du uns etwa nicht mehr, Bill?«

»Ich mag euch durchaus noch, aber ich merke, daß ich immer mehr dazu neige, die Dinge klar zu trennen. Ich war zum Beispiel seit dem letzten Treffen nicht mehr im Cunningham's. Es kommt immer wieder vor, daß jemand vorschlägt, zum Essen hinzugehen, aber ich sehe immer zu, daß ich es irgendwie abbiegen kann. ›Da möchte ich lieber nicht hin‹, hab ich erst kürzlich zu einem Bekannten gesagt. ›Das letzte Mal hab ich dort ziemlich schlecht gegessen. Das Cunningham's ist auch nicht mehr das, was es mal war.‹«

»Jetzt hör aber mal, Billy«, sagte jemand, »Weißt du eigentlich, was du da tust? Du treibst den Laden ja noch in den Ruin.«

»Das täte mir aufrichtig leid, aber ihr versteht doch, was ich meine? Einmal im Jahr reicht mir. Ich finde es gut, dreißig Typen zu kennen, die ich nur einmal im

Jahr sehe, in einem Lokal, in das ich nur einmal im Jahr gehe.«

»Inzwischen sind es nur noch siebenundzwanzig Typen, dich eingeschlossen achtundzwanzig.«

»So ist es«, sagte er ernst. »So ist es. Aber ihr versteht doch, worauf ich hinauswill, oder? Ich will niemandem vorschreiben, was er tun soll, und ich finde euch alle ganz prima, aber ich komme nicht zu euren Begräbnissen.«

»Geht völlig in Ordnung, Billy«, sagte Bob Ripley. »Wir kommen zu deinem.«

»1961 waren es dreißig Männer, zwischen zweiundzwanzig und zweiunddreißig Jahre alt, mit einem Durchschnittsalter von sechsundzwanzig. Wie viele müßten davon zweiunddreißig Jahre später unter normalen Umständen noch am Leben sein?«

»Keine Ahnung.«

»Ich habe mir deswegen eigentlich auch nie groß Gedanken gemacht«, sagte Hildebrand. »Aber nach dem Essen letzten Monat kam ich mit Kopfschmerzen nach Hause und wälzte mich die ganze Nacht im Bett herum. Als ich aufwachte, war mir klar, daß da irgendwas nicht stimmt. Bei einer Gruppe von Männern, alle Ende fünfzig, Anfang sechzig, sind ein paar Todesfälle ganz normal. In diesem Alter beginnt der Tod seinen Zoll zu fordern.

Aber ich wurde das Gefühl nicht los, daß wir weit über dem Schnitt liegen. Mir fielen alle möglichen Erklärungen ein, aber schließlich beschloß ich, daß ich vielleicht erst mal herausfinden sollte, ob mein Eindruck richtig war. Ich rief also einen Versicherungsmenschen an, den ich kenne und der mir ständig eine höhere Lebensversicherung aufschwatzen will, und erzählte ihm, ich hätte ein versicherungsstatistisches Problem. Ich nannte ihm die Zahlen und fragte ihn, mit welcher Sterblichkeitsrate in einer Gruppe dieser Größenordnung über den fraglichen Zeitraum hinweg zu rechnen sei. Er sagte, dazu müsse er erst ein bißchen rumtelefonieren, aber er werde sich dann wieder bei mir melden. Und jetzt raten Sie mal, Matt. Wie viele Todesfälle sind bei einer Gruppe von dreißig zu erwarten?«

»Keine Ahnung. Acht bis zehn?«

»Vier bis fünf. Eigentlich müßten noch fünfundzwanzig von uns übrig sein, aber statt dessen sind wir bloß noch vierzehn. Sagt Ihnen das was?«

»Ich weiß nicht. Jedenfalls hat es mich stutzig gemacht. Das erste, was ich tun würde, ich würde Ihrem Freund noch eine Frage stellen.«

»Genau das habe ich auch getan. Sagen Sie mir Ihre Frage.«

»Ich würde ihn fragen, was eine Sterblichkeitsziffer besagt, die um das Drei- bis Vierfache über dem Durchschnitt liegt.«

Er nickte. »Das war auch meine Frage, und er mußte jemand anrufen, um das rauszufinden. Die Antwort, die ich schließlich bekam, war folgende: sechzehn Todesfälle bei dreißig Personen sind zwar ungewöhnlich, aber in keiner Weise signifikant. Wissen Sie, was er damit sagen wollte?«

»Nein.«

»Seinen Aussagen zufolge ist die Testgruppe zu klein, als daß *irgendein* Ergebnis signifikant wäre. Wir könnten hundert Prozent Überlebende haben oder hundert Prozent Tote, und letzten Endes würde es gar nichts bedeuten. Hätten wir dagegen denselben Prozentsatz in einer erheblich größeren Gruppe, würde das vom versicherungsstatistischen Standpunkt her etwas besagen. Wissen Sie, Versicherungsstatistiker haben eine Schwäche für große Zahlen. Je größer die Gruppe, desto mehr können sie aus der Statistik herauslesen. Wenn wir in einer Testgruppe von dreihundert beispielsweise hundertvierzig Überlebende hätten, dann hätte das eine gewisse Signifikanz. Vierzehnhundert bei dreitausend, hätte noch mehr Aussagekraft. Hundertvierzigtausend bei dreihunderttausend würde schon darauf hindeuten, daß sich die Testgruppe aus Leuten zusammensetzen muß, die in Tschernobyl gelebt haben oder deren Mütter während der Schwangerschaft Medikamente genommen haben, die sich bei den Kindern dann als tödlich erwiesen haben. In diesem Fall würde man Alarm schlagen.«

»Verstehe.«

»Ich habe etwas Erfahrung mit Postwerbung. Wir haben alles genau ausprobiert. Muß man auch. Angenommen, wir hatten eine Liste mit einer halben Million Namen, und wir machten probeweise an tausend dieser Namen eine Aussendung, dann konnten wir davon ausgehen, daß wir bei der ganzen Liste dieselbe Rücklaufquote bekommen würden, mit einer Abweichung von ein bis zwei Prozent. Aber wir waren natürlich so schlau, nicht nur an dreißig Namen eine Probeaussendung zu machen, weil dieses Ergebnis nichts besagt hätte.«

»Und die Konsequenz daraus?«

»Die Konsequenz? Ich wundere mich nach wie vor über den Prozentsatz, und zwar völlig unabhängig von der Größe der Testgruppe. Für mich bleibt weiterhin die Tatsache bestehen, daß wir laut Statistik vier oder fünf Todesfälle zu beklagen haben müßten, aber statt dessen sind wir drei- bis viermal so schwer betroffen. Was ziehen Sie daraus für Schlüsse, Matt?«

Ich dachte eine Weile nach. »Ich kenne mich mit Statistiken nicht aus«, sagte ich.

»Das nicht, aber Sie waren mal bei der Polizei und sind jetzt Detektiv. Da müssen Sie doch einen Riecher für so was haben.«

»Schon möglich, daß ich den habe.«

»Und was sagt er Ihnen?«

»Nach besonderen Umständen Ausschau zu halten. Sie haben erwähnt, ein Mann sei in Vietnam gefallen. Gab es sonst noch Kriegsopfer?«

»Nein, nur Jim Severance.«

»Wie sieht's mit Aids aus?«

Er schüttelte den Kopf. »Wir hatten zwei schwule Mitglieder. Allerdings glaube ich nicht, daß bei der Gründung der Gruppe jemand wußte, daß sie schwul waren. Ob das wohl einen Unterschied gemacht hätte? 1961? Doch, höchstwahrscheinlich schon. Und als wir beim ersten Treffen aufstehen und das Interessanteste über uns erzählen sollten, haben sie es nicht erwähnt. Später hatten jedoch beide den Mut, der Gruppe von ihrer sexuellen Veranlagung zu erzählen. Ich weiß zwar nicht mehr, wann sie die Bombe platzen ließen, aber jedenfalls trafen wir uns damals noch im Cunningham's, so viel kann ich mich erinnern. Es ist also schon eine Weile her. Aber keiner von ihnen starb an Aids. Lowell Hunter wird allerdings früher oder später daran sterben. Er hat uns erzählt, daß er HIV-positiv sei, aber bei unserem letzten Treffen zeigte er noch keinerlei Symptome. Und Carl Uhl starb 1981, als noch kein Mensch auch nur das Wort Aids gehört hatte. Soviel ich weiß, gab es die Krankheit damals zwar schon, aber ich hatte sicher noch nichts davon gehört. Außerdem wurde Carl ermordet.«

»Oha.«

»Sie fanden ihn in seiner Wohnung in Chelsea. Er wohnte gleich um die Ecke vom Cunningham's, aber natürlich gab es das Cunningham's schon lange nicht mehr, als Carl ermordet wurde. Soviel ich weiß, war es ein Sexualmord, irgend so ein sadomasochistisches Spiel, das außer Kontrolle geriet. Er war gefesselt und trug Handschellen und eine Lederhaube, und er war aufgeschlitzt und sexuell verstümmelt. Eine grauenhafte Welt ist das, finden Sie nicht auch?«

»Allerdings.«

»Nachdem ich mit meinem Versicherungsmann gesprochen hatte, blieb ich ein paar Tage bis spät in die Nacht hinein auf und versuchte, mir verschiedene

Erklärungen zurechtzulegen. Die erste ist natürlich, das Ganze ist reiner Zufall. Die Wahrscheinlichkeit einer so hohen Sterblichkeitsziffer mag zwar gering sein, aber jeder Spieler wird Ihnen erzählen, daß solche Strähnen immer wieder vorkommen. Auf lange Sicht ruiniert man sich, wenn man auf sie setzt, aber wie heißt es doch so schön? Auf lange Sicht sind wir alle tot, und wenn man sich's genauer überlegt, ist das ja auch einer der Grundgedanken des Clubs.« Er nahm sein Glas, aber er trank immer noch nicht aus dem blöden Ding. »Wo war ich stehengeblieben?«

»Daß es purer Zufall ist.«

»Ja. Das läßt sich unmöglich ausschließen. Aber ich ging erst mal nicht weiter darauf ein und überlegte mir andere Erklärungsmöglichkeiten. Eine, die mir einfiel, war, die Mitglieder der Gruppe könnten eine ausgeprägte Prädisposition, früh zu sterben, aufweisen. Es schien mir zumindest nicht grundsätzlich von der Hand zu weisen, daß sich durch eine Art natürlichen Ausleseprozeß gerade solche Männer zu unserem Club hingezogen fühlen. Ein Mensch, dem genetisch ein früher Tod bestimmt ist, könnte auf einer unbewußten Ebene durchaus etwas von seinem Schicksal ahnen und deshalb vielleicht auch eher dazu tendieren, einem Club beizutreten, in dem der Tod so eine wichtige Rolle spielt. Ich könnte nicht sagen, ob ich an so etwas wie Schicksal glaube oder nicht – vermutlich hängt das davon ab, wann Sie mich gerade danach fragen, aber an eine genetische Prädisposition glaube ich auf jeden Fall. Das wäre also eine Möglichkeit.«

»Sagen Sie mir noch ein paar andere.«

»Tja, eine andere, die mir gekommen ist, gehört schon mehr in den Bereich des Übernatürlichen. Ich halte es nicht für ausgeschlossen, daß der Club die Wirkung hat, daß seine Mitglieder früher als normal sterben.«

»Wie?«

»Zum Beispiel dadurch, daß wir uns in einem unnatürlich starken Maß mit unserer Sterblichkeit befassen. Umgekehrt würde ich mich zwar nicht unbedingt zu der Behauptung versteigen, daß man sein Leben verlängern kann, indem man seine eigene Sterblichkeit systematisch verneint, aber es ist immerhin möglich, daß sich das Ende beschleunigen läßt, wenn man bloß herumsitzt und darauf wartet – und einmal im Jahr zusammenkommt, um rauszufinden, wen es diesmal erwischt hat. Ich bin ganz sicher, ein Teil von mir sehnt sich nach dem Tod, aber genauso gibt es auch einen Teil, der ewig leben möchte. Möglicherweise leisten unsere Treffen dem Todestrieb auf Kosten des Lebenstriebs Vorschub. Daß es so etwas wie eine Psychosomatik gibt, gilt ja inzwischen soweit als erwiesen, daß es selbst die Ärzte zähneknirschend als gegeben hinnehmen. Menschen können aufgrund ihrer psychischen Verfassung anfälliger für Krankheiten sein, verstärkt zu Unfällen neigen, gefährliche Entscheidungen treffen. Das könnte ein Faktor sein.«

»Das könnte ich mir auch vorstellen.« Ich wollte noch etwas Kaffee, und ich hatte kaum den Kopf gehoben, um nach dem Kellner Ausschau zu halten, als er schon ankam, um mir nachzuschenken. Dann sagte ich: »So, wie Sie mir Homer Champney beschrieben haben, muß er einen ziemlich starken Lebenstrieb gehabt haben.«

»Er war ein erstaunlicher Mensch. Noch mit neunzig hatte der Mann mehr Energie und Freude am Leben, als die meisten Menschen überhaupt je haben. Und dabei dürfen Sie nicht vergessen, daß er einer Generation angehörte, in der die Menschen nicht so lange lebten wie wir heute – und auch nicht so lange aktiv blieben. Damals war ein Mann unseres Alters reif für den Schaukelstuhl, vorausgesetzt sein Herz machte überhaupt noch mit.«

»Was war mit den anderen in seinem Kapitel?«

»Sie sind gestorben«, sagte er bedauernd. »Und das ist auch schon alles, was ich über sie weiß. Ich kann mich nicht an ihre Namen erinnern. Ich habe sie nur das eine Mal gehört, als Homer die Liste verlas und anschließend das Papier verbrannte, auf dem sie standen. Danach hat er ihre Namen ganz bewußt nicht mehr erwähnt. Für ihn war dieses Kapitel abgeschlossen, aus, Ende, Amen. Ich weiß nicht, wie lange sie gelebt haben oder wie sie gestorben sind.« Er lachte kurz. »Letzten Endes könnte ich ja nicht mal mit Sicherheit sagen, ob sie überhaupt je gelebt haben.«

»Wie meinen Sie das?«

»Das ist ein Gedanke, der mich schon Jahre nicht mehr beschäftigt hat, aber kürzlich, irgendwann spät nachts, begann er mich plötzlich wieder zu verfolgen – und geht mir seitdem nicht mehr aus dem Kopf. Angenommen, es gab vor unserem gar kein anderes Kapitel. Angenommen, Homer hatte diese Namen einfach aus dem Telefonbuch. Angenommen, er hat sich alles nur ausgedacht: den Mann, der im mexikanischen Krieg gekämpft hat, und diese Geschichten über Mozart und Isaac Newton und die Hängenden Gärten Babylons.

Angenommen, er war nur irgendein Spinner mit einer gewissen Rednergabe, der dachte, es könne vielleicht ganz lustig sein, sich das Warten auf den Sensenmann damit zu vertreiben, einmal im Jahr mit einer Gruppe junger Burschen gut zu essen.«

»Das glauben Sie doch nicht wirklich.«

»Nein, natürlich nicht. Aber interessanterweise gibt es keine Möglichkeit, das Gegenteil zu beweisen. Sollte Homer irgendwelche schriftlichen Aufzeichnungen über das vorige Kapitel gehabt haben, hat er sie sicher nach unserem ersten Treffen vernichtet. Falls irgendwelche seiner Kapitelbrüder etwas Schriftliches hinterlassen haben, gammelt es vermutlich auf irgendeinem Dachboden vor sich hin, wenn es ihre Nachkommen nicht längst auf den Müll geworfen haben. Woher sollte also jemand wissen, wo er zu suchen anfangen soll?«

»Aber letzten Endes«, sagte ich, »spielt das eigentlich gar keine Rolle, oder?«

»Nein. Denn wenn hier das Schicksal am Werk ist, genetisch oder sonst irgendwie, dann glaube ich nicht, daß sich daran etwas ändern läßt. Und wenn uns unsere Mitgliedschaft im Club umbringt, indem sie auf heimtückische Weise unsere Psyche vergiftet, tja, dann dürfte es längst zu spät sein, nach einem Gegengift zu suchen. Und wenn Homer ein raffinierter alter Kauz war und unser Club der Einunddreißig der erste in der Geschichte der Menschheit ist – ich meine, was soll's? Ich werde trotzdem jeden ersten Donnerstag im Mai bei Keens erscheinen, und sollte ich der letzte Überlebende sein, werde ich mich verpflichtet fühlen, dreißig ehrenhafte Männer auszusuchen und die Fakkel weiterzureichen.« Er schnaubte. »Ich könnte natürlich sagen, es wird jedes Jahr schwerer, dreißig ehrenhafte Männer zu finden, aber ich weiß nicht, ob das stimmt. Ich kann mich des Eindrucks nicht erwehren, daß das noch nie einfach war.«

»Sie glauben, die Mitglieder wurden ermordet.«

»Ja.«

»Weil die Sterblichkeitsrate so erheblich höher ist, als eigentlich zu erwarten wäre.«

»Zum Teil. Das hat mich dazu veranlaßt, nach einer Erklärung zu suchen.«

»Und?«

»Ich hab mich hingesetzt und eine Liste unserer verstorbenen Mitglieder zusammengestellt und wie sie gestorben sind. Einige sind eindeutig nicht ermordet worden; sie können nur eines natürlichen Todes gestorben sein. Phil Kalish zum Beispiel kam bei einem Frontalzusammenstoß auf dem Long Island Eexpressway ums Leben. Der andere Autofahrer war betrunken, ein Geisterfahrer, der irgendwie die falsche Einfahrt erwischt hatte und ihm plötzlich mit vollem Karacho entgegenkam. Hätte er überlebt, wäre er vermutlich wegen fahrlässiger Tötung im Straßenverkehr angeklagt worden. Trotzdem ist schwer vorstellbar, das Ganze könnte von einem raffinierten Serienmörder eingefädelt worden sein.«

»Wohl kaum.«

»Und Jim Severance wurde von einem Vietkong oder einem nordvietnamesischen Soldaten getötet. Wenn jemand im Krieg ums Leben kommt, zählt man das normalerweise nicht zu den natürlichen Todesursachen, aber Mord würde ich es auch nicht nennen.« Seine Finger berührten den Cognacschwenker, dann zogen sie sich wieder zurück. »Es gab mehrere Todesfälle, die nur auf natürliche Ursachen zurückzuführen sind. Roger Bookspan hatte Hodenkrebs, und bis sie es merkten, hatten sich bereits Metastasen gebildet. Sie haben eine Knochenmarkstransplantation versucht, aber er ist an den Folgen der Operation gestorben.« Die Erinnerung verdüsterte seine Miene. »War erst siebenunddreißig, der arme Teufel. Verheiratet, zwei Kinder unter fünf, hatte gerade den ersten Roman geschrieben und bei einem Verlag untergebracht, und auf einmal war er tot.«

»Das muß schon eine Weile her sein.«

»An die zwanzig Jahre. Einer unserer frühesten Todesfälle. In letzter Zeit hatten wir ein paar Herzinfarkte. Frank DiGiulio habe ich bereits erwähnt, und dann fiel Victor Falch vor zwei Jahren tot auf dem Golfplatz um. Er war sechzig, Diabetiker und hatte zwanzig Kilo Übergewicht. Ich glaube also nicht, daß man da von verdächtigen Umständen sprechen kann.«

»Nein.«

»Andererseits wurden eine ganze Reihe unserer Mitglieder ermordet, und bei verschiedenen Todesfällen könnte es sich um Morde gehandelt haben, obwohl sie die Polizei nicht als solche eingestuft hat. Alan Watson habe ich bereits erwähnt; er wurde bei einem Überfall erstochen.«

»Und der Mann aus Chelsea, der von einem Sexualpartner umgebracht wurde.« Ich durchforstete mein Gedächtnis nach seinem Namen. »Carl Uhl?«

»Richtig. Und dann natürlich noch Boyd Shipton.«

»Boyd Shipton, der Maler?«

»Ja.«

»Der war auch Mitglied in Ihrem Club?«

Er nickte. »Bei unserem ersten Treffen sagte er, das Interessanteste, was er uns über sich sagen könnte, wäre, daß er eine Wand seiner Wohnung so angemalt habe, daß sie wie eine unverputzte Ziegelmauer aussähe. Er war damals Trainee in der Wall Street, und er tat so, als malte er nur zum Zeitvertreib. Später, als er seine Stelle aufgab und mit der ersten Galerie ins Geschäft kam, gestand er uns, welche Angst er davor hatte zuzugeben, wie wichtig ihm die Malerei war.«

»Er war sehr erfolgreich.«

»Extrem erfolgreich, mit einem Strandhaus in East Hampton und einem hochmodernen Loft in Tribeca. Wissen Sie, ich habe mich oft gefragt, was wohl aus dieser gemalten Ziegelwand geworden ist. Er hat beim Auszug ein paar Schichten normaler weißer Dispersionsfarbe drübergeklatscht, damit der Hausbesitzer keinen Anfall bekäme. Tja, wer da jetzt wohnt, hat eine original Boyd-Shipton-Trompe-l'oeil-Wandmalerei unter weiß Gott wie vielen Schichten popliger Dispersionsfarbe. Ich schätze, sie könnte restauriert werden, wenn jemand wüßte, wo man suchen muß.«

»Ich kann mich noch erinnern, wie er umgebracht wurde«, sagte ich. »Das war vor ungefähr fünf Jahren, oder?«

»Im Oktober werden es sechs. Er kam mit seiner Frau zur Vernissage eines Freundes in die Stadt und ging anschließend essen. Als sie in ihr Loft downtown heimkamen, überraschten Sie einen Einbrecher bei der Arbeit.«

»Seine Frau wurde vergewaltigt, soweit ich mich erinnern kann.«

»Vergewaltigt und erwürgt, und Boyd wurde erschlagen. Der Fall wurde nie geklärt.«

»Demnach hätten Sie drei Morde.«

»Vier. 1989 wurde Tom Cloonan am Steuer seines Taxis erschossen. Er war Schriftsteller, hatte im Lauf der Jahre einige Kurzgeschichten veröffentlicht, und am Off-Off-Broadway waren ein oder zwei Stücke von ihm aufgeführt worden, aber er konnte nicht davon leben. Er verdiente sich noch was dazu, indem er für eine Umzugsfirma arbeitete oder schwarz Wohnungen renovierte. Und manchmal fuhr er auch Taxi, und das tat er auch gerade, als er starb.«

»Und dieser Fall wurde auch nie geklärt?«

»Ich glaube, die Polizei hat sogar jemand festgenommen. Aber ich glaube nicht, daß der Fall zur Verhandlung kam.«

Das würde nicht schwer herauszufinden sein. »Dreißig Männer, und vier davon ermordet«, sagte ich. Ich finde, das ist erstaunlicher als der Umstand, daß schon sechzehn von Ihnen tot sind.«

»Das finde ich auch, Matt. Wissen Sie, ich glaube nicht, daß meine Eltern in meiner Kindheit auch nur einen Menschen kannten, der ermordet wurde. Und ich bin keineswegs in irgendeiner ländlichen Idylle in South Dakota aufgewachsen. Ich bin in Queens großgeworden, erst in Richmond Hill, und dann sind wir nach Woodhaven gezogen.« Er runzelte die Stirn. »Das stimmt nicht, wir kannten doch jemand, der ermordet wurde, allerdings könnte ich Ihnen nicht sagen, wie er hieß. Er hatte einen Getränkemarkt in der Jamaica Avenue und wurde bei einem Überfall erschossen. Ich kann mich noch gut erinnern, wie schockiert meine Eltern waren.«

»Wahrscheinlich gab's auch noch andere«, sagte ich. »Als Kind achtet man auf so was weniger, und normalerweise halten Eltern so was auch von einem fern. Wobei natürlich völlig außer Frage steht, daß heute die Mordrate höher ist als in unserer Jugend, aber umgebracht haben sich die Menschen schon seit Kain und Abel. Wissen Sie, Mitte des letzten Jahrhunderts gab es in Five Points eine riesige Mietskaserne, die Old Brewery, und als sie schließlich abgerissen wurde, schafften die Arbeiter säckeweise menschliche Knochen aus dem Keller. Nach Schätzungen wohlunterrichteter Quellen wurde dort über Jahre hinweg durchnittlich ein Mord pro Nacht begangen.«

»In einem einzigen Gebäude?«

»Na ja, es war ein ziemlich großer Bau«, sagte ich. »Und ein besonders gutes Viertel kann es auch nicht gewesen sein.«

4

Zu den Morden, erzählte mir Lew, kamen noch mehrere Selbstmorde und Unfälle, von denen einige verkappte Morde gewesen sein könnten. Er hatte zwei Listen, die er aus seiner Innentasche zog und vor mir ausbreitete. Auf einer standen in alphabetischer Reihenfolge die Namen der vierzehn noch lebenden Clubmitglieder sowie ihre Adressen und Telefonnummern. Die andere enthielt die Namen der Verstorbenen – alle siebzehn, einschließlich Homer Champney. Sie waren in der Reihenfolge ihres Todes aufgeführt, einschließlich der mutmaßlichen Todesursache.

Ich las beide Listen durch, nahm einen Schluck Kaffee und sah Lew Hildebrand über den Tisch hinweg an. »Ich weiß nicht, was genau Sie sich von mir erwarten. Wenn Sie nur meinen Rat hören wollen, kann ich Ihnen so viel sagen: Die Sterblichkeitsrate in Ihrem Club ist erschreckend hoch, und ich muß sagen, eine unverhältnismäßig hohe Anzahl der Todesfälle ist auf andere Ursachen als Krankheit zurückzuführen. Jeder der Selbstmorde könnte ein verkappter Mord sein, und das gilt auch für die meisten Unfälle. Selbst bei einigen Todesfällen mit scheinbar natürlichen Ursachen könnte es sich um verkappte Morde handeln. Zum Beispiel der Mann, der an seinem eigenen Erbrochenen erstickt ist. Also, bei so was kann auch jemand ein bißchen nachgeholfen haben.«

»Wie geht das?«

»Das Opfer muß bewußtlos sein. Man drückt ihm ein Kissen oder ein Handtuch aufs Gesicht und gibt ihm etwas, wovon er sich übergeben muß. Man kann ihm subkutan ein Emetikum spritzen, aber das ließe sich bei einer Obduktion nachweisen, falls jemand so schlau ist, danach zu suchen. Aber ein Tritt in die Magengrube tut fast genau dieselbe Wirkung. Das Opfer übergibt sich, und natürlich kann die ganze Soße nirgendwo raus, deshalb atmet er sie ganz automatisch ein und kriegt sie in die Lunge. Das ist eine einfache Methode, um einen Säufer um die Ecke zu bringen. Man wartet einfach, bis er umkippt und seinen Rausch ausschläft. Und Säufer ersticken relativ häufig an ihrem Erbrochenen. Deshalb ist es eine ganz plausible Todesursache.«

»Hört sich ja teuflisch raffiniert an.«

»Allerdings. Mitte der sechziger Jahre gab es einen US-Senator, der so gestorben ist, und es waren jede Menge Gerüchte in Umlauf, er sei ermordet worden, entweder von den Kubanern oder vom CIA, je nachdem, wer die Geschichte erzählt hat. Das war nach dem Kennedy-Attentat, als jedesmal sofort die wildesten Mord- und Komplottheorien aufkamen, wenn ein Prominenter starb. Angenommen, ein bekannter Politiker hatte Alzheimer, dann hieß es gleich, die Illuminati hätten ihm Aluminiumsalz in seine Cornflakes gemischt.«

»Daran kann ich mich noch gut erinnern.« Er holte tief Luft. »Ich weiß noch, daß ich mir damals dachte, Eddie Szabo könnte mit Hilfe irgendeines raffinierten Tricks umgebracht worden sein. Aber daß so etwas so einfach geht, hätte ich nicht gedacht.«

»Genausogut kann es aber auch das gewesen sein, wonach es aussah.«

»Ein Unfall.«

»Ja.«

»Aber alles in allem halten Sie meine Bedenken für berechtigt.«

»Man sollte der Sache auf jeden Fall nachgehen.«

»Wären Sie bereit, das zu übernehmen?«

Mit dieser Frage hatte ich gerechnet, und ich hatte auch schon eine Antwort parat. »Wenn das hier tatsächlich das ist, wonach es aussieht, haben wir es mit einem Serienmörder zu tun, der über ein erstaunliches Maß an Geduld und Organisationstalent verfügt. Das ist nicht irgendein Spinner, der ziellos durch die Gegend fährt und an irgendwelchen Fernfahrerkneipen aufs Geratewohl ein paar Nutten aufgabelt, um dann ihre Leichen entlang der I-80 im Straßengraben abzuladen. Er sucht sich seine Opfer sehr gezielt aus und läßt sich mit ihrer Ermordung Zeit. Aller Wahrscheinlichkeit hat er acht Menschen umgebracht, wenn nicht mehr. Das alles verlangt eigentlich nach einer polizeilichen Großfahndung, aber ich bin nur ein Einmannbetrieb. Wenn sich die New Yorker Polizei der Sache annähme, würde sie eine ganze Abteilung Detectives auf den Fall ansetzen.«

»Finden Sie denn, ich sollte zur Polizei gehen?«

»Im Idealfall, ja. Aber unter den gegebenen Umständen nehme ich mal an, daß man Sie bloß abwimmeln wird. So, wie unsere Bürokratie funktioniert, ist kein Polizist scharf drauf, daran zu rühren. Wir haben es hier mit einem komplizierten Geflecht sich überschneidender Zuständigkeitsbereiche zu tun – und mit ein paar potentiellen Morden, die bis zu zwanzig Jahre zurückliegen. Wenn ich ein Cop wäre und das würde auf meinem Schreibtisch landen, würde ich nur zusehen, daß ich es möglichst schnell irgendwo abhefte und einfach aus den Augen verliere.« Ich nahm einen Schluck Kaffee. »Wenn Sie darauf wirklich die Polizei ansetzen wollen, dann würde ich es an Ihrer Stelle über die Medien versuchen.«

»Wie meinen Sie das?«

»Erzählen Sie einfach einem ehrgeizigen Journalisten, was Sie mir erzählt haben. Die Sache hat schon so einen hohen Nachrichtenwert, und das erst recht, wenn Sie als Dreingabe mit ein paar bekannten Namen ankommen. Boyd Shipton zum Beispiel. Auf der Liste mit den noch lebenden Mitgliedern steht ein Raymond Gruliow aus der Commerce Street. Das ist vermutlich dieser Anwalt.«

»Der bekannte Strafverteidiger, ja.«

»›Der umstrittene Strafverteidiger‹, wie ihn die Presse meistens nennt. Wenn Sie zur Polizei gehen und denen sagen, Hard-Way Ray steht auf jemands Abschußliste, werden neun von zehn Cops den Kerl zu finden versuchen, bloß damit sie ihm einen ausgeben und viel Erfolg wünschen können. Aber wenn Sie es einem Journalisten erzählen, sind am nächsten alle Zeitungen voll davon.«

Er runzelte die Stirn. »Die Vorstellung, damit an die Öffentlichkeit zu gehen, wäre mir sehr unangenehm.«

»Das hab ich mir schon gedacht.«

»Wenn allerdings zutrifft, was ich befürchte, wenn es tatsächlich ein Mörder auf uns abgesehen hat und uns der Reihe nach umbringen will, würde ich nichts unversucht lassen, um ihm das Handwerk zu legen. Wenn es sein müßte, würde ich sogar in der Selbstentblößungsshow *Oprah* auftreten.«

»So weit wird es aber wahrscheinlich nicht kommen.«

»Wenn das Ganze allerdings nur eine Überreaktion auf einen statistischen Ausnahmefall wäre, also, dann wäre es sicher jammerschade, deshalb die Anonymität des Clubs preiszugeben. Und die Aufmerksamkeit, die uns als Einzelpersonen zuteil würde, wäre ebenfalls höchst unerwünscht.«

»Zumindest für die meisten von Ihnen. Für Ray Gruliow ist ›unerwünschte Aufmerksamkeit‹ vermutlich ein Widerspruch in sich. Trotzdem stehen Sie vor einer schweren Entscheidung. Der schnellste Weg, um eine Großfahndung der Polizei zu starten, ist zweifellos, sich mit einem Journalisten zusammenzusetzen und ihm dieselbe Geschichte zu erzählen, die Sie mir gerade erzählt haben. Ich würde sagen, binnen vierundzwanzig Stunden sind die Medien voll davon, und binnen achtundvierzig hat die Polizei eine Sondereinheit auf den Fall angesetzt. Da wir es hier mit mehreren Toten in verschiedenen Bundesstaaten zu tun haben und verschiedenes auf einen Serienmörder hindeutet, wird vielleicht sogar das FBI eingeschaltet, wenn die Medien den Fall genügend aufbauschen.«

»Das sieht ja mehr und mehr nach einem Riesenrummel aus.«

»Wenn Sie mich engagieren, kriegt die Sache natürlich ein ganz anderes Gesicht. Ich habe nicht mal eine Detektivlizenz, geschweige denn irgendwelchen Einfluß auf die maßgeblichen Stellen. Meine Ermittlungen werden relativ langsam vorangehen, wobei ich nicht weiß, welche Rolle der Zeitfaktor dabei unter Umständen spielen wird. Haben Sie schon mit einem anderen Clubmitglied darüber gesprochen?«

»Ich habe keinem Menschen ein Wort davon erzählt.«

»Im Ernst? Das überrascht mich. Ich hätte gedacht … ach so.«

Er nickte bedächtig. »Auch wenn unser Club in dem Sinn kein Geheimbund ist, haben wir seine Existenz bisher streng geheimgehalten. Außer uns weiß niemand, daß es ihn gibt.« Er nahm den Cognacschwenker in die Hand. »Falls es also einen Mörder gibt«, sagte er ruhig, »kann es eigentlich nur einer von uns sein.«

5

»Mein Gott, wenn das nicht typisch Mann ist«, sagte Elaine. »Einunddreißig erwachsene Männer, die an Holztischen sitzen, Fleisch essen und ihre Blutdruckwerte vergleichen. Da kann man ja fast den Achselschweiß riechen.«

»Und mir wird langsam klar, warum sie ihren Frauen nichts davon erzählt haben.«

»Das war keineswegs abfällig gemeint«, versicherte sie mir. »Ich will damit nur sagen, daß so was eigentlich nur Männer machen können. Das Ganze geheimzuhalten, sich nur einmal im Jahr zu treffen und dabei über die Letzten Dinge zu sprechen. Kannst du dir den gleichen Club mit lauter Frauen vorstellen?«

»Im Restaurant würden sie durchdrehen«, sagte ich. »Einunddreißig separate Rechnungen.«

»Eine Rechnung, aber wir würden alles ganz gerecht aufteilen. ›Mal sehen, Mary Beth hatte den Apfelkuchen à la mode, sie zahlt also einen Dollar mehr, und Rosalie, du hattest das Roquefort-Dressing, das wären fünfundsiebzig Cents extra.‹ Warum machen sie das eigentlich?«

»Restaurantrechnungen Posten für Posten auseinanderdividieren? Das hab ich mich schon oft gefragt.«

»Nein, warum berechnen sie jeden Löffel Roquefort extra. Wenn man zwanzig oder dreißig Dollar für ein Essen hinlegt, müßte man sich doch eigentlich jedes Salatdressing nehmen dürfen, das man will. Warum siehst du mich so an?«

»Weil ich dich umwerfend finde.«

»Nach all den Jahren?«

»Wahrscheinlich ist das nicht normal«, sagte ich. »Aber ich kann nicht anders.«

Es war schon spät am Nachmittag gewesen, als ich den Addison Club verlassen hatte. Ich war nach Hause gegangen und hatte geduscht, dann hatte ich mich hingesetzt und mir meine Notizen vorgenommen. Gegen sechs hatte Elaine angerufen, um mir zu sagen, sie werde zum Abendessen nicht nach Hause kommen. »Um sieben kommt ein Künstler vorbei, der mir seine Dias zeigen will«, sagte sie. »Und anschließend habe ich Kurs, es sei denn, du möchtest, daß ich ihn ausfallen lasse.«

»Auf keinen Fall.«

»Im Kühlschrank ist noch etwas chinesisches Essen übrig, aber wahrscheinlich ist es besser, du ißt auswärts. Wirf aber die Reste nicht weg. Ich mache sie mir warm, wenn ich nach Hause komme.«

»Ich hab eine bessere Idee«, sagte ich. »Ich möchte zu einem Treffen gehen. Du gehst zu deinem Kurs, und anschließend treffen wir uns im Paris Green.«

»Abgemacht.«

Ich ging zum Halbneun-Treffen der AA in die St. Paul's, dann spazierte ich die Ninth Avenue runter und kam gegen Viertel vor zehn ins Paris Green. Elaine saß auf einem Hocker an der Bar, unterhielt sich mit Gary und hatte ein großes Glas Preiselbeersaft mit Selters vor sich stehen. Als ich sie abholen ging, legte mir Gary die Hand auf den Arm.

»Gott sei Dank, daß du endlich kommst«, sagte er schmunzelnd. »Das ist schon ihr drittes Glas, und du weißt ja, wie sie davon wird.«

Bryce gab uns einen Fenstertisch, und beim Essen erzählte sie mir von dem Künstler, der bei ihr vorbeigekommen war, einem Schwarzen aus der Karibik, der Hausverwalter eines kleinen Apartmenthauses in Murray Hill war und sich selbst das Malen beigebracht hatte.

»Er malt in Öl lauter solche Dorfszenen auf Spanplatten«, sagte sie, »und sie haben auch einen ganz netten Volkskunst-Touch, aber vom Hocker gerissen haben sie mich nicht gerade. Vielleicht habe ich einfach schon zu viel in diesem Stil gesehen. Oder vielleicht auch *er*. Das war nämlich der Eindruck, den ich hatte: daß er sich nicht so sehr von seinen Kindheitserinnerungen hat inspirieren lassen als von den Arbeiten anderer Künstler.« Sie schnitt ein Gesicht. »Aber das ist eben New York. Hat nie Unterricht gehabt oder ein Bild verkauft, aber ist schon so schlau, Dias mitzubringen. Oder hast du schon mal von einem Naiven mit Dias gehört? Wetten, daß dir so was in den Appalachen nicht passiert.«

»Da wäre ich mir nicht so sicher.«

»Vermutlich hast du recht. Jedenfalls, ich hab ihm gesagt, ich würde ihn in meine Kartei aufnehmen. Mit anderen Worten, bitte keine Anrufe. Ich weiß nicht, vielleicht ist er ja der lange verschollene uneheliche Sohn von Grandma Moses und Howard Finster, und ich habe eben die Chance meines Lebens vertan. Aber ich muß mich bei so was einfach auf meinen Instinkt verlassen, findest du nicht auch?«

Bisher war sie jedenfalls immer gut damit gefahren. Als wir uns kennenlernten, war ich ein Cop mit einer nagelneuen goldenen Dienstmarke in der Tasche und einer Frau und zwei Söhnen in Syosset, und sie war ein junges Callgirl, intelligent und witzig und schön. Wir waren ein paar Jahre lang glücklich, und dann soff ich mich um meine Ehe und meinen Job bei der Polizei, und wir verloren uns praktisch aus den Augen. Sie machte weiter, was sie bisher gemacht hatte, sparte Geld, investierte in Immobilien und hielt ihren Körper im Fitneß-Studio in Form, ihren Geist in der Abendschule.

Vor ein paar Jahren führten uns die Umstände wieder zusammen, und was mal zwischen uns gewesen war, war immer noch da, stärker denn je und reifer nach all den Jahren. Erst empfing sie weiter ihre Kunden, und wir taten beide so, als wäre das okay, aber natürlich war es das nicht, und schließlich biß ich in den sauren Apfel und sagte es ihr, worauf sie mir gestand, sie habe sowieso schon damit aufgehört.

Wir tasteten uns immer näher an die Ehe heran. Letzten April verkaufte sie ihre alte Wohnung in der East Fiftieth und entschied sich für ein Apartment am Parc Vendôme, in das wir zusammen einzogen. Die Wohnung wurde von ihrem Geld bezahlt, und ich weigerte mich, meinen Namen in die Übertragungsurkunde eintragen zu lassen.

Ich zahlte das monatliche Wohngeld und die Rechnungen, wenn wir gemeinsam essen gingen. Sie kam für die Haushaltskosten auf. Irgendwann wollten wir unser ganzes Geld in einen Topf werfen, aber so weit waren wir im Moment noch nicht.

Schließlich wollten wir auch irgendwann heiraten, und mir war nicht recht klar, warum wir so lange brauchten. Irgendwie konnten wir uns einfach nicht dazu durchringen, einen Termin festzulegen. Statt dessen ließen wir die Sache einfach schleifen.

In der Zwischenzeit hatte sie eine Galerie aufgemacht. Um das Geschäft von der Pike auf zu lernen, hatte sie erst eine Stelle in einer Kunsthandlung in der Madison Avenue angenommen. Sie bekam jedoch mit der Geschäftsführerin Streit und kündigte nach zwei Monaten. Dann fand sie downtown in der Spring Street einen ähnlichen Job. Die Kunstwerke sagten ihr in keiner der beiden Galerien besonders zu; die Photorealisten in der Uptowngalerie fand sie steril, die kommerziellen Schinken in der Galerie in SoHo abgedroschen und kitschig, sozusagen das teure Äquivalent zu Holiday-Inn-Küstenlandschaften und Stierkämpfern.

Letztendlich ging ihr jedoch die ganze Branche gegen den Strich, der Snobismus, die kleinlichen Eifersüchteleien, das gnadenlose Hofieren von Investoren und Kunsteinkäufern großer Firmen. »Da dachte ich, ich hätte die Prostitution an den Nagel gehängt«, sagte sie eines Abends, »und jetzt spiele ich für einen

Haufen drittklassiger Maler den Zuhälter. Ich krieg echt zuviel.« Am nächsten Morgen ging sie los und kündigte.

Was sie im Grunde wollte, war eine Mischung aus Galerie und Kuriositätenladen. Sie wollte ihre Verkaufsräume mit Sachen bestücken, die ihr gefielen, und versuchen, sie an Leute zu verkaufen, die etwas suchten, was sie sich zu Hause an die Wand hängen oder auf den Couchtisch stellen konnten. Sie hatte einen guten Blick, das sagten ihr alle, und sie hatte im Lauf der Jahre am Hunter College, an der NYU und an der New School mehr Kurse besucht als die meisten Kunsthistoriker. Warum sollte sie es also nicht auf einen Versuch ankommen lassen?

Wie sich herausstellte, war der Anfang ganz leicht. Um diese Zeit gab es in unserer Ecke jede Menge leere Ladengeschäfte. Sie sah sich alle an und bezirzte schließlich den Besitzer eines Ladens in der Ninth, Ecke Fifty-fifth, ihr einen günstigen Mietvertrag zu machen. Im Lauf der Jahre hatte sie einen Abstellraum in einem Lagerhaus in der Eleventh Avenue mit allem möglichem Krempel vollgestopft, den sie irgendwann mal gekauft und dann überbekommen hatte; wir sahen den ganzen Kram zusammen durch und packten die Ladefläche eines gemieteten Kombi mit Drucken und Gemälden voll, und das reichte, um den Laden zu eröffnen.

Gegen Ende ihres ersten Geschäftsmonats ging sie ein zweites Mal in die Matisse-Ausstellung im Museum of Modern Art und kam mit großen Augen zurück. »Wirklich ein erhebendes Erlebnis«, sagte sie. »Sogar noch intensiver als beim ersten Mal. Ich war total von den Socken. Aber weißt du was? Mir ist was klargeworden. Einige der frühen Gemälde, die Porträts und Stilleben, wenn du die aus dem Kontext löst und wenn du vergißt, daß sie von einem Genie gemalt worden sind, könnte man glatt meinen, die Dinger sind aus einem Ramschladen.«

»Ich weiß, was du meinst«, sagte ich. »Aber ist das nicht dasselbe, wie wenn du bei einem Pollock hergehst und sagst: ›Also das könnte mein dreijähriger Sohn auch‹?«

»Nein«, sagte sie. »Weil ich damit nicht Matisse herabsetzen will. Vielmehr will ich eine Lanze für den unbekannten Amateur brechen.«

»Wie meinst du das?«

»Damit meine ich, es kommt nur auf den Kontext an«, sagte sie.

Am nächsten Tag piepste sie TJ an, damit er den Laden für sie hütete, während sie sämtliche Ramschläden in der Umgebung abklapperte. Bis zum Ende der Woche hatte sie fast ganz Manhattan durch, Hunderte von Gemälden angesehen und fast dreißig gekauft, zu einem Durchschnittspreis von 8,75 Dollar. Sie stellte sie vor mir auf und wollte wissen, was ich davon hielte. Ich sagte ihr, daß ich fände, Matisse habe nichts zu befürchten.

»Ich finde sie toll«, insistierte sie. »Sie sind nicht unbedingt gut, aber sie sind toll.« Sie suchte die sechs besten aus und ließ sie in schlichtem Schwarz rahmen. Zwei verkaufte sie in der ersten Woche, eins für 300 Dollar, das andere für 450. »Siehst du?« sagte sie triumphierend. »Steck sie bei der Heilsarmee zu zehn Dollar das Stück in eine Kiste, und sie sind nichts weiter als ein paar billige Schinken, die kein Mensch eines Blickes würdigt. Behandle sie mit Respekt und setze ihren Preis zwischen drei- und fünfhundert Dollar an, und schon sind sie Volkskunst, und die Leute reißen sie dir aus der Hand. Heute war kurz vor Ladenschluß noch eine Frau da, die ganz weg war von dem Sonnenuntergang in der Wüste. ›Es sieht bloß aus wie so ein Malen-nach-Zahlen-Bild‹, meinte sie. Und ich: ›Genau das ist es ja auch. Das war die favorisierte Technik dieses Künstlers. Er hat nur in Malen-nach-Zahlen gearbeitet.‹ Was wetten wir, daß sie morgen wiederkommt und es kauft?«

Es ging schon auf Mitternacht zu, als wir das Paris Green verließen und auf der Ninth Avenue nach Hause gingen. Sie hatten Regen gemeldet, aber davon merkte man nichts. Die Luft war kühl und trocken, und vom Hudson wehte eine leichte Brise herauf.

»Hildebrand hat mir einen Scheck gegeben«, sagte ich. »Ich löse ihn morgen ein.«

»Willst du nicht den Nachttresor benutzen?«

»Nein, ich will auf schnellstem Weg nach Hause. Ich bin müde. Und bevor ich mich schlafen lege, möchte ich meine Notizen noch mal durchgehen.«

»Glaubst du wirklich ...«

»... daß sie jemand abknallt wie Tontauben? Niemand erwartet, daß ich das jetzt schon weiß. Ich bin engagiert worden, um das herauszufinden, nicht, um mir im voraus eine Meinung zu bilden.«

»Du gehst also ganz unvoreingenommen an die Sache ran.«

»Nicht ganz«, gab ich zu. »Ich kann diese Zahlen einfach nicht ignorieren. Dafür sind es zu viele Todesfälle. Es muß eine Erklärung geben. Alles, was ich tun muß, ist, sie zu finden.«

Wir standen an einer Ecke und warteten, daß die Ampel auf Grün schaltete. »Warum sollte jemand so etwas tun?« sagte sie.

»Keine Ahnung.«

»Angenommen, sie waren alle zusammen auf dem College, und auf einer Party haben sie alle im Suff ein Mädchen vergewaltigt, und jetzt rächt sich ihr Bruder an ihnen.«

»Gar nicht so schlecht«, sagte ich.

»Oder es ist ihr Sohn. Seine Mutter starb bei seiner Geburt. Deshalb will er sich rächen. Aber er möchte auch rausfinden, welcher der Männer sein Vater ist. Wie hört sich das an?«

»Wie die Handlung eines *Spielfilms der Woche.*«

»Der Mörder muß doch einer der noch Lebenden sein?«

»Eins der Opfer ist es wohl kaum.«

»Ich meine, im Gegensatz zu …«

»… einem Außenstehenden. Das fürchtet natürlich auch Hildebrand. Aus diesem Grund hat er seinen Verdacht für sich behalten. An sich hätte er gern mit einem anderen Mitglied darüber gesprochen, aber stell dir vor, er wäre an den Falschen geraten. Wenn man ihm glauben darf, weiß kein Außenstehender von der Existenz des Clubs.«

»Du scheinst da so deine Zweifel zu haben.«

»Na ja, sie machen das jetzt schon zweiunddreißig Jahre. Glaubst du wirklich, da ist die ganze Zeit nie was nach außen durchgesickert?« Ich hob die Schultern. »Trotzdem, die Hauptverdächtigen sind in jedem Fall die vierzehn noch lebenden Mitglieder.«

»Aber welches Interesse könnte einer von ihnen daran haben, die anderen umzubringen?«

»Keine Ahnung.«

»Ich meine, wenn man das Ganze sattbekommt, kann man da nicht einfach aussteigen? Ist vielleicht mal jemand ausgetreten?«

»Nach zwei oder drei Jahren las Homer Champney bei einem Treffen einen Brief vor, in dem ein Mitglied den anderen mitteilte, er wolle nicht mehr länger an den Treffen teilnehmen. Er war nach Kalifornien gezogen und sah nicht ein, warum er bloß wegen eines Abendessens dreitausend Meilen nach New York fliegen sollte. Das schrieb er ihnen unter anderem auch deshalb, um ihnen offenzustellen, ihn durch jemand anderen zu ersetzen. Sie waren jedoch alle einer Meinung mit Champney, es sei unvereinbar mit den Prinzipien des Clubs, ersatzweise Mitglieder aufzunehmen, und jemand – Hildebrand glaubt, daß es wahrscheinlich Champney war – wollte dem Abtrünnigen einen Brief schreiben, um ihn dazu zu bewegen, wieder in den Schoß der Einunddreißig zurückzukehren.«

»Und was ist dann passiert?«

»Ich schätze, der Brief wurde geschrieben, und er scheint seine Wirkung nicht verfehlt zu haben. Ein Jahr später saß der Verlorene Sohn wieder mit den anderen am Tisch.«

»Gerade rechtzeitig für das gemästete Kalb. Da haben wir's doch schon. Sie wollten ihn nicht gehen lassen, und das hat er ihnen insgeheim nie verziehen. Deshalb zahlt er es ihnen jetzt heim und bringt sie einen nach dem anderen um.«

»Also, ohne Übertreibung, damit ist der Fall so gut wie gelöst.«

»Wohl eher nicht, hm?«

»Ich hab den Namen des Abtrünnigen vergessen, aber ich hab ihn mir aufgeschrieben. Er hat bei keinem Treffen mehr gefehlt, und wenn er noch sauer auf die anderen war, hat er sich jedenfalls nichts anmerken lassen. Wayne Fletcher, so hieß er. Laut Hildebrand hatte Fletcher später immer wieder seine Witze darüber gemacht, es sei leichter, bei der Mafia auszusteigen, als bei den Einunddreißig.«

»Mit Betonung auf dem ›hatte‹?«

»Wenn ich mich nicht täusche, ist er vor acht oder neun Jahren gestorben. An die genauen Umstände kann ich mich nicht mehr erinnern, aber das muß alles in meinen Notizen stehen. Ziemlich schwierig, sich alles zu merken. So viele Männer und schon so viele tot.«

»Wirklich traurig. Findest du nicht auch?«

»Ja.«

»Selbst wenn niemand ein bißchen nachhilft, selbst wenn alle diese Todesfälle völlig natürliche Ursachen hatten, geht es einem ganz schön unter die Haut, wie diese Männer einer nach dem anderen dahingerafft werden. Ich schätze, so ist das Leben eben. Allerdings ist dann das Leben eine ganz schön traurige Angelegenheit.«

»Tja«, sagte ich. »Hat jemand schon mal was anderes behauptet?«

Auf dem Weg an der Rezeption vorbei wünschte uns der Portier einen schönen Abend. Auf dem Briefkasten und auf dem Orientierungsplan des Gebäudes stehen unsere eigenen Namen, aber für die Belegschaft sind wir Mr. und Mrs. Scudder.

Auf ihrem Ladenschild steht ELAINE MARDELL.

Oben angekommen, machte sie Kaffee, und ich studierte meine Notizen. Wayne Fletcher war vor sechs, nicht vor acht oder neun Jahren an den Folgen einer Bypass-Operation gestorben. Das sagte ich Elaine, als sie mit ihrem Tee und meinem Kaffee ins Wohnzimmer kam.

»Hildebrand meint, möglicherweise sei da ein ärztlicher Kunstfehler mit im Spiel gewesen«, sagte ich, »aber deswegen gleich von Mord zu reden, wäre etwas weit hergeholt.«

»Das ist ja schon mal etwas. Der arme Mann hat also nicht sein eigenes Todesurteil unterzeichnet, als er sich breitschlagen ließ, zu der Gruppe zurückzukehren.«

»Außer jemand hat ihn im Krankenhaus besucht und an seinem Tropf rumgemacht.«

»Darauf wäre ich nie gekommen«, sagte sie. »Liebling, kannst du das denn alles allein nachprüfen? Wie es aussieht, mußt du doch deine Fühler in alle möglichen verschiedenen Richtungen ausstrecken. Und so eine große Hilfe kann dir doch TJ dabei auch nicht sein, oder?«

TJ ist ein junger Schwarzer, der außer seiner Piepsernummer keine feste Adresse hat. »Der Junge ist schwer auf Draht«, erinnerte ich Elaine.

»Behauptet er jedenfalls«, sagte sie, »und ist er auch. Aber irgendwie kann ich mir nicht so recht vorstellen, wie er im Addison Club ein paar seriösen Geschäftsleuten auf den Zahn fühlt.«

»Er kann verschiedene Gänge für mich erledigen. Und was den Rest angeht, muß ich mir nicht alle siebzehn Todesfälle mit Lupe und Pinzette vornehmen. Ich muß lediglich herausfinden, ob hier tatsächlich ein Serienmörder am Werk ist, und dann genügend Beweise für diese Theorie beschaffen, damit ich die Gewißheit habe, daß sich die Polizei auch entsprechend dahinterklemmt, wenn ich den Fall an sie übergebe. Wenn mir das tatsächlich gelingt, wird auch ohne großen Medienrummel eine Großfahndung gestartet.«

»Mein Gott, wenn davon die Presse Wind bekommt ...«

»Ich weiß.«

»Kannst du dir vorstellen, wie sie das in Sendungen wie *Die Reporter* ausschlachten würden? Der Club würde hingestellt wie irgend so eine Sekte von Mondanbetern.«

»Ich weiß.«

»Und dann war auch noch Boyd Shipton Mitglied bei ihnen. Das würde das Interesse noch zusätzlich anheizen.«

»Es wäre *das* gefundene Fressen für die Presse. Und er war keineswegs das einzige prominente Mitglied. Ray Gruliow wäre garantiert auch für ein paar Schlagzeilen gut. Und Avery Davis ist auch Mitglied.«

»Der Baulöwe?«

»Mhm. Und zwei der Toten waren Schriftsteller. Von einem wurden ein paar Stücke aufgeführt.« Ich sah in meinen Aufzeichnungen nach. »Gerard Billings.«

»War das nicht ein Bühnenautor?«

»Nein, das war Tom Cloonan. Billings ist beim Fernsehen, er macht den Wetterbericht auf Channel Nine.«

»Ach, Gerry Billings. Der mit der Fliege. Irre, vielleicht kriegst du ja ein Autogramm von ihm.«

»Ich will damit nur sagen, er ist jemand, der im Licht des öffentlichen Interesses steht.«

»Aber nur sehr am Rande. Trotzdem, ich weiß, was du meinst.« Darauf sagte sie nichts mehr weiter, und ich wandte mich wieder meinen Notizen zu. Nach ein paar Minuten fing sie wieder an: »Warum?«

»Was warum?«

»Mir ist nur gerade eingefallen: zwischen den einzelnen Todesfällen sind Jahre vergangen. Es ist also keineswegs so, daß ein verprellter Postangestellter mit einer Maschinenpistole am Arbeitsplatz auftaucht. Wer dahinter steckt, muß einen Grund haben.«

»Möchte man jedenfalls meinen.«

»Springt geldmäßig was dabei raus?«

»Bisher nur meine zweieinhalb Mille – wenn Hildebrands Scheck gedeckt ist und wenn ich nicht vergesse, ihn einzulösen.«

»Ich meine, für den Mörder.«

»Das hab ich mir fast gedacht. Na ja, wenn er sich einen guten Agenten zulegt, fällt vielleicht schon einiges für ihn ab, wenn sie eine Miniserie darüber drehen. Bloß, wenn er sich nicht zu erkennen gibt, wird aus der Miniserie nichts. Wozu dann also das Ganze?«

»Kriegt man denn nichts, wenn man der letzte Überlebende ist?«

»Du darfst das nächste Kapitel eröffnen«, sagte ich. »Du darfst die Namen der Toten verlesen.«

»Und du bist sicher, daß sie sich nicht gegenseitig ihr ganzes Vermögen hinterlassen?«

»Ganz sicher.«

»Sie haben am Anfang nicht alle tausend Dollar in einen gemeinsamen Topf geworfen? Und dieses Startkapital wurde nicht zufällig in ein kleines Unternehmen investiert, das inzwischen IBM heißt? Nein?«

»Leider nein.«

»Und der ganze Club ist nicht so eine Art Tomtom.«

»Ein was?«

»Nein, das war das falsche Wort. Ein Tomtom ist eine Trommel. Herrgott, wie nennt man so was gleich wieder?«

»Wo gehst du hin?«

»Im Wörterbuch nachsehen.«

»Wie willst du es da nachschlagen, wenn du gar nicht weißt, wie es heißt?«

Sie antwortete mir nicht, worauf ich meinen Kaffee austrank und mich wieder meinen Notizen zuwandte. »Ha!« sagte sie ein paar Minuten später. Ich sah auf. »Tontine«, verkündete sie stolz. »Das war das Wort. Es ist ein Eponym.«

»Im Ernst?«

Ihr Blick war vernichtend. »Das bedeutet, es wurde nach jemand benannt. Genauer gesagt, nach Lorenzo Tonti. Das war ein napolitanischer Bankier aus dem siebzehnten Jahrhundert, der sich das Ganze ausgedacht hat.«

»Der sich was ausgedacht hat?«

»Die Tontine, obwohl ich nicht glaube, daß er es so genannt hat. Das war so eine Art Zwischending aus Lotterie und Lebensversicherung. Man mußte ein paar Leute auftreiben, die mitmachten, und jeder zahlte eine bestimmte Summe in eine Gemeinschaftskasse.«

»Und am Ende hat der Gewinner alles gekriegt?«

»Nicht unbedingt. Manchmal wurde vereinbart, das Kapital unter den noch Lebenden aufzuteilen, sobald nur noch fünf oder zehn Prozent der ursprünglichen Einzahler übrig waren. In anderen Fällen, bei weniger Beteiligten, blieb das Geld so lange eingefroren, bis nur noch eine Person übrig war. Die meisten wurden schon als Kinder von ihren Eltern eingekauft, und wenn das Kapital gut angelegt war, fiel ihnen irgendwann ein Vermögen zu. Aber sie hatten natürlich nur Anspruch darauf, wenn sie länger lebten als alle anderen.«

»Und das hast du alles aus dem Wörterbuch?«

»Das Wort habe ich aus dem Wörterbuch – um rauszukriegen, wo ich im Lexikon nachschlagen muß. Ich kannte den Begriff, er fiel mir bloß nicht ein. Vor fünfzehn oder zwanzig Jahren hab ich mal ein Wochenende in einem Gasthaus in den Berkshires verbracht. Es gab da diesen historischen Roman zu diesem Thema; ich glaube, er hieß sogar *Die Tontine,* und jemand hatte das Buch dagelassen. Ich fing an, es zu lesen. Als ich wieder fahren mußte, war ich erst zu einem Drittel durch. Deshalb hab ich es einfach mitgenommen.«

»Hoffen wir mal, daß Gott dir das nachsieht.«

»Er hat mich bereits gestraft. Ich hab's ganz gelesen, und weißt du, was unten auf der letzten Seite stand?«

»›Sie wachte auf und stellte fest, es war alles nur ein schrecklicher Traum.‹«

»Nein, schlimmer. Da stand: ›Ende des ersten Bands.‹«

»Und Band zwei war nirgendwo aufzutreiben.«

»Nein. Und ich kann nicht behaupten, ich hätte die Suche danach zu meinem neuen Lebensinhalt gemacht. Aber ich hätte trotzdem gern gewußt, wie es ausgeht. In den kommenden Jahren gab es Zeiten, da hat mich das davon abgehalten, aus dem Fenster zu springen. Damit meine ich jetzt nicht das Buch, sondern das Leben. Der Drang zu wissen, wie es ausgeht.«

»Du siehst heute abend wirklich sehr schön aus«, sagte ich.

»Oh, danke. Was verschafft mir die Ehre dieses Kompliments?«

»Das kam mir einfach gerade so. Wie die Emotionen über dein Gesicht gespielt sind. Du bist eine schöne Frau, aber manchmal kann man alles sehen – die Stärke, die Zartheit, einfach alles.«

»Du alter Bär«, sagte sie und setzte sich neben mich auf die Couch. »Wenn du weiter so nette Sachen sagst, kann ich mir fast vorstellen, wie das heute abend noch endet.«

»Ich auch.«

»Ja? Dann gib mir einen Kuß. Mal sehen, ob du recht hast.«

Danach, als wir nebeneinander im Bett lagen, sagte sie: »Als ich vorhin gesagt habe, dieser Club sei eine typische Männersache, weißt du, da war das nicht als feministische Spitze gemeint. So was machen nun mal nur Männer: sich treffen, um sich mit ihrer Sterblichkeit auseinanderzusetzen. Männer interessieren sich eben fürs große Ganze.«

»Und Frauen wollen bloß ihren Spaß haben?«

»Und Vorhänge aussuchen und Rezepte austauschen – und über Männer reden.«

»Und Schuhe.«

»Schuhe sind ja auch was Wichtiges. So ein alter Bär wie du, was versteht der schon von Schuhen?«

»Herzlich wenig.«

»Genau.« Sie gähnte. »Das hört sich fast an, als fände ich die Interessen der Frauen banal; dabei finde ich das ganz und gar nicht. Aber ich glaube, wir haben nicht so was Weitschauendes. Oder fällt dir auf Anhieb eine Philosophin ein? Mir nämlich nicht.«

»Warum das wohl so ist?«

»Das hat wahrscheinlich biologische Gründe, oder auch anthropologische, wie man's nimmt. Wenn ihr Männer mit Jagen und Sammeln fertig wart, konntet ihr ums Lagerfeuer sitzen und euren Gedanken nachhängen. Wir Frauen hatten für so was keine Zeit. Wir waren zu sehr mit Heim und Herd beschäftigt.« Sie gähnte wieder. »Ich könnte jetzt eine Theorie aufstellen, aber ich bin eins dieser patenten Weiber und werde deshalb lieber schlafen. Aber vielleicht fällt dir ja noch was Schlaues dazu ein.«

Ich könnte nicht sagen, daß mir noch was Schlaues einfiel, aber nach ein paar Minuten sagte ich: »Was ist mit Hannah Arendt? Und Susan Sontag? Sind das keine Philosophinnen?«

Ich bekam keine Antwort. Ms. Patent schlief.

6

Am nächsten Morgen löste ich Lewis Hildebrands Scheck ein und ging zur Bibliothek in der Fifth, Ecke Forty-second. Eine junge Frau mit der fahrigen Energie einer Marihuanaraucherin wies mir einen Tisch zu und zeigte mir, wie ich die Mikrofilmrollen einlegen mußte. Ich brauchte eine Weile, bis ich den Dreh raushatte, aber dann ging ich voll darin auf, ganz im Bann der Zeitungsmeldungen von damals.

Ehe ich mich's versah, war es fast halb drei. Ich kaufte mir an einem Straßenstand eine gefüllte Pita und an einem anderen einen Eistee und setzte mich auf eine Bank im Bryant Park, gleich hinter der Bibliothek. Ein paar Jahre lang hatte sich der kleine Park als Epizentrum des Drogenhandels in midtown etabliert. Das war so weit gegangen, daß ihn außer den Dealern und ihrer Kundschaft niemand mehr betrat, und es war ein häßlicher und gefährlicher Schandfleck daraus geworden.

Vor etwas mehr als einem Jahr war er jedoch für ein paar Millionen Dollar umgestaltet und wieder zu neuem Leben erweckt worden. Eine kühne architektonische Vision hatte Gestalt angenommen, und nun war der Park ein richtiges Schmuckstück, eine Oase der Stille in diesem Teil der Stadt. Die Junkies waren weg, die Dealer waren weg, der Rasen war saftig grün, und Beete mit roten und gelben Tulpen ließen einen vergessen, wo man war.

Die Stadt verfällt immer mehr. Ständig platzen irgendwelche Hauptwasserversorgungsleitungen, U-Bahnen bleiben lieben, und die Straßen sind von Schlaglöchern übersät. Ein Großteil der Bevölkerung lebt in halbverfallenen Wohnblöcken, die schon vor sechzig Jahren abgerissen werden sollten und immer noch stehen. Die großen Wohnungskomplexe, die nach dem Krieg hochgezogen wurden, vergammeln auch schon wieder, und viele befinden sich in schlechterem Zustand als die Bruchbuden, an deren Stelle sie errichtet wurden. Wenn man in dieser Stadt lebt, ist man leicht versucht, den Verfall als Einbahnstraße zu sehen, als einen Weg ohne Umkehr.

Aber das ist nur die eine Seite der Medaille. Wenn die Stadt auch Tag für Tag ein Stück stirbt, ersteht sie auch immer wieder neu. Die Zeichen sind überall zu sehen. Da ist zum Beispiel die U-Bahnstation an der Kreuzung von Broadway und Eighty-sixth, deren geflieste Wände die bunten Bildern von Schulkindern zieren. Oder der keilförmige Garten am Sheridan Square, einer der zahlreichen Miniparks, die überall in der Stadt aus dem Boden sprießen.

Und dann die Bäume. In meiner Jugend mußte man in den Central Park gehen, wenn man einen Baum sehen wollte. Jetzt stehen in jeder zweiten Straße welche. Ein paar pflanzt die Stadt, und den Rest übernehmen Hausbesitzer oder Stadtteilgruppen. Bäume haben es hier nicht leicht. Es ist so ähnlich, wie im Mittelalter Kinder großzuziehen: man muß ein Dutzend Bäume pflanzen, um einen durchzukriegen. Sie gehen an Wassermangel ein, werden von achtlosen Lastwagenfahrern umgeknickt oder ersticken an der verschmutzten Luft. Aber nicht alle. Ein paar überleben. Es war eine wahre Freude, in diesem Handtuch von einem Park auf einer Bank zu sitzen und zu denken, daß meine Stadt vielleicht doch kein so schlechter Platz zum Leben war. Ich war noch nie besonders gut darin, nur das Positive wahrzunehmen. Meistens neige ich dazu, den Verfall, den Kollaps, die urbane Entropie zu sehen. Das liegt wahrscheinlich in meiner Natur. Einige von uns sehen das Glas halb voll. Ich sehe es zu drei Vierteln leer, und an manchen Tagen ist das alles, was mich daran hindert, danach zu greifen.

Nach dem Mittagessen ging ich in die Bibliothek zurück und machte mich nochmal drei Stunden an die Arbeit, und so sah mein Tagesablauf auch den Rest der Woche aus, lange Bibliotheksaufenthalte, in denen ich alte Zeitungsmeldungen las, und dazwischen ein Mittagessen im Park. Zuerst konzentrierte ich mich auf die Mitglieder, die eindeutig ermordet worden waren: Boyd Shipton, Carl Uhl, Alan Watson und Tom Cloonan. Dann suchte ich Presseberichte über die dreizehn anderen Verstorbenen heraus, und schließlich kamen die noch Lebenden an die Reihe.

Das Wochenende nahm ich mir frei. Am Samstag nachmittag vertrat ich Elaine, während sie alle möglichen Ramschläden in Chelsea und einen Schulhof-Flohmarkt in der Greenwich Avenue abklapperte. Ich verkaufte ein paar kleinere Sachen, und zwischendrin kam Ray Galindez mit zwei Containern Kaffee vorbei, und wir unterhielten uns eine Weile. Ray ist Polizeizeichner und verfügt über eine geradezu unheimliche Begabung, Leute zu zeichnen, die er nie gesehen hat. Elaine hat ein paar seiner Zeichnungen im Laden hängen, mit einem Zettel, daß er nur auf eine mündliche Beschreibung hin Porträts zeichnet. Mit Elaine hat er in mehreren Sitzungen ein erstaunlich gut getroffenes Porträt ihres verstorbenen Vaters angefertigt, das ich ihr vor ein paar Jahren zu Weihnachten geschenkt habe. Es war nicht in der Galerie ausgestellt, sondern stand in einem goldenen Rahmen auf ihrer Kommode.

Samstag abend sahen wir uns in einem der kleinen Theater drüben in der West Forty-second Street ein Stück an. Am Sonntag nachmittag zog ich mir drei Baseballspiele gleichzeitig rein. Ich schaltete ständig um und benutzte die Fernbedienung wie ein Kid mit einem Videospiel, ungefähr mit demselben Erfolg. Am Sonntag abend ging ich wie gewohnt mit Jim Faber, meinem AA-Tutor, chinesisch essen. Anschließend nahmen wir an einem Treffen im St. Clare's

Hospital teil. Beim Erfahrungsaustausch sagte jemand: »Ich will euch mal sagen, was es bedeutet, Alkoholiker zu sein. Man geht in eine Bar, und da ist ein Schild, auf dem steht: ›Soviel Sie trinken können – für einen Dollar‹, und man sagt, ›Toll – ich nehme für zwei Dollar.‹«

Am Montag war ich wieder in der Bibliothek.

Montag abend schaute ich in meinem Hotel vorbei und holte eine Nachricht von Wally von Reliable ab; das ist die Agentur, von der ich ab und zu ein paar Aufträge kriege. Am nächsten Morgen rief ich an. Sie brauchten mich für ein paar Tage, um Zeugen in einem Produkthaftungsfall aufzutreiben. Ich sagte zu. Der Job, den ich für Hildebrand machte, war nicht so dringend, daß ich nicht zwischendurch einen anderen Auftrag einschieben konnte.

Der Kläger in dem Produkthaftungsfall machte geltend, sein Liegestuhl sei zusammengebrochen, und das sei für ihn mit schmerzhaften Verletzungen und unerfreulichen Langzeitfolgen verbunden gewesen. Wir arbeiteten für die Firma, die den Stuhl hergestellt hatte. »Der Stuhl ist der letzte Schrott«, erklärte mir Wally, »aber das heißt nicht, daß man dem Typ trauen darf. Und als Anwalt hat er diesen Gauner Anthony Cerutti, der auf Schmerzensgeldfälle spezialisiert ist. Dieser Vogel geht donnerstags rum und meldet der Stadt schadhafte Bürgersteige, damit seine Mandanten am Freitag dort hinfallen und die Stadt verklagen können. Unser Klient würde Cerutti liebend gern mal eine auf den Deckel geben, drum schau doch mal, was sich da machen läßt.«

Der zu Schaden Gekommene hatte vor dem Unfall für UPS einen Lkw gefahren und seitdem nicht mehr gearbeitet. Ich fand heraus, daß er vor zwei Uhr nachmittags so gut wie nie aus dem Haus ging, deshalb richtete ich mir meinen Tagesablauf entsprechend ein und legte jeden Vormittag ein paar Stunden in der Bibliothek ein, bevor ich den F-Train bis zur Haltestelle Parsons Boulevard nahm. In der Regel schaffte ich es, in der McAnn's Hillside Tavern bereits über einem Coke zu sitzen, wenn mein Mann vor dem Eingang stehenblieb, die beiden durchsichtigen Plastikgehstöcke in die linke Hand nahm, mit der rechten die Tür aufmachte und dann mit einem Stock in jeder Hand hereinhumpelte.

»He, Charlie«, begrüßte ihn der Barkeeper jedesmal. »Weißt du was? Ich glaube, du gehst schon besser.«

Dann verzog ich mich immer für eine Weile und suchte mir Leute, mit denen ich reden konnte, und bevor ich wieder nach Hause fuhr, ging ich auf ein zweites Coke ins McAnn's. Nachdem ich das ein paar Tage gemacht hatte, sagte ich Wally, ich sei ziemlich sicher, daß Charlie nirgendwo arbeitete, weder regulär noch schwarz.

»Scheiße«, sagte er. »Glaubst du, ihm fehlt tatsächlich was?«

»Nein, ich glaube, das Hinken ist reine Show. Laß mir noch ein, zwei Tage Zeit.«

Am darauffolgenden Montag schaute ich gegen Mittag bei Reliable im Flatiron Building vorbei. »Am Samstag abend«, erzählte ich Wally, »habe ich Elaine nach Jackson Heights zum Curry-Essen eingeladen. Einfach auf so ein Gefühl hin. Und anschließend sind wir losgezogen, um nach Charlie Ausschau zu halten.«

»Du bist mir ihr ins McAnn's Hillside gegangen? So nobel wird sie aber auch nicht alle Tage ausgeführt, was?«

»Charlie war nicht da, aber der Barmann meinte, er könne im Wallbanger's sein. ›Ein paar von denen sind da jedenfalls vorhin rüber‹, sagte er. ›Die haben dort diesen Velcro-Scheiß.‹«

»Was für einen Velcro-Scheiß?«

»Du weißt schon, wo sie dieses Klettzeug an der Wand haben, und an dir selber bringst du auch welches an, und dann springst du mit Anlauf die Wand hoch. Der Sinn bei dem Ganzen ist, daß du dran hängen bleibst, und zwar möglichst mit dem Kopf nach unten.«

»Meine Güte. Und für was soll das gut sein?«

»Das ist nicht die Frage, die du stellen sollst.«

»Nicht?« Er überlegte, und plötzlich leuchtete sein Gesicht auf. Er sah aus wie ein kleiner Junge, der gerade ein bunt eingepacktes Geburtstagsgeschenk bekommen hat. »O Mann. Haben wir es hier nicht mit dem Dreckskerl zu tun, der keinen Schritt ohne seine zwei Stöcke tun kann? Hat er mitgemacht, Matt? Hat er sich dieses blöde Velcrozeug drangemacht und ist damit die Wände hochgesprungen? Sag schon, daß es so war.«

»Er wurde zweiter.«

»Ohne Scheiß?«

»Sie haben ihn die ganze Zeit getriezt. ›Los, Charlie, mach schon, versuch's doch mal!‹ Und er immer wieder: ›Laßt doch den Scheiß, ich kann doch nicht mal gescheit gehen, wie soll ich mich da an die Wand pappen.‹ Schließlich bringt irgendwer ein Glas mit ein paar Fingerbreit Klarem an. Wodka, schätze ich, oder Aquavit. Und er sagt, das sei Weihwasser aus Lourdes. ›Trink das, Charlie, und du bist geheilt. Wirst sehen, das Zeug wirkt Wunder.‹ Und Charlie meint, na ja, meinetwegen, solange wir uns darüber klar sind, daß es nur eine vorübergehende Heilung ist. Eine Fünf-Minuten-Heilung wie bei Cinderella, und nachher sind wir alle wieder Kürbisse.«

»Kürbisse, ich krieg zuviel.«

»Er ist so ein dünner, langer Lulatsch, mit einem kleinen Bierbauch. Laut Unterlagen ist er achtunddreißig, aber wenn du ihn so siehst, würdest du sagen, Anfang dreißig. Das Ganze geht folgendermaßen: Du nimmst Anlauf, und an der Absprungmarke machst du einen Mordssatz. So, wie der mit seinen langen Beinen angelaufen ist, könnte der Kerl auf der High

School ohne weiteres Hürden gelaufen sein. Er hat die Bestmarke nur um vier, fünf Zentimeter verpaßt, und sie wollten ihn überreden, es noch mal zu versuchen, aber er wollte nicht mehr. ›Ihr habt sie wohl nicht alle, wie? Ich bin ein Krüppel. Und jetzt hört mal zu, und zwar alle. Niemand hat das gerade gesehen, klar? Das ist nie passiert.‹«

»Mann, Matty, du bist einfach unschlagbar. Und das hast du tatsächlich gesehen? Und was ist mit Elaine? Kann sie eine beeidete Aussage unterschreiben oder das Ganze nötigenfalls vor Gericht beschwören?«

Ich warf einen Umschlag auf seinen Schreibtisch.

»Was ist das denn?« Er machte ihn auf. »Nicht zu fassen!«

»Normalerweise wäre ich schon früher vorbeigekommen«, sagte ich, »aber ich bin vorher noch schnell in den Fotoladen, wo man nach einer Stunde seine fertigen Bilder abholen kann. Das Licht war leider nicht besonders, und Blitz wollte ich keinen nehmen. Preise kannst du damit also keine gewinnen, aber ...«

»Von wegen. Wenn ich Richter wäre«, sagte Wally, »würde ich dir auf der Stelle den ersten Preis geben, und weil wir schon dabei sind, den Jean Hersholt Humanitarian Award gleich obendrein. Das ist der Kerl, ohne Scheiß. Mit dem Kopf nach unten an die Wand gepappt, als hätten sie ihn festgenagelt. Das heißt, ein Prozeß weniger. So ein blöder Idiot.«

»Er dachte, er hätte nichts zu befürchten. Außer mir und Elaine kannte er alle in dem Laden, und an mich hatte er sich wahrscheinlich schon gewöhnt, weil er mich ständig im McAnn's gesehen hat.«

»Ich kann immer noch nicht glauben, daß du tatsächlich ein Foto hast. Was mich nur wundert, daß du überhaupt eine Kamera dabeihattest. Und dann noch so eine Aufnahme hinzukriegen!« Er hielt das Foto ans Licht. »Wirklich nicht übel. Wenn ich meine Enkel fotografiere, achte ich darauf, daß das Licht von der richtigen Seite kommt, ich sage ihnen, wo sie sich hinstellen sollen, und trotzdem sind nachher die Bilder nicht besser als das hier. Irgendwie schaffen es die Kleinen immer, sich zu bewegen, wenn ich auf den Auslöser drücke.«

»Vielleicht solltest du's mal mit Velcro versuchen.«

»Gar keine so schlechte Idee. Die Fratzen einfach an die Wand kleben.« Er ließ das Foto auf den Schreibtisch fallen. »Also, da wird Phony Tony aber ganz schön dumm schauen. Am besten, er ruft gleich seinen Mandanten an und sagt ihm, er soll schon mal sehen, daß er seinen Job bei UPS wieder kriegt, weil nämlich seine Tage als Berufsinvalide gezählt sind. Gute Arbeit, Matt.«

»Ich finde, ich hab mir eine Prämie verdient.«

Er überlegte. »Weißt du, das finde ich auch. Aber letztlich ist das Sache des Kunden. Ich werd's ihm jedenfalls nahelegen. Ist ja nicht so, daß du hier bloß einen Augenzeugen aufgespürt hast, irgendeine Nachbarin, die was gegen ihn hat und schwören würde, daß sie ihn ohne Krücken die Straße runtergehen gesehen hat. Das hier ist was, das du Tony Cerutti bloß mal kurz zu zeigen brauchst, und schon läßt er den Fall fallen wie eine heiße Kartoffel.«

»Stell dir mal vor, was Cerutti für das Foto zahlen würde.«

»Also, damit wollen wir lieber erst gar nicht anfangen. Was schwebt dir denn so vor?«

»Das ist Sache des Kunden«, sagte ich. »Er kann sich ja überlegen, was ihm die Sache wert ist. Aber zusätzlich möchte ich noch ein an mich persönlich gerichtetes Dankesschreiben, in dem er mir seine Anerkennung für meine Arbeit ausdrückt.«

Wally nickte. »Klar, das dürfte kein Problem sein. Und es kann nie schaden, so was in petto zu haben, wenn man selber mal eine aufs Dach kriegt. Eigentlich ist das sogar wichtiger als das Geld.«

»Wahrscheinlich«, sagte ich. »Was aber nicht heißt, daß ich das Geld nicht will.«

»Warum solltest du auch nicht alles kriegen? Das Empfehlungsschreiben, die Prämie und die Genugtuung, diesen Scheißkerl überführt zu haben.«

»Eigentlich ist er ganz in Ordnung.«

»Wer, etwa Charlie?«

»Wahrscheinlich hat er sich wirklich verletzt, als der Stuhl unter ihm zusammengekracht ist. Und als er seinen Kumpeln davon erzählt hat, haben sie ihm geraten, auf Schadenersatz zu klagen, und irgendwer hat ihm Cerutti empfohlen. Cerutti hat ihn zu seinen Vertrauensärzten geschickt, damit die ihn untersuchen und ihm eine Hydrotherapie verschreiben, und vor allem hat er ihm eingeschärft, nie ohne Krücken aus dem Haus zu gehen oder zumindest nicht ohne Gehstöcke. Natürlich mußte er seinen Job aufgeben, aber wenn er eine ordentliche Abfindung bekommen hätte, hätte sich das schon rentiert. Allerdings ist er inzwischen schon zwei Monate ohne Arbeit und kriegt langsam einen Bauch, weil er keine Bewegung hat, außer zum McAnn's zu humpeln und wieder zurück. Und jetzt kriegt er doch keine Abfindung, und wer weiß, ob sie ihn bei UPS wieder nehmen?«

»Wenn man dich so reden hört, könnte man meinen, er tut dir leid.«

»Immerhin hab ich ihm gerade ganz gewaltig die Tour vermasselt«, sagte ich, »da kann ich mir ein bißchen Mitleid leisten.«

Ich sagte Wally, daß ich noch was anderes wollte, nicht von seinem Klienten, sondern von ihm. Ich wollte für vierzehn Männer Kreditauskünfte. Ich zahle dafür, sagte ich ihm, aber ich will sie zum Selbstkostenpreis. Er sagte, kein Problem, und ich gab ihm die Liste der noch lebenden Clubmitglieder.

»Ray Gruliow?« Er sah mich fragend an. »Der kriegt doch Kredit, so viel er will. Und Avery Davis brauchte bloß einen Scheck ausstellen, um das Gebäude zu kaufen, in dem wir sind – falls es derselbe Avery Davis ist, den ich meine, und das muß er wohl sein, wenn er in der Fifth Nummer 888 wohnt. Übrigens glaube ich, hat ihm das Flatiron tatsächlich eine Weile gehört. Nein, Moment mal, das war der, der vor zwei Jahren von seiner Dachterasse gesprungen ist. Wie hieß er doch gleich wieder?«

»Harmon Ruttenstein.«

»Genau der. Da möchte man meinen, der müßte eigentlich alles gehabt haben, aber man kann wohl nie wissen, hm?«

»Anscheinend nicht.«

Drei, möglicherweise auch vier Clubmitglieder hatten Selbstmord begangen. Nedrick Bayliss hatte sich auf einer Geschäftsreise nach Atlanta erschossen. Hal Gabriel erhängte sich in seinem Apartment in der West End Avenue. Fred Karp arbeitete noch bis spät abends in seinem Büro und sprang dann aus dem Fenster. Ian Heller sprang oder fiel von einem überfüllten U-Bahnsteig.

Man konnte wirklich nie wissen, oder?

Nach mehreren Anrufen bekam ich schließlich einen der Bahnpolizisten dran, die Ian Hellers Leiche unter den Rädern hervorgezogen hatten. Erst einmal kam nur langes Schweigen aus der Leitung, als ich ihm sagte, ich wollte mit ihm über einen Todesfall sprechen, der sich vor fast fünfzehn Jahren ereignet hatte. »Wissen Sie«, sagte er schließlich, »ich hebe mir zwar meine Notizbücher auf, und wahrscheinlich kann ich Ihnen da auch noch ein paar Einzelheiten nachsehen, aber Sie können nicht erwarten, daß ich mich nach so langer Zeit noch besonders gut daran erinnern kann. An meinen ersten kann ich mich noch erinnern. Das ist immer so, heißt es. Aber ich mache diesen Job jetzt schon fast neunzehn Jahre, und als dieser Typ dran glauben mußte, hatte ich schon einiges zu sehen bekommen. Erwarten Sie sich also nicht zu viel.«

Ich traf mich mit ihm in Pete's Tavern am Irving Place. Er hieß Arthur Matuszak, und er sagte, ich könne ihn Artie nennen. »Sie waren beim NYPD, stimmt's?« sagte er.

»Ja.«

»Haben wohl ihre zwanzig Jahre zusammengekriegt und den Job an den Nagel gehängt?«

»Dafür war ich nicht lange genug dabei.«

»Ich wollte den ganzen Krempel auch schon ein paarmal hinschmeißen. Hab's dann aber doch nicht getan, und überhaupt, kaum daß man schaut, ist die Zeit um. Im September werden's jetzt neunzehn Jahre, und ich kann Ihnen sagen, ich hab keine Ahnung, wo die alle geblieben sind. Die letzten zwei Jahre habe ich nur noch am Schreibtisch gesessen, Verwaltungsaufgaben; ist lange nicht so anstrengend, aber ich muß sagen, der Untergrund fehlt mir. Da unten ist man jede Minute voll da, wenn Sie verstehen, was ich meine.«

»Klar.«

»Da fragt man sich schon manchmal, ob es oben, über der Erde, anders gewesen wäre. Beim NYPD statt bei der Bahnpolizei. Nicht gerade sehr spektakulär, was da unten im Untergrund so alles läuft. Wie oft kriegt man da schon jemand wie Bernie Goetz, der was macht, was länger als ein, zwei Tage für Schlagzeilen sorgt? Das war einer unter Millionen.« Er seufzte. »Tja, neunzehn Jahre nichts als kleine Gauner, Besoffene, Nerver und Verrückte. Und, klar, jede Menge Gesprungen-oder-Gefallene. Ich hab Ihnen ja gesagt, an die erste kann ich mich erinnern.«

»Ja.«

»Es war eine Frau, eigentlich noch ein Mädchen, und sie verlor die Hälfte von einem Bein, unterhalb vom Knie, und einen Teil vom anderen Fuß. Sie ist gesprungen, keine Frage, hat's auch gleich zugegeben. Ich hab sie im Krankenhaus besucht, und sie hat mich ganz direkt angesehen und gesagt, beim nächsten Mal mache sie's gescheit. Ich weiß nicht, ob sie's noch mal probiert hat. Eine Weile hab ich mich immer erkundigt, ob sie's war, wenn wir einen Gesprungen-oder-gefallen hatten – auch wenn ich den Fall nicht zugeteilt bekam. Da konnte ein Mann daliegen, eins neunzig groß, zweieinhalb Zentner schwer, und ich hab trotzdem damit gerechnet, ihr Gesicht zu sehen, wenn wir ihn umgedreht haben. Aber wenn sie's noch mal probiert hat, dann muß sie sich's für die Schicht von jemand anderem aufgespart haben.«

»Sehr rücksichtsvoll von ihr.«

»Das können Sie laut sagen. Matt, ich hab mir meine Notizen durchgesehen, und ich kann mich an Ihren Typen erinnern. Ian Robinson Heller, getötet durch den Number-One-Zug Richtung Süden, bei der Einfahrt in die IRT-Station am Broadway, Ecke Fiftieth, an einem Samstag abend, ungefähr siebzehn Uhr fünfundvierzig. Das genaue Datum war der 15. Oktober 1988. Zufällig ist das auch der Geburtstag meines Schwiegervaters, bloß daß er jetzt schon zehn Jahre tot ist und wir seit sechs geschieden sind – ich weiß also gar nicht, warum ich mich daran überhaupt noch erinnern kann. Heller war auf dem Heimweg von der Arbeit. Es war der Zug, den er immer genommen hat. Sein Büro war nur zwei Straßen weiter, und normalerweise ist er mit diesem Zug bis zum Times Square gefahren und dort in den Expreßbus nach Brooklyn umgestiegen – das ist, wo er gewohnt hat. Die Sache ist also die: es war völlig normal, daß er um diese Zeit auf diesem Bahnsteig gestanden hat. Ich schätze, Sie wollen rausfinden, ob es Selbstmord war oder ein Unfall.«

»Oder Mord.«

Er legte den Kopf auf die Seite. »Das kann man jedenfalls auch nicht ausschließen«, sagte er nach kurzem Nachdenken. »Es war zur Hauptverkehrszeit, der Bahnsteig voll mit Pendlern auf dem Heimweg von der Arbeit, und er stand am Bahnsteigrand, als der Zug einfuhr. Vielleicht hat er nach der Arbeit noch was getrunken, vielleicht hatte er irgendwelche Antihistaminika geschluckt, und sein Gleichgewichtsgefühl war gestört. Vielleicht hat ihn jemand versehentlich von hinten angerempelt.«

»Oder vielleicht ist er gesprungen.«

»Richtig. Und wie wollen Sie das schon feststellen? Manche planen es. Es gibt aber auch welche, die überleben und erzählen einem hinterher, sie hätten überhaupt nichts geplant, hätten nicht mal daran gedacht, es habe sie einfach plötzlich überkommen, und – zack! – sind sie gesprungen. Vielleicht war's auch bei diesem Heller so. Oder vielleicht hat sich jemand in seine Nähe gestellt und den richtigen Zeitpunkt abgepaßt, um ihn zu schubsen oder zu rempeln, und schon segelt er auf die Gleise. Und auch da kann ich Ihnen sagen – ob das nun geplant war oder nicht –, ich bin sicher, so was kommt massenhaft vor.«

»Daß jemand so um die Ecke gebracht wird?«

»Allerdings.« Er stand auf, zwängte sich durch das Gedränge an der Bar und kam mit einem frischen Gin Tonic für sich und einem Coke für mich zurück. Ich wollte die Runde zahlen, aber er winkte ab. »Ich bitte Sie, ich mach das doch gern. Wissen Sie, wer hier oft war? O. Henry. Sie wissen schon, der Schriftsteller. Darauf sind sie hier sehr stolz, lassen es ganz schön raushängen, aber ich muß sagen, ich geh gern in Kneipen wie diese hier, die schon älter sind als Gottvater persönlich. Kennen Sie das McSorley's unten im East Village? ›Uns hat's schon gegeben, bevor ihr auf die Welt gekommen seid‹, heißt deren Motto. Heute hängen dort hauptsächlich College-Kids rum. Meine Herren, bevor die auf die Welt gekommen sind, hat das World *Trade* Center schon gestanden.«

»Und steht immer noch.«

»Ja, aber nicht, wenn's nach unseren arabischen Freunden ginge.« Wir unterhielten uns über die jüngsten Bombenanschläge, und dann sagte er: »Um noch mal auf vorhin zuückzukommen: auf Leute, die vor einen Zug gestoßen werden. Doch, ich bin ziemlich sicher, das passiert ziemlich oft. Die machen das einfach aus so einem spontanen Impuls heraus, haben sich mit irgendwas die Birne vollgeknallt oder sind schlicht und einfach verrückt. Die brauchen keine Drogen, um durchzudrehen. Jedenfalls ist das die einfachste Methode, jemand umzubringen und ungestraft davonzukommen.«

»Aber jemand ganz Bestimmten so umzubringen wäre nicht ganz einfach, oder?«

»Sie meinen, jemand, den man aus irgendeinem Grund aus dem Weg räumen will?« Er dachte nach. »Sie könnten ihm in die U-Bahn runter folgen, aber angenommen, er geht nicht an die Bahnsteigkante vor? Wenn auf dem Bahnsteig auch noch ziemliches Gedränge herrscht, hätten Sie einen ganzen Haufen Leute zwischen ihm und den Gleisen. Außer Sie sind mit ihm befreundet.«

»Wie meinen Sie das?«

»Wie hieß er gleich wieder? Ian? ›Hallo, Ian, lange nicht mehr gesehen. Wie geht's dir so, altes Haus?‹ Und Sie legen ihm den Arm um die Schulter und schlendern etwas umher, und dann kommen Sie genau an der Bahnsteigkante zu stehen, wenn der Zug einfährt. Wenn er Sie für seinen Freund hält, wird er sich nichts dabei denken und nicht zurücktreten, und im nächsten Augenblick liegt er auf den Gleisen. Glauben Sie, so könnte es passiert sein?«

»Keine Ahnung.«

»Das Ganze ist jetzt fünfzehn Jahre her, und plötzlich fängt jemand an, sich Gedanken zu machen? Sagen Sie mir Bescheid, was dabei rauskommt, ja? *Falls* was dabei rauskommt.« Das versprach ich ihm. »Wissen Sie, ich nehme immer die U-Bahn. Um ganz ehrlich zu sein, ich liebe die U-Bahn, ich finde, sie ist ein tolles städtisches Verkehrsmittel. Aber ich bin da unten immer auf der Hut. Wenn ich einen Kerl sehe, der mir nicht ganz koscher vorkommt, passe ich immer auf, daß ich nicht zwischen ihm und den Gleisen zu stehen komme. Wenn ich weit vor an die Bahnsteigkante müßte, um an jemand vorbeizukommen, dann warte ich lieber, bis ich auf der anderen Seite an ihm vorbeikann. Wenn ich was riskieren will, dann geh ich in einen Deli und kauf mir ein Lotterielos. Oder ich gehe in ein Wettbüro und setze zwei Dollar auf einen Gaul. Mir gefällt's im Untergrund, aber ich riskiere da unten nichts.« Er schüttelte den Kopf. »Auf gar keinen Fall. Dafür hab ich zu viel gesehen.«

7

Hal Gabriel hatte in der West End Avenue gewohnt, an der Ninety-second Street. Im 24. Revier in der West One Hundredth saß ich einem jungen Polizisten namens Michael Selig an seinem Schreibtisch gegenüber. Obwohl er noch keine dreißig war, gingen ihm schon die Haare aus, und er hatte die Streberphysiognomie aller frühzeitig Erkahlenden. »Das müßten wir eigentlich alles im Computer haben«, meinte er, als ich ihn nach Gabriels Akte fragte. »Wir arbeiten uns einfach immer weiter nach hinten vor und lassen unsere alten Akten ausdrucken. Aber das dauert ewig.«

Gabriel, sechsundvierzig Jahre alt, verheiratet, aber von seiner Frau getrennt lebend, war an einem Werktagnachmittag im Oktober 1981 erhängt in seiner Wohnung im siebten Stock gefunden worden. Allem Anschein nach hatte er sich auf einen Stuhl gestellt, sich einen Ledergürtel um den Hals geschlungen, das Gürtelende zwischen Tür und Türstock seines begehbaren Kleiderschranks geklemmt und den Stuhl umgestoßen.

»Hoher Alkoholspiegel«, sagte Selig.

»Und kein Abschiedsbrief.«

»Nicht alle schreiben einen. Vor allem nicht, wenn sie sich besaufen und vor Selbstmitleid zerfließen. Schauen Sie mal – der Tod trat schätzungsweise fünf bis sieben Tage vor Entdeckung der Leiche ein. Muß schon ganz schön gestunken haben.«

»Deshalb kamen sie auf die Idee, die Wohnungstür aufzubrechen.«

»Wäre gar nicht nötig gewesen. Hier steht, der Hausmeister habe einen Schlüssel gehabt. Der Frau in der Wohnung gegenüber ist der Geruch aufgefallen.«

Sie hatte den Ermittlern auch erzählt, daß Gabriel einen ziemlich niedergeschlagenen Eindruck gemacht hatte, seit er sich ein paar Jahre zuvor von seiner Frau getrennt hatte; wenn er Besuch bekommen hatte, dann nur von den Ausfahrern eines Getränkemarkts und eines chinesischen Restaurants. Er hatte bis zwei Monate vor seinem Tod als Geschäftsführer eines Filmentwicklungslabors in den West Forties gearbeitet, aber danach war er arbeitslos gewesen.

»Hat sich wahrscheinlich um seinen Job gesoffen«, meinte Selig.

Als seine Frau von seinem Tod benachrichtigt wurde, erklärte sie, Gabriel seit der Unterzeichnung ihrer Trennungsvereinbarung im Juni 1980 nicht mehr gesehen zu haben. Sie beschrieb ihren verstorbenen Mann als einen traurigen und einsamen Menschen und schien über seinen Tod betrübt, wenn auch nicht sonderlich überrascht.

Fred Karp hatte einen Abschiedsbrief hinterlassen. Er hatte ihn auf seinem Computer geschrieben, zweimal ausgedruckt und einen Ausdruck auf seinen Schreibtisch gelegt, den anderen ordentlich gefaltet in seine Hemdtasche gesteckt. *Es tut mir leid,* stand dort. *Ich halte es nicht mehr aus. Bitte verzeiht mir.* Dann hatte er das Fenster seines Büros im fünfzehnten Stock geöffnet und war hinausgesprungen.

In einem neueren Gebäude ist das gar nicht so einfach, weil dort die Fenster normalerweise nicht zu öffnen sind. Häufig sind es nicht mal Fenster, sondern Glaswände. Bei einem AA-Treffen habe ich mal einen Architekten erzählen hören, wie er Büroangestellte, die auf solche Glaswände phobisch reagierten, beruhigen mußte. Um ihre Stabilität zu demonstrieren, warf er sich mit Anlauf gegen eine Glaswand. »Das hat die Leute überzeugt«, sagte er, »aber als ich mir dabei irgendwann das Schlüsselbein brach, kam ich mir ganz schön blöd vor.«

In Karps Büro waren die Fenster noch zu öffnen gewesen. Es befand sich in einem zweiundzwanzigstöckigen Vorkriegsbau in der Lexington Avenue, nur ein paar Blocks nördlich von der Grand Central Station und vom Chrysler Building. Karp war Importeur und vertrieb vorwiegend Produkte aus Singapur und Indonesien. Um fünf hatte er seine Sekretärin nach Hause geschickt und seine Frau angerufen, um ihr zu sagen, er wolle noch ein paar Stunden arbeiten. Gegen sieben lieferte ein Deli in der Third Avenue zwei Sandwiches und einen Becher Kaffee. Um zehn nach neun sprang er aus dem Fenster, wobei der Zeitpunkt seines Todes einfach zu bestimmen war, weil ihn mehrere Personen auf dem Gehsteig aufschlagen sahen. Eine von ihnen erlitt einen Nervenzusammenbruch und wurde von einem Notarzt gleich an Ort und Stelle behandelt.

Das Ganze lag erst drei Jahre zurück, und der Polizist, mit dem ich sprach, war schon damals beim 17. Revier gewesen und konnte sich noch gut an den Zwischenfall erinnern. »Eine ganz schöne Sauerei«, sagte er. »Und eine ganz schön verrückte Art, sich um die Ecke zu bringen. Stellen Sie sich vor, Sie überlegen sich's auf halbem Weg nach unten noch mal anders. ›Hoppla, Kommando zurück! Ich hab nur Spaß gemacht!‹ Tja, Schluß mit lustig, Hals- und Beinbruch.«

Für ihn stand völlig außer Frage, daß es Selbstmord war. Da war schließlich der Abschiedsbrief auf Karps Schreibtisch, in seiner Hemdtasche und auf dem Bildschirm des noch angeschalteten Computers gewesen. Und der Tote wies keine Verletzungen auf, die nicht auf einen Sturz aus großer Höhe zurückzuführen gewesen wären, auch wenn der Polizist zugeben mußte, daß der Aufprall jegliche Spuren eines Schlags auf den Kopf oder sonst einer Form von Gewaltanwendung verwischt hätte, wenn es nicht gerade eine Schußwunde gewesen wäre.

»Mir wäre wohler bei der Sache, wenn der Brief von Hand geschrieben wäre«, sagte ich. »Wer schreibt seinen Abschiedsbrief schon mit dem Computer?«

»Die Zeiten haben sich geändert«, sagte er. »Man gewöhnt sich an den Computer, möchte alles damit machen. Seine Rechnungen zahlen, seine Finanzen regeln, seine Termine planen. Und wir haben es hier mit einem Mann zu tun, der seine ganzen Geschäfte per Computer abgewickelt hat. Er möchte den Abschiedsbrief gescheit hinkriegen, er kann dran rumprobieren, ihn genau so formulieren, wie er ihn haben will. Und dann kann er ihn mit einem Tastendruck ausdrucken, so oft er will – und er kann ihn auf der Festplatte abspeichern.« Er war um die dreißig, selbst ein Kind der Computergeneration, und er schwärmte mir vor, wie die Computer den bei der Polizei anfallenden Papierkram erheblich beschleunigten und ihm viel von seiner Lästigkeit nahmen. »Computer sind eine tolle Sache«, sagte er. »Aber man wird auch ziemlich verwöhnt. Das Problem mit dem restlichen Leben ist, daß man da keine Löschtaste hat.«

Ich ging in Karps Büro, in dem mittlerweile ein Patentanwalt seine Kanzlei hatte, ein Mann in meinem Alter, mit dem Gesicht eines Trinkers, umgeben vom schalen Geruch des Versagens. Er hatte das Büro noch keine zwei Jahre und wußte nichts von dessen Vorgeschichte. Er ließ mich aus dem Fenster sehen, obwohl ihm sicher schleierhaft war, was es da draußen zu sehen geben könnte. Ich erzählte ihm nicht, daß ein früherer Mieter aus diesem Fenster gesprungen war. Ich wollte ihn nicht auf dumme Gedanken bringen.

Karps Witwe Felicia wohnte in Forest Hills und war Mathematiklehrerin an einer Mittelschule in South Ozone Park. Als ich sie am frühen Abend in ihrer Wohnung anrief, sagte sie: »Ich kann gar nicht glauben, daß die Ermittlungen wiederaufgenommen werden. Hat das was mit der Versicherung zu tun?«

Ich erzählte ihr, es hänge mit etwas anderem zusammen und ich würde versuchen die Möglichkeit auszuschließen, der Tod ihres Mannes könnte nicht Selbstmord gewesen sein.

»Das konnte ich mir sowieso nie vorstellen«, sagte sie. »Andererseits, was hätte es sonst sein sollen? Hören Sie, wollen Sie vorbeikommen? Heute abend muß ich noch zwei Stunden Nachhilfeunterricht geben, aber morgen hätte ich Zeit. Würde Ihnen halb fünf passen?«

Sie erwartete mich in der oberen Wohnung einer Doppelhaushälfte in der Stafford Avenue, nur ein paar Straßen von da, wo früher die Tennisturniere waren. Sie war eine große, knochige Frau mit glattem, dunklem Haar und energischem Kinn. Sie hatte Kaffee gemacht, und wir setzten uns an den Küchentisch. An der Wand hing eine dieser Katzenuhren mit beweglichen Augen und einem Schwanz, der wie ein Pendel hin und her schwang. »Richtig lächerlich, dieses blöde Ding«, sagte sie. »Die Kinder haben es mir vor ein paar Jahren zum Geburtstag geschenkt, aber eigentlich finde ich, daß ich dafür schon ein bißchen zu groß bin. Aber reden wir lieber über Fred.«

»Gern.«

»Ich konnte noch nie so recht glauben, daß er sich umgebracht haben soll. Es hieß, seine Firma sei in Schwierigkeiten gewesen. Also, er war schon über zwanzig Jahre in diesem Geschäft, und Probleme gibt's da immer. Aber zum Leben hat's immer gereicht. Außerdem hatte jeder von uns sein eigenes Einkommen, und große Sprünge haben wir nie gemacht. Sie sehen ja selbst, wie wir wohnen.«

»Ist doch ein schönes Haus.«

»Sicher, und die Gegend ist auch in Ordnung, aber Sutton Place ist es nicht gerade. Aber was ich damit sagen will: Mein Mann hatte keine ernsthaften finanziellen Probleme. Nach seinem Tod habe ich die Firma eine Weile allein geführt, und es ist mir gelungen, aus den roten Zahlen zu kommen und sogar ein bißchen Gewinn zu machen. Die Firma stand ganz gut da. Die üblichen Probleme, wie sie Tag für Tag auftreten, sicher, aber nichts Tragisches. Schon gar nichts, weswegen man sich umbringen müßte.«

»Oft läßt sich nur schwer nachvollziehen, was in einem anderen Menschen vor sich geht.«

»Das ist mir durchaus klar. Aber warum sind Sie hier, Mr. Scudder? Sie sind doch nicht den weiten Weg hier rausgekommen, um mich davon zu überzeugen, daß mein Mann Selbstmord begangen hat.«

Ich fragte sie, ob sie etwas über einen Club wüßte, dem ihr Mann angehört hatte. »Ein Club?« fragte sie stirnrunzelnd. »Er war bei den Oddfellows, aber er hat sich nicht groß engagiert. Dafür ließ ihm seine Arbeit nicht genügend Zeit. Den Rotariern ist er auch beigetreten, aber das ist jetzt mindestens schon zehn Jahre her, und ich glaube nicht, daß er die ganze Zeit dabeigeblieben ist. Das ist aber wahrscheinlich nicht das, was Sie meinen.«

»Die Mitglieder dieses Clubs haben sich einmal im Jahr zum Essen getroffen«, sagte ich. »Jedes Frühjahr, in einem Restaurant in Manhattan.«

»Ach, das. Daß ich darauf nicht gleich gekommen bin, liegt vermutlich daran, daß Sie's einen ›Club‹ genannt haben. Ich glaube nicht, daß das was Offizielles war – nur ein paar Männer in seinem Alter, die sich vom College kannten und den Kontakt untereinander nicht abreißen lassen wollten.«

»Hat er die Gruppe so beschrieben hat?«

»Ich könnte nicht mal sagen, ob er sie überhaupt mal als solche ›beschrieben‹ hat. Zumindest war das mein Eindruck. Wieso?«

»Wenn ich recht informiert bin, hatte der Club doch etwas formelleren Charakter.«

»Das ist durchaus möglich. Ich weiß, er hat kein Treffen versäumt. Irgendwann mal bekamen wir in der Schule Freikarten für die Manhattan Light Opera, und Fred sagte, ich sollte mit jemand anderem hingehen. Dabei mochte er Gilbert und Sullivan sehr. Aber sein Jahrestreffen war ihm heilig. Was hat dieses Treffen mit seinem Tod zu tun? Er starb im Dezember. Das Treffen war immer im April oder Mai.«

»Am ersten Donnerstag im Mai.«

»Stimmt, es war immer an einem bestimmten Tag. Das habe ich ganz vergessen. Und was ist damit?«

Gab es einen Grund, es ihr nicht zu sagen? »Im Lauf der Jahre sind sehr viele Mitglieder der Gruppe gestorben – mehr, als man normalerweise erwarten würde. Ein paar haben Selbstmord begangen.«

»Wie viele?« – »Drei oder vier.«

»Also was jetzt? Drei oder vier?«

»Drei sicher, einer vielleicht.«

»Aha. Entschuldigung, daß ich Sie eben so angefahren habe. Möchten Sie noch etwas Kaffee?« Ich sagte, nein danke. »Drei oder vier Selbstmorde. Bei wie vielen Mitgliedern?«

»Einunddreißig.«

»Es soll da so einen Selbstmordvirus geben, habe ich gehört. Da ist meinetwegen irgend so eine stinknormale, grundsolide Mittelschicht-High-School in Ohio oder Wisconsin, und plötzlich begehen sie dort reihenweise Selbstmord. Aber das sind Teenager, keine gestandenen Männer um die fünfzig. Sind diese Selbstmorde alle gleichzeitig passiert?«

»Nein, im Abstand von mehreren Jahren.«

»Also, zehn, fünfzehn Prozent, das ist eine ziemlich hohe Selbstmordrate, aber andererseits ...« Sie verstummte, und ich beobachtete ihre Augen. Fast konnte ich sehen, wie es in ihrem Kopf arbeitete, während sie die einzelnen Daten ordnete. Sie war in keiner Weise hübsch, aber sie hatte eine sachlich vernünftige Art, die sehr anziehend war.

»Sie haben vorhin gesagt, die Sterblichkeitsrate wäre generell sehr hoch gewesen«, sagte sie. »Wie viele Tote waren es insgesamt?«

»Siebzehn.«
»Von einunddreißig?«
»Ja.«
»Und alle in Freds Alter? Klar, wenn sie zusammen auf dem College waren.«
»Ja, ungefähr im gleichen Alter.«
»Glauben Sie, jemand bringt sie der Reihe nach um?«
»Ob das so ist, versuche ich festzustellen. Aber ich weiß nicht, ob es wirklich so ist.«
»Aber natürlich wissen Sie das.«
Ich schüttelte den Kopf. »Um mir darüber eine Meinung zu bilden, ist es noch ein bißchen früh.«
»Aber Sie halten es für möglich.«
»Ja.«
Sie drehte sich um und sah auf die Katzenuhr. »Das würde ich natürlich auch gern glauben. Irgendwie konnte ich mich noch nie so recht damit abfinden, daß er Selbstmord begangen haben soll. Andererseits, was für ein schrecklicher Gedanke – sich vorzustellen, er wurde *umgebracht*. Aber wie ginge das überhaupt? Der Mörder müßte ihn bewußtlos geschlagen haben, dann den Abschiedsbrief auf dem Computer geschrieben, das Fenster geöffnet und, und, und ...« Sie rang sichtlich um Beherrschung. »Wenn er bewußtlos war, als es passiert ist«, fuhr sie schließlich fort, »hat er wenigstens nicht viel gelitten.«
»Nein.«
»Aber ich«, sagte sie leise, um dann lange zu schweigen. Schließlich sah sie zu mir auf und sagte: »Welches Interesse könnte jemand haben, ein paar Männer umzubringen, die vor fünfunddreißig Jahren zusammen aufs Brooklyn College gegangen sind? Eine Gruppe diverser jüdischer Männer um die fünfzig. Warum?«
»Nur ein paar von ihnen waren Juden.«
»Ach?«
»Und sie waren nicht zusammen auf dem College.«

»Sind Sie da sicher? Fred hat gesagt ...«

Ich erzählte ihr ein wenig über den Club. Sie wollte wissen, wer die anderen Mitglieder seien, und ich fand die Seite in meinem Notizbuch, wo ich alle einunddreißig Mitglieder, lebende und tote, in alphabetischer Reihenfolge aufgeschrieben hatte. »Also, da ist ein Name, der mir sofort auffällt«, sagte sie. »Philip Kalish. Er war Jude, und Fred kannte ihn vom College, wenn es derselbe Phil Kalish ist. Aber er ist gestorben, nicht wahr? Schon vor langem.«

»Bei einem Autounfall«, sagte ich. »Er war das erste Gruppenmitglied, das gestorben ist.«

»Raymond Gruliow. Das ist noch ein Name, den ich kenne, wenn es derselbe Raymond Gruliow ist, und das muß er wohl sein, oder? Der Anwalt?«

»Ja.«

»Wenn Adolf Hitler, wovor Gott behüte, wieder auf die Welt zurückkäme, würde er sich Raymond Gruliow nehmen, wenn er einen Anwalt brauchte. Und Gruliow würde ihn verteidigen.« Sie schüttelte den Kopf. »Ich muß gestehen, ich habe große Stücke auf ihn gehalten, als er während des Vietnamkriegs Kriegsdienstverweigerer und politische Aktivisten verteidigte. Inzwischen sind daraus aber lauter schwarze Antisemiten und arabische Terroristen geworden, und am liebsten würde ich dem Kerl eine Briefbombe schicken. Fred kannte Raymond Gruliow jedenfalls nicht.«

»Er hat einmal im Jahr mit ihm zu Abend gegessen.«

»Und es mir gegenüber mit keinem Wort erwähnt? Wenn Gruliow in den Elf Uhr-Nachrichten wieder mal seinen Senf von sich gab, hätte er da nicht mal eine Bemerkung fallen lassen müssen wie: ›Das ist ein Freund von mir‹, oder ›Den kenne ich übrigens‹? Das würde man doch eigentlich erwarten, oder nicht?«

»Ich glaube, die Clubmitglieder haben niemand was davon erzählt.«

Sie runzelte die Stirn. »Dieser Club war doch nicht irgend so eine Sexsache, oder?«

»Nein.«

»Weil ich mir das nämlich schwer vorstellen könnte. Ich weiß zwar, daß sich bei den unwahrscheinlichsten Leuten rausstellt, daß sie schwul sind, aber ich kann mir nicht vorstellen, daß …«

»Nein.«

»Oder so eine Art Herrenabend, wo ordentlich gebechert wird und ein Mädchen aus einer Torte steigt. So was hätte Fred eigentlich nicht ähnlich gesehen.«

»Ich glaube nicht, daß es auch nur annähernd in diese Richtung ging.«

»›Boyd Shipton.‹ Der Maler?« Ich nickte. »Also, von ihm habe ich gehört, daß er vor ein paar Jahren ermordet wurde, oder verwechsle ich ihn mit jemand?«

Ich bestätigte ihr, daß Shipton ermordet worden war, und sagte ihr, auch eine Reihe anderer Mitglieder seien umgebracht worden. Als sie wissen wollte, welche das waren, deutete ich auf die Namen.

»Nein, von denen kenne ich keinen einzigen«, sagte sie. »Welches Interesse könnte jemand haben, diese Männer umzubringen? Das verstehe ich nicht.«

Auf der Rückfahrt nach Manhattan überlegte ich, was das Ganze gebracht hatte. Abgesehen davon, daß ich kaum etwas Neues herausgefunden hatte, zerbrach sich nun Felicia Karp den Kopf darüber, was für eine Art von geheimer zweiter Existenz ihr Mann geführt haben könnte. Wenn ihr der Gedanke, daß er doch nicht Selbstmord begangen hatte, ein Trost war, dann war er vermutlich um den Preis der nicht weniger beunruhigenden Vorstellung erkauft, daß er ermordet worden war.

Vielleicht war das der Grund, warum ich Nedrick Bayliss' Witwe in Ruhe ließ. Nach einer Reihe von

Anrufen in Atlanta, wo er in einem Zimmer im Marriott an den Folgen eines Kopfschusses gestorben war, gewann ich den Eindruck, alles zu wissen, was ich über ihn und seinen Tod wissen mußte. Er war bei einer Firma in der Wall Street als Aktienanalyst beschäftigt gewesen und hatte in Hastings-on-Hudson gewohnt. Sein Spezialgebiet war die Textilindustrie gewesen, und nach Atlanta war er geflogen, um sich mit Vertretern einer Firma zu treffen, für die er sich interessierte.

Auch in diesem Fall weder ein Abschiedsbrief noch ein Hinweis darauf, wie er an den nicht registrierten Revolver gekommen war, der neben seiner Leiche gefunden worden war. »Ich weiß zwar nicht, wie das bei euch oben in New York ist«, sagte ein Polizist aus Atlanta zu mir, »aber hier ist es nicht allzu schwer, jemand aufzutreiben, der einem eine Knarre verkauft.« Ich sagte ihm, in New York wäre das auch nicht allzu schwer.

Statt eines Abschiedsbriefs hatte jedoch ein Briefbogen mit dem Briefkopf des Hotels auf seinem Schreibtisch gelegen und daneben ein offener Füllhalter, gerade so, als ob er was zu schreiben versucht hätte und ihm nichts Gescheites eingefallen wäre. Statt sich weiter den Kopf zu zerbrechen, rief er an der Rezeption an und sagte dem Portier, sie sollten einen Hoteldiener auf Zimmer 1102 schicken. »Ich werde mir gleich das Leben nehmen«, hatte er angekündigt und dann aufgehängt.

Der Portier wußte nicht recht, ob er es hier mit einem schlechten Scherz oder einer menschlichen Tragödie zu tun hatte. Er rief in Bayliss' Zimmer an, aber niemand meldete sich. Während er noch überlegte, was er tun sollte, rief ein anderer Hotelgast an und sagte, er habe einen Schuß gehört.

Es sah eindeutig nach Selbstmord aus. Bayliss hing zusammengesunken in seinem Stuhl, eine Kugel in seiner Schläfe, ein Revolver neben ihm auf dem Fußboden, genau da, wo man es erwartete. Nichts, was darauf hindeutete, daß er nicht allein gewesen war, als er es getan hatte. Die Kette an der Tür war nicht vorgelegt gewesen. Wahrscheinlich hatte er es ihnen nicht unnötig schwer machen wollen, ins Zimmer zu kommen. Schließlich war er ein rücksichtsvoller Mensch; das hatte er auch durch den Anruf an der Rezeption bewiesen, mit dem er sie auf sein Vorhaben hingewiesen hatte.

Wie schwer wäre es gewesen, so etwas zu inszenieren?

Man bringt Ned Bayliss dazu, einen in sein Zimmer zu lassen. Einen Vorwand zu finden dürfte nicht schwerer sein, als sich eine nicht registrierte Schußwaffe zu beschaffen.

Und dann, wenn er sich setzt, sagen wir mal, um sich irgendwelche Papiere anzusehen, die man ihm gegeben hat, kauert man neben ihm nieder, um ihn auf irgendwas hinzuweisen, man greift in seine Jackentasche, holt die Knarre raus, und bevor er weiß, wie ihm geschieht, hält man ihm den Lauf an die Schläfe und drückt ab.

Anschließend säubert man die Waffe von Fingerabdrücken, drückt sie ihm in die Hand und läßt sie auf den Boden fallen. Man legt das Hotelbriefpapier und den Füller auf den Schreibtisch, greift zum Telefon und kündigt ›seinen‹ bevorstehenden Tod an. Zurück im eigenen Zimmer, ruft man noch mal an, um einen Schuß zu melden.

Ganz simpel.

Höchstwahrscheinlich hätte ein Paraffintest ergeben, daß der Tote schon seit einiger Zeit keine Schußwaffe mehr abgefeuert hatte, aber wie lange hatte die Polizei bei so einem sonnenklaren Fall von Selbstmord wohl noch im Labor rumgemacht? Der Polizist, mit dem ich telefonierte, konnte jedenfalls keinerlei Unterlagen über irgendwelche Laboruntersuchungen finden, meinte aber, das habe nichts zu besagen. Immerhin, sagte er, sei das Ganze schon achtzehn Jahre her; es sei sowieso ein Wunder, daß die Akte überhaupt noch existiere.

Ich hätte seine Witwe anrufen können.

Ich machte mir die Mühe, ihre Adresse rauszufinden, und da sie nicht versucht hatte unterzutauchen, war das nicht allzu schwer. Sie hatte wieder geheiratet, sich scheiden lassen und ein drittes Mal geheiratet, und jetzt lebte sie in Niles, Michigan, und wahrscheinlich hätte ich sie anrufen und fragen können, ob ihr erster Mann, Ned Bayliss, vor seiner verhängnisvollen Reise nach Atlanta besonders deprimiert gewesen sei. Hat er viel getrunken, Ma'am? Hat er mal Drogen genommen?

Ich beschloß, sie in Ruhe zu lassen.

Ich hatte von meinem Zimmer im Northwestern mit Atlanta telefoniert, und als ich schließlich Feierabend machte, hielt mich irgend etwas in dem kleinen Raum zurück. Ich zog mir einen Stuhl ans Fenster und sah auf die Stadt hinaus.

Ich weiß nicht, wie lange ich da saß. Zuerst dachte ich über den Fall nach, an dem ich gerade arbeitete, über den Club der Einunddreißig. Ich dachte, wie stark sich ihre Reihen im Lauf der letzten dreißig Jahre gelichtet hatten, und auf einmal dachte ich über mein Leben während dieses Zeitraums nach und über den schweren Zoll, den diese Jahre gefordert hatten. Ich dachte an die Menschen, die ich verloren hatte, zum Teil durch den Tod, zum Teil, weil unsere Leben verschiedene Richtungen eingeschlagen hatten. Meine frühere Frau Anita, längst wieder verheiratet. Ich hatte zum letzten Mal mit ihr gesprochen, als ich ihr nach dem Tod ihrer Mutter mein Beileid ausgedrückt hatte. Zum letzten Mal gesehen hatte ich sie – ich konnte mich nicht mehr erinnern, wann ich sie zum letzten Mal gesehen hatte.

Meine Söhne, Michael und Andrew, beide erwachsen, beide Fremde für mich. Michael lebte in Nordkalifornien, als Verkaufsrepräsentant einer Firma, die Computerhersteller mit Hardwarekomponenten belieferte. In den vier Jahren, seit er seinen College-Abschluß gemacht hatte, hatte ich allerhöchstens zehnmal mit ihm gesprochen. Vor zwei Jahren hatte er ein Mädchen names June geheiratet, und er hatte mir ein Hochzeitsfoto geschickt. Sie ist Chinesin, sehr klein und zierlich, und sie macht auf dem Foto ein sehr ernstes Gesicht. Mike hatte schon im College zuzunehmen begonnen, und jetzt sieht er aus wie ein dicker, jovialer Geschäftsmann, rauh, aber herzlich, und ein bißchen fehl am Platz neben dieser undurchschaubaren Tochter Asiens.

»Wir müssen uns mal treffen«, sagt er jedesmal, wenn wir telefonieren. »Wenn ich das nächste Mal nach New York komme, sage ich dir Bescheid. Dann gehen wir zusammen zu Abend essen, und vielleicht können wir uns auch ein Spiel der Knicks ansehen.«

»Vielleicht komme ich ja mal an die Westküste«, hatte ich bei unserem letzten Telefongespräch angedeutet. Darauf war erst einmal eine ganz kurze Pause eingetreten, aber dann versicherte er mir schnell, das wäre toll, wirklich toll, aber im Moment sei es nicht so günstig. In der Firma hätten sie gerade sehr viel zu tun, und er sei viel unterwegs und ...

Er und June leben in einer Eigentumswohnung bei San Jose. Ich habe am Telefon mit ihr gesprochen, der Schwiegertochter, die ich noch nie gesehen habe. Wahrscheinlich werden sie bald eine Familie gründen, und dann werde ich Enkel haben, die ich nie gesehen habe.

Und Andy? Als ich das letzte Mal was von ihm hörte, war er in Seattle und redete davon, nach Vancouver hoch zu ziehen. Es hörte sich an, als riefe er von einer Bar an, und seine Zunge war schwer vom Alkohol. Er ruft nicht oft an, und wenn, tut er es immer von einem neuen Wohnort aus, und er hört sich immer an, als hätte er getrunken. »Ich lass´ es mir gutgehen«, sagte er mir einmal. »Irgendwann werde ich mich irgendwo niederlassen, aber erst lasse ich mal noch nichts anbrennen.«

Ich mit meinen fünfundfünfzig Jahren, was hatte ich schon alles anbrennen lassen? Was hatte ich mit diesen Jahren gemacht? Und was hatten sie mit mir gemacht?

Und wie viele blieben mir noch? Und wenn sie wie der Rest vergangen waren, was hatte ich dann vorzuweisen? Was hatte überhaupt jemand für die Jahre vorzuweisen, die vergangen waren?

Gleich gegenüber ist ein Getränkemarkt. Von meinem Platz am Fenster konnte ich die Kunden rein- und rausgehen sehen. Während ich sie beobachtete, kam mir die Idee, ich könnte die Nummer des Ladens im Telefonbuch nachschlagen und mir eine Flasche aufs Zimmer kommen lassen.

Weiter hing ich diesem Gedanken aber nicht nach. Manchmal gestatte ich mir zu überlegen, was für eine Art Schnaps ich mir kommen lassen würde und welche Marke. Diesmal würgte ich diesen Gedanken früh ab und atmete ein paarmal kräftig durch, um ihn mir aus dem Kopf zu schlagen.

Dann griff ich nach dem Telefon und wählte eine Nummer, die ich nicht nachschlagen mußte.

Es klingelte zwei-, dreimal. Ich hatte schon den Finger ausgestreckt, um auf die Gabel zu drücken, weil ich nicht mit einem Anrufbeantworter sprechen wollte, doch dann nahm sie ab.

»Ich bin's«, sagte ich, »Matt.«

»Komisch, ich hab grade an dich gedacht«, sagte sie.

»Und ich an dich. Hast du Lust auf ein bißchen Gesellschaft?«

»Mal überlegen.« Sie dachte kurz über die Frage nach. »Ja«, sagte sie. »Hab ich.«

8

Als ich vor Jahren in meinem Hotel einzog, hatte Jimmy Armstrong gleich um die Ecke in der Ninth Avenue eine Kneipe, und die wurde praktisch mein zweites Wohnzimmer. Nachdem ich den Entzug gemacht hatte, lief sein Pachtvertrag aus, und er machte einen langen Block weiter westlich neu auf, an der Ecke von Tenth und Fifty-seventh. Bei den Anonymen Alkoholikern sagen sie einem, man soll Leute, Orte und Dinge meiden, die den Wunsch zu trinken in einem wecken, und deshalb hielt ich mich mehrere Jahre von Jimmys Kneipe fern. Neuerdings gehe ich wieder ab und zu hin. Elaine tut das am liebsten sonntagnachmittags, wenn dort Kammermusik geboten wird, und wenn man spät noch was essen will, kann man mit dem Armstrong's nie was falsch machen.

Ich ging auf der Fifty-seventh nach Westen, aber statt bei Jimmy vorbeizuschauen, steuerte ich auf das Apartmenthochhaus schräg gegenüber zu. Der Türsteher war im Bild, daß ich kam; als ich ihm meinen Namen nannte, sagte er, ich würde erwartet, und deutete auf den Lift. Ich fuhr in den achtundzwanzigsten Stock hoch. Die Tür ging in dem Moment auf, in dem ich klopfte.

»Es war wirklich so«, sagte sie. »Ich hab grade an dich gedacht, als du angerufen hast. Du siehst müde aus. Ist irgendwas?«

»Nein, alles in Ordnung.«

»Das ist wahrscheinlich die schwüle Hitze. Das kann ja ein Sommer werden, wenn's schon im Juni so losgeht. Ich hab grade die Klimaanlage angemacht. Die Wohnung wird ziemlich schnell kühl.«

»Wie geht's dir, Lisa?«

Sie wandte sich ab. »Ganz gut. Möchtest du eine Tasse Kaffee? Oder lieber was Kaltes? Ich habe Pepsi, Eistee ...«

»Nein, danke.«

Sie drehte sich wieder um, um mich anzusehen. »Ich bin froh, daß du da bist, aber ich glaube nicht, daß wir was miteinander machen sollten. Ist das okay?«

»Klar.«

»Wir können uns doch einfach nur unterhalten.«

»Wie du meinst.«

Sie ging ans Fenster. Ihre Wohnung geht nach Westen raus, und es gibt keine hohen Bauten, die die Sicht versperren. Ich stellte mich hinter sie und beobachtete ein paar Segelboote auf dem Hudson.

Sie hatte sich parfümiert, den Moschusduft, den sie immer benutzte.

»Was soll eigentlich der Quatsch?« sagte sie.

Sie drehte sich um, um mich noch einmal anzusehen. Ich umschlang ihre Taille und verhakte die Hände ineinander, und sie lehnte sich zurück und sah zu mir hoch. Ihre Stirn glänzte, und auf ihrer Oberlippe waren Schweißperlen. »Oh!« sagte sie, als hätte sie etwas erschreckt, und ich zog sie an mich und küßte sie, und erst zitterte sie in meinen Armen, doch dann schlang sie ihre Arme um mich, und wir klammerten uns aneinander. Ich spürte ihren Körper an meinem, ich spürte ihr Brüste, ich spürte die Glut ihrer Lenden.

Ich küßte ihren Mund. Ich küßte ihren Hals und atmete ihren Duft ein.

»Oh!« entfuhr es ihr.

Wir gingen ins Schlafzimmer und zogen uns aus, hielten zwischendurch inne, um uns zu küssen und uns aneinander zu drücken. Zusammen plumpsten wir aufs Bett. »Oh«, sagte sie. »Oh, oh, oh ...«

Sie hieß Lisa Holtzmann, und man könnte durchaus sagen, sie sei jung genug, um meine Tochter sein zu können, obwohl sie in Wirklichkeit zehn Jahre vor meinem ältesten Sohn geboren wurde. Als ich sie kennenlernte, war sie mit einem Anwalt namens Glenn Holtzmann verheiratet und von ihm schwanger. Sie verlor das Baby in den ersten drei Schwangerschaftsmonaten, und nicht viel später verlor sie ihren Mann; er wurde erschossen, als er nur ein paar Straßen weiter in der Eleventh Avenue an einem Münzapparat telefonierte.

Ich war plötzlich mit zwei Klienten dagestanden, der Witwe des Ermordeten und dem Bruder des Mannes, der beschuldigt wurde, ihn erschossen zu haben. Ich weiß nicht, ob ich den beiden eine große Hilfe war. Der vermeintliche Mörder, einer der Verrückten, die sich auf den Straßen des Viertels rumtrieben, landete in Rikers Island, wo er von jemand erstochen wurde, der genauso verrückt war wie er. Die Witwe Holtzmann landete mit mir im Bett.

Daß es dazu kam, ist in meinen Augen nicht weiter ungewöhnlich. Bekanntlich gelten Witwen seit jeher als leicht verführbar – und auch selbst als verführerischer als sonst. Meine Rolle in Lisas persönlicher Tragödie, die des Ritters in schimmernder Rüstung, der den Bedrängten zu Hilfe eilt, konnte nicht verhindern, daß wir miteinander im Bett landeten. Obwohl ich Elaine von ganzem Herzen liebe und mich ihr tief verpflichtet fühle – ohne wegen dieses Verpflichtetseins ein schlechtes Gefühl zu haben –, hat es die männliche Chromosomenzusammensetzung offenbar so an sich, eine neue Frau schon allein deshalb verführerisch wirken zu lassen, weil sie neu ist.

Seit Elaine und ich uns wieder zusammengefunden hatten, hatte ich keine andere Frau mehr gehabt, aber früher oder später wäre es vermutlich fast unvermeidlich dazu gekommen. Das Überraschende war eher, daß unser Verhältnis nicht einschlief. Es war wie das Energizer-Kaninchen. Es lief und lief und lief …

Man mußte keinen Doktor in Psychologie haben, um zu merken, was da los war. Ich war offensichtlich eine Vaterfigur für sie und nur geringfügig verfügbarer als das Original. In ihrem Elternhaus in White Bear Lake, Minnesota, war er mehrere Jahre lang nachts zu ihr ins Bett geschlüpft. Er hatte sie mit seinen Fingern und dem Mund stimuliert und ihr beigebracht, ihre Lust wie eine Dame auszuhauchen, leise, damit kein Laut durch die Schlafzimmertür drang. Er hatte ihr auch beigebracht, ihn zu beglücken, und bis sie ins College kam, war sie für ihr Alter schon sehr erfahren.

Und noch Jungfrau. »Reingesteckt hat er ihn mir nie«, erzählte sie mir. »Er hat gesagt, das sei Sünde.«

Während sie und ich keine solchen Grenzen gezogen hatten, war unsere Beziehung in manch anderer Hinsicht ein Nachhall dessen, was zwischen ihr und ihrem Daddy gewesen war. Obwohl anfangs sie die Initiative ergriffen und mir zu verstehen gegeben hatte, nicht abgeneigt zu sein, hatte sie danach keinerlei Schritte mehr unternommen. Sie rief mich nie zu Hause oder im Büro an. Immer rief ich an und fragte, ob ihr nach Gesellschaft sei, und immer sagte sie, ich solle vorbeikommen.

Wir waren nie außerhalb ihrer Wohnung zusammen. Wir gingen nie Seite an Seite die Straße runter oder tranken zusammen eine Tasse Kaffee. Eines Abends waren Elaine und ich nach einem Konzert im Lincoln Center noch im Armstrong's, und Elaine entdeckte Lisa an der Bar. Übrigens war es Elaine gewesen, die mich mit Lisa und ihrem Mann bekanntgemacht hatte; die zwei Frauen hatten sich in einem Kurs am Hunter College kennengelernt. »Ist das nicht Lisa Holtzmann?« hatte sie gesagt und mit dem Kopf in Richtung Bar gedeutet. Ich sah hin und nickte, aber keiner von uns machte irgendwelche Anstalten, aufzustehen und ihr hallo zu sagen.

In ihrer Wohnung, in ihrem Bett hörte die restliche Welt einfach auf, für mich zu existieren. Es war, als befänden sich diese Räume im achtundzwanzigsten

Stock irgendwie außerhalb von Raum und Zeit. Ich streifte dort mein Leben ab wie ein Paar Stiefel und ließ sie vor der Tür stehen.

Wahrscheinlich ist es nicht mal übertrieben zu sagen, daß sie für mich wie eine Droge oder ein Drink war. Ich hatte flüchtig mit dem Gedanken gespielt, im Getränkemarkt anzurufen, und dann hatte ich nach dem Telefon gegriffen und statt dessen sie angerufen. Normalerweise war der Zusammenhang nicht so offensichtlich.

Normalerweise war es einfach so, daß ich an sie dachte und bei ihr sein wollte. Manchmal widerstand ich diesem Drang. Manchmal nicht.

Selten ging ich öfter als einmal im Monat zu ihr, und im Winter hatte es mal eine Phase von fast drei Monaten gegeben, in der ich nicht mal nach dem Telefon gegriffen hatte. Als sie mir kurz nach Neujahr mal wieder durch den Kopf ging, dachte ich mit einer seltsamen Mischung aus Trauer und Erleichterung: *»Das war's dann wohl.«* Anfang Februar rief ich sie an und ging zu ihr, und wir waren wieder genau da, wo wir angefangen hatten.

Danach sahen wir uns den Sonnenuntergang an. Es muß gegen neun gewesen sein. Die Sonne ging jetzt jeden Tag etwas später unter, und bis zur Sommersonnenwende war es nicht mal mehr eine Woche.

»Zur Zeit habe ich ziemlich viel Arbeit«, sagte sie. »Ich habe einen tollen Auftrag, sechs Titel für eine Taschenbuch-Westernserie.«

»Ist ja toll.«

»Das anstrengendste ist, die Bücher zu lesen. Es sind sogenannte Western für Erwachsene. Weißt du, was das ist?«

»Ich kann es mir zumindest denken.«

»Ja, wahrscheinlich. Der Held sagt nicht: ›Pardon, Ma'am.‹«

»Was sagt er dann?«

»In dem, den ich gerade gelesen habe, sagt er: ›Zieh doch mal deinen Unterrock aus, damit ich an deiner schnuckeligen, kleinen Pussy naschen kann.‹«

»Wie eben der Westen erobert wurde.«

»Irgendwie ganz schön schockierend. Erst denkst du nämlich, du liest Hopalong Cassidy, und auf einmal kriegt's jemand hinter dem Korral von hinten besorgt. Der Held heißt Cole Hardwick. Ganz schön direkt, findest du nicht?«

»Man merkt, was Sache ist.«

»Für jeden Titel mache ich eine andere Westernszene. Die zwei festen Bestandteile sind Schießeisen und tiefe Ausschnitte. Ach, und Cole Hardwicks wettergegerbtes Gesicht im Vordergrund, damit man gleich weiß, daß es ein weiteres Buch aus der Serie ist.« Sie streckte die Hand aus und fuhr mit dem Zeigefinger über meinen Kiefer. »Fast hätte ich dein Gesicht genommen.«

»Tatsächlich?«

»Ich fing an Skizzen zu machen, und was dabei rauskam, kam mir seltsam bekannt vor. Ich war versucht, es zu lassen. Die Frage ist sowieso, ob du überhaupt mal eins dieser Bücher zu sehen bekommen hättest – und ob du dich selbst erkannt hättest.«

»Keine Ahnung.«

»Jedenfalls, ich fand dann doch, du wärst nicht der Richtige. Du bist einfach zu weltmännisch.«

»Und zu alt.«

»Nein, Hardwick ist auch angegraut. Schau, jetzt verschwindet die Sonne. Ob ich die Sonnenuntergänge wohl mal sattbekomme? Hoffentlich nicht.«

Sobald die Sonne untergegangen war, war der Blick sogar noch großartiger. Ein ganzer Regenbogen von Farben legte sich über die Skyline von Jersey.

»Ich habe jemand kennengelernt«, sagte sie.

»Hoffentlich ist er nett.«

»Ich finde schon. Er ist Art Director bei der Zeitschrift einer Fluggesellschaft. Ich habe ihm meine

Mappe gezeigt, aber er hatte keine Arbeit für mich. Allerdings rief er mich am nächsten Tag an und lud mich zum Essen ein. Er sieht gut aus und ist amüsant, und er mag mich.«

»Ist doch toll.«

»Wir haben uns schon viermal getroffen. Morgen werden wir früh zu Abend essen und uns im Playwrights Horizon *Elf Monate Winter* ansehen. Und dann werde ich höchstwahrscheinlich mit ihm schlafen.«

»Hast du das noch gar nicht?«

»Nein. Nur ein paar, du weißt schon, längere Küsse.« Sie verhakte die Hände im Schoß und sah auf sie hinab. »Als du vorhin angerufen hast, war mein erster Gedanke, dir zu sagen, du sollst heute nicht vorbeikommen. Und dann habe ich gesagt, daß ich nichts machen möchte. Und wie lange habe ich es durchgehalten? Eine halbe Minute?«

»So ungefähr.«

»Manchmal frage ich mich schon, was zwischen uns eigentlich ist.«

»Das habe ich mich auch schon gefragt.«

»Was wird passieren, wenn ich anfange, mit Peter zu schlafen? Was werde ich dann sagen, wenn du anrufst?«

»Keine Ahnung.«

»›Komm rüber‹, werde ich sagen. Und danach werde ich mir wie eine Hure vorkommen.«

Ich sagte nichts.

»Ich kann mir nicht vorstellen, mit zwei Männern gleichzeitig zu schlafen. Damit meine ich nicht wörtlich zur selben Zeit, sondern ...«

»Ich weiß, was du meinst.«

»Eine Beziehung mit Peter zu haben und weiter mit dir ins Bett zu gehen. Irgendwie kann ich mir das nicht so recht vorstellen. Aber ich kann mir auch nicht vorstellen, nein zu dir zu sagen.«

»Wegen dem ganzen Papikram?«

»Ich schätze schon. Als du mich geküßt hast, roch dein Atem einen Moment nach Alkohol. Das kann natürlich die Erinnerung gewesen sein. Er hatte nämlich immer eine Fahne, wenn er zu mir ins Zimmer kam. Hab ich dir eigentlich erzählt, daß er inzwischen einen Entzug gemacht hat?«

»Nein.«

»In Minnesota. Dem Land der zehntausend Seen und zwanzigtausend Trinkerheilanstalten. Sein Arzt machte sich Sorgen, seine Leber könnte sich schon vergrößert haben, und wies ihn für eine Entziehungskur ein. Meine Mutter sagt, außer einem Bier zum Essen trinkt er jetzt nichts mehr. Aber ich glaube nicht, daß es lange dabei bleibt.«

»Das tut es nie.«

»Vielleicht geht seine Leber auf wie ein Stück Hefe, und er stirbt. Manchmal wünsche ich mir das. Findest du das schlimm?«

»Nein.«

»Und dann gibt es wieder Zeiten, in denen ich für ihn beten will. Daß er zu trinken aufhört und – ich weiß auch nicht, was. Daß er sich bessert, schätze ich. Daß er der Vater wird, den ich immer haben wollte. Aber vielleicht *ist* er schon der Vater, den ich immer haben wollte. Vielleicht war er es schon die ganze Zeit.«

»Vielleicht.«

»Außerdem kann ich überhaupt nicht beten. Betest du?«

»Hin und wieder. Aber nicht sehr oft.«

»Wie machst du das?«

»Meistens bitte ich um Kraft.«

»Kraft?«

»Etwas zu tun oder durchzustehen. Die Art von Kraft.«

»Und kriegst du sie?«

»Ja«, sagte ich. »Normalerweise schon.«

Ich duschte, bevor ich ging. Ich machte mich auf den Weg zur St. Paul's und bekam noch die letzte halbe Stunde des AA-Treffens dort mit. Ich hob die Hand und sagte, ich hätte vor kurzem mit dem Gedanken gespielt, was zu trinken. »Ich sah aus dem Fenster auf den Getränkemarkt gleich gegenüber, und ich dachte, wie einfach es wäre, dort anzurufen und mir eine Flasche aufs Zimmer bringen zu lassen. Ich bin jetzt ein paar Jahre trocken, und solche Gedanken kommen mir nicht mehr allzuoft, aber ich bin nach wie vor Alkoholiker. Und nüchtern geblieben bin ich nur deshalb so lange, weil ich nichts getrunken habe und hierher gekommen bin und darüber gesprochen habe. Ich bin froh, trocken zu sein, und ich bin froh, heute abend hier zu sein.«

Anschließend ging ich mit ein paar anderen ins Flame. Ich aß einen Hamburger und trank ein Glas kalten Kaffee. Kurz vor elf kam ich nach Hause.

»Du siehst ein bißchen verwelkt aus«, begrüßte mich Elaine. »Nur gut, daß es Klimaanlagen gibt, hm? Joe Durkin hat angerufen, du sollst ihn morgen früh zurückrufen. Und da waren noch ein paar andere Anrufe für dich. Ich hab alles aufgeschrieben. Hoffentlich war dein Tag aufregender als meiner.«

»Nicht viel los im Laden?«

»Na ja, wer macht bei so einem Wetter schon einen Galerienbummel? Aber ich glaube, ich habe einen Auftrag für Ray Galindez. Ein Frau über siebzig, eine Buchenwald-Überlebende. Ihre ganze Familie ist im Konzentrationslager umgekommen, und natürlich hat sie keine Bilder. Als sie nach dem Krieg rüberkam, hatte sie nichts außer den Kleidern, die sie am Leib trug. Sie möchte, daß Ray alle zeichnet – ihre Eltern, ihre Großeltern, ihre kleine Schwester. Sie hat alle verloren, Matt.«

»Kann sie sich das leisten?«

»Sie könnte meinen ganzen Laden mit der Portokasse kaufen. Sie hat einen anderen Lagerüberlebenden geheiratet, und sie haben einen Süßwarenladen aufgemacht. Ihre Söhne haben gemeinsam eine Firma gegründet, eine Gießerei in Passaic. Sie hat sechs Enkel, darunter drei Ärzte und zwei Anwälte.«

»Und ein schwarzes Schaf?«

»Das schwarze Schaf macht gerade in Harvard ihren Abschluß, bevor sie nach Passaic zurückgeht und in die Firma einsteigt. Das heißt, wenn sie nicht abtrünnig wird und beschließt, Vorstandsvorsitzende bei General Motors zu werden.«

»Du kennst ja schon die ganze Familiengeschichte, hm?«

»Mit den dazugehörigen Fotos. Geld spielt keine Rolle. Ihre einzige Sorge ist, daß sie sich nicht mehr erinnern kann, wie sie ausgesehen haben. ›Ich schließe die Augen und versuche sie mir vorzustellen, aber ich sehe nichts.‹ Ich hab ihr gesagt, sie soll sich mit dem Künstler zusammensetzen und einfach sehen, was passiert. Da bekamen ihre Augen plötzlich so einen leicht feuchten Schimmer, und als ich sie darauf zu trösten versuchte, fiel mir wieder ein, wie nahe es mir damals ging, als Ray meinen Vater gezeichnet hat. Du hättest uns mal sehen sollen, Liebling. Zwei alte Schachteln, die sich in den Armen lagen und geheult haben wie die Schloßhunde.«

»Du bist einfach unglaublich.«

»Ich?«

»Ich finde, du bist wundervoll.«

»Ich bin nur eine ehemalige Nutte«, sagte sie, »mit einem ehemaligen Herz aus Gold.«

9

»Vielleicht kannst du mir ja weiterhelfen«, sagte Joe Durkins. »Da ist nämlich was, das ich nicht verstehe. Wie komme ich zu der Ehre, dein Rabbi zu sein?«

»Wahrscheinlich bist du brav zur Jeschiwa gegangen«, sagte ich, »und hast lang und fleißig studiert, um Rabbiner zu werden.«

»Weißt du, genau so ein Rabbiner hätte ich werden sollen. Mit einem dieser Käppchen rumlaufen und mir den Bart streichen, wenn ich um eine Antwort verlegen bin. Meinst du, es ist schon zu spät, um noch den Beruf zu wechseln?«

»Ich glaube, man muß auch Jude sein.«

»Hab ich mir fast gedacht, daß die Sache einen Haken hat. Wäre ja auch zu schön, um wahr zu sein.« Er lehnte sich in seinen Schreibtischstuhl zurück und verschränkte die Hände im Nacken. »Jetzt aber mal im Ernst. Wie komme ich zu der Ehre, dein Freund an höchster Stelle zu sein? Dein persönlicher Bandwurm, tief im Gedärm des NYPD-Amtsschimmels.«

»Bandwurm. Also wirklich!«

Er grinste. »Gefällt dir, wie? Hab ich mir fast gedacht. Sonst kam noch Wanze in die engere Wahl – die für dich die richtigen Leitungen anzapft. Aber Bandwurm gefällt mir besser.«

Wir waren im Bereitschaftsraum von Midtown North. Der Schreibtisch neben Joe war leer. Zwei Schreibtische weiter verhörte ein bulliger schwarzer Detektiv namens Bellamy einen schmächtigen jungen Latino mit einem mickrigen Ziegenbart an seinem spitzen Kinn. Der junge Bursche rauchte eine Zigarette, und Bellamy versuchte ständig den Rauch von seinem Gesicht wegzufächeln.

»Vier Morde«, sagte Durkin. »Der erste liegt zwölf Jahre zurück, der letzte ist vergangenen Februar passiert. Vier Männer und eine Frau, die innerhalb von zwölf Jahren in verschiedenen Stadtteilen auf sehr unterschiedliche Weise umgebracht wurden. Was, habe ich mich gefragt, könnte diesen Morden gemeinsam sein? Willst du wissen, auf welche Lösung ich gekommen bin?«

»Welche?«

»Alle Opfer sind tot. Immer noch tot, wie General Franco. Kannst du dich noch an diese Geschichte aus *Saturday Night Live* erinnern?«

»Vage.«

»›Eben kommt aus Madrid rein – Generalissimo Francisco Franco ist immer noch tot.‹« Er ordnete wichtigtuerisch die Papiere auf seinem Schreibtisch. »Also. Carl Uhl, in seinem Apartment in der West Twenty-second Street von einem Liebhaber ermordet. Das Opfer war schwul, die Wohnung wies Spuren von Sadomaso-Praktiken auf, das Opfer war mit Handschellen und Lederriemen gefesselt, die übliche Leier, zahlreiche Stichwunden, Verstümmelungen an den Genitalien und im Brustbereich. Willst du das wirklich alles wissen?«

»Nein. Bis auf die näheren Einzelheiten weiß ich bereits alles Wesentliche. Und die Unterlagen kann ich mir später ansehen. Was ich wissen will ...«

»Du willst wissen, ob der Fall bereits zu den Akten gelegt ist, stimmt's? Die Antwort ist nein. Die Typen von Eins-null haben sich ein paar von Uhls Bekannten vorgeknöpft, aber an ihren Alibis war nichts auszusetzen. Hin und wieder geht denen schon mal ein Kerl in die Falle, der auf diese Tour ein paar Schwule um die Ecke gebracht hat: gabelt in einer Lederschwulenbar in der West Street einen Freier auf und besorgt's ihm dann eine Spur schärfer, als er's haben will, worauf sie dann sämtliche ungeklärten Fälle mit einer ähnlichen Methode rauskramen und ausprobieren, ob sie zu jemand passen. Bisher ist Carl Uhl noch Waise. Warum? Was weißt du, was die von Eins-null nicht wissen?«

»Absolut nichts«, sagte ich. »Hat der Mörder Uhl so kennengelernt? Ihn irgendwo in der West Street aufgegabelt?«

»Das weiß kein Mensch. Vielleicht ist er auch mit einem Sack voller Folterwerkzeuge durch den Schornstein gekommen. Wenn du meinst, wir werden noch rausfinden, wer der Kerl war, dann kann ich dir gleich sagen, daß du das vergessen kannst. Außer wir schnappen ihn, weil er die gleiche Nummer noch mal bringt. Aber das wird er wohl kaum. Denn weißt du was? Aller Wahrscheinlichkeit nach ist der Kerl tot.«

»Wie kommst du denn darauf?«

»Wie ich darauf komme? Ganz einfach. Dieser Vogel hatte ziemlich riskante sexuelle Vorlieben, und das schon vor zwölf Jahren, also zu einer Zeit, als sich in Saunas und Hinterzimmern bereits Aids ausbreitete, ohne daß ein Mensch wußte, was das war, geschweige denn irgendwelche Vorkehrungen dagegen traf. Der Typ, der Uhl abgemurkst hat, hat wahrscheinlich fünfzigmal mehr Leute umgebracht, indem er sie mit dem Virus angesteckt hat, als er mit seinem Messer abgestochen hat. Und nachdem er entsprechend zur Verbreitung von Aids beigetragen hat, ist er hergegangen und selbst daran gestorben.«

»Hat er irgendwelche Spermaspuren hinterlassen?«

»Nein, die hat er in einer Plastiktüte mit nach Hause genommen.« Er nahm die Akte und überflog sie. »Spermaspuren auf dem Bauch des Opfers, steht hier. Wahrscheinlich von Uhl. War jedenfalls seine Blutgruppe. Damals gab es natürlich noch keine DNS-Tests. Inzwischen sind wir da in der Gerichtsmedizin wesentlich weiter.«

»Das will ich meinen.«

»Und deshalb kommt heute auch niemand mehr mit einem Mord davon. Wieso willst du wissen, ob er

Spermaspuren hinterlassen hat? Was weißt du über die Sache?«

»Nichts«, sagte ich. »Ich hätte nur gern gewußt, ob es irgendwelche konkreten Beweise gibt, daß sie Sex miteinander hatten.«

»Jedenfalls sieht es nicht so aus, als hätten sie übers Wetter geredet. Was allerdings diese Lederfreaks unter Sex verstehen, ist nicht unbedingt dasselbe, was wir darunter verstehen. Ich hatte da mal einen Fall, zwei Typen, die eine Beziehung hatten, und weißt du, wie die aussah? Der eine kam in die Wohnung des anderen, und dann mußte er sich nackt ausziehen und das Klo putzen. Nicht mit der Zunge oder so was, nein, ganz normal mit Ajax und einer Küchenrolle. In der Zwischenzeit saß der andere im Wohnzimmer und sah sich die *Oprah Winfrey Show* an. Dann inspizierte er das Klo, beschimpfte den Typen, der es geputzt hatte, und warf ihn raus. Ungefähr so, wie wenn du oder ich die Putzfrau kommen lasse, und wenn sie fertig ist, wird sie nicht bezahlt, sondern bekommt zu hören, sie sei eine blöde Fotze und solle sich gefälligst verpissen.«

»Das würde ich nie wagen«, sagte ich. »Du hättest meine Putzfrau hören sollen, als ich sie letztes Mal gebeten habe, die Fenster zu putzen.«

»Doch zurück zu Uhl«, sagte er. »Irgend jemand muß Sex gehabt haben, denn das Sperma auf Uhls Bauch kann nicht einfach da gewachsen sein. Entweder ist es sein Sperma, weil er nämlich auf seine Kosten gekommen ist, bevor sein Freund mit dem Messer zur Sache ging, oder es war das des Mörders, und er hatte dieselbe Blutgruppe. Macht das einen Unterschied?«

»Für mich nicht«, mußte ich zugeben.

»Können wir dann vielleicht weitermachen? Sechs Jahre später, 1987, Boyd und Diana Shipton, beide in ihrem Loft in der Hubert Street ermordet. Dazu gibt's zwei Theorien. Eine lautet, sie hätten einen Einbrecher auf frischer Tat ertappt.«

»Diesen Eindruck habe ich auch aus den Pressemeldungen gewonnen.«

»Da gab's aber auch Verschiedenes, was die Presse nicht erfahren hat. Die Brutalität des Verbrechens deutete auf persönlichere Motive hin.«

»Er wurde erschlagen, und sie vergewaltigt und erwürgt.«

»Er wurde erschlagen, aber nicht bloß, bis er tot war. Sein Kopf war nur noch Matsch, der Schädel zertrümmert, das Gesicht zur Unkenntlichkeit zerstört.«

»Aber es ist sicher, daß er's war?«

»Ja, sie konnten ihn mit Hilfe der Fingerabdrücke identifizieren. Wieso fragst du?«

»Nur so. Wenn ich höre, das Gesicht eines Toten ist zur Unkenntlichkeit zerstört, ist das die erste Frage, die mir in den Sinn kommt …«

»Schon klar, ich weiß, was du meinst. Jedenfalls, er war's eindeutig. Seine Frau wurde mit einem Stück Draht erwürgt. Ihr Gesicht lief violett an und schwoll an wie ein Basketball. Und was die Vergewaltigung angeht, also, ich weiß nicht, ob man das wirklich so nennen kann. Aber Gewaltanwendung war's auf jeden Fall. Der Täter hat ihr einen Schürhaken in die Vagina gerammt, bis rauf in die Bauchhöhle.«

»O Gott.«

»Allerdings war sie da schon tot, falls dich das beruhigt. Die Sache mit dem Schürhaken wurde aus guten Gründen nicht an die Presse weitergegeben. Aber selbst wenn sie es gewußt hätte, hätte sie es nicht gedruckt. Obwohl ich mir da heute nicht mehr so sicher bin.«

»Heute drucken sie alles.«

»Stand eigentlich in der Zeitung, daß einige der Bilder zerstört wurden? Wir haben nämlich nicht damit rausgerückt, daß sie mit Satanssymbolen beschmiert waren. Mehrere Experten«, er verdrehte die Augen, »vertraten einhellig die Meinung, sie könnten nicht das Werk echter Teufelsanbeter sein. Ein echter Teufelsanbeter hätte wahrscheinlich mit den Shiptons selbst irgendwas Schreckliches angestellt, während sich diese Pseudo-Satansjünger nur einen harmlosen kleinen Spaß machen wollten.«

»Wie viele Täter?«

»Aller Wahrscheinlichkeit nach zwei oder drei.«

»Könnte es auch einer allein getan haben?«

»Das ist jedenfalls nicht auszuschließen. Die Cops in East Hampton hatten sogar jemand, der dafür in Frage kam, einen Bauunternehmer, der eine Affäre mit Mrs. Shipton hatte, oder vielleicht war's auch andersrum, daß Boyd die Frau dieses Typen gebumst hat. Auf jeden Fall könnte es auch einer allein getan haben, wenn er den beiden aufgelauert hat. Ein Schlag auf den Kopf, und Boyd ist aus dem Verkehr gezogen. Er schlingt der Frau den Draht um den Hals und bringt sie um, dann haut er Boyds Schädel zu Matsch, und zum Schluß zieht er seine Nummer mit dem Schürhaken ab.«

»Steht der Bauunternehmer immer noch unter Verdacht?«

»Nein, sein Alibi war hieb- und stichfest, daran gab's nichts zu rütteln. Es gab massenweise Theorien. Shipton war ein berühmter Maler, die Frau eine ehemalige Ballettänzerin, die beiden hatten jede Menge Geld, das Loft in der Stadt, das Strandhaus in East Hampton, und dazu haufenweise geldige und prominente Bekannte. Worauf schließt du da?«

»Ich weiß nicht. Kokain?«

»Ein Mordsmedienrummel und ein Riesenpolizeiaufgebot, sowohl hier als auch draußen auf der Insel, darauf wollte ich raus. Kokain? Ich schätze, ab und zu haben sie mal welches genommen, aber wenn in diesem Fall Drogen eine Rolle gespielt haben, ist mir nichts davon bekannt, und der Typ, mit dem ich gestern telefoniert habe, hat auch nichts in der Richtung erwähnt. Warum?«

»Da gibt's keinen Grund. Ich weiß, daß niemand festgenommen wurde. Aber weiß man wenigstens, wer's war?«

Er schüttelte den Kopf. »Es gibt nicht den leisesten Anhaltspunkt. Das heißt, Anhaltspunkte gibt es jede Menge, aber keiner hat zu was geführt. Warum? Was sagt dein Informant?«

»Was für ein Informant?«

»Dein Informant oder wer dich sonst auf vier Morde gleichzeitig angesetzt hat. Wen hat er denn wegen der Shiptons in Verdacht?«

»Ich hab keinen Informanten, Joe.«

Er sah mich an. Zwei Schreibtische weiter nahm Bellamy eine brennende Zigarette aus dem Aschenbecher und drückte sie aus. »He, Mann«, maulte das Jüngelchen mit dem Ziegenbart, »ich hab doch noch gar nicht zu Ende geraucht.« Bellamy sagte ihm, er könne von Glück reden, daß er sie ihm nicht im Gesicht ausgedrückt habe.

»Na schön, belassen wir's erst mal dabei«, sagte Durkin. »Der nächste Mord liegt vier Jahre zurück, 1989, Thomas P. Cloonan. Sympathischer, grundanständiger Ire, ist Taxi gefahren, damit zu Hause was zu essen auf dem Tisch stand. Niemand hat ihn gefesselt, niemand hat ihm einen runtergeholt, und niemand hat ihm einen Schürhaken in den Arsch geschoben. Ich muß sagen, ich kann kaum glauben, daß sich ein Typ wie du für so jemanden überhaupt interessiert.«

Laut Fahrtenbuch war Tom Cloonan Dienstag nacht um 22 Uhr 35 zur letzten Fahrt seines Lebens gestartet. Er hatte am Sherry-Netherland Hotel einen Fahrgast abgesetzt und den nächsten ein paar Straßen weiter in Richtung downtown gegenüber der St. Patrick's Cathedral einsteigen lassen. Als Fahrtziel hatte er das Columbia Presbyterian Medical Center oben in Washington Heights eingetragen.

Es ließ sich nicht mehr feststellen, ob er dort auch angekommen war. Gegen 0 Uhr 15 fand eine Funkstreife des 34. Reviers, die auf einen anonymen Anruf hin losgeschickt worden war, Cloonans Taxi neben einem Feuerhydranten in der Audubon Street, auf Höhe der 174th Street. Cloonan, vierundfünfzig, war mit Schußwunden in Kopf und Hals über dem Lenkrad zusammengesunken. Der Notarzt konnte nur noch seinen Tod feststellen.

»Zwei Schüsse aus einer Neunmillimeter, aus nächster Nähe abgegeben, mit sofortiger Todesfolge oder zumindest fast. Brieftasche weg, Münzwechsler weg, und die Tatwaffe – wer hätte das gedacht – hat er natürlich auch mitgenommen.

Die Frage ist nur, ist der Schütze die ganze Strecke von Saint Paddy's mit ihm gefahren, oder hat er diesen Fahrgast noch am Columbia Presbyterian abgeliefert und dort gleich den nächsten aufgegabelt, ohne dann allerdings noch dazu zu kommen, die Fahrt einzutragen? Und die Antwort ist, wen interessiert das schon groß? Der Fall ist abgeschlossen, und der Schütze sitzt zwanzig Jahre bis lebenslänglich in Attica ein.«

Die Verblüffung muß mir wohl deutlich anzusehen gewesen sein, denn er beantwortete meine nächste Frage, bevor ich sie stellen konnte.

»Aber sie haben ihn nicht wegen Cloonan verknackt«, sagte er. »Das war so: ´90 und ´91 hatten wir eine ganze Serie von der Sorte: lauter lizenzlose Taxifahrer, die in Harlem, der Bronx oder sonst einem Dritte-Welt-Teil der Stadt erschossen wurden. Sie haben eine Sondereinheit zusammengestellt, mit Cops aus fünf verschiedenen Revieren in der Bronx und im oberen Manhattan. Sie haben eine Reihe Lockvögel ausgesetzt, bis ihnen Eldoniah Mims in die Falle ging. Ein junger Norweger, wie es scheint.«

»Die sind ja schon lange bekannt dafür, daß sie gern Ärger machen.«

»Ich weiß, die und diese Scheißesten. Sie hatten Mims wegen einem halben Dutzend Morde am Kragen, aber zur Verhandlung gebracht haben sie nur den bombensichersten Fall, einen, wo sie Indizienbeweise und Augenzeugen hatten. Als Deal haben sie ihm folgendes vorgeschlagen: er sollte sich in sechs Fällen von Mord zweiten Grades schuldig bekennen, und dafür wollten sie ihn die Strafen gleichzeitig absitzen lassen.«

»Sehr großzügig.«

»Deshalb hat er sich ja auch nicht drauf eingelassen, worauf sie ihm wegen eines Mords in Manhattan den Prozeß gemacht haben, um nicht an irgend solche Bronx-Geschworenen zu geraten, die meinen, sie müßten sich unbedingt für dreihundert Jahre rassistischer Unterdrückung rächen. Sowohl der Richter als auch die Geschworenen haben sich nicht lumpen lassen, und der gute Eldoniah muß erst mal zwanzig Jahre absitzen, bevor er überhaupt einen Antrag auf Bewährung stellen kann, und falls er wirklich mal rauskommen sollte, können sie ihn wegen einem der anderen Taxifahrer belangen, die er umgebracht hat, diese miese, kleine Ratte.«

»Könnten sie ihm auch wegen Cloonan den Prozeß machen?«

»Der dürfte ziemlich weit unten auf der Liste stehen. Weißt du, wenn du jemand so hundertprozentig am Schlafittchen hast, dann siehst du zu, daß du möglichst viele Fälle zum Abschluß bringen kannst.«

»Aber du weißt nicht, ob er's wirklich war.«

»Ich weiß überhaupt nichts, weil das Ganze nämlich in Washington Heights in der Scheiß-Bronx passiert ist. Was soll ich da also groß wissen? Soviel ich aber *gehört* habe – und das ist nicht dasselbe –, ist sich niemand so ganz sicher, ob Mims diesen Cloonan wirklich umgelegt hat, aber was schadet's schon, wenn er sein Fett dafür abkriegt, solange wir niemand Besseren haben?«

»Du hast vorhin gesagt, lauter Taxifahrer ohne Lizenz. Wenn Cloonan seinen Fahrgast in der Fifth Avenue aufgegabelt hat, muß er da nicht ein reguläres Taxi gefahren haben?«

Durkin nickte. »Er ist ein Yellow Cab gefahren, die anderen Opfer aber lizenzlose. Außerdem wurde er mit einer Neunmillimeter erschossen und die anderen mit Zweiundzwanzigern. Nicht mit derselben Waffe, lauter verschiedene, aber alle das gleiche Kaliber.«

»Hört sich ganz so an, als hätten sie sich noch ein paar Fälle rausgesucht, die sie Mims anhängen können.«

»Ach, ich weiß nicht. Auf jeden Fall gab es verschiedene Übereinstimmungen. Sie sind alle Taxi gefahren, und plötzlich waren sie alle tot.«

»Mims hat natürlich behauptet, daß er's nicht war.«

»Mims hat behauptet, er habe überhaupt nichts getan. Wenn der zur Beichte ginge, fiele ihm wahrscheinlich nichts ein als ein paar unkeusche Gedanken und daß er gedankenlos den Namen Gottes ausgesprochen hat. Matt, das ist doch dasselbe wie bei Überfällen und Einbrüchen. Bis du so einen Sack irgendwann schnappst, hat er dieselbe Nummer schon mindestens fünfzigmal durchgezogen. Also nimmst du fünfzig Fälle, die dafür in Frage kommen, und hängst sie ihm an. Über den Daumen gepeilt kommt das dann schon hin, und wenn du das nämlich nicht machst, sieht deine Aufklärungsrate einfach beschissen aus.«

»Ich weiß, wie das geht.«

»Will ich doch meinen.«

»Ich dachte nur, bei der Mordkommission wäre es anders.«

»Ist es auch. So locker wie bei Einbruch und Straßenraub handhaben wir das natürlich nicht. Was den Fall hier angeht: fünf von den sechs Taxifahrern hat Eldoniah hundertprozentig umgelegt, das steht völlig außer Frage. Kann ja sein, daß Cloonan nicht auf sein Konto geht, und wenn jemand anderer auftaucht, der dafür eher in Frage kommt, also, kein Mensch wird was dagegenhaben, den Fall noch mal neu aufzurollen.« Er nahm einen Bleistift, klopfte mit dem Radierer dreimal auf die Schreibtischplatte und legte ihn wieder weg. »Wenn du also irgendwas weißt«, sagte er beiläufig, »leite ich das gern weiter.«

»Wie kommst du darauf, ich könnte was wissen?«

»Na ja, du hast kein Auto, drum schätze ich, du fährst ziemlich viel Taxi. Vielleicht hat dir ja ein Taxifahrer was erzählt.«

»Was zum Beispiel?«

»Zum Beispiel: ›Hey, Mister, Sie sehen mir ganz wie ein ehemaliger Cop aus. Diese Sache mit Tommy Cloonan, einfach schrecklich, finden Sie nicht auch?‹«

»So was hat bisher niemand zu mir gesagt.«

»Wirlich nicht, hm?«

»Nein«, sagte ich. »Außerdem fahre ich kaum Taxi. Wenn es zu Fuß zu weit ist, nehme ich die U-Bahn.«

»Und was ist mit dem Bus?«

»Manchmal nehme ich auch den Bus. Und manchmal bleibe ich zu Hause. Worauf willst du eigentlich hinaus, kannst du mir das vielleicht mal erklären?«

»Alan Watson hätte lieber ein Taxi nehmen sollen. Er hat unten am World Trade Center gearbeitet und nahm normalerweise den E-Train nach Forest Hills, wo er gewohnt hat. Aber wenn er abends noch länger im Büro blieb, nahm er einen Expreßbus, weil er so spät nicht mehr so weit gehen wollte – oder in der U-Bahn unten rumstehen. Er fuhr also in einem vollklimatisierten Bus nach Hause, kaufte sich in der Austin Street ein Stück Pizza und war noch eine Straße von seinem Haus am Beechknoll Place entfernt, als ihm jemand ein Messer reinrammte.«

»Ein Überfall, und er hat sich gewehrt?«

»Hört sich jedenfalls so an. Der Kollege, mit dem ich deswegen gesprochen habe, meinte allerdings, es sehe nicht unbedingt danach aus. Überhaupt hatte der Typ mehr Fragen als Antworten. Watson war ein gutverdienender Börsenmakler, mit zwei Kindern auf dem College und einem schönen Haus in einer sicheren Gegend. Sie wollen den Fall unbedingt klären, und weil das Ganze erst vier Monate her ist, werden sie wohl noch nicht so schnell aufgeben. Warum würde ich mich also für den Fall interessieren, und ob ich denn was wisse, was er nicht wisse?«

»Was hast du ihm erzählt?«

»Ich weiß nicht mehr. Irgendwas, daß wir einen Fall haben, wo der Täter ganz ähnlich vorgegangen ist. Seinen Aussagen zufolge deutet verschiedenes darauf hin, daß der Mörder Watson von hinten angefallen und ihm mit dem Arm die Kehle zugedrückt hat.«

»So machen Straßenräuber das meistens.«

»Und dann hat er den armen Teufel erstochen. Mit einer elf Zentimeter langen Klinge, oder zumindest hat er sie ihm so weit reingestoßen. Einmal zugestochen und gleich das Herz erwischt, er muß also sofort tot gewesen sein oder zumindest sehr schnell. Watsons Brieftasche war weg, also war's entweder ein Raubmord, oder es sollte nach einem aussehen.«

»Gesehen hat es wahrscheinlich niemand.«

Er schüttelte den Kopf. »Lange lag er allerdings nicht rum. So ein Rent-a-Cop von einem dieser privaten Sicherheitsdienste hat ihn gefunden und das Ganze sofort gemeldet.«

»Warum ersticht man jemand, den man bereits im Schwitzkasten hat?«

»Die Frage haben sie sich in Forest Hills auch gestellt. Darum hat der Typ auch gleich solche Ohren gekriegt, als ich ihm was von einer ähnlichen Methode erzählt habe. Um ihm wieder etwas Dampf abzulassen, hab ich ihm gesagt, unser Mann sei ein Schlitzer, kein Stecher, und kein Würgegriff, ta-ti-ta-tam. Übrigens, was wundern sich die Leute eigentlich, wenn ab und zu mal ein Cop vor Gericht lügt? Wir tun doch den ganzen Tag nichts anderes als lügen, das ist praktisch eine Grundvoraussetzung für diesen Job. Wenn du nicht lügst, kannst du gleich einpacken.«

»Ich weiß. Als Privater ist es genau dasselbe. Wobei es da sogar noch schlimmer ist, weil du offiziell nichts in der Hand hast, um jemand zu drohen oder ihn einzuschüchtern. Deshalb mußt du allen was vormachen.«

»Und das alles im Namen der Gerechtigkeit.«

»Und im Dienst einer guten Sache, nicht zu vergessen.«

»Aber klar doch.«

»Was glauben die denn, Joe? Daß es ein ganz normaler Überfall war?«

»Das ist die naheliegendste Erklärung, aber besonders glücklich sind sie damit nicht. Ist wohl nicht so einfach, jemanden zu finden, der einen Grund hatte, Watson umzubringen. Er war fünfundzwanzig Jahre mit derselben Frau verheiratet, und ob einer von den beiden was nebenher laufen hatte, weiß niemand. Beide sehr beliebt, beide in der Gemeinde aktiv. Vor etwa einem Jahr bekam Watson Drohanrufe von einem Klienten, der ihm die Schuld für einen saftigen Denkzettel gab. Einen finanziellen natürlich – nicht zwei zwielichtige Gestalten, die dich in irgendeinem dunklen Hinterhof festhalten, während sich ihr Kumpel an deinem Bauch abreagiert.«

»Habt ihr den Klienten überprüft?«

»Der Klient ist nach Denver gezogen. Außerdem, was soll das für ein Rachemord sein? Ein kurzer Stich ins Herz und dann stellst du das Ganze so hin, als hättest du's bloß auf sein Geld abgesehen? Wenn du's jemand heimzahlen willst, ballerst du ihn entweder mit einer Knarre ordentlich zusammen, oder du gehst mit einem Baseballschläger auf ihn los und haust ihm die Birne zu Matsch. – Was hast du denn?«

»Ich dachte nur eben, daß man sich wohl besser nicht mit dir anlegt.«

»Warum, habe ich mich schon so angehört, als würde ich langsam in Rage kommen?« Er grinste. »Ich rauche schon seit zehn Tagen nicht mehr.«

»Hab bereits gemerkt, daß der Aschenbecher weg ist.«

»Der Spitzel von Bellamy vorhin: ich wollte ihn schon fast bitten, ein bißchen Rauch zu mir rüberzublasen. Aber mit so was fange ich diesmal erst gar nicht an. Diesmal schnorre ich niemand um einen Zug von seiner Zigarette an – und ich werde auch keine Aschenbecher nach Kippen durchsuchen, die lang genug sind, um sie noch mal anzuzünden. Diesmal ziehe ich es gescheit durch.«

»Dann mal zu.«

»Aber es gibt Momente, wo ich alles kurz und klein schlagen könnte.«

»Drum werde ich mir auch Mühe geben, daß ich mir's nicht mit dir verscherze.« Ich zog einen unverschlossenen Umschlag aus meiner Tasche und steckte ihn zwischen die Papiere auf seinem Schreibtisch. Er sah sich kurz um, hob die Lasche an und zählte den Inhalt, ohne die Scheine aus dem Umschlag zu nehmen. Es waren zwei Scheine, Hunderter.

»Zwei Anzüge«, sagte er.

»Wenn es zu wenig ist ...«

»Nein, schon in Ordnung. Was hab ich denn schon groß gemacht? Nur auf Kosten der Stadt ein bißchen rumtelefoniert. Ich will mich überhaupt nicht beklagen, aber es ist trotzdem nicht genug, Matt.«

»Wie meinst du das?«

»Wie ich das meine? Ich will wissen, worum es hier geht. Du willst Informationen über vier Morde, die sich über einen Zeitraum von zwölf Jahren erstrecken, alle ungeklärt ...«

»Cloonan ist geklärt.«

Sein Blick sprach Bände. »Ich hab mich für dich kundig gemacht, und ich kann die Anzüge brauchen, aber ich will wissen, was da läuft. Wenn du was weißt, was zur Lösung dieser Fälle beitragen könnte, kannst du auf diesen Informationen nicht einfach sitzenbleiben.«

»Ich habe nichts, Joe.«

»Was ist das für ein Fall, an dem du da arbeitest? Wer ist dein Klient?«

»Du weißt doch«, sagte ich, »einer der Gründe, warum die Leute zu jemand wie mir kommen, ist, daß sie die Sache vertraulich behandelt haben wollen.«

Er sah mich scharf an. »Also, ich glaube, es hat was mit den Anonymen Alkoholikern zu tun.«

»Wie bitte?«

»Wäre nicht das erste Mal, daß du einen Klienten hast, der dich von deinen AA-Treffen kennt. Man muß doch verschiedenes machen, wenn man trocken werden will, oder nicht?«

»Alles, was du machen mußt, ist einfach nicht zu trinken.«

»Schon, aber haben die nicht ein richtiges Programm? Fast, wie wenn man beichten geht, bloß daß du statt ein paar Gegrüßet-seist-du-Marias so eine Art Bestandsaufnahme vornimmst, die Dinge klarstellst.«

»›Die Trümmer der Vergangenheit aufräumen‹«, zitierte ich einen der unsterblichen Sätze der AA-Literatur. »Hör mal, Joe, wenn du willst, dann kann ich dich gern mal zu einem Treffen mitnehmen.«

»Du kannst mich mal, ja?«

»Ich dachte ja nur. Wenn du mal sehen willst, was da so läuft.«

»Ich kann nur noch mal sagen, du kannst mich mal. Und hör endlich auf, das Thema zu wechseln.«

»Du bist derjenige, der mit den Anonymen Alkoholikern angefangen hat. Mir war gar nicht bewußt, daß du damit Probleme hast, aber …«

»Meine Fresse, warum tue ich mir das eigentlich an? Was ich eben sagen wollte: ich schätze, du kennst jemand bei den Anonymen Alkoholikern, der von ein paar Verbrechen weiß, darunter auch den vier Morden, von denen wir gerade reden. Ich fände es wirklich nicht gut, wenn du da auf etwas sitzen bleibst, was eigentlich hervorgeholt und genauer untersucht werden sollte. Der Kerl, der diesen Schwulen um die Ecke gebracht hat, Carl Uhl, ist wahrscheinlich inzwischen selbst tot, und Cloonans Fall ist vorerst abgeschlossen, aber im Fall Shipton hätten die Jungs von Eins-null sicher nichts gegen ein paar neue Erkenntnisse, und Watson, mein Gott, die Leiche ist ja noch kaum kalt, die Ermittlungen sind praktisch noch in vollem Gang. Wenn du also irgendwas weißt, solltest du es an die richtigen Leute weiterleiten.«

»Ich weiß aber nichts.«

»Wahrscheinlich gibt es sogar eine Möglichkeit, deinen Klienten aus dem Ganzen rauszuhalten, zumindest im Anfangsstadium.«

»Das ist mir durchaus klar.«

Er sah mich an. »Dein Klient hat doch die vier Typen nicht selbst um die Ecke gebracht, oder?«

»Nein.«

»Das hast du aber verdammt schnell beantwortet.«

»Ich wußte ja auch, daß du mich das fragen würdest. Außerdem ist es keine Frage, über die ich erst groß nachdenken muß.«

»Sieht fast so aus. Matt ...«

Mit irgendwas mußte ich rausrücken. Ohne lange zu überlegen, sagte ich: »Sie kannten sich.«

»Sie? Dein Klient und wer? Moment! Die *Opfer* kannten sich?«

»Ja.«

»Was haben sie gemacht? Gemeinsam ein ganzes vietnamesisches Dorf ausgelöscht, und jetzt will sich ein Schlitzauge an ihnen rächen?«

»Sie haben einer Gruppe angehört.«

»Einer Gruppe? Was für einer Gruppe?«

»So eine Art Studentenverbindung. Sie haben sich in bestimmten Abständen getroffen, um zusammen zu essen und Erfahrungen auszutauschen.«

»›Wetten, meine Erfahrungen sind besser als deine.‹ Mal sehen, da wäre ein Börsenmakler, ein berühmter Maler, ein Taxifahrer und eine Schwuchtel. Komische Studentenverbindung. Moment mal, waren die vielleicht alle schwul?«

»Nein.«

»Bist du da auch sicher? Shipton und seine Frau hatten einen ganz schön schrägen Bekanntenkreis. Würde mich nicht wundern, wenn der von beiden Seiten des Tellers gegessen hätte.«

»Das würde mich von niemand wundern«, sagte ich. »Aber mit Sex hatte das Ganze nichts zu tun. Trotzdem, ohne vorherige Rücksprache mit meinem Klienten darf ich dir keine näheren Einzelheiten nennen. Aber du kannst beruhigt sein, bei diesen Leuten bewegt sich alles ganz im Rahmen. Das einzig Ungewöhnliche an ihnen ist, daß vier von ihnen ermordet worden sind.«

»Wieviel Mitglieder hat die Gruppe?«

»Um die dreißig.«

»Dreißig Männer und vier davon ermordet. Also, das ist sogar für New Yorker Verhältnisse ganz ordentlich.« Er kniff die Augen zusammen. »Derselbe Täter?«

»Dafür gibt es bis jetzt keinen Hinweis.«

»Na gut, aber du nimmst es an. Du wolltest wissen, ob die Shiptons einer allein umgebracht haben könnte.«

»Du vergißt aber auch gar nichts, hm?«

»Wenn's irgendwie geht, nicht. Hast du einen Verdächtigen? Ein Motiv? Irgendwas?«

»Nichts.«

»Ich verlange ja nicht, daß du mir alles erzählst, Matt, aber enthalte mir wenigstens nicht den Mond und die Sterne vor, ja?«

»Ich halte nichts Konkretes zurück.«

Er zuckte mit den Achseln. »Zwischen Uhl und Watson liegen zwölf Jahre. So viel steht fest: dieser

Killer läßt sich ganz schön Zeit. Die anderen sechsundzwanzig, bis die drankommen, sind sie doch längst zu alt, um sich noch groß drum zu scheren. Weißt du, an was mich dieser Typ erinnert? An Prostatakrebs. Bis der dir den Garaus macht, bist du längst an was anderem gestorben.«

10

An der Hotelrezeption hatten sie eine Nachricht von Wally Donn für mich. »Eine Stunde bin ich noch im Büro«, sagte er, als ich ihn anrief. »Ich hab diese Kreditauskünfte für dich. Und noch was, was dir bestimmt gefallen wird.«

Zuerst wählte ich TJs Piepser an. Er konnte nicht weit von einem Telefon gewesen sein; es dauerte keine fünf Minuten, bis er zurückrief. »Wer will TJ?« fragte er.

»Niemand, der einen Funken Verstand im Kopf hat«, sagte ich. »Warum fragst du das eigentlich noch? Wenn du schon meine Stimme nicht erkennst, müßtest du doch inzwischen wenigstens die Nummer kennen.«

»Aber sicher, Micha. ›Wer will TJ‹ is so ne Art Markenzeichen. Meine Quatsche eben.«

»Ich kann natürlich verstehen, daß ein Typ wie du ein Markenzeichen braucht«, sagte ich. »Um sich von der gesichtslosen Masse abzuheben.«

»Wenn wir jetzt eins von diesen Bildtelefonen hätten, könntest du sehen, wie ich die Augen verdrehe.«

»Da entgeht mir aber was! Sollen wir uns treffen? Vielleicht habe ich Arbeit für dich.«

»Brauchst bloß sagen, wo und wann.«

Ich nannte ihm einen Coffee Shop in der Twenty-third Street, einen halben Block vom Flatiron Building. »Sagen wir Viertel vor zwölf? Kann aber unter Umständen sein, daß es bei mir ein paar Minuten später wird.«

»Bei mir aber nicht«, sagte er. »Wenn wir uns in ner Freßkneipe treffen, bin ich pünktlich.«

»Der Klient«, sagte Wally, »war leider ein blöder Knauser.«

»So was soll's geben.«

»Das kannst du laut sagen. Die Welt ist voll solcher Typen. Die Sache war so: Ich erzähle ihm, was für gute Arbeit du geleistet hast und daß du dir einen Bonus verdient hättest. Ich sage ihm, wir sind eine Agentur, die über unsere festen Sätze hinaus nichts berechnet, was ja auch tatsächlich so ist; aber wenn jemand, der auf Honorarbasis für uns arbeitet, so gute Arbeit leistet, dann sollte er für seine Bemühungen vielleicht schon ein bißchen was extra kriegen.

Er fragt mich also, was ich für angebracht halte. Weißt du, was mir da ganz spontan durch den Kopf ging? Die alte Redewendung, ein Bild sagt mehr als tausend Worte. Na ja, ich dachte mir also, ein Dollar pro Wort, und zu ihm sage ich, tausend Dollar fände ich durchaus angemessen. Was ja auch wirklich so ist.«

»Danke, Wally.«

»Na ja, ich muß es ja nicht zahlen, da kann ich mir so eine Geste schon leisten. Und was sind außerdem für diesen Sack schon tausend Dollar? So viel zahlt er wahrscheinlich seinem Anwalt für fünf Stunden – wenn's überhaupt reicht. Und hier ist sein Scheck. Fünfhundert Dollar.«

»Hat er gesagt, tausend findet er zuviel?«

»Überhaupt nichts hat er gesagt. Ging nur her und schrieb einen Scheck über die Hälfte des Betrags aus, den ich ihm vorgeschlagen habe. Ach, und hier ist das Empfehlungsschreiben, vielen Dank für Ihre Bemühungen und so weiter und so fort. Schau's dir mal an, ob es so in Ordnung ist.«

Ich überflog eine überschwengliche Lobeshymne auf dem Briefpapier des Klienten. »Sehr gut«, sagte ich.

»Toller Stil, findest du nicht auch?«

»Hast du es selbst geschrieben?«

»Diktiert«, sagte er. »Wie kriegt man denn was sonst so, wie man's haben will? Wenigstens hat es dieser Saftsack Wort für Wort hingeschrieben. Hätte ja auch auf die Idee kommen können, Worte sind Geld, und die Hälfte selber einstecken können.« Er schüttelte den Kopf. »Weißt du, egal, was ich vorgeschlagen hätte, ich glaube, er hätte mir immer die Hälfte von dem gegeben, was ich vorgeschlagen hätte. Hätte ich zwei Riesen gesagt, hätte er mir einen gegeben, und hätte ich fünfhundert gesagt, hätte ich zweihundertfünfzig gekriegt. Ich hab mir schon überlegt, ob ich ihm hinreiben soll, entweder soll er den vollen Betrag zahlen, oder er soll's ganz bleiben lassen. Wenn du willst, kann ich ihm das immer noch sagen.«

Ich schüttelte den Kopf. »Die fünfhundert sind okay. Laß ruhig.«

»Außerdem«, sagte er, »gleicht es sich sowieso wieder aus. Ich hab diese Kreditauskünfte für dich angefordert, insgesamt vierzehn Stück, und wir zahlen als B-Subskribenten fünfunddreißig Dollar das Stück. Das sind insgesamt vierhundertneunzig Dollar.«

»Dann gebe ich dir den Scheck am besten gleich wieder«, schlug ich vor, »dann sind wir quitt.«

Er schüttelte den Kopf. »Das würde ich nicht tun, Matt. Behalt deinen Scheck und nimm die Kreditauskünfte und tröste dich damit, daß sich Knauserigkeit nie auszahlt. Die Dinger kosten dich keinen Cent, Matt. Ich hab sie dem Klienten auf die Rechnung gesetzt.«

»Wie hast du denn das hingedreht?«

»Wir haben einen ganzen Haufen Zeug für ihn gemacht, und was soll da schon jemand groß an einem Fünfhundert-Dollar-Posten für Kreditauskünfte auszusetzen haben? Der soll mich mal kennenlernen. Was fragt mich dieser blöde Hund um meinen Rat, wenn er dann sowieso nur die Hälfte von dem rausrückt, was ich sage? Siehst du, was er von seiner

Knausrigkeit hat, Matt? Tausend Dollar hat ihn die Sache so oder so gekostet, bloß daß wir ihn jetzt auch noch für ein blödes Arschloch halten.«

»Ich nicht«, sagte ich. »Ich liebe alle Menschen.«

Ich erschien ein paar Minuten früher zu meinem Mittagessen mit TJ, aber er saß bereits an einem Fensterplatz und machte sich über zwei Cheeseburger und einen Teller Zwiebelringe her. Ich erzählte ihm von Eldoniah Mims, der zwanzig Jahre bis lebenslänglich im Gefängnis sitzen mußte.

»Geschieht ihm Recht, Knecht«, sagte er. »Wer für n paar lausige Lappen gleich jemand umlegt, darf wirklich nicht frei rumlaufen.«

Ich erklärte ihm, daß sie Mims vielleicht einen Mord mehr angehängt hatten, als er tatsächlich begangen hatte.

»Sitzt er deshalb länger ein?«

»Nein.«

»Warum dann der Trabbel?«

Die Bedienung kam, und ich bestellte Spinat in Blätterteig und einen kleinen griechischen Salat. Als sie ging, sagte er: »Gesehen, wie die uns grade abgecheckt hat? Fragt sich jetzt, welcher Idiot dich und mich an einen Tisch setzt. Merkt dann aber, wir gehören zusammen. Überlegt dann, wie. Checkt alles ab: daß du n Freier bist und ich n Stricher – oder du n Bulle und ich n Versager kurz vorm Hopsnehmen.«

Ich hatte eine graue Bundfaltenhose an und ein weißes Hemd mit hochgekrempelten Ärmeln und offenem Kragen. TJ trug eine glänzende Reyonweste mit schwarzen und roten Querstreifen und nichts drunter außer brauner Haut. Seine Hose war eine knielange, weite, schwarze Shorts. »Ich bin ein korrupter Cop«, schlug ich vor, »und du ein Großdealer, der mich gleich saftig schmiert.«

»Gebongt. Der Excalibur steht draußen vorm Haus, Klaus.« Er nahm einen Schluck und wischte sich

Milch von seiner Oberlippe. »Dieser Mims – wie hieß er gleich noch mit Vornamen? El irgendwas.«

»Eldoniah.«

»Eldoniah. Ist das aus der Bibel?«

»Keine Ahnung.«

»›Ich weiß beim *besten* Willen nicht, wo die Leute bloß immer diese Namen her haben.‹« TJ kann sehr gut Leute nachmachen, und dieser Satz hörte sich täuschend ähnlich nach Long Island Lockjaw an. Mit seiner normalen Stimme – oder einer seiner normalen Stimmen – sagte er: »Wenn rauskommt, daß Mims den einen nicht umgelegt hat, muß er dann trotzdem die zwanzig absitzen?«

Ich erklärte ihm, daß es mir nicht darum ging, Mims rauszuhauen, weil der Bursche eindeutig da war, wo er hingehörte. Mein Essen kam, und während ich aß, erzählte ich ihm vom Club der Einunddreißig.

»Irgendwer bläst sie der Reihe nach um«, sagte er.

»Sieht ganz so aus.«

»Wer, hä? Einer von denen oder n anderer Typ?«

»Das läßt sich bisher nicht sagen.«

»Der Typ hat sicher nen Grund, und sicher nicht bloß, daß er wegen nem bißchen Kleingeld nen Kutscher umlegt.« Er trank seine Milch aus, wischte sich wieder über den Mund. »Hab n bißchen für Elaine gejobbt. Laden hüten und so.«

»Das hat sie erzählt.«

»Irgendwie ganz witzig. Die Leute kommen rein und glotzen mich erst an. Als ob ich was klauen will und abzische, dann schnallen sie langsam, daß ich den Laden schmeiß.«

»Es gibt doch überall in der Stadt Schwarze, die Läden haben«, sagte ich. »Der Antiquitätenladen zwei Türen weiter von Elaine gehört zum Beispiel einer Schwarzen.«

»Klar, und in den großen Büros gibt's schwarze Empfangstanten, und am Info im Kaufhaus auch lauter Schwarze, wie aufm Laufsteg, damit sie allen auffallen. Sind nicht welche von der Straße. Erfolg im Minirock, Jock.«

»Hat Elaine was gesagt?«

Er schüttelte den Kopf. »Nee, die ist ganz cool. Aber ich könnte natürlich n paar straighte Klamotten bei ihr im Hinterzimmer lassen.«

Darüber unterhielten wir uns eine Weile, und dann sagte er: »Glaub ich fahr mal uptown; gucken was die Brüder und Schwestern über Onkel Eldoniah wissen. Nur erzählen die mal das, mal das. Wenn der Typ noch frei rumläuft, erzählen die dir bloß, wie schwer übel der Kerl ist, hat sechs Bullen umgenietet und die Bank von England ausgeraubt. Sitzt derselbe Typ aber im Knast, dann immer für was, was er nicht getan hat.«

»Ich weiß. Die Gefängnisse sind total überfüllt, und keiner von diesen Typen hat getan, weswegen er einsitzt.«

»Ich fahr in die Bronx hoch. Mal sehen, ob wer was weiß. Aber war vor vier Jahren – hast du doch gesagt?«

»Fast so lange ist es jedenfalls schon her, daß Cloonan umgebracht wurde. Aber der Mord, wegen dem sie Mims verknackt haben, ist erst später passiert, und der Prozeß wurde ein paarmal verschoben. Er arbeitet seine zwanzig Jahre noch nicht mal zwei Jahre ab.«

»Macht's einfacher. Immerhin kann sich ja wer an ihn erinnern.«

Ich ließ mir die Rechnung kommen. Als ich das Trinkgeld auf den Tisch legte, sagte TJ: »Mir kommt grad was – die Typen von diesem Club: Warum soll das komisch sein, wenn die Hälfte nach dreißig Jahren tot is. Stimmt doch, dreißig Jahre?«

»Fast zweiunddreißig.«

»Zweiunddreißig Jahre. Also, auf der Deuce kannst du so nen Club nicht aufmachen. Erst recht nicht für zweiunddreißig Jahre. Eh du schaust, ist keiner mehr übrig, mit dem du dich treffen kannst. Und die, wo nicht tot sind, hocken hundert Pro im Knast, weil sie die andern gekillt haben.« Er zog eine schwarze Raiders-Kappe aus der Gesäßtasche seiner Shorts, setzte sie auf, sah sich im Spiegel an. »Von meiner Gang vor vier, fünf Jahren ist schon die Hälfte tot. Haben auch keine zweiunddreißig Jahre dazu gebraucht. Sterben muß ziemlich einfach gehen, wenn alle das so schnell draufhaben.«

»Dann sieh mal zu, daß du nicht so schnell weißt, wie's geht.«

»Ich geb mir jedenfalls Mühe«, sagte er. »So gut's geht.«

11

Ich gönnte mir einen freien Nachmittag, sah mir in der Twenty-third Street einen Film an und ging dann downtown in Richtung Village. Ich kam an dem Wohnhaus vorbei, das sie an der Stelle hochgezogen hatten, wo mal das Cunningham's gewesen war, und an dem Brownstonehaus eine Straße weiter, in dem Carl Uhl ermordet worden war.

Ich schaffte es gerade noch rechtzeitig zum Vier-Uhr-Treffen in der Perry Street und stellte mich mit einer Tasse Kaffee aus der Konditorei nebenan hinten hin.

Der Redner erzählte, was für ein guter Freund der Alkohol gewesen war und wie er sich dann gegen ihn gewendet hatte. »Gegen Ende zu«, sagte er, »hat er einfach nicht mehr gewirkt. Da hat nichts mehr geholfen, wenn ich abschalten wollte. Nicht mal, wenn ich ins Delirium tremens gefallen bin.«

Während ich in der Hudson Street auf den Bus wartete, stach mir die Auslage eines Blumenladens ins Auge. Ich ließ mir ein Dutzend Schwertlilien einpacken, fuhr mit dem Bus bis zur Fifty-fourth und ging zu Elaines Laden.

»Die sind aber schön«, sagte sie. »Womit habe ich das verdient?«

»Eigentlich sollten es Diamanten werden«, sagte ich, »aber der Klient hat beim Bonus geknausert.«

»Bei was für einem Bonus?«

»Für das Foto, das wir im Wallbanger's gemacht haben.«

»Ach, das. Das war vielleicht ein verrückter Abend. Wie viele solcher Bars gibt's wohl in New York, wo sich erwachsene Männer und Frauen an die Wände hängen.«

»Ich weiß eine in der Washington Street, wo sie sich gegenseitig an die Wände hängen. Aber die benutzen dazu kein Velcro.«

»Was dann? Sekundenkleber?«

»Hand- und Fußschellen.«

»Oh, ich glaube, ich kenne den Laden, den du meinst. Aber mußten die nicht zumachen?«

»Sie haben unter einem anderen Namen wieder aufgemacht.«

»Verkehren dort inzwischen nur noch Männer? Oder immer noch Männer und Frauen?«

»Männer und Frauen. Warum?«

»Nur so. Man muß aber nicht mitmachen, oder?«

»Man muß nicht mal hingehen.«

»Ich meine, man kann doch einfach nur zusehen, oder?«

»Warum fragst du, *kemo sabe?«*

»Ich weiß auch nicht. Vielleicht hätte ich mal Lust.«

»Ach?«

»Bei diesen Velcrofreaks draußen in Queens haben wir uns doch auch köstlich amüsiert. Und jetzt stell dir das Ganze erst mal mit einem perversen Touch vor?«

»Das ist Geschmackssache, würde ich sagen.«

»Außerdem wäre das endlich mal eine Gelegenheit, dieses schwarze Lederoutfit anzuziehen, wo mir bis heute nicht klar ist, warum ich es mir eigentlich gekauft habe.«

»Ach, deshalb willst du da hin«, sagte ich. »Mit Sex hat das also gar nichts zu tun, du willst bloß dein neues Kleid ausführen. Aber du hast recht, so was ist genau das richtige für die modebewußte Domina. Bloß, was soll ich dann anziehen?«

»Wie ich dich kenne, würdest du deinen grauen Glencheck-Anzug anziehen. Aber wenn du mich fragst, in Jeans und schwarzem T-Shirt würdest du richtig scharf aussehen.«

»Ich habe kein schwarzes T-Shirt.«

»Ich kann dir eins besorgen. Wenn ich sicher wäre, daß du es auch anziehst, würde ich dir auch eine schwarze Lederkappe besorgen. Aber würdest du so was aufsetzen?«

»Nein.«

»Hab ich mir fast gedacht. Ich stell die Blumen noch schnell in eine Vase, und dann schließe ich ab, und du darfst mich nach Hause begleiten. Oder waren die Blumen für die Wohnung?«

»Nein, ich fand, sie müßten eigentlich hier ganz gut reinpassen.«

»Das stimmt, und ich habe sogar eine Vase in der richtigen Größe. Da, sind sie nicht schön? Wir schauen beim Koreaner vorbei und nehmen uns was für einen Salat mit. Ich mache Nudeln und einen Salat, und wir essen in der Küche. Wie hört sich das an?«

Gut, sagte ich.

Nach dem Essen machte ich den Umschlag auf, den ich schon den ganzen Tag mit mir rumtrug, und nahm die TRW-Berichte und das Empfehlungsschreiben heraus, das Wally dem Klienten diktiert hatte. Elaine ging nebenan, um sich *Riskant!* anzusehen, und ich sah mir an, was jeder, der ein paar Dollars übrig hatte, über die Bonität und die Zahlungsmoral der vierzehn noch lebenden Mitglieder des Clubs der Einunddreißig in Erfahrung bringen konnte.

Ich hatte fast den ganzen Stapel durch, als Elaine mit einer Tasse Kaffee und der Neuigkeit hereinkam, daß keiner der drei Kandidaten gewußt hatte, daß Benjamin Harrison der Enkel von William Henry Harrison war.

»Hätte ich auch nicht gewußt«, gab ich zu. »Was war das überhaupt für ein Wissensgebiet? Typen, die Harrison heißen?«

»Präsidenten.«

»Ach, *der* William Henry Harrison. Von der Schlacht am Tippecanoe Creek?« Sie nickte. »Und

Tyler auch. Jetzt fällt's mir wieder ein. Er ist doch gestorben, oder nicht?«

»Ohne Scheiß, du Schlaumeier. Er wurde 1840 zum Präsidenten gewählt, oder wie hast du dir das gedacht? – Was ist das?« Sie nahm mir den Brief des Klienten aus der Hand und las ihn. »Toll. Hat das Wally diktiert?«

»Behauptet er jedenfalls.«

»Einfach Klasse, findest du nicht? So einen Schrieb solltest du dir jedesmal geben lassen, wenn ein Klient mit deiner Arbeit zufrieden ist.«

»Mal sehen.«

»Dein Enthusiasmus ist richtig ansteckend.«

»Wahrscheinlich sollte ich ihn rahmen lassen und in mein Büro hängen – falls ich jemals ein richtiges Büro kriegen sollte. Und dem Exposé, das ich angehenden Klienten zeige, könnte ich eine Kopie davon beilegen.«

»Falls du je ein Exposé zusammenstellst.«

»Mhm.«

»Aber du weißt nicht, ob du das überhaupt alles willst.«

Der Kaffee war zu heiß zum Trinken. Damit er schneller abkühlte, blies ich in die Tasse. »Wird langsam Zeit, daß ich meinen Arsch hochkriege, findest du nicht auch? Inzwischen ist es schon zwanzig Jahre her, daß ich meine Dienstmarke zurückgegeben habe.«

»Das mit deiner Sauferei ist immer mehr ausgeufert, weißt du noch?«

»Nur zu gut.«

»Und dann hast du den Entzug gemacht.«

»Und jetzt bin ich schon so lange trocken, daß ich ein Brandrisiko bin, wie es mal jemand ganz treffend ausgedrückt hat, und was habe ich aus meinem Leben gemacht?« Ich klopfte auf den Stoß Kreditauskünfte. »Das sind lauter Männer meines Alters, sie haben Beruf und Familie, sie haben ein eigenes Haus, und wenn sie wollten, könnten sich die meisten schon morgen zur Ruhe setzen. Und was habe ich dagegen vorzuweisen?«

»Also zuallererst, du lebst noch. Über die Hälfte dieser Männer sind tot.«

»Ich rede von denen, die noch leben. Aber trotzdem, niemand hat versucht, mich umzubringen.«

»Ach? Mir fällt da aber schon jemand ein, der das eine Weile mit aller Gewalt versucht hat. Falls du vergessen hast, wie er aussieht, brauchst du bloß in den Spiegel zu sehen.«

»Danke für den Hinweis.«

»Andererseits«, fuhr sie fort, »brauchst du dich aber auch nicht schlechter zu machen, als du bist. Du hast dir von dem Tag an, an dem du bei der Polizei aufgehört hast, deinen Lebensunterhalt verdient.«

»Aber was für einen.«

»Hast du mal Sozialhilfe gekriegt? Hattest du mal nichts zu essen oder mußtest du im Park schlafen? Hast du mal Autcs aufgebrochen und die Radios gestohlen? Und soviel ich mich erinnern kann, hast du auch nie mit einem Pappbecher rumgestanden und Leute angeschnorrt. Oder hab ich da was nicht richtig mitgekriegt?«

»Na schön, ich hab mich mit Ach und Krach durchgeschlagen.«

»Du hast dir deinen Lebensunterhalt damit verdient, daß du die Arbeit gemacht hast, die du am besten kannst, und du mußtest den Aufträgen nicht hinterherrennen. Du hast alles auf dich zukommen lassen.«

»Der Zen-Detektiv.«

»Und jetzt bist du fünfundfünfzig und denkst, du solltest mehr darstellen. Du bist zwanzig Jahre ohne Detektivlizenz ausgekommen, aber auf einmal glaubst du, du brauchtest eine. Deine Klienten haben auch zu dir gefunden, als du bloß dein Hotelzimmer hattest, aber jetzt meinst du, du brauchtest ein Büro. Also, wenn du das gern willst, nichts dran auszusetzen. Du kannst dir in einem seriösen Haus ein Büro mieten und dir Briefpapier und Werbebroschüren drucken lassen und dich um Anwaltskanzleien und Großfirmen als Kunden bemühen. Wenn es das ist, was du willst, bin ich gern bereit, dich dabei zu unterstützen. Ich mache dir sogar das Büro, wenn du das möchtest.«

»Du hast doch den Laden.«

»Ich könnte eine Verkäuferin einstellen. Fast täglich fragen mich Leute, ob ich jemand brauchen kann, und manche sind besser qualifiziert als ich, den Laden zu führen. Oder ich könnte ihn auch aufgeben.«

»Quatsch.«

»Wieso Quatsch? Das Ganze ist doch nur ein Hobby – eine Beschäftigung, damit ich nicht durchdrehe.«

»Als ich dich heute nachmittag abholen kam, habe ich kurz vor dem Laden gestanden, und ich war richtig überwältigt, was du dir da aufgebaut hast.«

»Jetzt übertreib aber mal nicht.«

»Nein, das ist mein voller Ernst. Du hast mit nichts angefangen. Du hattest nur einen leeren Laden und die Kunstgegenstände, die du im Lauf der Jahre gesammelt hast, und dann hast du Dinge dazugebracht, an denen sonst niemand was Schönes fand, bis du es ihnen gezeigt hast.«

»Meine Ramschladen-Meisterwerke.«

»Oder nimm doch auch Rays Sachen. Er war bloß ein Cop mit einer nützlichen Begabung, bis du ihm klargemacht hast, daß er ein Künstler ist.«

»Genau das ist er auch.«

»Und du hast das alles auf die Beine gestellt. Du hast dafür gesorgt, daß der Laden läuft. Mir ist bis heute noch nicht klar, wie du das eigentlich geschafft hast.«

»Es hat mir einfach Spaß gemacht«, gab sie zu. »Aber ich weiß nicht, ob ich damit auch mal Gewinn mache. Zum Glück muß ich das ja auch nicht.«

»Weil du eine reiche Frau bist.«

Sie besitzt in Queens mehrere Mietwohnungen. Eine Hausverwaltung kümmert sich um alles, und sie bekommt jeden Monat einen Scheck.

»Daran liegt es doch, oder nicht?« sagte sie.

»Was liegt woran?«

»Daß ich etwas Geld gespart habe. Und du nicht.«

»Diese Feststellungen sind beide richtig.«

»Und daß wir in einem Apartment wohnen, das ich bezahlt habe.«

»Ebenfalls richtig.«

»Und deshalb meinst du, du solltest einen Beruf haben, in dem du besser verdienst, damit du dich mir nicht unterlegen zu fühlen brauchst.«

»Meinst du, daran liegt's?«

»Ich weiß nicht. Liegt's denn daran?«

Ich überlegte. »Zum Teil wahrscheinlich schon. Aber auf jeden Fall hat es zur Folge, daß ich mich mit sehr kritischen Augen betrachte, und was ich sehe, ist ein Mann, der nichts Besonderes geleistet hat.«

»Du hast einige ehemalige Klienten, die dir da sicher widersprechen würden, das weißt du ganz genau. Zwar könnten sie dir nicht unbedingt auf irgendeinem protzigen Firmenbriefpapier ein Empfehlungsschreiben ausstellen, aber das zählt mit Sicherheit wesentlich mehr, als einem Hersteller von schrottigen Gartenmöbeln einen Prozeß zu ersparen. Sieh dir doch mal an, was du für eine ganze Menge Leute alles getan hast.«

»Aber für mich selber habe ich nicht sehr viel getan, oder?« Ich hielt den Packen Kreditauskünfte hoch. »Ich hab das hier gelesen und mir überlegt, was die Leutchen bei der Kreditauskunft über mich zu berichten hätten.«

»Du zahlst deine Rechnungen.«

»Schon, aber ...«

»Willst du eine Lizenz und ein Büro und was sonst noch dazugehört? Es liegt nur an dir, Liebling. Wirklich.«

»Na ja, eigentlich ist es schon blöd, sich keine Lizenz zuzulegen. Es hat Zeiten gegeben, wo es mit einiger Mehrarbeit verbunden war, daß ich keine hatte.«

»Und das repräsentative Büro mitsamt einer ganzen Mannschaft von Detektiven und Sicherheitsbeamten, die für dich arbeiten?«

»Ich weiß nicht.«

»Ich glaube nicht, daß du das willst«, sagte sie. »Ich glaube eher, du denkst, du solltest es wollen. Aber eigentlich willst du es gar nicht, und das macht dir zu schaffen. Aber letztlich mußt du das selber wissen.«

Ich nahm mir wieder die Kreditauskünfte vor. Weil ich nicht wußte, wonach ich suchen sollte, kam ich nur schleppend voran. Meine einzige Hoffnung war, daß ich es erkennen würde, wenn ich es sah.

Douglas Pomeroy. Robert Ripley. William Ludgate. Lowell Hunter. Avery Davis. Brian O'Hara. John Gerard Billings. Robert Berk. Kendall McGarry. John Youngdahl. Richard Bazerian. Gordon Walser. Raymond Gruliow. Lewis Hildebrand.

Ich wußte, wie ein paar von ihnen aussahen. Gerry Billings hatte ich im Fernsehen über Kaltfronten und bevorstehende Regenfälle sprechen sehen. Bei meinen Bibliotheksrecherchen war ich auf Pressefotos von Walser und Bazerian gestoßen (Walser mit seinen zwei Partnern bei der Feier anläßlich der Gründung ihrer Werbeagentur, Bazerian mit zwei angepunkten Rockstars, die eben bei seinem Plattenlabel unterschrieben hatten). Und Avery Davis' Foto war mir natürlich schon seit Jahren aus der Zeitung bekannt.

Mit Ray Gruliow war ich im Lauf der Jahre ein paarmal im selben Raum gewesen, ohne daß uns allerdings jemand miteinander bekanntgemacht hätte. Aber Lewis Hildebrand, meinen Klienten, kannte ich persönlich.

Es kam mir jedoch so vor, als könnte ich sie mir alle problemlos vorstellen, auch die, deren Gesichter ich noch nie gesehen hatte. Während ich ihre Namen las und ihre finanziellen Hintergründe studierte, schossen mir alle möglichen Bilder durch den Kopf. Ich sah sie, wie sie Motorrasenmäher durch Vorstadtgärten schoben, ich sah sie in Anzug und Krawatte, ich sah sie, wie sie sich bückten, um kleine Kinder hochzuheben und in die Höhe zu halten. Ich sah sie auf dem Golfplatz und anschließend im Clubhaus, wie sie nach dem Duschen und Umziehen was tranken, meistens Whiskey mit Soda, sagen wir mal, in einem hohen, geriffelten Glas.

Ich konnte sie vor mir sehen, wie sie bei Tagesanbruch in gutsitzenden Anzügen aus dem Haus gingen und in der Dämmerung heimkamen. Ich konnte sie vor mir sehen, wie sie mit einer Zeitung auf dem Bahnsteig standen und auf die Long Island Rail Road oder die Metro North warteten. Ich konnte sie vor mir sehen, wie sie auf dem Weg zu einer Besprechung mit einem messingbeschlagenen Aktenkoffer zielstrebig eine Straße in Midtown hinunterschritten.

Ich konnte sie mir in der Oper oder im Ballett vorstellen, ihre Frauen schmuckbehängt und im Abendkleid, sie selbst stattliche Erscheinungen in ihrer Abendgarderobe und gleichzeitig ein wenig unsicher. Ich konnte sie mir auf Kreuzfahrtschiffen, in Nationalparks und bei Gartengrillfesten vorstellen.

Es war total idiotisch, denn ich wußte nicht mal, wie sie aussahen. Aber ich konnte sie vor mir sehen.

»Ein, zwei Tage werde ich noch dranhängen«, sagte ich zu Elaine, »dann rufe ich Lewis Hildebrand an und sage ihm, daß es nur eine statistische Anomalie sei. Die Sterblichkeitsziffer und vor allem die Mordrate ist zwar bei den Mitgliedern seines Clubs ungewöhnlich hoch, aber das heißt nicht, daß sie jemand der Reihe nach umbringt.«

»Und das hast du alles aus ein paar Kreditauskünften?«

»Was ich habe«, sagte ich, »ist ein Bild von vierzehn sehr geordneten Lebensläufen. Damit will ich nicht sagen, daß diese Männer keine schlechten Seiten haben. Die Wahrscheinlichkeit ist ziemlich hoch, daß ein paar von ihnen zuviel trinken oder um hohe Beträge spielen oder sonst irgendwas tun, was ihre Nachbarn besser nicht wissen sollten. Der eine schlägt vielleicht seine Frau, ein anderer geht regelmäßig fremd. Trotzdem weist das Leben eines jeden von ihnen ein Maß an Stabilität auf, das einfach nicht zu einem Serienmörder paßt.«

»Wenn er das schon so lange macht«, sagte sie, »muß er ungewöhnlich diszipliniert sein.«

»Und geduldig und hervorragend organisiert. Keine Frage. Aber es müßte auch eine Menge Unruhe in seinem Leben geben. Selbst wenn es ihm gelingt, nach außen hin den Schein zu wahren, ginge das nicht ohne einiges Kitten und Kaschieren, ohne mehrere Neuanfänge und Vertuschungsaktionen. In so einem Fall ist eigentlich mit jeder Menge Stellenwechsel und Ortsveränderungen zu rechnen. Es ist zum Beispiel auch unvorstellbar, daß so jemand längere Zeit mit derselben Frau verheiratet ist.«

»Haben sie das denn alle geschafft?«

»Nein, es gab eine ganze Reihe Scheidungen. Aber diejenigen, die sich haben scheiden lassen, zeigen beruflich durchweg große Beständigkeit. Es gibt in der ganzen Gruppe niemand, der auch nur annähernd so chaotisch wirkt, wie er praktisch wirken müßte, um so viel Schaden anzurichten.«

»Ein Mitglied ist es also nicht.«

»Und welcher Außenstehende käme dafür in Frage? Niemand weiß, daß es den Club überhaupt gibt. Ich habe dir doch erzählt, daß ich bei Fred Karps Witwe war. Sie war um die fünfundzwanzig Jahre mit ihm verheiratet. Sie wußte zwar, daß er sich einmal im Jahr mit ein paar alten Freunden zum Essen traf, aber sie dachte, sie würden sich vom Brooklyn

College kennen. Und sie wußte von keinem den Namen.«

»Sie hat auch gesagt, sie könnte sich nicht vorstellen, daß er Selbstmord begangen hat.«

»Also, das erzählen die Hinterbliebenen eines Selbstmörders immer. Wenn du einen Turm raufsteigst und zwanzig Leute abknallst, erzählen die Nachbarn hinterher der Presse auch, daß du ein netter, braver Junge warst. Und wenn du dir das Leben nimmst, sagen sie, du hättest doch alles gehabt.«

»Du glaubst also, daß er Selbstmord begangen hat?«

»Ich glaube, so sieht es langsam aus.«

»Hast du nicht gesagt, die Selbstmorde könnten vorgetäuscht sein.«

»Die meisten Selbstmorde könnten vorgetäuscht sein. Es gibt natürlich Ausnahmen, wie zum Beispiel diesen armen Teufel, der sich im Fernsehen vor laufender Kamera erschossen hat.«

»Gott sei Dank hab ich das nicht mitbekommen.«

»Auch wenn die meisten Selbstmorde nur vorgetäuscht sein könnten«, fuhr ich fort, »heißt das aber noch lange nicht, daß sie es tatsächlich sind. Die meisten sind genau das, wonach sie aussehen. Genau wie die meisten Unfälle.«

»Glaubst du, die Warren-Kommission hatte recht?«

»Meine Güte, woher kommt denn das auf einmal?«

»Vom linken Flügel. Ich frage mich ja nur. Glaubst du das?«

»Ich glaube, sie ist der Wahrheit wesentlich nähergekommen als Oliver Stone. Warum fragst du? Findest du, ich würde nur glauben, was ich glauben möchte?«

»Das habe ich nicht gesagt.«

»Na schön, aber möglich ist es – ob du's nun gesagt hast oder nicht. Ich finde, ich habe mir ziemlich Mühe gegeben zu beweisen, daß sie tatsächlich jemand um die Ecke bringt, doch langsam komme ich zu der Überzeugung, daß der wahre Bösewicht in diesem

Stück unser guter, alter Freund Zufall ist. Aber vielleicht ist das auch der Schluß, zu dem ich schon die ganze Zeit kommen wollte. Ich weiß es nicht.«

»Ich finde nur, du ziehst ziemlich weitreichende Rückschlüsse aus der Tatsache, daß jemand ein seriöses Finanzgebaren hat.«

»Es ist keineswegs nur so, daß ich diesen Typen das Okay für die Mastercard erteilen würde. Da ist auch noch ihr ganzer Lebensstil, ihre ...«

»Ich weiß. Du wirfst mal kurz einen Blick in ihre Kreditauskünfte, und was du siehst, ist ein einziges Norman-Rockwell-Gemälde. Sie sind der Inbegriff des amerikanischen Traums, nicht wahr?«

»Vermutlich.«

»Und du fühlst dich als Außenseiter, weil du nicht so ein Leben führen kannst, und noch mehr als Außenseiter, weil du es gar nicht willst. Das spielt dabei doch eine ganz wesentliche Rolle, oder nicht, Matt?«

Das Telefon klingelte.

»Durch den Pausengong gerettet«, sagte sie grinsend und nahm ab. »Hallo? Wer ist bitte am Apparat? Einen Augenblick bitte, ich sehe mal, ob er ans Telefon kommen kann.« Sie hielt das Mundstück zu und sagte: »Raymond Gruliow.«

»Hä?«

Ich nahm ihr den Hörer aus der Hand und sagte hallo. Er sagte: »Mr. Scudder, hier spricht Ray Gruliow. Ich finde, wir sollten uns mal treffen, finden Sie nicht auch?«

Es war eindeutig seine Stimme, voll und rauh, eine Waffe, die er schwang wie ein Rapier. Zum letztenmal hatte ich sie in den Fernsehnachrichten gehört, als er eine Gruppe von Journalisten über die heimtückischen Auswirkungen des institutionalisierten Rassismus auf seinen Mandanten Warren Madison aufklärte. Soviel ich mich erinnern konnte, hatte Madison unter dem alltäglichen Rassismus so gelitten, daß er mit Drogen handelte, Raubüberfälle verübte und andere

Dealer ermordete – und sechs der Polizisten erschoß, die ihn im Haus seiner Mutter festnehmen wollten.

»Wäre vielleicht keine schlechte Idee«, sagte ich.

»Am Vormittag habe ich einen Gerichtstermin. Ginge es bei Ihnen am späten Nachmittag? Sagen wir um vier?«

»Kein Problem.«

»Wollen Sie bei mir zu Hause vorbeikommen? Ich wohne in der Commerce Street, falls Sie wissen, wo das ist.«

»Ich kenne die Commerce Street.«

»Ach ja, natürlich. Sie waren ja beim 6. Revier. Ich wohne in Nummer 49, direkt gegenüber vom Cherry Lane Theater.«

»Dürfte kein Problem sein, das zu finden. Dann also bis morgen um vier?«

»Ich freue mich schon«, sagte er.

»Morgen um vier«, sagte ich zu Elaine. »Und er freut sich drauf. Was der wohl will?«

»Muß ja gar nicht unbedingt was mit deinem Fall zu tun haben. Vielleicht will er, daß du irgendwelche Ermittlungen für ihn anstellst.«

»Aber sicher«, sagte ich. »Wahrscheinlich hat er von meiner Glanzleistung gehört, wie ich den Velcro-Jumper überführt habe, und jetzt will er mich vom Fleck weg engagieren.«

»Vielleicht will er auch beichten.«

»Das wird es sein. Hard-Way Ray Gruliow, mit seinem Haus in der Commerce Street und seinen Zwanzigtausend-Dollar-Vortragshonoraren. Da hat er zwanzig Jahre lang seine alten Freunde umgebracht, und jetzt braucht er meine Hilfe, um sich der Polizei zu stellen.«

12

Die Commerce Street ist nur zwei Blocks lang. Sie geht einen Block unterhalb der Bleecker von der Seventh Avenue ab und läuft parallel zur Barrow Street nach Südwesten. Der erste Block ist noch als vollständiges Ensemble erhalten, mit dreistöckigen Backsteinhäusern auf beiden Seiten. In den meisten befinden sich Wohnungen, aber ein paar werden im Erdgeschoß auch gewerblich genutzt. In einem Fenster hängt das Schild eines Anwalts, und gleich darunter ein zweites. MACHE AUCH IN ANTIQUITÄTENHANDEL steht darauf, und im Fenster sind Antiquitäten und Sammlerstücke. Zwei Häuser weiter gibt es ein makrobiotisches Restaurant, dessen Speisekarte Tofu, Seitan und Algen aufführt. Worin sie sonst noch machen, wird nicht erwähnt.

Die zweite Hälfte der Commerce Street, auf der anderen Seite der Bedford, ist architektonisch nicht mehr so einheitlich. Gebäude in allen möglichen Höhen, Formen und Stilen drängen sich aneinander wie U-Bahn-Fahrgäste in der Rush-hour. Gerade so, als hätte sie diese plötzliche Veränderung in ihrem Charakter durcheinandergebracht, macht die Straße einen abrupten Schwenk nach rechts und mündet in die Barrow Street, womit die Sache für sie erledigt ist.

Das Cherry Lane Theater befindet sich in der Mitte des Blocks, direkt vor dem abrupten Richtungswechsel. Raymond Gruliows Stadthaus, vier Stockwerke hoch und zwei Fenster breit, stand auf der anderen Straßenseite, auf beiden Seiten von niedrigeren und breiteren Gebäuden gestützt. Ich stieg die Eingangstreppe hinauf. An der Tür hing ein schwerer Türklopfer in Form eines Löwenkopfs, und ich hatte ihn schon in der Hand, als ich den vertieften Klingelknopf sah. Also drückte ich darauf, doch falls im Haus eine Glocke oder ein Summer ertönte, drang kein Laut durch die massive Holztür. Ich wollte schon den Türklopfer benutzen, als die Tür aufging. Gruliow war selbst öffnen gekommen.

Er war groß, an die eins neunzig, und spindeldürr. Sein ehemals schwarzes Haar war inzwischen stahlgrau, und er hatte es wachsen lassen; es fiel über seinen Kragen und ringelte sich auf seinen Schultern. Die Zeit hatte an seinem Gesicht gearbeitet wie die Feder eines Karikaturisten; sie hatte die Nase verlängert, die knochigen Brauen stärker hervorgehoben, die Wangen ausgehöhlt, das Kinn noch weiter vorstehen lassen. Er sah mich forschend an, und dann leuchtete ein Lächeln in seinem Gesicht auf, als wäre er aufrichtig froh, mich zu sehen, als hätte jemand der Welt einen kosmischen Streich gespielt, in den nur wir zwei eingeweiht waren.

»Matthew Scudder«, sagte er. »Willkommen, willkommen. Ich bin Ray Gruliow.«

Er führte mich nach drinnen und entschuldigte sich für den Zustand des Hauses. Ich fand nichts dran auszusetzen, und wenn überhaupt, zeichnete es sich durch ein wohltuendes Maß an Unordnung aus – Bücher, die in den Einbauregalen keinen Platz mehr fanden und sich auf dem Fußboden türmten, ein Stapel Zeitschriften neben einem Clubsessel, eine Anzugjacke, die über der Lehne eines viktorianischen Sofas lag. Gruliow hatte die Hose dazu an und ein weißes Hemd mit offenem Kragen und hochgekrempelten Ärmeln. Seine Füße steckten in Sandalen, Birkenstocks, die mit den dünnen, schwarzen Socken, die zu seinem dunklen Nadelstreifenanzug gehörten, ziemlich komisch aussahen.

»Meine Frau ist in Sag Harbor«, erklärte er mir. »Ich werde morgen nachmittag auch rausfahren und Montag morgen zur ersten Verhandlung wieder zurückkommen. Außer ich rufe sie an und sage ihr, ich hätte zuviel zu tun. Vielleicht werde ich das auch machen. Wo soll da der Sinn sein, übers Wochenende aus der Stadt zu hetzen, um dann wieder zurückzuhetzen? Was soll daran erholsam sein?«

»Es gibt Leute, die machen das ständig.«

»Es gibt auch Leute, die gehen zum Lastwagenzieh-Wettbewerb. Oder sie verkaufen ihren Bekannten Amway-Lizenzen. Oder sie glauben, die Erde ist eine hohle Kugel, auf deren Innenseite eine zweite, völlig andere menschliche Gesellschaftsform lebt.« Er zuckte mit den Achseln. »Es gibt auch Leute, die immer wieder heiraten. Sind Sie verheiratet, Matt?«

»Praktisch.«

»›Praktisch.‹ Das finde ich gut. Ist es okay, wenn ich Matt zu Ihnen sage?« Ich sagte ja. »Und ich bin Ray. ›Praktisch.‹ Ich schätze, das heißt, Sie wohnen zusammen? Na ja, Sie haben als Privatdetektiv keine Lizenz, warum sollten Sie als Lebensgefährte eine brauchen? Ich nehme mal an, Sie waren mal verheiratet.«

»Einmal, ja.«

»Kinder?«

»Zwei Söhne.«

»Wahrscheinlich längst erwachsen.«

»Ja.«

»Ich war dreimal verheiratet«, sagte er, »und habe von allen drei Frauen Kinder. Ich bin vierundsechzig und habe eine Tocher, die im März zwei geworden ist, und sie hat einen Bruder, der nächsten Monat vierzig wird. Er ist fast alt genug, um ihr Großvater sein zu können. Ohne Übertreibung, ich habe drei Generationen von Familien.« Er schüttelte den Kopf. »Wenn ich achtzig bin, werde ich immer noch zahlen müssen, damit ein Kind von mir studieren kann.«

»So was soll einen jung halten, heißt es.«

»Reine Schönfärberei. Ich finde, es ist spät genug für einen Drink. Was darf ich Ihnen bringen?«

»Nur ein Mineralwasser bitte.«

»Ein Perrier?«

Ich nickte. Er machte die Drinks an einem Sideboard im Eßzimmer, füllte zwei Gläser mit Perrier und gab in seines noch irischen Whiskey. Ich kannte die Flasche; es war ein JJ&S, Jamesons Premium Label. Der einzige andere Mensch, den ich kenne, der diese Marke trinkt, ist ein erfolgreicher Gangster, dem eine Kneipe in Hell's Kitchen gehört, und er wäre entsetzt über die Idee, ihn mit Soda zu verdünnen.

Im Vorderzimmer gab mir Gruliow mein Glas, räumte einen Sessel für mich frei und setzte sich selbst, die langen Beine weit von sich gestreckt, aufs Sofa. »Matthew Scudder«, sagte er. »War mir nicht ganz unbekannt, Ihr Name, als ich ihn neulich gehört habe. Ehrlich gestanden, wundert es mich sogar, daß sich unsere Wege nicht schon mal gekreuzt haben.«

»Haben sie schon mal.«

»Ach? Sagen Sie bloß, ich hatte Sie mal im Zeugenstand. Ich behaupte nämlich immer, ich vergesse keinen Zeugen der Gegenseite.«

»In einem Ihrer Fälle mußte ich bisher noch nicht aussagen, aber ich habe Sie schon gelegentlich im Strafgericht und in ein paar Restaurants in der Nähe gesehen, im Ronzini's in der Reade Street und in einem kleinen französischen Restaurant in der Park Row, das es nicht mehr gibt. An den Namen erinnere ich mich nicht mehr.«

»Ich auch nicht, aber ich weiß, welches Sie meinen.«

»Und vor Jahren mal«, fuhr ich fort, »haben Sie in einem After-hours-Club drüben in der Fifty-second Street am Nebentisch gesessen.«

»Ach, ich weiß schon. Oben im ersten Stock, über so einem irischen Experimentaltheater, links und rechts zwei ausgebrannte Häuser und gegenüber ein Grundstück, auf dem jede Menge Gerümpel rumlag.«

»Genau.«

»Der Laden hat drei Brüdern gehört«, erinnerte er sich. »Wie hießen sie gleich wieder? Fast hätte ich Morrison gesagt, aber das war's nicht.«

»Morrissey.«

»Morrissey! Ganz schön schräge Vögel, rote Bärte fast bis zum Bauch und mit so einem tödlichen Blick in ihren kalten blauen Augen. Es wurde gemunkelt, sie hätten was mit der IRA zu tun.«

»Das haben alle gesagt.«

»Das Morrissey's. Hab schon Jahre nicht mehr an den Laden gedacht. Glaube auch nicht, daß ich insgesamt öfter als zwei- oder dreimal dort war. Außerdem war ich wahrscheinlich immer schon ganz schön zu, bis ich dort gelandet bin.«

»Es gab mal eine Zeit, da war ich ziemlich oft dort«, sagte ich. »Und jeder war ganz schön zu, bis er dort gelandet ist. Trotzdem, danebenbenommen hat sich keiner, dafür sorgten die Brüder schon. Aber wenn man sich die Leute dort so ansah, wäre man nicht auf die Idee gekommen, auf einem Gartenfest bei den Methodisten zu sein.«

»Das muß jetzt schon zwanzig Jahre her sein.«

»Fast.«

»Waren Sie damals noch bei der Polizei?«

»Nein, aber ich hatte noch nicht lange aufgehört. Ich bin damals da hingezogen und hab mich durch die Kneipen des Viertels gesoffen. Die meisten gibt's aber längst nicht mehr. Und an den Abenden, an denen sie zumachten, bevor ich den Rand vollhatte, gab's immer noch das Morrissey's.«

»Es hatte was sehr Befreiendes, sich nach der Sperrstunde noch ein paar hinter die Binde zu kippen. Mein Gott, damals habe ich noch mehr getrunken als heute. Heute, da brauche ich nur ein Glas zuviel zu trinken, und ich werde müde. Aber damals kam ich so richtig in Fahrt, da war ich die ganze Nacht lang auf Hochtouren.«

»Haben Sie dort gelernt, Irish Whiskey zu trinken?«

Er schüttelte den Kopf. »Kennen Sie das alte Erfolgsrezept? ›Kleide dich britisch und denke jiddisch?‹ Heute würde ich dem noch hinzufügen: ›Trink irisch und iß italienisch.‹ Und das habe ich beides hier im Village gelernt. Irisch zu trinken habe ich im White Horse und im Lion's Head gelernt und gleich hier gegenüber im Blue Mill. Waren Sie öfter im Blue Mill, als Sie noch beim 6. Revier waren?«

Ich nickte. »Das Essen dort war nicht berauschend.«

»Nein, grauenhaft. Das Gemüse aus der Dose, und meistens waren's auch noch verbeulte Dosen, aber ein Steak bekam man für die Hälfte von dem, was man sonst zahlt, und wenn man ein scharfes Messer hatte, ließ es sich sogar schneiden.« Er lachte. »Aber eine tolle Kneipe, um sich mit Freunden zu treffen und bis zur Sperrstunde zu trinken. Mittlerweile nennt sich der Laden Grange, und das Essen ist viel besser, aber man kann dort nicht mehr in Ruhe was trinken, weil man sich nicht mal mehr denken hören kann. Die Leute dort sind durchgängig das Alter meiner Frau oder jünger, und ich kann Ihnen sagen, die sind vielleicht laut.«

»Anscheinend mögen die den Lärm.«

»Er muß irgendeine spezielle Wirkung auf sie haben, obwohl ich bis heute nicht verstehe, welche. Ich kriege jedenfalls bloß Kopfschmerzen davon.«

»Ich auch.«

»Nur gut, daß uns niemand reden hört. Wie zwei alte Knacker. Dabei sind Sie doch wesentlich jünger als ich. Fünfundfünfzig, stimmt's?«

»Ist mir das so deutlich anzusehen?«

Er sah mir in die Augen. »Ich habe da so meine Erkundigungen über Sie eingezogen. Aber das dürfte Sie kaum überraschen. Ich nehme an, Sie haben das auch gemacht.«

»Die Einschätzung Ihrer Kreditwürdigkeit ist jedenfalls sehr positiv.«

»Oh, da fällt mir aber ein Stein vom Herzen.«

»Und Sie sind vierundsechzig.«

»Das habe ich erst vor ein paar Minuten erwähnt. Nicht, daß das unter die Kategorie streng vertraulich fällt.« Er lehnte sich zurück und legte einen Arm auf die Rückenlehne des Sofas. »Ich war der zweitälteste im Club der Einunddreißig. Ausgenommen Homer, versteht sich. Homer Champney war der Mann, der unser Kapitel gegründet hat.«

»Ich weiß.«

»Ich war damals zweiunddreißig, habe für Legal Aid gearbeitet und mit dem Gedanken gespielt, den Village Independent Democrats beizutreten und in die Politik zu gehen. Bloß fand ich die Reform-Demokraten noch abstoßender als die regulären. Die alten Clubhaus-Parteifritzen redeten zwar endlos dummes Zeug, aber sie wußten es wenigstens auch. Doch die Reformer, das waren so richtig scheinheilige blöde Kacker. Wer weiß, wenn ich es geschafft hätte, mich mit diesem Pack zu arrangieren, hätte ich Ed Koch werden können.«

»Das wäre eine Überlegung wert.«

»Frank DiGiulio war etwa zehn Monate älter als ich. Ich kannte ihn zwar kaum, aber ich mochte ihn. Ein Gesicht wie auf einer alten römischen Münze. Er ist gestorben, wissen Sie.«

»Letzten September.«

»Ich hab die Todesanzeige in der ›Times‹ gelesen. Das ist das erste, was ich neuerdings lese.«

»Ich auch.«

»Daran zeigt sich, daß man alt wird. Es geht mit dem Tag los, an dem man in der Morgenzeitung als erstes die Seite mit den Todesanzeigen aufschlägt. Als Frank den Löffel abgab, da dachte ich mir: Also, Gruliow, jetzt wird's langsam ernst.« Er runzelte die Stirn. »Gerade so, als ob ich als nächster an der Reihe wäre. Statt dessen erwischte es Alan Watson. Anständiger Kerl, sehr solide, wegen seiner Uhr und seiner Brieftasche erstochen. So was würde man in Forest Hills eigentlich nicht erwarten.«

»Offensichtlich ist dort in letzter Zeit die Kriminalitätsrate ziemlich hochgegangen. Er wurde von einem Wachmann eines privaten Sicherheitsunternehmens gefunden, und normalerweise engagiert niemand einen privaten Wachdienst, wenn es nicht unbedingt nötig ist.«

»Typische Zeiterscheinung«, sagte er. »Bald haben wir die überall.« Er sah in sein Glas mit Whiskey Soda. »Felicia Karp hat mich angerufen. Ich wußte nicht, wer sie war, und selbst als sie mir sagte, sie sei Fred Karps Witwe, ist der Groschen noch nicht gleich gefallen. Fred Karp? Wer zum Teufel war Fred Karp? Ein Anwalt, ein Mafioso, ein Radikaler? Sie dürfen nicht vergessen, daß er jemand war, den ich nur einmal im Jahr beim Abendessen sah, und die letzten drei Jahre habe ich ihn gar nicht mehr gesehen, weil er aus dem Fenster seines Büros gesprungen ist. Ich brauchte also eine Weile, bis ich schaltete, und dann erzählte sie mir, sie hätte von einem Detektiv Besuch gekriegt, und der hätte ihr erzählt, es bestünde die Möglichkeit, daß ihr Mann gar nicht Selbstmord begangen hatte, sondern umgebracht worden war. Und sie hätte meinen Namen auf der Mitgliederliste so eines Clubs gesehen, und weil es der einzige Name auf der Liste war, den sie kannte, hätte sie mich angerufen, in der Hoffnung, ich könnte vielleicht etwas Licht in die Sache bringen.«

»Und?«

»Ich gab mir redlich Mühe, mir meine Ahnungslosigkeit, die zu diesem Zeitpunkt noch total war, nicht anmerken zu lassen, und ich versprach ihr zu sehen, was ich in Erfahrung bringen könnte. Ich telefonierte ein bißchen rum, und als ich glaubte, genug zu wissen, rief ich Sie an.« Er lächelte aufmunternd. »Und da sind Sie nun.«

»Da bin ich nun.«

»Wer ist Ihr Klient?«

»Das kann ich Ihnen nicht sagen.«

»Sie sind kein Anwalt. Deshalb unterliegen Sie nicht der Schweigepflicht.«

»Aber wir sind hier auch nicht vor Gericht.«

»Nein, natürlich nicht. Ich gehe mal davon aus, Ihr Klient ist eins der noch lebenden Mitglieder. Es sei denn, Sie sind von einer Witwe oder einem anderen Angehörigen engagiert worden.« Er beobachtete mein Gesicht, während er sprach. »Sie sagen also nichts«, sagte er nach einem kurzen Augenblick.

»Möglicherweise macht es meinem Klienten gar nichts aus, daß Sie wissen, wer er ist. Aber trotzdem müßte ich ihn erst um Erlaubnis fragen.«

»›Mein Klient, er, ihn.‹ Von einer Witwe kann da wohl nicht die Rede sein – obwohl ich mir vorstellen kann, daß Sie ganz schön raffiniert sind, Matt. Sind Sie das?«

»Nicht besonders.«

»Na, ich weiß nicht. Trotzdem, es muß doch fast einer aus der Gruppe sein. Wer sonst würde die Namen aller anderen Mitglieder kennen? Obwohl durchaus möglich ist, daß einige von uns ihren Frauen alles über den Club erzählt haben.« Ein Lächeln, diesmal etwas finsterer um die Mundwinkel. »Ihren ersten Frauen. Wenn man aus seiner ersten Scheidung sonst schon nichts gelernt hat, dann wenigstens Diskretion.«

»Ist es denn so wichtig, wer mich engagiert hat?«

»An sich nicht. Ich möchte nur immer gern alles über andere Leute wissen – über Geschworene, Zeugen, die Anwälte der Gegenseite. Vorbereitung ist alles, wissen Sie. Auch wenn ich die lukrativen Vortragsangebote in erster Linie dem ganzen Tamtam im Gerichtssaal zu verdanken habe, ist es die Vorbereitungsarbeit, mit der man einen Prozeß gewinnt. Und ich gewinne gern.«

Er fragte, ob ich noch ein Perrier wolle. Ich sagte, nein danke.

»Also, was glauben Sie, Matt? Bringt uns jemand der Reihe nach um die Ecke? Oder ist das auch vertraulich?«

»Der Club hat eine auffallend hohe Sterbeziffer.«

»Um das zu merken, brauche ich keinen Detektiv.«

»Mehrere Morde, mehrere Selbstmorde, ein paar Unfälle, die inszeniert worden sein könnten. Es sieht ganz so aus, als wäre da mehr als bloßer Zufall im Spiel.«

»Mhm.«

»Aber eigentlich ist das völlig ausgeschlossen. Der Mörder müßte praktisch einer von Ihnen sein, aber es gibt kein Motiv, keinen finanziellen Anreiz, zumindest keinen, den ich jetzt schon kenne. Oder gibt es da etwas, was mir entgangen ist?«

»Nein. Ziemlich früh war mal die Rede davon, für den letzten Mann eine Kiste guten Bordeaux zu hinterlegen. Aber dann fanden wir, der Betreffende wäre dann zu alt, um noch was davon zu haben. Außerdem erschien es uns irgendwie nicht passend, sogar ein bißchen frivol.«

»Folglich müßte der Mörder verrückt sein«, sagte ich. »Und nicht nur so, daß er irgendwann mal plötzlich ausgerastet ist, denn er müßte das ja schon jahrelang machen. Er müßte sozusagen langfristig verrückt sein, aber Sie machen eigentlich alle vierzehn den Eindruck, als führten Sie ein ganz normales und solides Leben.«

»Na, ich habe zwei Exfrauen, die Ihnen in diesem Punkt sicher vehement widersprechen würden, und ich könnte Ihnen einige andere Leute nennen, die Ihnen erzählen würden, daß ich nicht alle Tassen im Schrank habe. Vielleicht bin ich der Mörder.«

»Sind Sie es?«

»Wie bitte?«

»Sind Sie der Mörder? Haben Sie Watson und Cloonan und die anderen umgebracht?«

»Mein Gott, was für eine Frage. Nein, natürlich nicht.«

»Da fällt mir aber ein Stein vom Herzen.«

»Gehöre ich zum Kreis der Verdächtigen?«

»Ich habe noch keine Verdächtigen.«

»Aber dachten Sie im Ernst ...«

»Daß Sie es gewesen sein könnten? Keine Ahnung. Drum hab ich doch gefragt.«

»Glauben Sie, ich hätte es Ihnen gesagt?«

»Durchaus möglich«, sagte ich. »Es sind schon verrücktere Dinge passiert.«

»Also, wissen Sie.«

»Man hat mir beigebracht, alle Fragen zu stellen, auch die dummen. Man kann nie wissen, was einem jemand erzählt.«

»Ist ja interessant. Vor Gericht ist es genau umgekehrt. Da lautet eine Grundregel: Stell einem Zeugen nie eine Frage, auf die du die Antwort nicht schon weißt.«

»Eigentlich möchte man meinen, auf die Tour was rauszukriegen muß doch ziemlich schwer sein.«

»Es geht ja auch nicht darum, sein Wissen zu vergrößern«, sagte er. »Ich hole mir noch was zu trinken. Darf ich Ihnen auch was bringen?«

Ich ließ ihn mein Glas Perrier nachfüllen.

»So viel kann ich Ihnen verraten«, sagte ich. Ich war ziemlich überrascht, Ihren Namen auf der Mitgliederliste zu finden.«

»Ja?«

»Ich fand das eine ziemlich ungewöhnliche Art von Club für Sie.«

Er schnaubte. »Ich würde sagen, das ist für jeden ein ziemlich ungewöhnlicher Club. Ich bitte Sie, eine jährliche Feier der Sterblichkeit. Wer macht bei so was schon mit?«

»Warum haben Sie mitgemacht?«

»Das weiß ich selbst nicht mehr so recht. Zunächst: ich war damals noch wesentlich jünger, persönlich und beruflich noch nicht so festgelegt. Wenn Karps Witwe ... wie hieß sie gleich, Felicia?«

»Ja.«

»Wenn man sein Kind Felicia tauft, legt man da den Leuten nicht förmlich in den Mund, sie Fellatio zu nennen? Wenn Felicia Karp meinen Namen 1961 auf dieser Liste gesehen hätte, wäre er ihr bestimmt nicht aufgefallen. Außer sie hätte Gruliow für einen Rechtschreibfehler gehalten. Das ist mir früher übrigens ständig passiert: daß die Leute dachten, ich würde mich Grillo schreiben.«

»Aber inzwischen kennt man den Namen.«

»Oh, keine Frage. Den Namen, das Gesicht, die Haare, die Stimme, den sarkastischen Witz. Jeder kennt Hard-Way Ray Gruliow. So wollte ich es ja auch. Aber wissen Sie, das ist regelrecht ein Fluch. ›Mögest du bekommen, was du dir wünschst.‹ Schreckliche Sache, jemandem so was zu wünschen.«

»Der Preis des Ruhms«, sagte ich.

»So schlimm ist es aber auch wieder nicht. Ich kriege in jedem Restaurant einen Tisch, und auf der Straße grüßen mich wildfremde Menschen. Ein Coffee Shop in der Bleecker Street hat ein Sandwich nach mir benannt. Sie können da reingehen und einen Ray Gruliow bestellen und kriegen irgend so ein unsägliches Zeugs aus Corned beef und rohen Zwiebeln und ich weiß nicht was sonst noch.«

Sein zweiter Drink war dunkler als der erste, und es sah so aus, als putzte er ihn schneller weg.

»Natürlich bleibt es nicht nur bei Corned beef und Zwiebeln«, fuhr er fort. »Manchmal schlagen sie einem auch die Fenster ein.«

Mein Blick wanderte zum Vorderfenster.

»Ausgewechselt«, sagte er. »Bruchsicheres Plastik. Sieht wie Glas aus, wenn das Licht nicht gerade in einem ganz bestimmten Winkel drauffällt, ist aber keins. Angeblich ist es sogar kugelsicher. Aber nicht bei Hochgeschwindigkeitsgeschoßen, die gehen sogar durch Beton, aber mit normaler Munition kommen Sie da nicht durch. Letztes Mal war es eine Flinte, aber die Schrotkugeln, habe ich mir sagen lassen, prallen von meinem neuen Fenster einfach ab – nicht mal ein Kratzer soll bleiben.«

»Den Kerl hat die Polizei doch sicher nie erwischt, oder?«

Er legte den Kopf auf die Seite. »Sie glauben doch nicht im Ernst, die hätte das ernsthaft versucht. Ich bin ziemlich sicher, daß der Schütze ein Cop war.«

»Würde mich jedenfalls nicht wundern.«

»Das war unmittelbar nachdem Warren Madison durch zwölf gemeinsinnige Bürger aus der Bronx die höchstrichterliche Absolution für seine Sünden erteilt worden war, was wohl einer Menge Cops ziemlich gestunken hat.«

»Und ein paar einfachen Bürgern auch.«

»Sie eingeschlossen, Matt?«

»Was ich denke, ist nicht wichtig.«

»Sagen Sie's mir trotzdem.«

»Warum?«

»Warum nicht?«

»Ich finde, daß Warren Madison ein brutaler Mörder ist, der den Rest seines Lebens hinter Gitter gehört.«

»Dann sind wir völlig einer Meinung.«

Ich sah ihn an.

»Warren«, fuhr er fort, »ist das, was andere Mandanten von mir einen eiskalten Mörder nennen würden. Ich würde ihn als einen absolut gewissenlosen Soziopathen bezeichnen und sähe ihn nur zu gern bis an sein Lebensende in der Obhut des Staates New York untergebracht.«

»Sie haben ihn verteidigt.«

»Finden Sie nicht, daß er ein Recht auf Verteidigung hat?«

»Sie haben seinen Freispruch erwirkt.«

»Finden Sie nicht, daß er ein Recht auf die bestmögliche Verteidigung hat?«

»Sie haben ihn nicht bloß verteidigt«, fuhr ich fort. »Sie haben die ganze Polizei unter Anklage gestellt.

Sie haben den Geschworenen weisgemacht, Madison habe für sein Bronx-Revier als Spitzel gearbeitet und dafür mit Rauschgift handeln dürfen und sogar Stoff zugespielt bekommen, den die Polizei von anderen Dealern konfisziert hatte. Doch dann habe man es angeblich mit der Angst zu tun bekommen, er könne was ausplaudern, obwohl kein Mensch sagen kann, wem er was hätte erzählen können oder warum, und deshalb sei man schließlich zum Haus seiner Mutter gekommen, nicht um ihn zu verhaften, sondern um ihn zu ermorden.«

»Ganz schön irre Geschichte, finden Sie nicht auch?«

»Total hirnrissig.«

»Glauben Sie nicht, daß die Polizei mit Spitzeln zusammenarbeitet?«

»Natürlich tut sie das. Sie könnte nicht halb so viele Fälle lösen, wenn sie es nicht täte.«

»Glauben Sie nicht, daß sie diese Spitzel als Gegenleistung für ihre Hilfe weiter ihren kriminellen Aktivitäten nachgehen lassen?«

»So läuft das nun mal.«

»Glauben Sie nicht, daß konfiszierte Drogen wieder in Umlauf kommen? Glauben Sie nicht, daß manche Polizisten, Cops, die bereits gegen das Gesetz verstoßen haben, aus Angst vor Entdeckung zu recht drastischen Mitteln greifen?«

»In bestimmten Fällen, ja, aber …«

»Können Sie behaupten, daß es erwiesen ist, unwiderlegbar erwiesen, daß diese Cops nicht zum Haus von Warrens Mutter gekommen sind, um ihn umzubringen?«

»Ob das erwiesen ist?«

»Unwiderlegbar erwiesen.«

»Nein«, sagte ich. »Das weiß ich nicht.«

»Aber ich weiß es«, sagte Gruliow. »Das war alles totaler Blödsinn. Man hat ihn nie als Spitzel benutzt. Man hätte ihn nicht mal zum Arschabwischen benutzt, was ich ihnen, ehrlich gestanden, auch nicht verdenken kann. Aber die Geschworenen haben es geglaubt.«

»Sie haben es ihnen ja auch geschickt verkauft.«

»Schön, wenn Sie das so sehen, obwohl da meinerseits keine großen Überredungskünste nötig waren. Sie *wollten* es mir nämlich abkaufen. Ich hatte lauter schwarze und braune Gesichter auf der Geschworenenbank sitzen, und sie fanden die bescheuerte Geschichte, die ich mir da ausgedacht hatte, vollkommen einleuchtend. In der Welt, in der sie leben, machen die Cops so was ständig – und lügen nachher das Blaue vom Himmel runter. Warum sollten diese Leute also ein Wort von dem glauben, was die Polizei behauptet? Da glauben sie alles andere eher. Ich habe ihnen eine akzeptable Alternative geboten.«

»Und Warren Madison auf die Menschheit losgelassen.«

Er sah mich mit hochgezogenen Augenbrauen an, die Lippen am Rand eines Lächelns. Ich kannte diesen Blick; es war sein Standardausdruck für enttäuschte Skepsis, mit dem er im Gerichtssaal schwierige Zeugen und draußen auf dem Flur unkooperative Reporter bedachte. »Zuallererst. Glauben Sie im Ernst, es ändert irgend etwas an der Lebensqualität in dieser Stadt, ob Warren Madison oder sonst jemand auf ihren Straßen sein Unwesen treibt oder nicht?«

»Ja«, sagte ich. »Außerdem muß ein Cop das glauben, oder wie will er sonst jeden Morgen zum Dienst erscheinen?«

»Sie sind kein Cop mehr.«

»Das ist, wie wenn man katholisch erzogen worden ist. So was legt man nie ab. Außerdem glaube ich, es macht sehr wohl einen Unterschied, weniger was die Leute angeht, die Madison vermutlich noch umbringen wird, sondern was es für die Leute generell bedeutet, ihn frei rumlaufen zu sehen.«

»Das tun sie doch gar nicht.«

»Wie soll ich das jetzt verstehen?«

»Sie sehen ihn nicht frei rumlaufen, wenn sie nicht gerade im Hochsicherheitstrakt von Green Haven sind. Dort ist Warren nämlich, und dort wird er auch bleiben, bis Sie und ich schon längst den Löffel abgegeben haben. Wissen Sie noch, was Torres gesagt hat, als er den Jugendlichen verurteilte, der diesen Mormonenjungen in der U-Bahn erstochen hat? ›Dein Bewährungshelfer muß erst noch geboren werden.‹ Das könnte man auch über Warren sagen. Er hat diese Dealer umgebracht, und er wurde verurteilt, und er wird sein Leben lang hinter Gittern bleiben.«

»Diese Punkte konnten sie nicht abschmettern?«

»Das habe ich erst gar nicht versucht. Was das anging, wurde er von jemand anderem vertreten, wobei ich das auch gar nicht übernommen hätte. Einen Drogendealer umzubringen ist Mord aus Gewinnsucht, und für so was gibt es jede Menge Anwälte, die einen vertreten können. Aber wenn Sie einen Cop erschießen, dann geben Sie ein politisches Statement ab. Das ist der Punkt, an dem jemand wie Gruliow ins Spiel kommt.«

»Irgendwie scheinen alle vergessen zu haben, daß Madison sitzt.«

»Natürlich. Alles, was sie wissen, ist, daß ihn Hard-Way Ray rausgeboxt hat. Und den Cops ist es völlig egal, ob er in Green Haven einsitzt oder in Hollywood ist und Madonna bumst. Sie sehen das Ganze genau wie Sie: daß ich die Polizei unter Anklage gestellt habe – obwohl ich das gar nicht getan habe. Ich habe das System unter Anklage gestellt, was ich in gewisser Hinsicht immer tue. Egal, ob es nun Bürgerrechtskämpfer oder Kriegsdienstverweigerer oder Palästinenser sind oder, ja, Warren Madison: ich stelle das System unter Anklage. Aber nicht jeder sieht das so.« Er deutete auf sein Plastikfenster. »Manche nehmen es persönlich.«

»Ich sehe immer noch dieses Bild vor mir: Sie und Madison nach dem Prozeß«, sagte ich.

»Wie wir uns umarmen.«

»Genau das.«

»Und wie fanden Sie das? Geschmacklos? Aufgesetzt?«

»Einfach ein einprägsames Bild«, sagte ich.

»Haben Sie mal von einem Strafverteidiger namens Earl Rogers gehört? Sehr extravaganat und erfolgreich, vertrat Clarence Darrow, als dieser große Mann wegen Geschworenenbestechung angeklagt wurde. In einem anderen Fall wurde seinem Mandanten ein besonders brutaler Mord zur Last gelegt. Die näheren Einzelheiten weiß ich nicht mehr, aber Rogers erwirkte einen Freispruch.«

»Und?«

»Nach der Urteilsverkündung wollte der Angeklagte dem Mann, der ihn freibekommen hatte, die Hand schütteln. Rogers wollte sie nicht nehmen. ›Lassen Sie mich in Ruhe‹, rief er mitten im Gerichtssaal. ›Sie Dreckskerl, Sie sind doch schuldig!‹«

»Im Ernst?«

»Also das finde ich aufgesetzt«, sagte er mit sichtlicher Genugtuung. »Und geschmacklos und moralisch fragwürdig, um es mal vorsichtig auszudrücken. ›Sie sind doch schuldig!‹ Schuldig sind sie fast alle, Herrgott noch mal. Wenn man keine Schuldigen verteidigen will, soll man sich einen anderen Job suchen. Aber wenn man sie verteidigt und wenn man das Glück hat zu gewinnen, dann kann man ihnen wenigstens die Hand schütteln.« Er grinste. »Oder sie umarmen, was mehr mein Stil ist als ein Händedruck. Und mir war danach, Warren zu umarmen, ich mußte das nicht spielen. Es ist einfach ein irres Gefühl, wenn ›Nicht schuldig‹ verkündet wird. Richtig bewegend. Da will man jemand umarmen. Und ich mochte Warren.«

»Wirklich?«

Er nickte. »Ein richtig sympathischer Kerl – solange er keinen Grund hatte, einen umzubringen.«

13

»Langsam kriege ich Hunger«, sagte er gegen sechs. Er rief in einem chinesischen Restaurant an. »Hi, hier ist Ray Gruliow«, meldete er sich und bestellte verschiedene Gerichte und zwei Flaschen Tsingtao. Außerdem erinnerte er sie daran, diesmal die Glücksplätzchen nicht zu vergessen. »Weil nämlich mein Freund und ich wissen wollen, was die Zukunft bringen wird.«

Er legte auf und sagte: »Sie machen doch das Programm, stimmt's?«

»Welches Programm?«

»Jetzt tun Sie doch nicht so. Sie haben mich in meinem eigenen Haus gefragt, ob ich ein Serienmörder bin. Da werde ich Sie doch wohl fragen dürfen, ob Sie bei den Anonymen Alkoholikern sind.«

»Mir war eben wirklich nicht klar, was Sie meinen. Außenstehende sprechen in der Regel nicht vom ›Programm‹.«

»Vor mehreren Jahren war ich mal bei ein paar Treffen.«

»Ach?«

»Nicht weit von hier. Im Keller der St. Luke's, am Hudson, und in einem kleinen Laden in der Perry Street. Ich weiß nicht, ob sie dort noch Treffen abhalten.«

»Ja, die gibt's noch.«

»Niemand hat mir gesagt: ›Gruliow, verpiß dich, du hast hier nichts zu suchen.‹ Und ich habe verschiedenes gehört, was ich voll unterschrieben hätte.«

»Aber geblieben sind Sie nicht.«

Er schüttelte den Kopf. »So viel wollte ich nicht aufgeben. Ich sah mir die erste Stufe an, und da ging's darum, daß einem die Kontrolle über sein Leben entglitten ist. An den genauen Wortlaut kann ich mich nicht mehr erinnern.«

»›Wir gestanden uns ein, daß wir dem Alkohol machtlos ausgeliefert waren – daß wir unser Leben nicht mehr im Griff hatten.‹«

»Richtig. Also, wenn ich mir mein Leben so ansah, fand ich, ich hatte es noch im Griff. Es gab Abende, an denen ich zuviel trank, und Morgen, an denen ich es bereute, aber ich hatte das Gefühl, das war ein Preis, den ich zu zahlen bereit war. Deshalb nahm ich mir vor, weniger zu trinken.«

»Und hat es geklappt?«

Er nickte. »Ich spüre schon das bißchen, was ich eben getrunken habe. Deshalb habe ich was zu essen bestellt. Normalerweise trinke ich vor dem Abendessen nicht so viel. Ich hatte in letzter Zeit ziemlich viel Streß. Ist doch ganz normal, daß man in Streßphasen mehr trinkt, oder nicht?«

Ich sagte, es höre sich einleuchtend an.

»An sich wäre ich gar nicht auf dieses Thema zu sprechen gekommen«, fuhr er fort, »aber da Sie bekanntermaßen keinen Alkohol trinken, wollte ich kein Bier für Sie bestellen. Zugleich wollte ich aber auch nicht als schlechter Gastgeber dastehen.« Bei den letzten drei Worten war ihm die Zunge ein bißchen im Weg, und deshalb ritt er nicht weiter darauf herum, sondern wechselte das Thema. »Die Frau, mit der Sie zusammenleben, wie alt ist sie?«

»Das müßte ich sie erst fragen.«

»Jedenfalls nicht dreißig Jahre jünger als Sie, oder?«

»Nein.«

»Dann, schätze ich, sind Sie wohl nicht so ein Idiot wie ich. Als der Club zum ersten Mal zusammentrat, lag Michelle noch in den Windeln. Mein Gott, sie war damals so alt, wie Chatham jetzt ist.«

»Ist Chatham Ihre Tochter?«

»Ja, meine Tochter. Langsam gewöhne ich mich sogar an ihren Namen. Das Ganze war natürlich eine

Idee meiner Frau, wie Sie sich vermutlich schon gedacht haben. Ein Mann Mitte sechzig nennt seine Tochter nicht Chatham. Ich hab zu Michelle gesagt, wenn sie die Kleine schon nach einem englischen Premierminister benennen will, warum dann nicht wenigstens nach Disraeli. Das paßt besser zu Gruliow als Chatham. Dizzy Gruliow. Klingt doch ganz gut, finden Sie nicht?«

»Aber sie war wohl nicht so begeistert.«

»Sie hat's nicht kapiert. Sie ist halb so alt wie ich, Herrgott noch mal, aber Gnade mir Gott, wenn ich sie wie ein Kind behandle. Ich muß sie wie einen gleichberechtigten Menschen behandeln. Ich hab mal zu ihr gesagt, nur im Spaß natürlich, daß ich niemanden gleichberechtigt behandle, ob jung oder alt, männlich oder weiblich. ›Ja‹, hat sie gesagt. ›Das hab ich gemerkt.‹ Wissen Sie was? Ich glaube, ich fahre morgen doch nicht nach Sag Harbor raus. Ich glaube, mein Arbeitspensum ist doch ein bißchen zu groß.«

Wir aßen im Vorderzimmer, mit den Tellern im Schoß. Er fand ein Coke für mich und trank seine zwei Flaschen chinesisches Bier.

»Schon komisch. Es war Homers Tod, der mir wirklich nahegegangen ist«, sagte er. »Er war schon sehr alt, als er starb; älter als sonst jemand, den ich kannte. Aber ich muß wohl gedacht haben, er würde ewig leben. Wissen Sie, er war nämlich nicht der erste, der von uns ging. Er war der dritte.«

»Ich weiß.«

»Natürlich war es auch ein Schock für mich, als Phil starb. Aber ein Autounfall, das ist was, das kann immer passieren. So was kann jeden treffen. Sind Sie in New York aufgewachsen?«

»Ja.«

»Ich auch. Im ganzen restlichen Amerika gibt es wohl niemand, der nicht ein oder zwei Freunde durch einen Autounfall verliert, bevor er mit der High School fertig ist. Kein Schulfest, bei dem man nicht weiß, daß es zumindest ein Wagen nicht um die Todeskurve schaffen wird. Aber in New York fahren die Kids nicht Auto, deshalb bleibt uns diese Möglichkeit, das Bevölkerungswachstum zu steuern, hier erspart.«

»Dafür haben wir genügend andere.«

»Weiß Gott, ja. Es fehlt nie an einer Geißel der Menschheit, die die Reihen unserer jungen Männer lichtet. In der Geschichte hat diese Rolle immer der Krieg übernommen, und bis zum Anbruch des Atomzeitalters hat er seine Sache wirklich gut gemacht. Trotzdem, räumlich begrenzte Kriege und lokale Scharmützel tun weiterhin das Ihre dazu. In den Gettos übernehmen diese Aufgabe die Drogen. Entweder sie fixen sich selbst zu Tode, oder sie dealen damit und legen sich gegenseitig um.« Er schnaubte. »Aber ich schweife ab. Wenn ich mal meine Memoiren schreiben sollte, wird das der Titel: *Aber ich schweife ab.*«

»Sie haben von Kalishs Tod erzählt.«

»Daß er mich nicht groß schockiert hat. Das war doch, worüber wir gesprochen haben? Über die Angst, die Angst vor dem Tod. Es heißt, der Mensch ist das einzige Tier, das weiß, daß es sterben muß. Er ist auch das einzige Tier, das trinkt.«

»Glauben Sie, da besteht ein Zusammenhang?«

»Ich bin nicht mal sicher, ob ich den ersten Teil glauben soll. Ich hatte mehrere Katzen, und ich hatte immer das Gefühl, sie waren sich ihrer Sterblichkeit mindestens genauso deutlich bewußt wie ich. Der einzige Unterschied ist, daß sie keine Angst haben. Vielleicht ist es ihnen scheißegal.«

»Ich kann nicht mal sagen, was in anderen Menschen vorgeht«, sagte ich, »geschweige denn in Katzen.«

»Ich weiß, was Sie meinen. Wissen Sie, warum ich keine Angst bekam, als Phil starb? Der Grund könnte gar nicht simpler sein. Ich hatte kein Auto.«

»Also konnten Sie auch nicht ...«

»So sterben wie er. Genau. Dieselbe Reaktion hatte ich Jahre später, als Steve Kostakos mit seinem Flugzeug abstürzte. Fliege ich ein Flugzeug? Nein. Muß ich mir also deswegen Sorgen machen? Ganz sicher nicht.«

»Und als James Severance in Vietnam fiel?«

»Wissen Sie, das hat mich nicht mal überrascht. Er war das Jahr zuvor nicht zum Treffen gekommen, und es hieß, daß er eingezogen worden war. Das Jahr darauf erfuhren wir, er sei tot. Ich glaube fast, daß ich damit gerechnet habe.«

»Weil er an Kampfeinsätzen beteiligt war.«

»Das muß jedenfalls mit ein Grund gewesen sein. Dieser Scheißkrieg. Jedesmal wenn jemand nach Vietnam mußte, dachte man, der kommt nicht zurück. Bei Severance drängte sich einem dieser Gedanke förmlich auf. Ich weiß zwar nicht, inwieweit ich mich da im nachhinein klüger hinstelle, als ich war, aber ich hatte immer schon den Eindruck, als ginge irgend etwas von ihm aus. Eine Aura, eine Energie oder wie man es sonst nennen will. Ich bin sicher, es gibt irgendeinen New-Age-Begriff dafür, aber meine Frau ist leider nicht hier, denn sie könnte uns da bestimmt weiterhelfen. Sind Sie schon mal jemand begegnet, bei dem Sie das Gefühl hatten, daß er Unheil förmlich anzieht?«

»Ja.«

»Genau so ein Gefühl hatte man bei Severance. Damit will ich nicht sagen, ich hätte irgendwelche Vorahnungen gehabt, daß er früh sterben müßte. Es war nur, daß er ... na ja, Unheil förmlich anzuziehen schien. Ich weiß einfach nicht, wie man es besser ausdrücken könnte.« Er legte den Kopf in den Nacken und kniff nachdenklich die Augen zusammen. »Sie haben vorhin gesagt, Sie finden, ich sei ein ziemlich atypischer Kandidat für so einen Club. Das war ich ganz und gar nicht. Ich war den anderen wesentlich ähnlicher, als Sie sich jetzt vielleicht vorstellen können. Diese ganze Show vor Gericht, das Medienimage, das kam größtenteils erst später. Es war vielleicht schon in dem Mann angelegt, der '61 an dem ersten Treffen teilnahm, aber es war damals noch kaum ausgebildet. Ich war wie die anderen Mitglieder, älter als die meisten, aber genauso ernsthaft und genauso fest entschlossen, sich auf das große Spiel des Lebens einzulassen und gut dabei abzuschneiden. Ich habe da hervorragend reingepaßt.« Er trank sein Glas leer. »Wenn es damals so was wie einen Außenseiter unter uns gab, dann am ehesten Severance.«

»Warum?«

Er dachte kurz nach. »Eigentlich«, sagte er schließlich, »kannte ich ihn kaum. Wenn ich ihn mir jetzt vorzustellen versuche, kann ich mir nur ein sehr verschwommenes Bild von ihm machen. Aber irgendwie befand er sich auf einem anderen Level als der Rest von uns.«

»Inwiefern?«

»Ein niedrigeres Glied in der Nahrungskette. Aber das ist nur ein Eindruck, der auf drei Treffen beruht, die schon dreißig Jahre zurückliegen, und vielleicht hätte sich das auch geändert, wenn er lange genug gelebt hätte, um zu sich selbst zu finden und etwas emotionalen Babyspeck abzulegen. Aber diese Chance bekam er nicht.« Er atmete schwer. »Jedenfalls rief sein Tod keinerlei Ängste in mir wach. Ich mußte ja auch nicht durch Reisfelder waten und mich von irgendwelchen Pimpfen in schwarzen Schlafanzügen beschießen lassen. Ich war damit beschäftigt, anderen jungen Männer zu helfen, damit sie nicht zum Militär mußten.« Er stellte sein Glas auf den Tisch. »Dann starb Homer Champney, und damit begann in gewisser Weise der Ernst des Lebens.«

»Weil Sie dachten, er würde ewig leben?«

»Das war es wohl kaum. Mir war klar, daß er sterben müßte, wie alle anderen auch. Und mir war klar, daß sein Zustand nicht besser wurde. Insofern bestand kein Grund, schockiert zu sein. Wenn ein Mann Anfang neunzig im Schlaf stirbt, ist das keine Tragödie, und es kann auch nicht sonderlich überraschend kommen. Aber dazu müssen Sie verstehen, daß er ein unglaublich dynamischer Mensch war.«

»Das habe ich schon verschiedentlich gehört.«

»Und er war das Ende einer Ära, der letzte seiner Gruppe. Phil und Jim, das waren Unfälle, genausogut hätte sie ein Blitz erschlagen können. Wie aus heiterem Himmel, zack, bumm, aus. Aber nach Homers Tod, da waren plötzlich wir an der Reihe.«

»Mit was?«

»Mit dem Sterben.«

Wir unterhielten uns über Zufall und Wahrscheinlichkeit, über natürliche und unnatürliche Todesarten. »Das allereinfachste wäre«, sagte er, »das Ganze an die Medien weiterzugeben und alles Weitere ihnen zu überlassen. Für den Club würde das natürlich das Aus bedeuten. Und uns allen würde seitens der Polizei und der Presse mehr Aufmerksamkeit zuteil, als man irgend jemand zumuten sollte. Wenn das Ganze nur ein Zufall ist, ein kosmischer Ausrutscher in den versicherungsstatistischen Tabellen, würden wir unser bisheriges Leben ohne Grund auf den Kopf stellen.«

»Und wenn es tatsächlich einen Mörder gibt?«

»Das würde ich gern von Ihnen wissen.«

»Wenn es einer der restlichen vierzehn ist«, sagte ich, »könnte man ihn wahrscheinlich mit Hilfe einer polizeilichen Großfahndung überführen. Wenn genügend Cops Fragen stellen und Alibis überprüfen, müßten sie ihm eigentlich auf die Schliche kommen. Das heißt allerdings nicht, daß sie auch genügend Beweise beschaffen könnten, um ihm den Prozeß zu machen. Einen Fall zu klären ist nicht dasselbe, wie ihn vor Gericht zu gewinnen, aber das wissen Sie ja.«

»Und wenn es ein Außenstehender ist?«

»Dann stehen die Chancen, ihn zu schnappen, wesentlich schlechter. Allerdings könnte ich mir vorstellen, daß ihn die polizeilichen Ermittlungen und der damit verbundene Medienrummel davon abhalten, noch jemand umzubringen.«

»Zumindest fürs erste.«

»Ja, natürlich.«

»Aber unser Freund hat's ja bekanntlich nicht eilig.« Er beugte sich vor und machte mit seinen langfingrigen Händen eine weit ausholende Geste. »Dieser Dreckskerl hat die Geduld eines Gletschers. Er macht das schon jahrzehntelang – falls er es tatsächlich macht. Angenommen, wir jagen ihm einen kleinen Schreck ein. Was passiert? Er geht nach Hause, macht es sich gemütlich, sieht sich ein Video an und wartet ein Jahr oder vielleicht auch zwei. Die Medien haben eine Aufmerksamkeitsspanne wie eine Eintagsfliege. Sobald die Story kalter Kaffee ist, tritt er wieder in Aktion; er arrangiert einen Unfall oder inszeniert einen Raubüberfall oder einen Selbstmord.«

»Wenn ihm die Polizei tatsächlich auf die Schliche kommt«, sagte ich, »läßt er es vielleicht endgültig bleiben – selbst wenn sie nicht genug Beweise haben, um ihn vor Gericht zu stellen. Aber wenn er ihnen gar nicht ins Netz geht, dann würde ich sagen, haben Sie recht. Er wartet einfach eine Weile und fängt wieder von vorn an.«

»Und selbst wenn er das nicht tut, hat er gewonnen.«

»Inwiefern?«

»Weil der Club einpacken könnte. Die Zeitungsberichte würden sein Aus bedeuten, glauben Sie nicht? Anachronistisch genug ist das Ganze ohnehin: vierzehn Männer, die einmal im Jahr zusammenkommen, um zu sehen, wer von ihnen noch am Leben ist. Ich weiß nicht, ob uns nach so viel geschätzter Aufmerksamkeit seitens der Presse noch das Herz danach stünde.«

Er stand auf und machte sich einen neuen Drink. Diesmal schenkte er bloß Whiskey in sein Glas und nahm schon auf dem Weg zurück zur Couch einen kleinen Schluck. Von dem chinesischen Essen hatte er wieder einen klaren Kopf bekommen. Er sprach jetzt wieder ganz deutlich, und auch sonst war ihm nicht anzumerken, daß er was getrunken hatte.

»Von uns vierzehn kann es niemand sein. Sind wir uns da einig?« sagte er.

»So weit würde ich nicht unbedingt gehen. Aber ich halte es für ziemlich unwahrscheinlich.«

»In diesem Punkt habe ich Ihnen insofern etwas voraus, als ich alle kenne, und Sie nicht.« Ihm war eine graue Locke in die Stirn gefallen. Er strich sie zurück und sagte: »Ich finde, die Clubmitglieder sollten zusammenkommen. Und ich glaube nicht, daß wir es uns leisten können, bis nächsten Mai zu warten. Ich werde mich ans Telefon klemmen und sehen, daß ich so viele wie möglich zusammentrommeln kann.«

»Jetzt gleich?«

»Nein, natürlich nicht. Am Montag? Nein, ein paar werde ich bis Montag vermutlich gar nicht erreichen. Um diese Jahreszeit fahren viele übers Wochenende weg. Dienstag, sagen wir Dienstag nachmittag. Wenn ich irgendwelche Termine habe, kann ich sie verlegen. Wie sieht's bei Ihnen aus? Könnten Sie am Dienstag nachmittag, sagen wir um drei, hierherkommen?«

»Hierher?«

»Warum nicht? Das ist besser als in der Kanzlei. Jede Menge Platz für fünfzehn Leute, wobei wir von Glück reden können, wenn so kurzfristig auch nur die Hälfte kommt. Aber selbst wenn nur fünf oder sechs von uns hier sind ...«

»Ja«, sagte ich. »Für mich wäre das sicher hilfreich.«

»Und für uns auch«, sagte er. »Jeder von uns sollte wissen, was Sache ist. Wenn wir uns in Gefahr befinden, wenn uns jemand nach dem Leben trachtet, dann sollten wir uns auch gefälligst klar darüber sein.«

»Gibt es hier irgendwo ein Telefon? Ich muß erst sehen, ob mein Klient einverstanden ist.«

»In der Küche, an der Wand. Es ist nicht zu übersehen. Und, Matt? Lassen Sie mich auch noch mit ihm sprechen, wenn Sie fertig sind.«

»Hildebrand war einverstanden«, erzählte ich Elaine. »Er schien sogar erleichtert.«

»Du hast also immer noch einen Klienten.«

»Bis vor ein paar Stunden war's jedenfalls noch so.«

»Wie fandst du Gruliow?«

»Sympathisch.«

»Damit hast du aber nicht gerechnet.«

»Nein, ich kam mit den üblichen Cop-Vorurteilen bei ihm an. Aber er hat was sehr Entwaffnendes. Er versteht es, einen genau da hinzukriegen, wo er einen haben will, und ein Ego hat er, so groß wie Texas – und die Liste seiner Mandanten ist ein schlagendes Argument für die Todesstrafe.«

»Aber du fandst ihn trotzdem sympathisch.«

»Mhm. Ich dachte, nachdem er was getrunken hatte, könnte vielleicht doch irgendein fieser Zug zum Vorschein kommen, aber das war nicht der Fall.«

»Hat es dir was ausgemacht, daß er was getrunken hat?«

»Das hat er mich auch gefragt. Ich hab ihm gesagt, mein bester Freund trinke die gleiche Whiskeymarke wie er – und wesentlich mehr davon. Und was seine Mordrate angehe, habe ich ihm gesagt, rangiere er irgendwo zwischen Warren Madison und dem Schwarzen Tod.«

»Guter Spruch«, meinte sie, »aber keine Antwort auf meine Frage.«

»Da hast du natürlich recht. Wenn ich mir ein Urteil über ihn bilden wollte ...«

»Was natürlich jemand, der spirituell schon so weit ist wie du, nie täte.«

»... müßte ich sagen, er ist ein Säufer. Und ich würde sagen, er weiß es auch. Aber er hat es im Griff, und offensichtlich kriegt er alles noch so weit auf die Reihe, daß sein Leben nicht seiner Kontrolle entgleitet. Er kriegt die großen Fälle und gewinnt sie. Übrigens habe ich bei dieser Gelegenheit auch was Neues gelernt. Ich hab mich schon immer gefragt, wovon er lebt, obwohl er doch lauter Mandanten vertritt, die kein Geld haben.«

»Von was?«

»Das Geld macht er mit Büchern und Vorträgen. Als Verteidiger arbeitet er praktisch umsonst. Trotzdem macht er das keineswegs nur aus christlicher Nächstenliebe, denn seine spektakulären Fälle treiben die Auflagen seiner Bücher und die Honorare für seine öffentlichen Auftritte in die Höhe.«

»Ist ja interessant.«

»Allerdings. Ich hab ihn gefragt, ob es jemand gibt, den er nicht vertreten würde. Mafiabosse, hat er gesagt. Oder Wirtschaftskriminelle wie diese Gauner, die an der Wall Street Insidergeschäfte machen oder die Leute um ihr Erspartes bringen. Nicht unbedingt, daß das für ihn der Abgrund menschlicher Schlechtigkeit wäre, aber zu so jemand hätte er einfach keinen Bezug. Ich hab ihn gefragt, ob er einen Ku-Kluxer verteidigen würde.«

»Und? Was hat er gesagt?«

»Er hat gesagt, wahrscheinlich nicht, wenn es einer von diesen typischen Südstaaten-Befürwortern der Rassentrennung wäre oder so ein White-Power-Aktivist aus dem Mittelwesten. Aber er meinte, er könnte es sich ganz interessant vorstellen, diese Skinheads zu verteidigen, die sie in Los Angeles festgenommen haben, diese Typen, die Rodney King umbringen und die Methodisten-Kirche der Schwarzen beschießen wollten, um einen Rassenkrieg zu entfachen. Ganz kriege ich seine Argumentation nicht mehr hin, jedenfalls hat er sie alle als Außenseiter der Gesellschaft hingestellt, denen die bürgerlichen Ehrenrechte vorenthalten worden seien. ›Allerdings‹, meinte er, ›wollen die wahrscheinlich keinen Anwalt, der Gruliow heißt.‹ Aber ich habe noch immer nicht deine Frage beantwortet, stimmt's? Nein, es hat mir nichts ausgemacht, daß er was getrunken hat. Er wurde nicht fahrig oder fies, und sobald wir was gegessen hatten, war ihm nicht mehr anzumerken, daß er was getrunken hatte. Andererseits hatte ich eigentlich vorgehabt, heute abend bei Mick im Grogan's vorbeizuschauen. Aber ich glaube, das verschiebe ich lieber auf morgen oder Samstag.«

»Weil du heute schon genug Schnaps zu sehen gekriegt hast.«

»Richtig.«

»Ich selber habe ihn nie kennengelernt«, sagte sie nachdenklich. »Hätte aber durchaus sein können.«

»Ach?«

»Er ist ein großer Freier – oder war es zumindest mal. Bei dem ganzen linken Gelabere, also, uns ›arbeitende Mädchen‹ hat er jedenfalls kräftig unterstützt. Weißt du, bei wem er ziemlich oft war? Bei Connie Cooperman.«

»Gott hab sie selig.«

»Sie fand ihn richtig sympathisch, sehr amüsant. Mit einer leicht perversen Ader.«

»Ich dachte, Callgirls reden nie über ihre berühmten Kunden.«

»Ganz richtig, Schatz. Und wenn du deinen Zahn unters Kopfkissen legst, kommt die Zahnmaus und steckt dir einen Groschen drunter.«

»Da behalte ich lieber den Zahn.«

»Du bist ja auch ein alter Bär. Jedenfalls stand er auf Leder, und er ließ sich gern fesseln.«

»Das haben wir auch mal versucht.«

»Aber du bist eingeschlafen.«

»Weil ich mich in deiner Gegenwart total sicher gefühlt habe. Schau, es ist bestimmt ganz interessant, daß Ray Gruliow auf Sadomaso steht, aber ...«

»Gar nicht erst zu reden von goldenen Duschen.«

»Goldene Duschen?«

»Ich hab dich doch gebeten, nicht davon zu reden. Wetten, *er* würde ein Mädchen ins Marilyn's Chamber ausführen?«

»Wie bitte?«

»In den ehemaligen Hell-Fire Club«, half sie mir auf die Sprünge. »Darüber haben wir doch erst kürzlich gesprochen, weißt du nicht mehr? So heißt der Club jetzt, Marilyn's Chamber. Chamber wie Folterkammer und wie dieser Pornostar. Triff dich doch morgen schon mit Mick, dann können wir am Samstag dort hingehen.«

»Willst du das wirklich?«

»Klar, warum nicht? Ich hab mich erkundigt, es kostet fünfzig Dollar pro Paar, und es besteht kein Zwang, bei irgendwas mitzumachen. Im Eintritt sind alkoholfreie Getränke inbegriffen. Was anderes kriegst du dort nicht. Du bekommst also keinen Tropfen Alkohol zu sehen.«

»Bloß Peitschen und Ketten.«

»Am Samstag haben sie eine Body-piercing-Präsentation. Du bist fünfundfünfzig. Findest du nicht, es wird langsam Zeit, daß du eine Body-piercing-Präsentation siehst?«

»Ich verstehe gar nicht, wie ich es so lange ohne eine ausgehalten habe.«

»Ich hab mein Lederoutfit anprobiert, und ich finde, es sieht richtig heiß aus.«

»Würde mich jedenfalls nicht wundern.«

»Nur ein bißchen eng ist es. Ich habe festgestellt, daß es besser aussieht, wenn ich nichts drunter anhabe.«

»Muß ziemlich warm sein. Bei dem Wetter.«

»Im Club haben sie bestimmt eine Klimaanlage, glaubst du nicht?«

»In einem Keller in der Washington Street? Also, da wäre ich mir nicht so sicher.«

»Na, und wenn schon. Dann schwitze ich eben.« Sie befeuchtete sich mit der Zungenspitze die Lippen. »Ein bißchen Schweiß stört dich doch nicht, oder?«

»Nein.«

»Ich glaube, ich probiere das Kleid noch mal an. Dann kannst du ja sehen, was du davon hältst.«

Sie nahm meine Hand und zog mich hoch. An der Schlafzimmertür sagte sie: »Da waren ein paar Anrufe für dich. Du sollst TJ anpiepsen, wenn du Zeit hast. Aber er hat nicht gesagt, daß es dringend ist, drum schätze ich, es hat Zeit bis morgen, glaubst du nicht auch?«

»Muß es wohl«, sagte ich.

14

Am Morgen piepste ich TJ an und verabredete mich mit ihm gegenüber im Morning Star zum Frühstück. Er hatte dieselben Shorts und dieselbe Mütze an, aber statt der Weste trug er ein Jeanshemd mit abgetrennten Ärmeln und abgetrenntem Kragen und den obersten drei Knöpfen offen. Ich hatte mein Frühstück schon bestellt und bekommen, als er kam. Er plumpste in den Sitz mir gegenüber und sagte dem Kellner, er wolle zwei Cheeseburger und eine große Portion Kakao, gut durchgeschüttelt.

»Keine Pommes frites?« fragte ich.

»Zum Frühstück?«

»Entschuldige, das sind wohl die ersten Verkalkungserscheinungen.«

»Kannst du laut sagen: mich in die Bronx hochzuhetzen, damit ich irgend so ne Scheiße von vor drei Jahren rausfinde. In den Vierteln, wo ich war, da mußt du erst mal jemand finden, der irgendwas weiß. Und wenn du dann endlich jemand aufgetan hast, warum soll da ein Schwanz mit dir reden?«

»Ich weiß, die Aussichten waren nicht sehr groß«, sagte ich, »aber einen Versuch war's trotzdem wert. Demnach ist also nichts dabei rausgekommen.«

»Davon war nicht die Rede, Ede. Hab bloß gesagt, es war praktisch unmöglich. Heißt aber nicht, ich hab's nicht geschafft.«

»Oh.«

»Hab die ganze Bronx abgeklappert. Auch da, wo keine Züge hinfahren. Wo du mit dem Zug nicht hinkommst, nimmst du eben den Bus.« Er schüttelte den Kopf. »Hat ne Weile gedauert, aber dann hab ich n paar Typen gefunden, die diesen Eldoniah von früher kennen. Bloß haben sie ihn nicht so genannt.«

»Wie haben sie ihn dann genannt?«

»Shy.«

»Shy? Der Kerl war ungefähr so schüchtern wie eine Kobra.«

»Für die Gang, bei der der war, war er das schon. Das sind so Typen, die schauen dir in die Augen und drücken ab, nieten dich um und grinsen dich dabei an.«

»Genau das haben sie auch von Eldoniah erzählt.«

»Eben nicht, weil der dafür zu schüchtern war. Drum war er ja auch so froh, wie er auf diese Taxifahrertour gekommen ist. Denen hat er nicht in die Augen schauen müssen, denen hat er einfach ein Loch in den Hinterkopf verpaßt.«

»Und darum nennen sie ihn Shy.«

»Hab ich das nicht grade gesagt?«

»Die Leute im Viertel meinen also, diese Taxifahrer gehen auf sein Konto?«

Er nickte. »Daß der Typ sitzt, geht paletti. Aber der weiße Typ in dem Yellow Cab, das war er nicht.«

»Das haben sie dir erzählt?«

»Mußten sie nicht. Der Modus war anders.« Er mußte über mein Gesicht grinsen. »Nennst du das nicht so? Wenn schon Detektiv, dann will ich auch das mit den Fachwörtern hinkriegen. Shy hat immer n Floß von so ner Zentrale bestellt. Wär bestimmt nicht in der Audubon Avenue ausgestiegen, wo sie Cloonan gefunden haben, das ist n Latinoviertel, und da fällt so einer ziemlich auf. Hab außerdem aber n paar Leute gefragt, die ihn gekannt haben.«

»Und die haben mit dir geredet?«

»Hab denen erzählt, meine Mom läßt durchblicken, daß Eldoniah Mims wahrscheinlich mein Dad war. Hat sie mir erzählt, schon aufm Sterbebett, Fred. Wollte mal sehen, was ich mit der Story über ihn rauskrieg.«

»Wie alt ist Mims? Ich glaube nicht, daß er alt genug ist, um dein Vater sein zu können.«

»Klaro, aber die Vögel, mit denen ich gequatscht hab, haben nicht lang rumgerechnet. Glaub Shy war gar nicht schüchtern, n Freund schleppte mich zu nem Kid und sagt, der ist wahrscheinlich mein Bruder. Das Kid war erst zwölf, aber fieser wie Katzenscheiße. Schätze nicht, daß der mal so alt wird, um zuwählen – außer sie retten ihm das Leben und lochen ihn die nächsten sechs Jahre ein.« Er grinste. »Hat sich aber gefreut, daß er mich kennengelernt hat. Fand's irgendwie gut, daß er einen älteren Bruder hat. Jemand, der ihm sagt, wo's langgeht.«

»Du übst bestimmt einen guten Einfluß auf ihn aus.«

Er verdrehte die Augen. »Bei dem wirkt nur der Einfluß wie der von Shy auf diese Kutscher. Schuß in den Hinterkopf. Hab aber nichts erfahren, was ich nicht so schon gedacht hab. Der Typ in dem Yellow Cab, der geht nicht auf Shys Konto. Hast du ja selber schon gewußt, oder?«

»Danach hat es jedenfalls ausgesehen.«

Er spülte den letzten Bissen Cheeseburger mit dem letzten Schluck Kakao hinunter, zog eine Serviette aus dem Spender und wischte sich den Mund ab. »Da ist noch was, was du nicht weißt.«

»Ich weiß eine ganze Menge nicht.«

»Der Killer war n Weißer.«

»Woher weißt du das?«

»Ein Chick hat's mir erzählt.«

»Ist ja interessant. Bloß, wie kommt so ein Gerücht bis in die Bronx hoch?«

»Wer sagt denn was von der Bronx? Wir reden hier von der Audubon Avenue in Washington Heights, wo der Typ in dem Yellow Cab die Kugel gekriegt hat.«

»Was hast du denn da gemacht?«

»Das gleiche, was ich überall mach, rumschnüffeln. Hab ich vorhin nicht gesagt, das ist ein Latinoviertel? Hab da irgendwie nicht reingepaßt.«

»Wahrscheinlich ist dein Spanisch ein bißchen angestaubt.«

»Kann mir so n Tape zulegen, wo man's im Schlaf lernt. Aber andrerseits, was bringt's, wenn du im Schlaf Spanisch kannst?« Er hob die Schultern. »Bringt's irgendwie nicht so ganz. Aber, was ich gemacht hab, hab den Assistenten von Melissa Mikawa gespielt – weißt schon, die die Berichte für New York One macht?«

»Ich weiß, wen du meinst. Du hast denen weisgemacht, daß du ihr Assistent bist?«

»Logo. Hatte sogar die richtigen Klamotten für den Zweck, Jack. Für so was hab ich ne lange Hose, und n richtig geiles Polohemd und n Paar eins a Latschen. Und zu den Klamotten die richtige Brooks-Brothers-Laber. Glaubst du nicht, ich hab wie der Assistent von so nem Fernsehreporter ausgesehen?«

»Was hast du mit deinen Haaren gemacht?«

Er riß sich die Mütze vom Kopf. Darunter kam ein dichter Lockenpelz zum Vorschein, der überall ungefähr einen Zentimeter von seiner Kopfhaut abstand. »Schneiden lassen«, sagte er. »Was sonst?«

»Steht dir gut.«

»Sieht mit Mütze besser aus. Jedenfalls, wenn ich in der Deuce bin.« Er zog eine Hornbrille aus der roten Gürteltasche um seinen Bauch und setzte sie auf. »Hab die aufgehabt, hab mir noch so ne Schreibunterlage untern Arm geklemmt. Die ist sogar noch besser als die Brille. Jemand mit Schreibunterlage, da weiß jeder, der ist wichtig, die Leute wollen dir dann gleich die Kombination von ihrem Safe sagen. Weißt du, von wem ich das habe?«

»Sicher von irgendeinem Erzgauner.«

»Na ja, so wahnsinnig clever ist der Typ, weil der mir gerade das Frühstück zahlt.«

»Das mit der Schreibunterlage habe *ich* dir gesagt?«

»Ungefähr vor nem Jahr. Waren zusammen Kaffee trinken, du hast ein bißchen aus der Schule geplaudert, alles mögliche. Weißt du nicht mehr? Da siehst du's, ich merk's mir, wenn Matthew Scudder was sagt. Selbst wenn du's selber nicht mehr weißt.«

»Was hast du denen in der Audubon Avenue erzählt? Daß Melissa Mikawa ein Feature über ermordete Taxifahrer machen will?«

Er nickte. »Hab gesagt, sie macht nen Bericht über diesen speziellen Fall und daß er nie geklärt wurde, denn was wissen die in der Audubon Avenue schon von Shy Mims und seinem Urlaub auf Staatskosten? Hab gesagt, jeder, der dabei war, wie's passiert ist, jeder, der irgendwas gehört oder gesehen hat, der kommt vielleicht im Fernsehen. Und Melissa Mikawa lernt ihr auch kennen. Ich kann dir sagen, die fahren in Washington Heights total auf die ab! Ist doch Japanerin, oder?«

»Wenn sie keine ist«, sagte ich, »bringt sie's jedenfalls sehr überzeugend.«

»Also, die haben getan, als wär sie aus Puerto Rico. Haben mich ständig gelöchert, wie sie ist und ob sie nen Freund hat. Irgendwann hab ich die Stories, die ich erfunden hab, selber geglaubt. Na ja, jedenfalls hab ich n Chick aufgetrieben, die war dabei, wie's Cloonan erwischt hat.«

»Was hat sie gesehen?«

»Yellow Cab kommt an, hält an der Bushaltestelle an der Ecke. Eine Weile drauf steigt n Typ aus, macht die Tür zu und geht weg.«

»›Eine Weile drauf.‹ Fünf Minuten? Zehn?«

»Mann, das ist jetzt vier Jahre her. Und sie ist noch auf der High School. Also wie alt war sie damals vielleicht? Und wer merkt sich schon, wie lang ein Floß rumsteht, bis irgend so n Typ aussteigt? Hätte bestimmt nichts dabei gedacht, wenn nicht später die Polizei angerückt wäre und eine Leiche aus dem Floß geholt hätte.«

»Schuß hat sie keinen gehört?«

»Sagt, daß sie nicht hat.«

»Er muß einen Schalldämpfer benutzt haben. Und du sagst, sie hat ihn gesehen?«

»Gesehen hat sie ihn. Wie gut, weiß ich aber nicht.«

»Und sie hat gesagt, es war ein Weißer? Könnte es auch ein weißer Latino gewesen sein?«

»Hab sie gefragt, war's n Latino, aber sie hat gesagt, n Weißer.«

»Nein, es war kein Latino, es war ein Weißer. Etwa so?«

»Genau so.«

»Und er stieg aus dem Taxi und ...«

»Hat sich reingebeugt, als ob er was zum Fahrer sagt. Irgendwie so: Warten Sie, bis ich wieder zurück bin. Drum hat sich auch niemand was dabei gedacht, daß das Floß die ganze Zeit dastand.«

»War der Zähler an?«

»Der war von Anfang an nicht an.«

»Hat er das Freizeichen schon angemacht, bevor er gehalten hat? Manchmal machen sie das ja, aber ...«

»Sie hat gesagt, aber vergiß nicht, das ist alles vier Jahre her ...«

»Und sie war noch ein halbes Kind. Das habe ich inzwischen kapiert. Was hat sie gesagt?«

»Daß der Typ kein Fahrgast war.«

»Der Mitfahrer? Der Mann, den sie gesehen hat?«

»Er hat vorn gesessen.«

»Aber du willst doch nicht etwa sagen, daß er gefahren ist, wo sie doch Cloonan am Steuer gefunden haben.«

»Von fahren hab ich nichts gesagt, nur daß er vorn war. Wenn du in einem Floß mitfährst, sitzt du normal hinten. Aber der Typ ist vorn neben dem Fahrer gesessen.«

»Wie weit weg war sie?«

»Zwei, drei Häuser weiter die Straße runter. Hat mir den Candy Store gezeigt, vor dem sie gestanden hat, sie und ihre Freundinnen. Hat mir auch gleich erklärt, daß Melissa Mikawa vor dem Laden ein Interview mit ihr machen kann. Also, bei dem ganzen Medienscheiß, den die gequatscht hat, hätte die echt Melissa Mikawas Assistentin sein können.«

»Wie sah er aus?«

»Weiß.«

»Groß, klein, dick, dünn, jung, alt ...«

»Nur weiß. Vergiß nicht ...«

»Es ist vier Jahre her, und sie war damals noch ein halbes Kind. Glaubst du, es bringt was, wenn sich Ray Galindez mit ihr zusammensetzt?«

»Damit Elaine wieder ein Bild in ihrem Laden aufhängen kann? Daß sie den Dreh rauskriegt, kann ich mir schon vorstellen, aber was dann dabei rauskommt, ist wahrscheinlich mehr Phantasie als Erinnerung. Die schwört auch, er hat Titten und einen Schwanz gehabt, bloß damit sie in New York One kommt.«

»Vielleicht sollte ich mal mit ihr reden.«

»Und als was willst du dich ausgeben? Als Cop? Oder auch als Assistent von Miss Mikawa?«

»Als stellvertretender Leiter der Nachrichtenredaktion«, sagte ich, »wie findest du das?«

Er dachte kurz nach, dann nickte er. »Ich geh gleich mal mein Polohemd und meine Khakihose holen. Und meine eins a Latschen. Wollte den Krempel ja sowieso mitnehmen und dann bei Elaine im Laden lassen.« Er inspizierte seine Sachen. »Du kannst dich auch n bißchen in Schale schmeißen«, meinte er, »nicht daß wir schuld sind, wenn es plötzlich heißt, mit New York One geht es bergab.«

Ich zog mir einen blauen Blazer an, und zumindest was das modische Erscheinungsbild seiner Mitarbeiter anging, erlitt das Ansehen von New York One keine Einbußen. Wir nahmen den A-Train nach uptown und brauchten vierzig Minuten, um Sombrita Pardo zu finden, und dann noch mal eine halbe Stunde, um uns ihre Geschichte anzuhören, die sie uns Würstchenpizza mampfend in der Pizzeria neben dem Candy Store erzählte, vor dem sie vor vier Jahren gestanden hatte. Sie war eine kleine Pummelige mit glänzendem schwarzem Haar, olivbrauner Haut, Indio-Gesichtszügen und auffallend hellen braunen Augen. Ihr Name bedeute kleiner Schatten, erklärte sie uns, und er sei schon ein bißchen komisch; früher habe sie ziemlich darunter gelitten, aber inzwischen finde sie ihn gar nicht mehr so schlecht, weil er einfach anders sei.

An ihrer Geschichte änderte sich nichts. Der Mann, der aus dem Yellow Cab gestiegen war, war weiß gewesen, aber genauer konnte sie ihn uns nicht beschreiben. Und er war vorn auf der Beifahrerseite ausgestiegen, und sie hatte den Eindruck gehabt, er wollte nur kurz was erledigen und gleich wieder zurückkommen, aber er ging um die Ecke und verschwand. Und dann hatte sie nach Hause gemußt und nicht mehr weiter daran gedacht, doch am nächsten Tag hatte sie gehört, daß es ein Mordstrara gegeben habe, mit Polizeiautos und allem Drum und Dran, und daß sich herausgestellt habe, daß der Fahrer tot gewesen sei. Er war erschossen worden – das hatten sie jedenfalls gesagt –, aber hätte er nicht auch bloß einen Herzinfarkt oder so was haben können? Und vielleicht war sein Bekannter Hilfe holen gegangen und – und hatte bloß vergessen zurückzukommen?

Na ja, meinte sie, vielleicht hat er sich eine Überdosis gespritzt, der Fahrer, und sein Bekannter wollte lieber nicht in die Sache reingezogen werden, und deshalb hat er einfach bei der Polizei angerufen und hat sich verdrückt. Bloß wußte sie natürlich, daß sie ein paar Kugeln in seiner Leiche gefunden hatten, oder jedenfalls hatte sie das gehört, aber die Leute erzählten viel, und wie sollte man da schon wissen, was man glauben sollte?

Das allerdings.

Nach fünfzehn oder zwanzig Minuten verschwand TJ auf die Toilette, worauf Kleiner Schatten gleichzeitig älter und jünger wurde. Sie richtete sich in ihrem Sitz auf und sagte: »Jetzt mal ganz ehrlich. Ich komme doch nicht ins Fernsehen, oder?«

»Leider nein.«

»Sind Sie von der Polizei? Sie könnten ein Cop sein. Aber Mr. T.J. Smith? Ausgeschlossen. Daß er Melissa Mikawas Assistent ist, hab ich ihm natürlich auch nicht abgenommen.«

»Nicht?«

»Dafür ist er zu jung und zu streetmäßig. Um so einen Job zu kriegen, muß man doch aufs College gehen, oder nicht? Aber der war nie im Leben auf dem College.«

Wie gesagt, älter, als sie aussah. Dann fragte ich sie, warum sie das ganze Theater mitgemacht, obwohl sie es sofort durchschaut habe. »Ach, ich fand ihn einfach richtig süß«, sagte sie kichernd und sah plötzlich wie zwölf aus.

»Ich bin Versicherungsdetektiv«, sagte ich. »Mr. Smith befindet sich noch in der Ausbildung. Besser, Sie sagen ihm nicht, daß Sie seine, äh, Masche durchschaut haben.«

»Auf gar keinen Fall«, sagte sie und saugte den letzten Rest Coke durch ihren Strohhalm. »Von der Versicherung sind Sie? Hoffentlich hab ich niemand wo reingeritten.«

»Nein, nein, keine Sorge.«

»Oder jemand um sein Geld gebracht.«

»Es geht hier wirklich nur darum, abschließend noch ein paar Dinge für unsere Akten zu klären«, versicherte ich ihr, »und der Versicherung vielleicht ein bißchen Steuern zu sparen.«

»Ach so«, sagte sie. »Das ist doch gut, oder?«

15

Wir nahmen den A-Train und trennten uns am Columbus Circle. TJ wollte in den Laden, um Elaine seine Aufstrebender-junger-Mann-Verkleidung vorzuführen. Ich ging zum Midtown North rüber, um zu sehen, ob Durkin da war. Er saß an seinem Schreibtisch, aß ein Sandwich und trank Eistee aus der Flasche.

»Thomas Cloonan«, sagte ich. »Stückeschreiber, nebenbei Taxifahrer, vor vier Jahren erschossen, Audubon Avenue, Ecke 174th Street; der Typ, dem sie's angehängt haben, kam deswegen nie vor Gericht ...«

»Jetzt hör aber mal«, brummte er. »Für was hältst du mich eigentlich, irgend so eine verkalkte Oma oder was? Glaubst du, mein Kurzzeitgedächtnis ist total im Arsch?«

»Ich wollte dein Gedächtnis nur ein bißchen auffrischen.«

»Wo soll's denn überhaupt die Zeit gehabt haben, welk zu werden. Ist doch erst ein paar Tage her, daß wir über diesen Scheißkerl gesprochen haben.«

»Was hat Cloonan getan, daß er plötzlich ein Scheißkerl ist?«

»Nicht Cloonan, Herrgott noch mal. Der Täter.« Er kniff angestrengt nachdenkend die Augen zusammen. »Mims. Was sagst du nun zu meinem Gedächtnis? Vor allem wo's auch noch ein Fall ist, der mich einen Dreck angeht.«

»Willst du auch noch seinen Vornamen probieren?«

»Obadiah.«

»Wie wär's mit Eldoniah?«

»Ach ja, Scheiße, war jedenfalls nur knapp daneben. Was ist mit ihm?«

»Der Typ, der Cloonan erschossen hat, war ein Weißer.«

Ich gab ihm, was ich hatte. Es war nicht sein Fall – in diesem Stadium war es niemands Fall –, aber er war zu sehr Polizist, um sich nicht dafür zu interessieren, Daten zu sichten, Theorien zu ent- und verwerfen.

»Er ist vorn gesessen?« sagte er. »Wo setzt sich in New York jemand vorn rein?«

»Hier nicht, aber in Australien«, sagte ich, »da setzt man sich ganz automatisch vorn neben den Fahrer, wenn man sich ein Taxi nimmt.«

»Weil hinten die Federung kaputt ist, oder was?«

»Weil es kein Klassensystem gibt und alle Kumpel sind. Hinten einzusteigen wäre eine Beleidigung.«

»Echt? Wie stehen die Chancen, daß es ein Australier war, der Taxifahrer erschießt und ausraubt?«

»Wenigstens wäre das mal ein bißchen Abwechslung nach diesen ewigen Norwegern.«

»Jetzt mal Spaß beiseite. Letztlich heißt das doch, der Schütze könnte ein Freund des Fahrers gewesen sein, oder nicht?«

»Zumindest ein Bekannter.«

»Fährt vorn mit, Zähler aus, kein Eintrag im Fahrtenbuch. Den letzten Fahrgast hat er in Midtown aufgegabelt. Eine lange Tour zum Columbia Presbyterian. Woher will der Täter wissen, daß er genau dort auftaucht?«

»›Tommy, wenn du das nächstemal eine Tour in die Gegend hast, komm doch in den Emerald Grill, ich hab da was mit dir zu bereden.‹«

Er überlegte. »Ich weiß nicht. Das ist nicht viel leichter zu schlucken wie die Crocodile-Dundee-Theorie.«

»Oder es war Cloonans Idee. Er ist gerade in der Gegend, deshalb beschließt er, seinen Freund zu besuchen.«

»Der die Gelegenheit beim Schopf ergreift und ihn umbringt.« Er nahm einen Schluck Eistee. »Mit Himbeergeschmack. Auf einmal gibt es Eistee mit, ich weiß nicht, zwölf, fünfzehn verschiedenen Geschmacksrichtungen. Früher dachte ich immer, warum muß es bei uns immer von allem hunderterlei verschiedene Sorten geben? Wie wollen wir da mit den Scheißrussen Schritt halten, wenn wir unsere Zeit damit vertun, Tee in hundert verschiedenen Geschmacksrichtungen herzustellen, während sie Panzer bauen und zum Mond fliegen? Aber dann kracht ihr ganzes System zusammen, und wir denken uns zehn weitere Geschmacksrichtungen aus und stehen bestens da. Das zeigt wieder mal nur, wie wenig ich eigentlich weiß.« Er nahm noch einen Schluck und fragte: »Wie zuverlässig ist dein Zeuge?«

»Auf einer Zehnerskala«, sagte ich, »irgendwo zwischen null und eins.«

»Hab ich mir fast gedacht. – Der Täter hat Cloonan zweimal in den Hinterkopf geschossen. Wie willst du das machen, wenn du neben dem Typ sitzt?«

»›He, Tom, was ist denn da drüben?‹«

»Er dreht sich zur Seite, um zu schauen, peng, peng. Ja, wäre möglich. Da müßte ich mir erst den Laborbefund ansehen. Aber warum soll er das getan haben? Bloß damit es so ausieht, als wäre der Schuß vom Rücksitz abgegeben worden?«

»Oder auch nur, damit es Cloonan nicht mitbekommt.«

»Das wäre eine Möglichkeit. Oder wie wär's damit? Täter sitzt hinten, Taxi hält an, Täter verpaßt Cloonan zwei Löcher im Kopf. Steigt aus, steigt wieder ein, allerdings vorn neben dem Fahrer, nimmt sich Brieftasche und Münzwechsler oder worauf er's sonst abgesehen hat. Und erst als er dann zum zweiten Mal aussteigt, kriegt ihn Carmen Miranda zu sehen.«

»Auch eine Möglichkeit.«

»Oder wie wär's damit? Der Anfang ist derselbe, zwei Schüsse vom Rücksitz, der Schütze steigt hinten auf der Straßenseite aus, so daß ihn jemand, der vor dem Candy Store rumquatscht, gar nicht sehen kann. Vielleicht ist er aus derselben Stadt in Norwegen wie Obadiah, Entschuldigung, Eldoniah, oder er ist Latino wie alle anderen im Viertel, und er geht um die Ecke und verschwindet.«

»Und?«

»Und dann kommt dieser Weiße die Straße runter, und er möchte gern ein Taxi – wer kann ihm das schon verdenken, als Weißer in dem Viertel?«

»So übel ist das Viertel gar nicht.«

»Können wir uns zumindest darauf einigen, daß ein Weißer in dieser Gegend vielleicht trotzdem ganz froh über ein Taxi sein könnte? Er sieht eins am Straßenrand stehen, hinterm Steuer sitzt ein Mann, und er macht die Tür auf, um zu fragen, ob er frei ist.«

»Und sieht, daß der Fahrer tot ist.«

»Genau. Und dann tut er, was die meisten Leute tun würden, vor allem in einem fremden Viertel: er verdrückt sich schleunigst, denn wer ist schon gern Zeuge, und vielleicht war er in Heights, um Dope zu kaufen oder eine Nummer zu schieben, also warum soll er sich da in was reinziehen lassen?«

»Und die Zeugin sieht ihn erst, als er aus dem Taxi steigt?«

»Klar, warum nicht?«

»Ich weiß auch nicht«, sagte ich. »Sie sieht den Täter nicht aussteigen und den Weißen nicht einsteigen.«

»Warum sollte sie? Sie ist mit was anderem beschäftigt.«

»Möglich.«

»Im Grunde genommen«, sagte er, »hast du überhaupt nichts.«

»Nein.«

»Keine konkreten Beweise, meine ich.«

»Nicht mal annähernd.«

»Aber wenn du den Beweis erbringen willst, daß ein einziger Täter diese vier Leute umgebracht hat …«

»Fünf, mit Shiptons Frau.«

»… wirft es dir auch nicht gerade einen Knüppel zwischen die Beine. Allerdings kann ich dir nicht empfehlen, oben bei vierunddreißig mit jemand zu reden. Die haben genug ungeklärte Fälle und sind sicher nicht scharf drauf, einen abgeschlossenen neu aufzurollen.«

»Ich weiß.«

»Außer du willst diese Fälle ganz offiziell alle gleichzeitig wieder aufrollen. Falls dein Klient damit einverstanden ist.«

»Mein Klient und einige seiner Freunde treffen sich in ein paar Tagen, um zu sehen, was sie tun sollen.«

»Was, alle sechsundzwanzig?«

»Wie kommst du auf sechsundzwanzig?«

»Dreißig Typen, vier davon ermordet. Bleiben noch sechsundzwanzig.« Er grinste. »Nichts auszusetzen am Kurzzeitgedächtnis dieser Oma.«

»Aber an ihren Rechenkünsten.«

Er sah mich an. »Dreißig minus vier ist ...«

»Vierzehn.«

»Wie bitte?«

»Es waren vier Morde«, sagte ich, »und zwölf andere Todesfälle.«

»Was für Todesfälle?«

»Ein paar Selbstmorde, ein paar Unfälle. Und ein paar sind an einer Krankheit gestorben.«

»Jetzt hör aber mal, Matt!«

»Aber es waren nicht alle vorgetäuscht. Zumindest dürfte es ziemlich schwer sein, jemand umzubringen und es so aussehen zu lassen, als hätte er Hodenkrebs gehabt – oder als wäre er in Vietnam gefallen. Aber die Selbstmorde könnten alle Morde gewesen sein, und auch ein paar von den Unfällen.«

»Wie viele, schätzt du?«

»Einschließlich der vier, die offiziell Morde sind? Das Ganze ist zwar nur eine Vermutung, aber ich würde sagen, zwölf.«

»Das ist doch Wahnsinn. In wie vielen Jahren?«

»Schwer zu sagen. Der Club wurde vor zweiunddreißig Jahren gegründet, und die ersten Todesfällen haben sich erst nach ein paar Jahren ereignet; außerdem dürfte bei denen noch alles mit rechten Dingen zugegangen sein. Deshalb würde ich sagen, zwanzig, fünfundzwanzig Jahre.«

Er schob seinen Stuhl zurück. »Ich weiß wirklich nicht, ob ich auf so was einfach sitzen bleiben kann.«

»Auf was?«

»Und du schwörst mir, das ist nicht irgend so eine Sexkiste?«

»Auf eine Bibel, wenn du eine zur Hand hast.«

»Weißt du, was ich glaube? Ich glaube, ich sollte deine Aussage zu Protokoll nehmen.«

»Meinetwegen. Tipp schon mal ›Kein Kommentar‹ auf ein Blatt Papier, und ich unterschreib's dir.«

»Du würdest die Aussage verweigern?«

»Solange ich keine anderslautenden Anweisungen erhalte.«

»Das verstehe ich nicht. Was ist das, wovor dein Klient mehr Angst hat, als umgebracht zu werden?«

»Vor dem Medienrummel.«

»Wie kommst du darauf, daß die Presse das so toll fände?«

»Jetzt hör aber mal? Irgendein Verrückter hat es auf eine Gruppe von dreißig Männern abgesehen und bringt sie der Reihe nach um die Ecke? Und das über mehrere Jahrzehnte hinweg? Wenn das kein gefundenes Fressen für die Presse ist ...«

»Ja, da hast du natürlich recht. Und eins der Opfer war Boyd Shipton.«

»Unter den noch Lebenden sind drei, die mindestens genau so prominent sind.«

»Im Ernst? Muß ja ein irrer Club sein. Und einen Taxifahrer hatten sie auch und einen Börsenmakler, und was war der Schwule? Innenarchitekt?«

»Carl Uhl? Ich glaube, er war Teilhaber eines Gastronomieservice.«

»Das ist das gleiche. Drei genauso prominent wie Shipton?«

»Mindestens.«

»Na, sauber.«

»Ich würde schon damit rausrücken, Joe, aber ...«

»Schon klar. Die vierzehn wollen sich treffen, hast du gesagt?«

»Jedenfalls ein paar von ihnen.«

»Und wann?«

»Dienstag.«

»Heute ist Freitag. Was machst du bis dahin?«

»Ich wollte der Sache in Forest Hills ein bißchen nachgehen.«

»Der Typ, der erstochen wurde. Dieser Börsenmakler, Watson.«

»Richtig. Mich würde mal interessieren, was der Wachmann genau gesehen hat.«

»Er hat einen Mann am Boden liegen gesehen und ist zum nächsten Telefon gerannt und hat's gemeldet. Hätte er mehr gesehen, stünde das in seiner Aussage. Und glaub mir, sie haben ihn bestimmt gefragt.«

»Meinst du, sie haben ihn auch gefragt, was er zuvor gesehen hat?«

»Zuvor?«

»Ob jemand auf Watson gewartet hat, ihm aufgelauert ...«

»Ach, jetzt verstehe ich, was du meinst. Durchaus möglich, daß sie das getan haben. Vor allem, wo sie damals dachten, es könnte ein Klient gewesen sein, der's ihm heimzahlen wollte. Aber es kann ja nicht schaden, ihn noch mal zu fragen. Willst du wissen, wie er heißt?«

»Und wo er arbeitet.«

Er griff nach dem Hörer, drehte sich aber wieder herum und sah mich an. »Kennst du diese AT&T-Werbung über die Datenautobahn? Davon, daß das eine Einbahnstraße ist, ist da aber nicht die Rede.«

»Ich weiß, Joe.«

»Nur damit du's weißt«, sagte er und machte den Anruf.

16

Ich nahm den Number-Seven-Train und stieg in Corona an der 103rd Street aus, zwei Haltestellen vor dem Shea Stadium. Zwei Straßen weiter, in der Roosevelt Avenue, befand sich im Obergeschoß eines zweistöckigen Ziegelbaus das Büro der Queensboro-Corona Protective Services. Im Erdgeschoß war ein Kinderbekleidungsgeschäft mit jeder Menge Stofftiere im Schaufenster.

Die meisten Sicherheitsunternehmen werden von ehemaligen Polizisten geleitet, die größtenteils auch wie solche aussehen. Martin Banszak, der Chef von Queensboro-Corona, sah eher aus, als würde er eine Etage tiefer Strampler verkaufen. Er war ein schmächtiger Mann über sechzig, gebückt und fast kahl, mit traurigen blauen Augen hinter seiner randlosen Bifocalbrille und einem kurz gestutzten Schnurrbart unter seiner Stupsnase.

Ich habe zweierlei Visitenkarten. Auf den einen, einem Geschenk meines Tutors Jim Faber, stehen nur mein Name und meine Telefonnummer. Auf den anderen, die ich von Reliable zur Verfügung gestellt bekomme, werde ich als Mitarbeiter der Agentur ausgewiesen. Ich gab Banzsak eine der Reliable-Karten, und das hatte ein kleines Mißverständnis zur Folge. Er machte mich nämlich sofort darauf aufmerksam, Queensboro-Corona vermittle vorwiegend uniformierte Wachmänner und mobile Sicherheitsstreifen; ausgebildete Ermittler meines Kalibers beschäftigten sie dagegen nur selten, aber wenn ich einen dieser Bewerbungsbögen ausfüllen wolle, werde er ihn gern zu den Personalakten legen, da sie hin und wieder Ermittler benötigten und deshalb möglicherweise gelegentlich Verwendung für mich hätten.

Das war jedoch rasch geklärt, und ich sagte ihm, wer ich war und was ich wollte.

»James Shorter«, sagte er. »Darf ich fragen, was genau Sie von Mr. Shorter wollen?«

»Vor mehreren Monaten ist es zu einem Zwischenfall gekommen«, sagte ich. »Er hat die Leiche eines Mannes gefunden, der in Forest Hills auf offener Straße überfallen wurde, und ...«

»Ach ja, natürlich. Eine schlimme Geschichte. Ein Geschäftsmann, der spät abends auf dem Heimweg von der Arbeit niedergestochen wurde.«

»Ich dachte nur, ob Ihrem Mitarbeiter an diesem Abend irgend etwas Ungewöhnliches aufgefallen ist, vielleicht jemand, der dort um diese Zeit nichts zu suchen hatte.«

»Darüber ist er schon von der Polizei eingehend befragt worden.«

»Dessen bin ich mir durchaus bewußt, aber ...«

»Diese Geschichte ist Shorter ziemlich nahegegangen. Möglicherweise war sie sogar der Auslöser für das andere Problem.«

»Was für ein anderes Problem, Mr. Banszak?«

Er sah mich durch die untere Hälfte seiner Brille an. »Sagen Sie, hat sich Jim Shorter bei Ihrer Firma um eine Stellung beworben?«

»Bei Reliable? Das glaube ich nicht, und wenn es so wäre, wüßte ich es nicht. Ich sitze nicht im Management. Ich arbeite nur tageweise für sie.«

»Aber im Moment sind Sie nicht in ihrem Auftrag tätig?«

»Nein.«

Er überlegte kurz, dann sagte er: »Ihm ist diese ganze Geschichte, wie gesagt, ziemlich nahegegangen. Immerhin ist sie während seiner Schicht passiert. Obwohl niemand in irgendeiner Form angedeutet hat, er hätte das Ganze verhindern können. Jede unserer mobilen Einheiten hat ein ziemlich großes Areal zu überwachen. Unser Ziel ist: maximale

Abschreckung durch maximale Präsenz. Die Kriminellen sehen unsere Streifenwagen, und sie wissen, die Gegend steht unter ständiger Überwachung, und entsprechend riskanter ist es deshalb, ihr Vorhaben in die Tat umzusetzen.«

»Läuft das letztlich nicht bloß darauf hinaus, daß sie woanders zuschlagen?«

»Also, was kann irgendeine Form von Polizeipräsenz, ob nun privat oder öffentlich, schon anderes bewirken? Wir können die menschliche Natur nicht ändern. Wenn wir in den Gebieten, mit deren Schutz wir beauftragt werden, die Zahl der Verbrechen senken können, sehen wir unsere Aufgabe als erfüllt an.«

»Verstehe.«

»Trotzdem glaube ich, Shorter muß sich in irgendeiner Weise verantwortlich gefühlt haben. Auch das liegt in der menschlichen Natur. Und dann der Schock, an den Ort eines Verbrechens zu kommen und eine Leiche zu finden. Schließlich noch die psychische Belastung, mehrmals von der Polizei vernommen zu werden. Damit will ich nicht sagen, diese Geschichte könne der Auslöser gewesen sein, aber möglicherweise hat sie die Sache beschleunigt.«

»Was hat sie beschleunigt, Sir?«

Statt einer Antwort winkelte er den Ellbogen an und bewegte die Hand auf und ab, als kippte er ein paar Schnäpse.

»Er hat getrunken?«

Er seufzte. »Wer trinkt, fliegt. Da bin ich eisern. Keine Ausnahmen.«

»Das ist verständlich.«

»Dabei habe ich in diesem Fall sogar eine Ausnahme gemacht – wegen der psychischen Belastung, unter der er stand. Ich sagte ihm, eine Chance würde ich ihm noch geben. Doch dann war da noch mal so eine Geschichte, und damit hatte es sich dann.«

»Wann war das?«

»Das müßte ich nachsehen. Ich schätze, er hat nicht länger als einen Monat durchgehalten, nachdem dieser Mann umgebracht wurde. Allerhöchstens sechs Wochen. Wann wurde er erstochen? Ende Januar?«

»Anfang Februar.«

»Ich würde sagen, Mitte März war er schon nicht mehr bei uns. *Middlemarch,* Mittelmärz«, sagte er unvermittelt. »Das ist ein Roman. Haben Sie ihn gelesen?«

»Nein.«

»Ich auch nicht. Aber er steht bei mir im Bücherregal. Er hat meiner Mutter gehört, aber sie ist gestorben, und jetzt gehört er mir, zusammen mit ein paar hundert anderen Büchern, die ich nicht gelesen habe. Aber der Rücken dieses Buchs sticht mir immer in die Augen. *Middlemarch.* Von George Eliot. Ich bin sicher, ich werde es nie lesen.« Mit einer kurzen Handbewegung erklärte er das Thema für erledigt. »Ich habe James Shorters Telefonnummer. Möchten Sie, daß ich ihn für Sie anrufe?«

Bei Shorter meldete sich niemand. Banszak schrieb mir die Nummer und seine Adresse in der East Ninety-fourth Street in Manhattan auf. Ich kaufte mir in einem italienischen Deli noch schnell was zu essen und fuhr mit dem Zug in die Stadt zurück. An der Haltestelle Grand Central stieg ich in den Lexington Avenue Express um und fuhr zur Eighty-sixth. Ich versuchte Shorter von einem Münzapparat anzurufen und bekam meinen Quarter nach sechsmaligem Läuten wieder zurück.

Es war Viertel vor fünf. Wenn Shorter eine neue Stelle gefunden hatte, war er jetzt vermutlich wie der größte Teil der werktätigen Bevölkerung New Yorks arbeiten. Andererseits, wenn er noch in derselben Branche tätig war, ließen sich über seine Arbeitszeiten nur Vermutungen anstellen. Er konnte als uniformierter Wachmann bei einem Scheckeinlöseinstitut in Sunset Park arbeiten oder als Nachtwächter in einem Lagerhaus in Long Island City. Das ließ sich unmöglich sagen.

Manchmal habe ich ein Verzeichnis mit allen AA-Treffen einstecken, aber die Liste sämtlicher Treffen im Großraum New York ist eine ziemlich sperrige Angelegenheit, so daß ich sie meistens nicht mit mir rumschleppe. Das war auch heute so, weshalb ich den Quarter noch mal einwarf und die New Yorker Zentrale anrief. Ein freiwilliger Helfer sagte mir, daß um halb sechs im Souterrain einer Kirche in der First Avenue, Ecke Eighty-fourth Street, ein Treffen sei.

Ich war ziemlich früh da und stellte fest, daß sie keinen Kaffee hatten – bei manchen Gruppen gibt es welchen, bei manchen nicht. Ich ging in die Bodega gleich gegenüber und traf dort zwei andere, die das gleiche vorhatten wie ich. Einen von ihnen kannte ich von einem Mittagstreffen im West Side YMCA. Wir marschierten mit unserem Kaffee über die Straße zurück und nahmen an ein paar langen Tischen Platz, und bis halb sechs waren ein paar andere eingetrudelt, und das Treffen ging los.

Wir waren nur ein Dutzend Leute – es war eine neue Gruppe, und selbst wenn ich mein Verzeichnis mit den Treffen einstecken gehabt hätte, hätte ich es nicht gefunden, weil es noch nicht aufgeführt war. Eine gewisse Margaret, etwas mehr als ein Jahr trokken, erzählte ihre Geschichte und brauchte fast die ganze Stunde dafür. Sie war ungefähr in meinem Alter, Tochter und Enkelin von Alkoholikern, und hatte deshalb lange keinen Alkohol angerührt, höchstens mal einen Cocktail oder ein Glas Wein bei einem gesellschaftlichen Anlaß. Dann war ihr Mann an einer Speiseröhrenblutung gestorben – natürlich hatte sie einen Alkoholiker geheiratet –, und prompt verfiel sie mit Mitte vierzig dem Alkohol, und es war, als hätte er ihr ganzes Leben auf sie gewartet. Er nahm sie in die Arme und ließ sie nicht mehr los, und ihr Alkoholismus entwickelte sich rasch und heftig und mit katastrophalen Folgen. In kürzester Zeit hatte sie alles verloren, bis auf ihre Wohnung, die unter die Mietpreisbindung fiel, und den Social-Security-Scheck, der gerade für die Miete reichte.

»Ich habe Mülltonnen durchwühlt«, erzählte sie. »Ich wachte an Orten auf, die ich nie zuvor gesehen hatte, und nicht immer allein. Und dabei war ich ein gut-katholisches irisches Mädchen, das nie mit einem anderen geschlafen hatte als mit ihrem Mann. Ich kann mich erinnern, daß ich mal nach einem Blackout zu mir kam – aber glaubt nicht, ich erzähle euch jetzt, was ich da vorher getan habe und mit wem; jedenfalls, mein erster Gedanke war: ›Also, was würden bloß die Schwestern denken, Peggy, wenn sie dich jetzt so sehen könnten!‹«

Als sie fertig war, reichten wir den Korb rum und gingen im Raum herum. Als ich an die Reihe kam, erzählte ich, ich hätte nach einem Wachmann gesucht und erfahren, er habe zu trinken angefangen. »Das konnte ich sehr gut nachempfinden«, sagte ich. »Als ich bei der Polizei aufgehört habe, ist mein Alkoholkonsum abrupt hochgegangen. Hätte ich damals noch länger so weitergetrunken, hätte ich mir auch solche Jobs gesucht wie dieser Mann – und hätte sie wegen meiner Sauferei verloren. An sich weiß ich nichts über ihn oder sein Leben, aber die Beschäftigung mit ihm hat mir deutlich gemacht, wie mein Leben aussehen könnte, wenn ich nicht auf dieses Programm gestoßen wäre. Ich bin wirklich froh, hier zu sein und nüchtern zu sein.«

Nach dem Treffen ging ich noch mit ein paar anderen auf einen Kaffee, und wir setzten in ungezwungener Form unseren Erfahrungsaustausch vom Treffen fort. Gleich als wir in den Coffee Shop kamen, versuchte ich Shorter anzurufen. Eine Viertelstunde später probierte ich es noch einmal, und einen dritten Anlauf nahm ich, als ich ging, was kurz nach sieben gewesen sein muß. Als ich meinen Quarter wieder zurückbekam, benutzte ich ihn, um Elaine anzurufen.

Es hatte niemand für mich angerufen, sagte sie, und bei der Post sei auch nichts Wichtiges gewesen. Ich erzählte ihr, was ich vorhätte und daß ich möglicherweise erst spät nach Hause käme. »Wenn er einen Anrufbeantworter hätte«, sagte ich, »würde ich ihm was auf Band sprechen und ihn in ein paar Tagen wieder anrufen, wenn er sich bis dahin nicht gemeldet hat. Aber er hat nun mal keinen, und ich bin gerade in der Gegend, und außerdem ist es eine Gegend, in die ich nicht oft komme.«

»Du brauchst dich vor mir nicht zu rechtfertigen.«

»Ich rechtfertige mich vor mir selbst. Es ist ziemlich unwahrscheinlich, daß ich was Neues von ihm erfahre. Die Fragen, die ich an ihn habe, haben ihm sicher auch schon die Cops in Forest Hills gestellt. Ziemlich unwahrscheinlich, daß er mir weiterhelfen kann.«

»Vielleicht kannst du ja ihm weiterhelfen.«

»Wie meinst du das?«

»Ach, nichts. In der französischen Kirche zeigen sie einen Diavortrag. Vielleicht gehe ich da hin, und wenn Monica mitkommt, machen wir hinterher noch einen kleinen Damenabend. Bei dir wird's doch sicher auch später, oder?«

»Wahrscheinlich.«

»Weil du doch bei Mick vorbeischauen wolltest, oder nicht? Nur damit du fürs Marilyn's Chamber morgen abend rechtzeitig nach Hause kommst.«

»Willst du da noch immer hin?«

»Nach der tollen Nacht gestern?« Ich konnte mir genau vorstellen, was sie dabei für ein Gesicht machte. »Mehr denn je. Sie sind eine ganz schön heiße Nummer, Mr. Scudder, Sir.«

»Jetzt laß doch den Quatsch.«

»›Jetzt laß doch den Quatsch.‹ Weißt du, wie du dich anhörst? Wie Jack Benny.«

»Genauso wollte ich mich ja auch anhören.«

»Also, wenn das so ist, muß ich sagen, hast du ihn nicht gut nachgemacht.«

»Du hast doch gerade gesagt ...«

»Ich weiß, was ich gesagt habe. Ich liebe dich, du alter Bär. Was sagst du dazu?«

Nördlich der Eighty-sixth Street befindet sich die Upper East Side in einer Übergangsphase, weder Yorkville noch East Harlem, aber mit Anklängen an beides. Da werden neben Sozialbauten Luxuswohnanlagen hochgezogen, beide unparteiisch mit unleserlichen Graffiti vollgesprüht. Die Aufsteiger kommen mit Aktenkoffern und D'Agostino-Einkaufstüten an; andere, allerdings am anderen Ende der sozialen Stufenleiter, stehen mit Pappbechern voll Kleingeld rum, trinken Fusel aus Literflaschen oder ziehen an Crackpfeifen, die wie Glühwürmchen durch die Nacht leuchten.

Shorter wohnte in einer sechsstöckigen Pension in der Ninety-fourth zwischen Second und Third Avenue. Im Windfang zählte ich über fünfzig Klingelknöpfe, jeder mit einem Schlitz für das Namensschild des Mieters. Mehr als die Hälfte der Schlitze waren leer, und auf keinem Schild stand Shorters Name.

Ursprünglich waren auf jedem Stockwerk vier Wohnungen gewesen, aber im Lauf der Zeit waren sie in lauter möblierte Zimmer unterteilt worden. Ich war schon in Hunderten solcher Häuser gewesen, und wenn auch jedes anders war, waren sie doch alle gleich. Die Küchengerüche in den Gängen und Treppenhäusern variierten je nach der ethnischen Zugehörigkeit der Mieter, aber die anderen Gerüche waren seit jeher in der ganzen Stadt die gleichen. Der Uringestank, der Mäusegeruch, die abgestandene Luft der Verwahrlosung. Hin und wieder gab es in diesen Kaninchenställen auch ein Zimmer, das hell und luftig, sauber und ordentlich war, aber die Häuser selbst waren immer düster und trostlos und heruntergekommen.

Etwas in der Art wäre nach dem Hotel meine nächste Station geworden. Hätte ich nicht zu trinken aufgehört, wäre irgendwann der Tag gekommen, an dem ich nicht mehr in der Lage gewesen wäre, die Miete zu zahlen oder den Vermieter zumindest zu überreden, sie mir eine Weile zu stunden. Oder ich wäre an den Punkt gekommen, an dem ich, Geld hin oder her, nicht mehr die Selbstachtung aufgebracht hätte, jeden Tag an der Rezeption vorbeizugehen, und mir deshalb etwas gesucht hätte, was meiner Stellung im Leben eher entsprach.

Ich fragte einen Mann, der das Gebäude verließ, ob er James Shorter kenne. Er ging nicht mal langsamer, sondern marschierte nur kopfschüttelnd an mir vorbei. Dieselbe Frage stellte ich auch einer grauhaarigen kleinen Frau, die das Haus betrat; sie ging auf einen Stock gestützt und hatte ein Einkaufsnetz dabei. Sie sagte, sie kenne niemand im Haus, aber sie machten alle einen anständigen Eindruck. Ihr Atem roch nach Pfefferminz und Alkohol – Pfefferminzlikör, nahm ich an, oder ein Glas Gin mit einem Pfefferminzbonbon hinterher.

Ich ging zur Second Avenue und versuchte Shorter von einem Münzapparat an der Ecke anzurufen. Niemand meldete sich. Da fiel mir ein, daß er höchstwahrscheinlich irgendwo was trinken war, wenn er nicht arbeitete. Und dafür hatte er in dieser Gegend reichlich Auswahl. Allein in der Second Avenue gab es in den zwei Blocks zwischen Ninety-third und Ninety-fifth Street ein halbes Dutzend Kneipen. Ich klapperte sie der Reihe nach ab und fragte die Barkeeper nach James Shorter. War er hier? War er schon dagewesen? Niemand kannte ihn, zumindest nicht namentlich, und der bärtige Zapfer im O'Bannion's sagte mir, er habe in den letzten Jahren nicht allzu viele Nachnamen zu hören gekriegt und Vornamen eigentlich auch nicht. »Wenn's nach dem ginge, was ich weiß, könnte er einer von den Typen hier sein«, meinte er.

Ich überlegte, ob ich einfach seinen Namen rufen sollte. *»James Shorter? Ist James Shorter hier?«* Aber dann hätte ich das auch in den Kneipen machen müssen, in denen ich schon gewesen war, und dazu hatte ich keine Lust. Ich hatte genug von ihrer Fuselatmosphäre.

Und was war mit den Kneipen in der First Avenue? Sollte ich mich nicht auch dort nach dem raren Mr. Shorter erkundigen?

Das hätte ich tun können, aber vorher rief ich noch mal bei ihm an, und diesmal ging er dran.

Ich nannte ihm meinen Namen, sagte, ich hätte seinen von der Polizei und seine Adresse und Telefonnummer von Mr. Banszak von Queensboro-Corona. »Ich weiß, daß Sie das Ganze schon zigmal durchgekaut haben, aber ich wäre Ihnen trotzdem dankbar, wenn Sie ein paar Minuten für mich Zeit hätten. Ich bin zufällig gerade in der Gegend, wenn ich also vorbeikommen könnte und …«

»Treffen wir uns doch irgendwo«, schlug er vor. »Gleich um die Ecke in der First Avenue ist ne nette Kneipe, das Blue Canoe. Gut zum Reden. In zehn Minuten, okay?«

Das Blue Canoe war innen mit Holz verkleidet, so daß es wie in einer Blockhütte aussah. An den Wänden hingen ein paar Jagdtrophäen, und über der verspiegelten Bar war ein ausgestopfter Marlin angebracht. Die indirekte Beleuchtung war gedämpft, die Musik vom Band eine Mischung aus Jazz und Soft-Rock. Das Publikum war spärlich und für die Gegend eher gehoben.

Ich blieb einen Moment im Eingang stehen und sah mich um, dann ging ich auf einen Tisch zu, an dem ein Mann vor einem Glas Bier saß. Ich fragte zwar: »Mr.

Shorter?«, aber ich wußte bereits, daß er es war. Ich hatte gegenüber von dem Haus, in dem er wohnte, gewartet und war ihm zu der Bar gefolgt. Dann hatte ich ihm etwas Zeit gelassen, sich einen Platz zu suchen, bevor ich auch hineinging.

Wahrscheinlich lassen sich alte Gewohnheiten einfach schwer ablegen.

Wir schüttelten uns die Hände, und ich nahm ihm gegenüber Platz. Ich hatte mir schon ein Bild von ihm gemacht – das tut man ganz automatisch, daß man sich anhand dessen, was man über einen Menschen weiß, eine Vorstellung von ihm zu machen versucht. In der Regel sehen die Leute aber nicht so aus, wie ich sie mir vorgestellt habe, und Shorter war da keine Ausnahme. Er war älter, dunkler und kleiner, als ich ihn mir vorgestellt hatte. Schätzungsweise Ende Vierzig. Eins siebzig groß, drahtig, mit einem runden Gesicht und tiefliegenden Augen. Boxernase, dünne Lippen. Kein Bart, aber mindestens zwei Tage alte Stoppeln auf Kinn und Wangen. Dunkles Haar, das in der gedämpften Beleuchtung des Blue Canoe schwarz aussah, kurzgeschnitten und glatt an seinen runden Kopf frisiert. Er trug ein T-Shirt und war auf Unterarmen und Handrücken dicht behaart.

»Muß ein ziemlicher Schock gewesen sein, Watsons Leiche zu finden«, sagte ich.

»Ein Schock? Das können Sie laut sagen.«

Die Bedienung kam, und ich bestellte ein Coke. Dann nahm ich mein Notizbuch raus, und wir gingen seine Story noch mal durch.

Viel kam dabei nicht heraus. Er war das Ganze mit Beamten der Mordkommission Queens und mit den Leuten von Hundertzwölf mehrmals durchgegangen und hatte fast fünf Monate Zeit gehabt, alles zu vergessen, was er vielleicht ausgelassen hatte. Nein, ihm war niemand Verdächtiger in der Gegend aufgefallen. Nein, er hatte Alan Watson nicht schon vorher gesehen, als er von der Bushaltestelle nach Hause gegangen war. Nein, sonst fiel ihm nichts mehr ein, absolut nichts.

»Wieso prüfen Sie das alles noch mal nach?« wollte er wissen. »Haben Sie eine Spur?«

»Nein.«

»Sind Sie von einem anderen Revier, oder was?«

Er hatte angenommen, ich wäre von der Polizei, eine Annahme, in der ich ihn ganz bewußt gelassen hatte. Doch jetzt sagte ich ihm, daß ich Privatdetektiv sei.

»Ach so«, sagte er. »Aber Sie arbeiten nicht für Q-C, oder?«

»Für Queensboro-Corona? Nein, ich bin selbständig.«

»Und Sie ermitteln in Zusammenhang mit diesem Raubmord in Forest Hills? Wer hat sie angeheuert, die Witwe des Toten?«

»Nein.«

»Jemand anderer?«

»Ein Freund von ihm.«

»Von Watson?«

»Ja.«

Er fing den Blick der Bedienung auf und bestellte noch ein Bier. Ich wollte zwar kein zweites Coke mehr, bestellte aber trotzdem eins.

»Vermutlich sehen das Leute mit Geld anders«, sagte Shorter. »Ich hab nur eben gedacht: wenn ein Freund von mir auf offener Straße erstochen würde, ob ich da wohl einen Detektiv beauftragen würde, daß er rausfindet, wer's war.« Er zuckte mit den Achseln und grinste. »Wahrscheinlich nicht.«

»Über meinen Klienten darf ich Ihnen leider wirklich nichts sagen.«

»Klar, kann ich verstehen.« Die Bedienung brachte unsere Getränke, und er sagte: »Dann handhaben Sie das wohl selbst so, daß Sie im Dienst nichts trinken?«

»Wie kommen Sie denn darauf?«

»Na ja, wenn Sie n Cop wären, dürften Sie im Dienst nichts trinken. Und als Privater auch nicht, wenn Sie für jemand wie Q-C arbeiten. Aber als Selbständiger können Sie doch selbst entscheiden, ob Sie was trinken oder nicht. Und Sie haben sich ein Coke bestellt, also hab ich gedacht, daß Sie das so handhaben.«

»So, haben Sie also gedacht.«

»Oder mögen Sie Coca-Cola einfach nur so?«

»Na ja, das Zeug ist ganz okay, aber ich könnte nicht behaupten, daß ich ganz verrückt danach bin. Die Sache ist die, ich trinke nichts.«

»Ach so.«

»Aber ich hab mal getrunken.«

»Aha?«

»Ziemlich viel sogar. Hauptsächlich Whiskey, aber wahrscheinlich hab ich im Lauf der Jahre auch genügend Bier weggeschluckt, um einen leichten Kreuzer drin schwimmen zu lassen. Waren Sie auch mal bei der Polizei, Mr. Shorter?« Er schüttelte den Kopf. »Ich schon. Erst war ich Streifenpolizist, dann bei der Kriminalpolizei. Ich hab mich um meinen Job gesoffen.«

»Im Ernst?«

»Richtig Ärger hab ich deshalb nie gekriegt. Nicht direkt. Aber irgendwann hätte es bestimmt welchen gegeben, wenn ich noch länger so weitergemacht hätte. Ich habe alles aufgegeben, den Job, meine Frau und die Kinder, mein ganzes Leben …«

Ich kann mir nicht vorstellen, daß er mir weiterhelfen kann, hatte ich zu Elaine gesagt. Vielleicht kannst du ja ihm weiterhelfen, hatte sie darauf gemeint.

Vielleicht war es wirklich so.

Das Ganze geht erstaunlich einfach. Man trinkt nichts, immer schön einen Tag nach dem andern. Man geht zu den Treffen und teilt seine Erfahrungen, seine Kraft und seine Hoffnungen mit anderen Alkoholikern.

Und man trägt die Botschaft weiter.

Das tut man nicht, indem man predigt und das Evangelium verkündet, sondern indem man seine eigene Geschichte erzählt – wie es früher war, was dann passiert ist und wie es jetzt ist. Das tut man, wenn man ein Treffen leitet, und das tut man, wenn man sich mit jemand unterhält.

Also erzählte ich ihm meine Geschichte.

Als ich fertig war, nahm er sein Glas. Er sah es an und stellte es wieder ab. »Ich habe mich auch um meinen Job gesoffen. Aber das wissen Sie ja wahrscheinlich.«

»Davon war kurz die Rede.«

»Es war ein ganz schöner Schock, die Leiche zu finden, und überhaupt. An so was bin ich einfach nicht gewöhnt, wenn Sie wissen, was ich meine.«

»Klar.«

»Drum hab ich eine Weile ziemlich viel getrunken. So was soll vorkommen, nicht?«

»Allerdings.«

»Grundsätzlich trinke ich eigentlich nicht so viel.«

»Es heißt, es komme nicht drauf an, wie viel man trinkt, sondern welche Wirkung es auf einen hat.«

»Da muß ich sagen, auf mich ist die Wirkung gut. Ich kann hervorragend abschalten, entspannen, in Ruhe nachdenken. Das ist die Wirkung, die es zum Teil auf mich hat.«

»Mhm. Und was für eine Wirkung hat es sonst noch?«

»Also, das ist jetzt was anderes, hm?« Er nahm das Glas wieder und stellte es wieder ab. »Sie geben wohl ziemlich viel auf diesen AA-Kram, wie?«

»Er hat mir das Leben gerettet.«

»Sie sind schon eine ganze Weile trocken, nicht? Zwei, drei Jahre?«

»Eher zehn.«

»Nicht schlecht. Und zwischendurch nicht ein paar, äh, Ausrutscher?«

»Bisher nicht.«

Er nickte, ließ es auf sich wirken. »Zehn Jahre.«

»Man hängt immer nur einen Tag an den andern«, sagte ich. »Aber das läppert sich auch zusammen.«

»Gehen Sie immer noch zu diesen AA-Treffen? Und wie oft gehen Sie hin?«

»Erst bin ich jeden Tag gegangen. In den ersten Jahren bin ich manchmal sogar zwei- oder dreimal hingegangen. Wenn mir nach Trinken ist, gehe ich auch jetzt noch jeden Tag – oder wenn ich viel Streß habe. Manchmal belasse ich's aber auch bei ein, zwei Treffen die Woche. Aber normalerweise sind es so um die drei bis vier Treffen pro Woche.«

»Auch nach so vielen Jahren noch. Woher nehmen Sie die Zeit?«

»Ach, zum Trinken hatte ich auch immer Zeit.«

»Allerdings, mit Trinken kriegt man eine Menge Zeit rum.«

»Und meistens findet sich problemlos ein Treffen, das einem zeitlich in den Kram paßt. Das ist das Schöne an New York, es gibt rund um die Uhr Treffen.«

»Tatsächlich?«

Ich nickte. »In der ganzen Stadt. In der Houston Street gibt es eine Gruppe, die hält täglich ein Mitternachtstreffen ab und eins um zwei Uhr früh. Witzigerweise war da, wo jetzt diese Treffen stattfinden, mal eine der berüchtigtsten New Yorker After-hours-Bars. Dort haben sie früher schon lange offen gehabt, und heute ist es noch genauso.«

Das fand er ziemlich witzig. Ich ging auf die Toilette, und bevor ich an unseren Tisch zurückkehrte, telefonierte ich noch kurz. Ich war ziemlich sicher, daß sie in der East Eighty-second Street ein spätes Treffen hatten, aber ich wollte mich sicherheitshalber noch mal nach dem genauen Beginn und der Adresse erkundigen. Ich rief bei der Zentrale an, und die Frau, die dran war, mußte es nicht mal nachschlagen.

Wieder zurück an unserem Tisch, sah Shorter immer noch seinen letzten Fingerbreit Bier an. Ich sagte ihm, um zehn sei nicht weit von hier ein Treffen und ich würde wahrscheinlich hingehen. Ich sei schon ein paar Tage nicht mehr bei einem gewesen, sagte ich ihm, aber das stimmte nicht. Mir sei wieder mal nach einem Treffen, sagte ich, und das stimmte.

»Wollen Sie mitkommen, Jim?«

»Ich?«

Wer sonst? »Kommen Sie«, sagte ich. »Leisten Sie mir Gesellschaft.«

»Na, ich weiß nicht. Ich hab doch nur die zwei Bier getrunken, und vorher noch eins oder zwei.«

»Na und?«

»Muß man da nicht nüchtern sein?«

»Nur so weit, daß Sie nicht anfangen, rumzubrüllen und mit Stühlen zu werfen. Aber das haben Sie wohl nicht vor, oder?«

»Nein, aber ...«

»Es kostet nichts, und der Kaffee und die Kekse sind normalerweise kostenlos. Und die Leute dort erzählen wirklich interessante Dinge.« Ich richtete mich auf. »Aber ich will Sie zu nichts drängen. Wenn Sie sicher sind, daß Sie damit keine Probleme haben ...«

»Das habe ich nicht gesagt.«

»Nein, haben Sie nicht.«

Er stand auf. »Ich meine, was soll's. Gehen wir, bevor ich mir's anders überlege.«

17

Das Treffen fand in einem roten Sandsteinhaus in der Eighty-second Street auf Höhe der Second Avenue statt. Eine AA-Gruppe hatte das erste Stockwerk gemietet und hielt dort jeden Tag ein halbes Dutzend Treffen ab, das erste um sieben Uhr früh, das letzte um elf Uhr abends. Aus Rücksicht auf die Hausbewohner wurde beim letzten Treffen nicht applaudiert; Zustimmung oder Begeisterung bekundeten sie durch Fingerschnippen.

Der Redner des Treffens war ein Bauarbeiter, der seit fünf Jahren trocken war. Er erzählte eine typische Trinkergeschichte, und da er keine großen Worte machte, war er nach zwanzig Minuten fertig. Dann gab es eine Pause, in der verschiedene Ankündigungen gemacht wurden, und nachdem der Korb rumgegangen war, machten wir so weiter, daß jeder, der was sagen wollte, nur die Hand zu heben brauchte.

Darüber war ich froh. Wenn er nichts sagen wollte, brauchte er bloß die Hände untenzulassen. War ja auch nicht nötig, daß er gleich beim ersten Treffen drangenommen wurde, wie das der Fall gewesen wäre, wenn sie im Raum rumgegangen wären.

Als ich bei den Anonymen Alkoholikern landete, war so ungefähr das Letzte, wozu ich Lust hatte, in einem Raum voller Säufer den Mund aufmachen zu müssen. Aber irgendwie schaffte ich es immer, in ein Treffen zu geraten, wo alle im Kreis rumsaßen und einer nach dem anderen was sagen sollte. *Ich heiße Matt,* sagte ich dann jedesmal. *Ich passe.* Mir ging zwar alles Mögliche durch den Kopf, aber nichts davon kam mir über die Lippen. *Ich heiße Matt. Danke für die Aufforderung. Ich möchte heute abend bloß zuhören.*

Um elf gingen wir nach unten und auf die Straße hinaus. Ich fragte ihn, ob er noch auf eine Tasse Kaffee mitkommen wolle, und das fand er eine gute Idee. Wir gingen zur Eighty-sixth, wo es einen Diner gab, den er mochte. Ich hatte noch etwas Appetit und bestellte mir ein gegrilltes Käsesandwich und eine Portion Zwiebelringe. Er wollte bloß Kaffee.

»Fast hätte ich die Hand gehoben. Hat nicht viel gefehlt«, sagte er.

»Wenn Ihnen danach ist, können Sie das jederzeit machen. Aber Sie müssen nicht.«

»Die Leute sagen doch einfach irgendwas, nicht? Ich dachte erst, was man sagt, muß sich auf das beziehen, was der vor einem gesagt hat, aber so ist es gar nicht, oder?«

»Man sagt einfach, was einem gerade durch den Kopf geht.«

»Bei uns zu Hause hieß es immer: ›Mit Fremden spricht man nicht über solche Dinge.‹ Ich hab gelernt, alles für mich zu behalten.«

»Ich weiß, was Sie meinen.«

»Funktioniert wohl wirklich, wie? Man trinkt nichts, man geht zu den Treffen und man bleibt nüchtern.«

»Bei mir funktioniert es.«

»Muß wohl so sein. Zehn Jahre.«

»Die Tage läppern sich zusammen.«

Wie steht das mit Gott, wollte er wissen. Oder mit dem Schild an der Wand, auf dem die zwölf empfohlenen Schritte aufgeführt werden? Man trinkt einfach nichts, sagte ich ihm, man kommt zu den Treffen, und man ist für alles offen. Ob ich an Gott glaube? Manchmal, sagte ich. Ich muß nicht die ganze Zeit an Gott glauben. Das einzige, was ich jede Minute jeden Tages tun muß, ist, keinen Alkohol anzurühren.

»Ich will Sie nicht länger aufhalten«, sagte er. »Wahrscheinlich haben Sie noch was vor.«

»Ganz im Gegenteil. Ich unterhalte mich gern noch ein bißchen mit Ihnen, Jim.«

»Wissen Sie, ich hab ein bißchen nachgedacht. Beim Treffen. Erst hab ich dem Sprecher zugehört, aber plötzlich war ich mit meinen Gedanken ganz woanders. Ich hab an Alan Watson gedacht – den Mann, der erstochen wurde.«

»Und?«

»Irgendwie ist da was in meinem Gedächtnis, was rauswill, aber ich krieg's nicht zu fassen.«

»Vielleicht sollten wir den Verlauf des Abends noch mal Schritt für Schritt durchgehen.«

»Ich weiß nicht. Vielleicht fällt's mir auch so ein. Dieser Freund von ihm denkt also, es war nicht bloß ein Raubmord?«

»Das versuche ich rauszufinden.«

»Wieso? Hatte jemand einen Grund, ihn umzubringen?«

»Nicht daß ich wüßte.«

»Dann ...«

Es gab keinen Grund, es ihm nicht zu sagen. »Da waren noch ein paar andere Todesfälle.«

»Im selben Viertel?«

»Nein«, sagte ich. »Und es waren auch keine Raubmorde.«

»Wo ist dann der Zusammenhang?«

»Die Opfer kannten sich.«

»Die Opfer? Dann wurden sie also alle ermordet, genau wie Watson?«

»Einige sicher. Einige vielleicht.«

»Inwiefern vielleicht?«

»Es waren ein paar Selbstmorde und Unfälle darunter, die unter Umständen nur vorgetäuscht gewesen sein könnten.«

»Sie haben also eine Gruppe von Leuten ... War das so eine Art Club oder was?«

»Näheres kann ich Ihnen dazu wirklich nicht sagen.«

»Klar, kann ich verstehen. Aber wieso stellen Sie da jetzt Nachforschungen an? Hat Sie einer von den anderen damit beauftragt? Warum ist er nicht zur Polizei gegangen?«

»Genau das soll ich unter anderem tun: herausfinden, ob das etwas für die Polizei ist oder nicht.«

»Möchte man doch eigentlich meinen, oder nicht? Wenn von einer Gruppe von Leuten einer nach dem anderen umgebracht wird …«

»Ob das so ist, muß ich erst rausfinden.«

»Haben Sie nicht gesagt …«

»Zwischen den Morden muß nicht unbedingt ein Zusammenhang bestehen. Und die Selbstmorde könnten wirklich welche gewesen sein.«

»Und die Unfälle auch. Verstehe. Kommen Sie ganz gut voran?«

»Ich kann wirklich …«

»… nichts Näheres dazu sagen, schon klar. Entschuldigung. Ich versuche bloß rauszufinden, an was ich mich erinnern sollte. Wissen Sie, ich bin ganz selbstverständlich davon ausgegangen, daß es ein Raubmord war, was man, glaube ich, ein Gelegenheitsverbrechen nennt. Diesen Begriff hat zumindest einer der Cops gebraucht, soviel ich mich erinnern kann. Im Klartext heißt das: der Täter treibt sich da draußen rum, um jemand um ein paar Dollar zu erleichtern, und dann kommt Mr. Watson daher, gute Gegend, sieht so aus, als gehört er da hin, Anzug und Krawatte, kommt gerade von der Arbeit nach Hause, hat wahrscheinlich eine teure Armbanduhr und eine dicke Brieftasche.« Er runzelte die Stirn. »Aber wenn es jemand ganz gezielt auf Watson abgesehen hätte, wie würde er dann vorgehen? Ihm vor seinem Haus auflauern und warten, bis er nach Hause kommt?«

»Das wäre eine Möglichkeit.«

»Dann müßte sich der Betreffende schon eine Weile da draußen rumgetrieben haben. Ich kann mich allerdings nicht erinnern, irgendwen gesehen zu haben. Andrerseits, ich weiß nicht, ob mir so jemand aufgefallen wäre. Irgend so eine zwielichtige Gestalt, die mit abgerissenen Klamotten da draußen rumschleicht, klar, es gehörte ja zu meinem Job, nach solchen Typen Ausschau zu halten und sie entweder gleich selbst festzunehmen oder die Polizei zu verständigen. Aber der Mann, den Sie suchen, hätte vermutlich gar nicht so ausgesehen, oder?«

»Wahrscheinlich nicht.«

»Er wäre wahrscheinlich ordentlich angezogen gewesen, und er hätte sich irgendwo postiert, wo er Watsons Haus gut im Auge hatte oder zumindest den Zugang dazu. Außerdem, fällt mir gerade ein, hatte er wahrscheinlich auch einen Wagen, oder nicht? Bei einem Raubmord auf offener Straße denkt man ganz automatisch an einen Kerl, der zu Fuß unterwegs ist. Aber jemand, der einen Überfall nur vortäuschen wollte, könnte im Auto gekommen sein, oder nicht?«

»Das ist sehr gut möglich.«

»Stand irgendwo ein Auto rum? Also, Autos standen jede Menge rum, deshalb müßte die Frage eigentlich lauten, saß jemand in einem geparkten Wagen, und die Antwort heißt, auf so was hätte ich bestimmt nicht geachtet. Wie sieht der Typ aus, der Typ, hinter dem Sie her sind?«

»Keine Ahnung.«

»Haben Sie noch niemand Bestimmten unter Verdacht? Keine Personenbeschreibung?« Ich schüttelte den Kopf. »Wenn er also ein Auto hatte ...«

»Ich weiß auch nicht, welche Marke, welches Modell oder welche Autonummer.«

»Hab ich mir fast gedacht, Matt.«

»Oder ob er überhaupt einen Wagen hatte. Wissen Sie, wenn ich wüßte, wer's war, würde ich die Sache ganz anders angehen.«

»Ja, ich weiß, was Sie meinen.«

Wir unterhielten uns ein bißchen über die Detektivarbeit, über die Art und Weise, wie ich bei anderen Fällen vorgegangen war. Er war zwar nie bei der Polizei gewesen, aber er hatte genügend lange als

Sicherheitsbeamter gearbeitet, um sich für das Thema zu interessieren, und er stellte gute Fragen und begriff schnell. Als der Kellner unsere Tassen nachfüllen kam, geriet unser Gespräch ins Stocken, und als wir es wieder aufnahmen, kamen wir auf die Anonymen Alkoholiker und das Trinken zu sprechen und wie Jim weitermachen wollte.

»Ich weiß nicht, ob ich Alkoholiker bin«, sagte er nachdenklich. »Ich habe heute abend viel Interessantes gehört, aber vieles von dem, was dem Redner passiert ist, ist mir nicht passiert. Ich mußte nie ins Krankenhaus eingeliefert werden, ich war nie in einer Entzugs- oder einer Reha-Klinik.«

»Umgekehrt hat er wegen seiner Sauferei nie seinen Job verloren.«

»Aber ich schon. Da haben Sie natürlich recht.«

»Wissen Sie, Jim«, sagte ich. »Wer kann schon sagen, ob das hier wirklich das Richtige für Sie ist? Jedenfalls haben Sie gerade keine Arbeit, und Sie haben vorhin selbst gesagt, Sie hätten im Moment jede Menge Zeit, und es ist bestimmt billiger, die Zeit bei einem Treffen totzuschlagen als in einer Bar. Der Kaffee ist umsonst, und die Gespräche sind interessanter. Und übrigens, das sind genau die gleichen Leute, bei den Treffen und in den Kneipen. Der einzige Unterschied ist, daß die bei den Treffen nüchtern sind. Und das heißt, sie sind wesentlich verträglicher, und man braucht keine Angst zu haben, daß einem jemand auf die Schuhe kotzt.«

In der Pause des Treffens, an dem wir gerade teilgenommen hatten, hatte ich ein Treffenverzeichnis gekauft. Das ging ich jetzt mit ihm durch und zeigte ihm ein paar Treffen in seinem Viertel. Er wollte wissen, zu welchen ich ginge, und ich sagte ihm, meistens zu denen bei mir in der Gegend. »Die einzelnen Treffen sind sehr unterschiedlich«, erklärte ich ihm. »Wenn Sie erst mal alle möglichen ausprobieren, werden Sie schon sehen, welches Ihnen am besten liegt.«

»Wie verschiedene Kneipen.«

Ich gab ihm meine Visitenkarte, eine von den minimalistischen, nur mit meinem Namen und meiner Telefonnummer drauf. »Das ist meine Büronummer«, sagte ich, »aber wenn ich nicht da bin, werden alle Anrufe automatisch in meine Wohnung durchgestellt. Wenn es dringend ist, können Sie mich jederzeit anrufen, Tag und Nacht. Ansonsten nach Mitternacht nicht mehr. Wenn Sie mal sehr spät noch wepsig werden, können Sie jederzeit bei der Zentraleanrufen. Die Nummer steht im Treffenverzeichnis. Sie haben dort freiwillige Helfer, und das Telefon ist rund um die Uhr besetzt.«

»Man ruft da einfach an und redet mit jemand, den man gar nicht kennt?«

»Immer noch besser, als zur Flasche zu greifen.«

»Mann o Mann, Sie haben mir ganz schön zu denken gegeben, wissen Sie das? Ich meine, damit habe ich nicht gerechnet.«

»Ich auch nicht.«

»Sie haben angerufen, und ich dachte, was soll's, triffst du dich eben mit dem Typ, ziehst dir ein paar Bier rein, quatschst ein bißchen, und vielleicht hast du sogar Glück, und er gibt dir ein paar Bier aus. Daß es allerdings die letzten sein könnten, die ich in meinem Leben trinke, hätte ich nicht gedacht.« Er lachte. »Wenn ich das gewußt hätte, dann hätte ich mir vielleicht irgend so ein teures Importbier bestellt.«

18

Es war schon lange nach Mitternacht, als ich heimkam. Elaines Damenabend war anscheinend nicht sehr lang geworden; sie schlief tief und fest und rührte sich nicht, als ich mich neben sie legte. Ich war todmüde – es war ein anstrengender Tag gewesen –, aber die paar Stunden mit Jim Shorter hatten mich ganz schön aufgeputscht, so daß ich zwar müde, aber auch überdreht war. Mir ging alles Mögliche durch den Kopf, und ich dachte schon, ich müßte aufstehen und was lesen oder fernsehen, um zur Ruhe zu kommen. Aber gerade als ich mich dazu aufraffen wollte, wurde ich vom Schlaf überrumpelt.

Beim Frühstück erzählte ich Elaine, was ich am Abend zuvor gemacht hatte. »Ich habe keine Ahnung, ob er noch mal zu einem Treffen geht«, sagte ich, »geschweige denn, ob er trocken wird und trocken bleibt. Er sagt, er habe nicht so viel getrunken und noch alles unter Kontrolle, und soweit ich das beurteilen kann, stimmt das auch. Aber mir hat das vielleicht gutgetan, kann ich dir sagen. Nicht umsonst heißt es, daß einen nichts mehr auf seinem Weg bestärkt als die Arbeit mit einem Neueinsteiger.«

»Hat er dir irgendwas Brauchbares über den Mord in Forest Hills erzählt?«

»Nein«, sagte ich. »Er hatte einen Haufen Fragen und ein paar Theorien, aber es war nichts dabei, was ich mir nicht schon selbst gedacht habe. Apropos Forest Hills, ich glaube, ich muß da mal selbst rausfahren. Was sagt der Wetterbericht? Kriegen wir Regen?«

»Heiß und schwül.«

»Das ist ja ganz was Neues.«

»Auch morgen bleibt alles wie gehabt. Aussicht auf Regen besteht erst ab Montag.«

»Das nützt mir nichts«, sagte ich. »Ich hatte gehofft, es würde heute regnen – oder zumindest nach Regen aussehen.«

»Warum?«

»Damit ich eine Ausrede hätte, nicht nach Forest Hills rausfahren zu müssen. Ich muß mit Alan Watsons Witwe reden, und darauf bin ich nicht sonderlich scharf.«

»Aber machen wirst du's trotzdem«, sagte sie. »Und wie ich dich kenne, würdest du auch rausfahren, wenn es regnen würde. Der Aufwand wäre der gleiche, bloß daß du naß würdest. Du kannst also von Glück reden, daß es nur heiß und schwül ist.«

»Gut, daß du mich dran erinnerst.«

»Dann viel Spaß mit der Witwe. Was hast du denn? Hab ich was Falsches gesagt?«

»Nein, ganz und gar nicht. Obwohl, ich kann nicht behaupten, daß ich mir das Ganze besonders spaßig vorstellen kann.«

»Trotzdem, Schatz. Aber daß du mir um acht zurück bist. Vergiß nicht, wir haben noch was vor.«

»Willst du da immer noch hin?«

»Mhm. Wir sollten spätestens bis zehn da sein, und vorher wollen wir noch was essen. Soll ich was kochen, oder möchtest du irgendwo downtown essen?«

Ich sagte ihr, sie solle nichts kochen, es gebe jede Menge guter Restaurants in der Nähe des Marilyn's Chamber. »Obwohl«, sagte ich, »bei fünfzig Dollar Eintritt müßte doch eigentlich auch ein Essen drin sein.«

»Die Körperteile sind nur zum Anschauen da«, sagte sie. »Sie zu essen gilt als geschmacklos.«

Ich ging über die Straße in mein Hotel, holte an der Rezeption meine Post ab, ging nach oben und wählte Alan Watsons Nummer. Auch nach zehnmaligem Läuten meldete sich weder Mensch noch Maschine. Ich sah die Post durch, warf das meiste weg, schrieb die Schecks für die Miete und die Telefonrechnung aus, rief die Auskunft an, um mich zu vergewissern, daß die Nummer auch stimmte, und wählte sie dann noch mal, um es wieder acht- bis zehnmal läuten zu lassen.

Ich drückte auf die Gabel und rief Lewis Hildebrand an. Die Frau, die dranging, sagte mir, er sei im Büro, und fragte, ob ich die Nummer haben wolle. Ich sagte, die hätte ich bereits, und als ich sie wählte, nahm Hildebrand persönlich ab.

»Sie sind genauso schlimm wie ich«, sagte er. »Am Samstag arbeiten. Obwohl ich nicht sicher bin, ob ich tatsächlich was tue oder bloß von zu Hause wegwollte. So ein Büro hat was sehr Beruhigendes, wenn sonst niemand da ist. Man hat das Gefühl, es gehört einem ganz allein.«

»Tut es das denn nicht sowieso?«

»In gewisser Weise schon. Aber es ist einfach was andres, wenn ich ganz allein hier bin. Spät abends oder am Wochenende. – Ray Gruliow hat mich angerufen.«

»Ja, das habe ich mitbekommen.«

»Nein, später noch mal. Gestern abend hatte er immer noch zwei Mitglieder nicht erreicht. Drei andere sagten, Dienstag gehe bei ihnen unmöglich, und ein vierter war sich nicht sicher, wollte aber auf jeden Fall zu kommen versuchen.«

»Angenommen, er schafft es nicht, mit wie vielen rechnet Gruliow?«

»Mit acht.«

»Sie und Gruliow eingeschlossen?«

»Ja, und Sie sind der neunte. Ich glaube, Sie sollen um halb vier kommen.«

»Ich dachte, um drei.«

»*Wir* treffen uns schon um drei«, sagte er. »Die Mitglieder. Wir haben beschlossen, das Ganze erst eine halbe Stunde allein zu besprechen, und erst dann stoßen Sie dazu.«

»In Ordnung, keine schlechte Idee. Ich weiß noch nicht genau, welche Rolle mir bei dem Ganzen zukommt, aber ich nehme an, ich werde Ihnen berichten, was ich bisher herausgefunden habe, und entsprechende Vorschläge machen, was Sie weiter machen sollen.«

»Das würde ich auch meinen, ja.«

»Aber nachdem Sie es waren, der mich engagiert hat, wollte ich Sie schon mal über den bisherigen Stand der Ermittlungen in Kenntnis setzen.« Das tat ich dann auch. Ich zählte auf, was ich in Erfahrung gebracht und welche Schlüsse ich daraus gezogen hatte, und zog anschließend, sowohl in meinem wie in seinem Interesse, ein kurzes Schlußresümee.

»Sieht so aus«, sagte er, »als hätten Sie schon eine Menge getan.«

»Ich weiß«, sagte ich. »So sieht es auch für mich aus. Ich war wirklich fleißig. Zwar habe ich nicht über meine Stunden Buch geführt, aber ich glaube, es sind einige zusammengekommen.«

»Wenn Sie schon mehr Zeit investiert haben, als durch Ihren Vorschuß abgedeckt ist ...«

»Ich weiß nicht, ob das der Fall ist oder nicht, wobei ich mir darüber im Moment auch gar keine Gedanken machen will. Nein, was ich damit sagen will, ist folgendes: Ich habe eine Menge getan, und ich habe auch einiges an Daten gesammelt, aber ich könnte nicht sagen, ob etwas dabei herausgekommen ist. Bin ich der Lösung des Falls auch nur einen Deut näher als letzte Woche, als ich im im Addison Club mit Ihnen Mittag essen war? Ich weiß beim besten Willen nicht, ob das so ist.«

»Was wäre für Sie eine ›Lösung des Falls‹?«

»Wenn ich die wichtigsten Fragen beantworten könnte.«

»Und die wären?«

»Bringt jemand die Mitglieder der Reihe nach um? Wenn ja, wer? Und wo ist er, und wie können wir ihn überführen? Das, würde ich sagen, sind die wichtigsten Fragen. Generell neige ich dazu, die erste Frage mit einem vorsichtigen Ja zu beantworten, aber was die anderen Fragen angeht, tappe ich nach wie vor im dunkeln.«

»Ihre Beantwortung wäre praktisch gleichbedeutend mit einer Lösung des Falls?«

»Vermutlich ja.«

»Demnach ist es kein Wunder, daß sie noch nicht beantwortet sind. Da ist noch eine Frage, die ich für sehr wichtig halte, auch wenn es sich dabei um eine Entscheidung handelt, die mehr gefühlsmäßig getroffen werden muß. Ist es Zeit, an die Öffentlichkeit zu gehen? Haben wir alles erreicht, was wir mit einer diskreten, unauffälligen Untersuchung realistischerweise erreichen können?«

»Das ist sogar eine sehr wichtige Frage«, bestätigte ich ihm. »Sie zu beantworten ist jedoch nicht meine Sache. Ich bin froh, daß am Dienstag acht von Ihnen zu Gruliow kommen. Allerdings wäre es mir lieber, es wären mehr. Am besten, Sie könnten alle kommen.«

»Das wäre mir auch lieber.«

»Denn wie wir jetzt weitermachen sollen, ist eine der Fragen, die Sie am Dienstag entscheiden müssen«, sagte ich. »Und ich glaube nicht, daß Sie diese Entscheidung noch länger aufschieben können.«

Den Rest des Tages verbrachte ich in meinem Zimmer im Northwestern. Ungefähr jede Stunde probierte ich die Nummer in Forest Hills, jedesmal ohne Erfolg. Zwischendurch erledigte ich verschiedene andere Anrufe und sah mir auf dem Sportkanal die Yankees an. Gegen Ende des neunten Innings erzielte Wade Boggs mit einem seltenen Homerun den Ausgleich für New York. Zwei Innings später schlug Travis Fryman einen harten Bodenball die Third-Base-Linie entlang. Boggs verpaßte ihn, und dann warf er ihn über Mattinglys Kopf. Fryman kam bis zur zweiten

Base und traf bei einem Wurf von Cecil Fielder, was in Detroit für großes Hallo sorgte.

Ich schaltete den Fernseher aus, und das Telefon klingelte. Es war Jim Shorter.

»Hoffentlich, äh, störe ich nicht gerade«, sagte er. »Aber Sie haben mir Ihre Karte gegeben und gesagt, ich kann jederzeit anrufen.«

»Aber selbstverständlich«, sagte ich. »Wie geht's?«

»Gar nicht so schlecht. Ich hab heute noch nichts getrunken.«

»Ist ja toll, Jim.«

»Na ja, ist ja auch noch früh. Der Tag ist noch nicht zu Ende. Außerdem gibt es immer wieder Tage, an denen ich überhaupt nichts trinke.« Und nach einer Pause: »Ich war bei einem Treffen.«

»Sehr gut.«

»War auch wirklich gut für mich, glaube ich. Ich weiß nicht. Schaden hätte es mir ja kaum können, oder?«

»Nein. Wo waren Sie denn?«

»Da, wo wir gestern abend waren. Ich hab einen Dollar in den Korb getan und bekam dafür zwei Tassen Kaffee und eine Handvoll Kekse. Kein schlechtes Geschäft, oder?«

»Am Preis ist jedenfalls nichts auszusetzen.«

Er erzählte mir von dem Treffen. Es seien weniger Leute dagewesen als gestern, sagte er, aber ein paar habe er wiedererkannt. Er erzählte mir die Highlights aus der Geschichte des Redners.

»Ich wollte mich schon fast melden«, sagte er.

»Klar, warum nicht?«

»Leute, die noch keine neunzig Tage trocken waren, meldeten sich und sagten, wie lange sie nichts mehr getrunken hätten, und alle bekamen Applaus. Fast wollte ich auch die Hand heben und sagen, es sei mein erster Tag, aber dann dachte ich mir, Quatsch, warte lieber ein paar Tage.«

»Einfach, wie Sie sich am wohlsten fühlen.«

»Vielleicht gehe ich heute abend noch mal«, sagte er. »Ist es okay, wenn man öfter als einmal am Tag geht?«

»Sie können auch den ganzen Tag lang gehen. Da gibt's kein Limit.«

»Gehen Sie heute? Vielleicht könnte ich ja mal bei einem West-Side-Treffen reinschnuppern – sehen, ob da ein Unterschied ist.«

»Fände ich gut. Aber für heute abend habe ich schon was vor.«

»Dann ein andermal. Wie kommen Sie mit Ihrem Fall voran?«

»Eher schleppend.«

»Na, dann will ich Sie nicht mehr länger aufhalten. Vielleicht, äh, rufe ich morgen wieder an.«

»Jederzeit«, sagte ich. »Und das meine ich auch so.«

Ich war bereits unten im Foyer, um nach Hause zu gehen, als mir einfiel, daß ich meine Anrufweiterleitung nicht angestellt hatte. Ich ging wieder zurück, tippte den Code ein, wählte die Nummer unserer Wohnung gleich gegenüber und sagte Elaine, ich käme in zwei Minuten nach Hause. »Warum rufst du dann an?« fragte sie. »Ach so, die Anrufweiterleitung.«

Sie war bereits fertig angezogen, als ich heimkam. Sie trug den Lederdreß, den sie mir schon mal vorgeführt hatte, und dazu mehr Parfüm und Make-up, als es sonst ihre Art war. »Ich fand«, sagte sie, »ein Verlies ist nicht der richtige Ort für Understatement.«

»Die Leute werden doch nicht zum Äußersten gehen?«

»Der Kalauer sei dir noch mal verziehen. Aber nur, weil ich dich liebe. Du möchtest doch sicher noch duschen. Deine Sachen hab ich dir aufs Bett gelegt.«

Ich duschte und rasierte mich und zog die schwarze Hose an, die sie mir rausgelegt hatte. Dann nahm ich das Hemd und ging damit ins Wohnzimmer. »Was soll das da sein?«

»Eine Guayabera.«

»Das sehe ich auch. Wo kommt dieses Ding her?«

»Ursprünglich aus Yucatán, aber ich glaube, das hier wurde in Taiwan hergestellt. Vielleicht auch in Korea. Es steht bestimmt auf dem Etikett.«

»Was ich meine, ist …«

»Ich hab's für dich gekauft. Probier's doch mal an. Laß sehen. Na, sieht doch toll aus.«

»Wofür sind diese ganzen Taschen und Schnüre?«

»Die gehören eben dazu. Gefällt es dir nicht?«

»Wenn du mir rechtzeitig Bescheid gesagt hättest, hätte ich mir noch Koteletten und einen kleinen Schnurrbart wachsen lassen. Dann noch die richtige Frisur, und ich sähe aus wie ein Zuhälter aus einem 40er-Jahre-Film.«

»Ich finde, du siehst leger und doch würdevoll aus. Es ist übrigens ein Geschenk, aber du mußt dich nicht bedanken.«

»Gut«, sagte ich.

Das Marilyn's Chamber befand sich im Souterrain eines Lagerhauses in der Washington Street. Links und rechts davon und auf der anderen Straßenseite waren lauter Fleischfabriken. Es gab kein Schild, das einem den Weg zum Club zeigte. Über der grünen Eingangstür brannte eine schwache rote Birne. Es war zehn Uhr, als wir klopften und von einem jungen Mann eingelassen wurden. Er hatte tiefschwarze Haut, einen kahlrasierten Schädel, einen ärmellosen schwarzen Overall und eine schwarze Gesichtsmaske. Es war Viertel nach eins, als derselbe junge Mann die Tür öffnete und uns rausließ.

Es kam gerade ein Taxi die Washington Street runter. Ich trat an den Randstein und winkte. Ich gab dem Fahrer unsere Adresse und lehnte mich zurück, und als Elaine was sagen wollte, unterbrach ich sie, um ihr vorzuschlagen, in freundschaftlichem Schweigen nach Hause zu fahren.

»Ich möchte aber lieber reden«, sagte sie.

»Und ich lieber nicht.«

»Hast du Angst, ich könnte den Fahrer schocken.«

»Nein, ich habe Angst ...«

»Er heißt nämlich Manmatha Chatterjee. Er kommt aus Indien, dem Land des *Kama Sutra.* Wo sie diese ganzen verrücktenStellungen erfunden haben.«

»Elaine, bitte!«

»Er läßt sich also bestimmt nicht so leicht schokkieren.«

»Aber ich.«

»Außerdem, wenn er rot wird, wer merkt das schon?«

»Verdammt noch mal ...«

»Ich werde flüstern. Er kann mich bestimmt nicht hören, du dummer alter Bär, du. Ich höre auf. Ich benehme mich. Ehrenwort.«

Die ganze restliche Fahrt sagte sie kein Wort mehr. Erst im Lift fing sie wieder an: »Darf ich jetzt was sagen, Meister? Oder glaubst du, im Lift ist eine Wanze eingebaut?«

»Ich glaube, wir haben nichts zu befürchten.«

»Ich bin voll auf meine Kosten gekommen. Und das Lederkleid war mir nicht zu warm.«

»Wenn du das Oberteil angelassen hättest, vielleicht schon.«

»Schon möglich. Du hast fantastisch ausgesehen in deiner Guayabera.«

»Leger, aber würdevoll.«

»Unbedingt. Ich bin wirklich froh, daß wir gegangen sind. Eins kann ich dir sagen: Bis du so was im Fernsehen zu sehen kriegst, dauert es noch eine Weile.«

»Hoffentlich.«

»Ganz besonders gefallen hat mir, wie normal die Leute ausgesehen haben. Damit meine ich nicht, was sie anhatten, sondern die Leute selbst. Da rechnet man mit irgendwelchen verrückten Typen wie aus einem Fellini-Film, und dann sind da lauter Leute, die gerade von einer Tupperware-Party gekommen sein könnten.«

»Und das nennt sich dann sexueller Untergrund.«

»Aber das erhöht den Reiz an der Sache«, sagte sie, »weil es das Ganze irgendwie realer macht. Beim Piercing waren alle so nüchtern-sachlich. Obwohl es doch ganz schön ausgeflippt ist. Wie bei so einem Stamm irgendwo im Urwald. Sehr primitiv und urwüchsig.«

»Und dauerhaft.«

»Wie wenn man sich tätowieren läßt, bloß daß es noch tiefer unter die Haut geht. Andererseits, ich hab mir Ohrlöcher stechen lassen, und was soll schon schon für ein Unterschied sein zwischen einem Ohrläppchen und einer Brustwarze?«

»Da muß ich passen«, sagte ich. »Was ist der Unterschied?«

Inzwischen waren wir in unserer Wohnung. »Ich weiß nicht«, sagte sie und legte mir die Arme um die Taille. »Was ist der Unterschied zwischen einem Epileptiker und Griesbrei?«

»Ein Epileptiker liegt im Zimmer und zuckt, und Griesbrei ist mit Zucker und Zimt.«

»Hab ich dir den schon mal erzählt, hm?«

»Nicht nur einmal.«

»Die alten Witze sind immer noch die besten. Aber hat doch Spaß gemacht, oder nicht? Hast du dich nicht amüsiert?«

»Doch.«

»Hat es dich gestört, daß ich mein Oberteil ausgezogen habe?«

»Es hat mich überrascht«, sagte ich, »aber nicht gestört.«

»Also, bei den vielen Titten direkt vor deiner Nase wollte ich nicht, daß du vergißt, wie meine aussehen.«

»Da hättest du dir keine Sorgen zu machen gebraucht. Deine waren die schönsten.«

Sie tänzelte von mir fort. »Ha, heute abend bist du so oder so dran, Süßer. Da brauchst du mir gar nicht erst was vorzulügen.«

»Wer sagt denn, das es gelogen war.«

»Sagen wir's mal so: Wenn du Pinocchio wärst, wäre das jetzt genau der richtige Moment, um auf deiner Nase zu sitzen.«

»Weißt du, was mich noch überrascht hat? Ich dachte, wir wollten eigentlich nicht mitmachen?«

»Wer hat denn mitgemacht? Ach, du meinst diese Mädchen-Mädchen-Nummer? Das zählt doch gar nicht.«

»Ach so.«

»Schätze, ich bin einfach auf den Geschmack gekommen. Hat es dir was ausgemacht?«

»›Was ausgemacht‹ ist vielleicht nicht das richtige Wort dafür.«

»Hat es dich gestört?«

»›Gestört‹ ist, glaube ich, auch nicht das richtige Wort.«

»Hat es dich angemacht, hm?«

»Das schon eher.«

»Na, deswegen sind wir doch hingegangen. Damit es uns anmacht, du alter Bär, du. Weißt du, was ich jetzt machen werde? Ich glaube, ich werde dich fesseln. Und dieses Mal wirst du nicht einschlafen.«

»Wahrscheinlich nicht«, sagte ich. »Jedenfalls nicht in den nächsten paar Stunden.«

19

Im Paris Green gibt es sonntags ein gutes Brunch, zu dem im Freien unter grün-weißen Sonnenschirmen Tische aufgestellt werden. Wir schliefen lang und begannen dann dort den Tag. Danach fuhr Elaine mit dem Taxi zum Wochenendflohmarkt in der Sixth Avenue, um sich auf die Jagd nach urbaner Volkskunst zu machen. Ich trank noch eine zweite Tasse Kaffee und ging nach Hause.

In unserer Abwesenheit hatte Jim Shorter angerufen und auf dem Anrufbeantworter eine Nachricht hinterlassen. Ich rief ihn zurück, und wir verabredeten uns zu einem Treffen, das eine Stunde später in der Amsterdam, Ecke Ninty-sixth stattfand. Danach rief ich einen anderen Jim an, meinen Tutor Jim Faber. Wir machten unsere stehende Verabredung zum Essen für den Abend fest und überlegten, welches chinesische Restaurant wir mit unserer Anwesenheit beglücken sollten. Wir landeten im Vegetarian Heaven in der Fifty-eighth, ein paar Häuser westlich der Eighth. Das im Souterrain liegende Restaurant hat etwas Höhlenartiges, mit endlosen Nischen und Tischen, die meisten leer.

»Gut, daß wir hierher gegangen sind«, sagte Jim. »Ich wollte das Lokal schon immer mal ausprobieren, obwohl es von außen nicht besonders einladend aussieht. Ist hier eigentlich irgendwann mal was los? Ich hoffe bloß, das sind Heroinschmuggler, und der Laden hier ist bloß ein Nebenerwerb.«

»Mittags ist es hier manchmal ganz schön voll. Elaine findet es ganz toll hier, weil sie alles auf der Speisekarte bestellen kann. Die anderen Chinesen haben immer die gleichen vier oder fünf vegetarischen Gerichte, und die hat sie langsam über.«

»Hier könnte sie ja ewig herkommen«, sagte Jim und blätterte in der Speisekarte. »Willst du bestellen? Du kennst dich hier schon aus.«

»Gern. Nach was ist dir?«

»Nach Essen«, sagte er. »Gut – und viel.«

Beim Essen erzählte ich Jim, wie ich den Nachmittag verbracht hatte und wie sich ein wenig verheißungsvolles Nebengleis eines schwierigen Falls unerwarteterweise zu einer Zwölfter-Schritt-Aufgabe entwickelt hatte.

»Das sieht dir gar nicht ähnlich«, sagte Jim. »Du hast noch nie großen missionarischen Eifer gezeigt.«

»Ich hab's ja auch noch nie als meine Aufgabe angesehen, die Welt nüchtern zu machen. Am Anfang war ich nicht mal sicher, ob ich selbst nüchtern werden wollte. Drum wäre ich nie auf die Idee gekommen, jemand anderen dazu zu überreden. Und dann, je länger ich nichts mehr getrunken habe, bin ich immer mehr zu der Überzeugung gelangt, daß es mich einen Dreck angeht, ob jemand anderer trinkt oder nicht. Vielleicht geht es denen, die trinken, besser, wenn sie trinken. Woher soll ich das wissen?«

»Dein Freund Ballou ...«

»Mein Freund Mick Ballou trinkt ganz schön viel, und das jeden Tag, und sollte er jemals bei einem Treffen aufkreuzen, käme niemand auf die Idee, ihm zu sagen, er sei hier nicht richtig. Ich bin auch sicher, daß es ihm körperlich und geistig ganz schön schadet, auch wenn es ihm noch nicht anzusehen ist. Aber er ist kein kleines Kind mehr, Herrgott noch mal. Er muß selber wissen, was gut für ihn ist.«

»Aber mit diesem Kerl uptown ...«

»Ich muß mich wohl sehr stark mit ihm identifiziert haben. Wenn ich mir so ansehe, wie sein Leben aussieht beziehungsweise wie ich es mir vorstelle, merke ich, daß es mir ganz ähnlich hätte gehen können. Übrigens, ich hatte keineswegs vor, ihn zu einem

Treffen mitzuschleppen. Ich fing nur irgendwie plötzlich drüber zu reden an, und er wirkte ganz interessiert und aufgeschlossen.«

»Das tut dir bestimmt gut. Du betreust doch sonst niemand, oder?«

»Ich betreue auch ihn nicht.«

»Für mich hört es sich aber so an – mal ganz unabhängig davon, ob es einer von euch beiden so nennt oder nicht. Ich glaube, es wird dir guttun, mit einem Neueinsteiger zu arbeiten. Nur daß du dich nicht zu sehr wunderst, wenn er wieder anfängt.«

»Keine Sorge.«

»Du kannst niemandem helfen, nüchtern zu werden, und du kannst niemandem helfen, nüchtern zu bleiben. Das weißt du doch.«

»Sicher.«

»Und ich hoffe, du weißt noch, was einen guten Tutor ausmacht.«

»Daß er selber nüchtern bleibt.«

»Ganz genau. – Weißt du, wirklich erstaunlich dieses Zeug da. Du denkst, du ißt Fleisch, aber es ist gar keins. Das hier soll was sein, Aal?«

»Ich glaube, man stellt es aus Soja her.«

»Eines Tages«, sagte er, »wird man alles aus Soja herstellen. Stühle, Tische, Autos, Truthahnsandwiches. Alles. Und das Zeug hier soll aussehen und schmecken wie Aal, wobei das Verrückte ist, wenn es richtiger wäre, würde ich das Zeug nicht anrühren, weil ich nämlich keinen Aal mag. Ich glaube, ich bin allergisch dagegen.«

»Hättest du doch was gesagt, als ich bestellt habe.«

»Aber wieso denn, wenn es kein richtiger Aal ist? Gegen falschen Aal bin ich nicht allergisch. Im Gegenteil, er schmeckt mir sogar ausgesprochen gut.«

»Nimm dir noch was.«

»Keine Sorge. Elaine ißt ständig so, wie? Ich meine nicht, so was. Ich meine vegetarisch. Sie ißt doch nicht mal Fisch, oder?«

»Nein, auch keinen Fisch.«

»Ich glaube nicht, daß ich ganz auf Fleisch verzichten könnte. Bei euch sonst alles in Ordnung?«

»Alles bestens.«

»Die andere, siehst du sie immer noch?«

»Ab und zu.«

Erst hatte ich ihm nichts von Lisa erzählt, aber nicht aus Angst, er könnte mir Vorwürfe machen. Da er Elaine kennt, wollte ich ihn nicht mit etwas belasten, was ich ihr verheimlichen mußte, zumal es schien, daß es in ein paar Wochen ohnehin vorbei gewesen wäre. Als das nicht der Fall war und es weiterging, erzählte ich ihm davon.

»Als ich das letzte Mal bei ihr war«, sagte ich, »ging es eigentlich damit los, daß ich was trinken wollte. Statt dessen hab ich sie angerufen.«

»Also, wenn das die einzige Alternative war, würde ich sagen, du hast die richtige Wahl getroffen. Wenn ich recht informiert bin, hat diese Beziehung keine große Zukunft, aber gestern abend habe ich mir eine Sondersendung über den Treibhauseffekt angesehen, und das gleiche könnte man auch über die Menschheit sagen. Sie wird doch aller Wahrscheinlichkeit nach nicht deine Ehe zerstören, oder?«

»Ich bin nicht verheiratet.«

»Du weißt schon, was ich meine.«

Ich nickte. »Sie ist einfach nur da. Sie ruft nie an, und wenn ich anrufe, sagt sie, ich soll vorbeikommen.«

»Hört sich fast an, als wären deine Gebete erhört worden. Tu mir doch einen Gefallen, ja? Frag sie mal, ob sie eine Schwester hat.«

Wir blieben lange sitzen und kamen ein paar Minuten zu spät zum Treffen in die St. Clare's. Danach begleitete ich Jim nach Hause und ging weiter zum Grogan's Open House in der Fiftieth, Ecke Tenth. Die Kneipe gehört Mick Ballou, aber sein Name steht nicht auf dem Pachtvertrag. Er hat in Sullivan, ein paar Stunden außerhalb der Stadt, eine Farm, und in die Besitzurkunde ist ein anderer Name eingetragen. Er besitzt auch ein paar Wohnungen in der Stadt und fährt einen Cadillac Brougham, aber offiziell gehört ihm nichts. Wenn sie irgendwann mal den Kuckuck bei ihm vorbeischicken, werden sie es schwer haben, irgendwas zu konfiszieren.

Eigentlich hatte ich schon am Freitag abend bei Mick vorbeischauen wollen, aber statt dessen hatte ich den Abend in der Upper East Side verbracht und dem Alkohol eine Seele abhold gemacht. Jetzt, zwei Abende später, war die Kneipe fast leer; drei Männer hockten stumm an der Bar, und zwei andere saßen an einem Tisch beisammen. Burke hinterm Tresen sagte mir aus dem Winkel seines dünnlippigen Munds, der Chef habe sich für heute nicht angekündigt.

Ich trank ein Coke und schaute eine Weile auf dem Sportkanal in das Spiel rein; die Brewers spielten gegen die White Sox, und eine Menge Spieler beider Mannschaften droschen den Ball auf die Tribüne. Aber ich war nicht richtig bei der Sache, und als mein Glas leer war, ging ich nach Hause.

Gleich am Morgen rief Wally Donn an. »Ich könnte dich diese Woche für zwei, drei Tage brauchen«, sagte er. »Wie sieht's aus?«

»Ich stecke grade mitten in was drin«, sagte ich.

»Viel zu tun?«

Eigentlich nicht. Bis zu unserem Treffen am Dienstag nachmittag konnte ich nicht mehr viel tun.

Deshalb sagte ich: »Kann ich dich Mittwochmorgen anrufen? Oder morgen am späten Nachmittag, falls ich dazu komme. Bis dahin weiß ich besser, ob ich Zeit habe.«

»Eigentlich bräuchte ich dich heute schon«, sagte er. »Wenn du am Mittwoch anrufst, ist der Job vielleicht schon weg. Aber ruf trotzdem an. Wir sehen dann einfach.«

Bei dem bißchen, was ich schließlich erledigte, hätte ich ohne weiteres auch für Wally arbeiten können. Ich hatte weiter versucht, in Forest Hills anzurufen, und wunderte mich nicht besonders, daß niemand dranging. Ich war bereits zu der Überzeugung gelangt, daß Mrs. Watson verreist war, und begann mich zu fragen, was ich sie überhaupt fragen sollte, wenn sie wieder auftauchte.

Nach dem Mittagessen ging ich zu Elaines Laden, um sie eine Weile abzulösen, aber sie war nicht da; TJ, ein richtiger Profi in seinen schnieken Klamotten, hütete den Laden für sie. In der halben Stunde, die ich mich mit ihm unterhielt, verkaufte er einem Mann mit krummen Schultern und einem Grateful-Dead-T-Shirt zwei Bronzebuchstützen. Der Mann bot erst dreißig Dollar, dann vierzig und sagte schließlich, er würde den vollen Preis von fünfzig Dollar zahlen, wenn ihm TJ die Mehrwertsteuer nachließe. TJ blieb eisern.

»Sie sind ein ganz schön harter Brocken«, sagte der Mann anerkennend. »Wahrscheinlich zahle ich zuviel, aber was soll's? In zehn Jahren, wenn ich die Dinger im Regal stehen sehe, werde ich da noch wissen, was ich dafür bezahlt habe?« Er gab ihm seine Kreditkarte, und TJ verbuchte den Verkauf und machte, was man mit einer Kreditkarte eben macht, als täte er das schon jahrelang. »Sind wirklich schön«, sagte er schließlich, als er dem Mann die eingepackten Buchstützen gab. »Alles in allem, glaube ich, haben Sie einen guten Kauf gemacht.«

»Das glaube ich auch«, sagte der Mann.

Beim Abendessen gab ich Elaine eine mimische Vorstellung von der Transaktion. »›Alles in allem, glaube ich, haben Sie einen guten Kauf gemacht.‹ Wo hat er wohl gelernt, so zu reden?«

»Keine Ahnung«, sagte sie. »Wieso hat er auf dem vollen Preis bestanden? Ich habe ihm gesagt, zehn Prozent kann er notfalls immer runtergehen.«

»Er meinte, er habe gewußt, daß der Kunde auch den vollen Preis zahlen würde, wenn er hart bliebe.«

»Plus Mehrwertsteuer?«

»Plus Mehrwertsteuer.«

»Vermutlich lernt man so einiges, wenn man für die Monte-Zocker den Schlepper spielt. Wenn du in der Forty-second Street kaufen und verkaufen kannst, kannst du es wahrscheinlich überall.«

»Offensichtlich.«

»Trotzdem überrascht es mich immer wieder, wie er zwischen den verschiedenen Sprachebenen hin und her wechselt. Ist er vielleicht in Wirklichkeit ein Mittelschichtkid, und das ganze Gassenjungenimage ist nur Show?«

»Nein.«

»Hätte mich auch sehr gewundert. Aber man kann nie wissen, oder?«

»Manchmal schon«, sagte ich.

Jim Shorter hatte nicht angerufen. Ich versuchte ihn nach dem Abendessen zu erreichen, aber er meldete sich nicht. Ich ging zur St. Paul's rüber. Die Rednerin hatte über alles sehr feste Meinungen. Ich ging in der Pause und zog mich auf mein Hotelzimmer zurück, wo ich mich ans Fenster setzte und hinaussah.

Sobald ich zur Tür reingekommen war, hatte ich die Anrufweiterleitung ausgeschaltet. Ich versuchte mir anzugewöhnen, das ganz automatisch zu machen und sie auch automatisch wieder anzustellen, wenn ich ging. Ich las eine Weile in einem Buch, dann legte ich es beiseite und sah wieder aus dem Fenster. Das Telefon klingelte, und es war Shorter.

»Hi«, sagte er. »Wie geht's?«

»Ganz gut«, sagte ich. »Und Ihnen?«

»Also, ich hab noch nichts getrunken.«

»Super.«

»Und bei einem Treffen war ich auch.« Er sagte mir, wo er gewesen sei, und erzählte mir mehr von der

Lebensgeschichte des Redners, als ich wissen wollte. Ein paar Minuten unterhielten wir uns über AA-Kram, und dann fragte er: »Was macht Ihr Fall? Kommen Sie voran?«

»Momentan nicht.«

»Morgen ist der große Tag, nicht wahr?«

»Was für ein großer Tag?«

»Sie wissen schon: wenn alle zusammenkommen und sich überlegen, wie es weitergehen soll. Glauben Sie, der Mörder kommt auch?«

»Das ist zumindest nicht auszuschließen. Aber ich weiß ja noch nicht mal, ob es überhaupt einen Mörder gibt.«

»Also, hören Sie, Matt, ich hab doch selber Watsons Leiche entdeckt. Den hat auf jeden Fall jemand umgebracht. Das war er nicht selber.«

»Ich meine, einen Serienmörder. Ob wir es hier mit einem zu tun haben, ist, wie gesagt, noch nicht sicher. Und wenn es tatsächlich einen gibt, deutet nichts darauf hin, daß es jemand aus der Gruppe ist.«

»Wer sollte es denn sonst sein?«

»Keine Ahnung.«

»Also, was ich glaube – aber was rede ich hier überhaupt? Das interessiert Sie doch eigentlich gar nicht.«

»Das interessiert mich schon, Jim.«

»Wirklich? Also, ich wette, es ist einer aus der Gruppe. Irgendein Typ, dessen Leben an der Oberfläche wie aus dem Bilderbuch erscheint, aber darunter brodelt es ganz gewaltig, wenn Sie wissen, was ich meine?«

»Ja.«

»Kommen morgen alle?«

»Die meisten. Ein paar können nicht.«

»Angenommen, Sie sind der Mörder und jemand beruft so ein Treffen ein, würden Sie hingehen? Oder würden Sie sagen, Sie könnten nicht?«

»Schwer zu sagen.«

»Ich würde hingehen. Da kann man doch unmöglich wegbleiben. Oder würden Sie nicht wissen wollen, was die anderen sagen?«

»Wahrscheinlich schon.«

»Dann schlafen Sie sich heute mal gescheit aus. Morgen werden Sie im selben Raum mit dem Mörder sein. Glauben Sie, Sie werden irgendwas spüren?«

»Kaum.«

»Ich weiß nicht. Sie waren doch lange bei der Polizei. Da haben Sie doch einen Riecher für so was. Vielleicht hält ihn das davon ab zu kommen.«

»Mein Riecher?«

»Das Wissen, daß Sie da sein werden. Außer, na ja, er möchte seinen Gegenspieler persönlich kennenlernen. Was glauben Sie?«

»Ich glaube, Sie sehen zuviel fern.«

Er lachte. »Wissen Sie was? Vermutlich haben Sie sogar recht. Wo treffen Sie sich morgen? Im Büro von einem der Mitglieder?«

»Das kann ich Ihnen leider nicht sagen, Jim.«

»Aber irgendwo in Manhattan? Entschuldigung, ich stecke meine Nase schon wieder in Dinge, die mich nichts angehen.«

»Im Village, mehr kann ich auf keinen Fall sagen.«

»Ist ja auch nicht wichtig. Ach, weil wir gerade beim Village sind, vielleicht gehe ich noch zu dem Mitternachtstreffen in der Houston Street. Aber Sie haben wahrscheinlich keine Lust, oder?«

»Nein, heute abend nicht.«

»Klar, Sie haben ja morgen einen anstrengenden Tag vor sich. Ich weiß selber nicht, ob ich heute erst so spät ins Bett will. Bis das Treffen aus ist, ist es eins, und dann muß ich noch nach uptown hoch. Und vielleicht regnet es. Jedenfalls haben sie Regen angesagt. Wissen Sie was? Ich glaube, ich bleib zu Hause.«

»Das kann ich gut verstehen.«

Er lachte. »Tut gut, mit Ihnen zu reden, Matt. Glauben Sie mir, das hilft ganz enorm. Eben vorhin dachte ich mir noch, warum soll ich mir eigentlich nicht ein Glas Bier genehmigen? Ich meine, wer spürt schon ein Glas Bier?«

»Also …«

»Keine Sorge, ich trinke nichts. Im Moment will ich nicht mal was. Dann also alles Gute für morgen, ja? Und melden Sie sich danach kurz, wenn Sie gerade Zeit haben.«

»Mach ich«, sagte ich.

Offenbar hatte ich nur auf seinen Anruf gewartet. Denn sobald ich mit ihm zu Ende telefoniert hatte, stellte ich die Anrufweiterleitung an und ging nach Hause. Während ich im Büro war, hatte Ray Gruliow angerufen. Ich rief ihn zurück.

»Morgen um halb vier. Paßt Ihnen das?« sagte er.

»Ja.«

»Die anderen habe ich für drei Uhr einbestellt – damit sie schon auf dem laufenden sind, wenn Sie dazustoßen.«

Sie seien zu acht, sagte er mir; neun, wenn Bill Ludgate seine Termine umlegen könne. Und es sei komisch, sie schon nach so kurzer Zeit wiederzusehen, keine zwei Monate nach der letzten Versammlung; komisch, sie woanders zu sehen als am gewohnten Treffpunkt, bei sich zu Hause statt in einem Restaurant.

»Übrigens«, sagte er, »hat neulich Spaß gemacht, sich mit Ihnen zu unterhalten.«

»Mir auch.«

»Das müssen wir unbedingt mal wieder machen. Wenn diese leidige Geschichte vom Tisch ist. Abgemacht?«

»Abgemacht«, sagte ich.

Ich hängte auf und schenkte mir eine Tasse Kaffee ein. Dann ging ich zu Elaine ins Wohnzimmer und sah mit ihr fern, aber ich konnte mich nicht auf die Sendung konzentrieren.

Je nachdem, ob Bill Ludgate seine Termine umlegen konnte, kämen morgen acht oder neun Mitglieder zu Gruliow; fünf oder sechs würden fehlen. Wäre der Mörder anwesend oder abwesend? Würde er aus Neugier kommen? Oder aus Angst fernbleiben?

Vielleicht fand das Treffen in seinem Haus statt.

Ein absurder Gedanke, es könnte Gruliow sein. Hard-Way Ray ein teuflischer Mörder? Er war weiß Gott clever genug, so einen Plan auszuhecken, und resolut genug, ihn auszuführen. Und es gab Leute, die gesagt hätten, daß er dafür auch rücksichtslos und sogar verrückt genug sei.

Das konnte ich mir nicht vorstellen. Aber ich konnte es mir bei keinem von ihnen vorstellen, auch wenn sonst niemand ein Motiv hatte. Was hieß hier Motiv? Niemand sonst wußte, daß es den Club überhaupt gab.

Konnte ich jemanden ausschließen? Hildebrand, dachte ich. Eines täte der Mörder ganz bestimmt nicht: einen Privatdetektiv einschalten.

Es sei denn …

Das wäre ganz schön verrückt gewesen, aber konnte man andererseits erwarten, daß sich jemand, der systematisch seine Freunde umbrachte, normal verhielt? Vielleicht machte es die Sache spannender, einen Privatdetektiv einzuschalten. Vielleicht wurde es ihm langsam langweilig, jedes Jahr jemand umzubringen. Vielleicht ärgerte es ihn, daß die anderen nicht kapierten, was eigentlich Sache war. Vielleicht hatte Hildebrand das Risiko ein bißchen erhöhen wollen, indem er einen Detektiv hinzuzog. Aber weil er es sich nicht zu schwer hatte machen wollen, hatte er schlauerweise einen Detektiv genommen, der nicht allzu hell im Kopf war …

Schlafen Sie sich mal gescheit aus, hatte mir Jim Shorter geraten.

Von wegen.

20

Sie trafen sich, neun von vierzehn von einunddreißig, um drei Uhr nachmittags am letzten Dienstag im Juni, einem heißen, dunstigen Tag, an dem der verbrannte Geruch von Ozon die drückende Luft verpestete. Niemand kam übereifrig früh oder schicklich spät. Die ersten waren Gerard Billings und Kendall McGarry; sie kamen in verschiedenen Taxis, aus denen sie jedoch gleichzeitig ausstiegen. Die zwei Männer läuteten fünf Minuten vor dem vereinbarten Termin bei Gruliow. Kaum hatten sie Platz genommen, klingelte es wieder. Als Bob Berk um 15 Uhr 02 eintraf und sich für sein Zuspätkommen entschuldigte, war er der neunte Mann. Um fünf nach drei stand Ray Gruliow auf, um die Versammlung zu eröffnen.

Das hatte er schon einmal getan. Nach Frank DiGiulios Tod im vergangenen September war er das älteste Clubmitglied geworden und hatte deshalb das Jahrestreffen im Mai geleitet. Das war erst das zweite Mal in zweiunddreißig Jahren, daß der Vorsitz weitergegeben wurde – von Homer Champney an Frank DiGiulio und jetzt an Ray Gruliow.

Was er allerdings noch nicht getan hatte und was auch sonst noch niemand getan hatte, war, eine Versammlung zu eröffnen, die nicht zur gewohnten Zeit am gewohnten Ort stattfand. Er hatte sich lange Gedanken gemacht, in welcher Form diese Versammlung stattfinden sollte, und hatte verschiedene andere Mitglieder um Rat gefragt. Schließlich war er zu der Überzeugung gelangt, daß es so wenig wie möglich von seiner üblichen Form abweichen sollte, und deshalb verlas er zu Beginn die Namen der verstorbenen Mitglieder in der Reihenfolge ihres Ablebens, beginnend mit Philip Michael Kalish, James Severance und Homer Gray Champney, endend mit Francis DiGiulio und Alan Walter Watson.

»Ich möchte euch für euer Kommen danken«, fuhr er dann fort. »Ich habe mit jedem von euch über das anstehende Problem gesprochen, und ich weiß, einige von euch haben das auch untereinander getan. Sehen wir also mal, ob ich kurz zusammenfassen kann, worum es hier eigentlich geht, und dann könnt ihr euch wie gewohnt der Reihe nach dazu äußern, damit klar wird, wie wir zu der ganzen Sache stehen. Da ist ein Mann, der um halb vier dazukommen wird, ein Detektiv namens Scudder. Es wäre gut, wenn wir bis dahin zu einem gewissen Konsens kommen könnten ...«

Ich war fünfzehn Minuten zu früh in der Commerce Street und schlug die Zeit tot, indem ich durch die schmalen, verwinkelten Straßen spazierte. Das versetzte mich in die Zeiten zurück, als ich im 6. Revier angefangen hatte, das damals noch in der Charles Street war. Das Village war völlig neu für mich, und ich war ganz begeistert von den vielen neuen Eindrücken gewesen, auch wenn ich mich in den exzentrischen Straßen ständig verlaufen hatte. Ich hatte gedacht, ich würde mich dort nie zurechtfinden, aber man lernt ein Viertel durch nichts besser kennen, als wenn man dort Streife geht. Irgendwann kam ich auf den Dreh.

Punkt halb vier stieg ich die Eingangstreppe von Gruliows Haus hinauf und betätigte den Löwenkopftürklopfer. Gruliow öffnete sofort und begrüßte mich mit einem Lächeln, mit dem er mich schon einmal bedacht hatte, einem Lächeln, das andeutete, daß wir beide ein Geheimnis teilten. »Auf die Minute pünktlich«, sagte er. »Kommen Sie rein. Da sind ein paar Herren, die Sie gern kennenlernen würden.«

Trotz der Hitze war ich froh, daß ich einen Anzug angezogen hatte. Sie trugen alle dunkle Anzüge, nur

Lowell Hunter hatte einen Freizeitanzug an, und Gerard Billings, der Fernsehwetterfrosch, trug zu seinem kellygrünen Blazer eine Fliege, sein Markenzeichen. Gruliow stellte mich vor, und ich schüttelte allen die Hände. Dabei versuchte ich, mir jedes Gesicht einzuprägen und mit einem Namen, den ich bereits kannte, in Verbindung zu bringen. So viel gab es gar nicht zu erinnern; von den neun Anwesenden hatte ich Gruliow und Hildebrand bereits persönlich kennengelernt, Billings und Avery Davis kannte ich aus dem Fernsehen. Blieben also nur Hunter und Bob Berk, Bill Ludgate, Kendall McGarry und Gordon Walser.

Von den abwesenden fünf Mitgliedern war Brian O'Hara mit seinem ältesten Sohn auf Trekkingtour im Himalaya und wurde erst in zehn Tagen zurückerwartet. John Youngdahl lebte seit acht Jahren in St. Louis, hatte nie eins der Jahrestreffen im Mai versäumt, konnte aber so kurzfristig nicht nach New York kommen. Bob Ripley war anläßlich der College-Abschlußfeier seiner Tochter in Ohio, und Douglas Pomeroy und Rick Bazerian hatten Geschäftstermine, die sie nicht mehr hatten umlegen können.

Nach der Begrüßung nahmen wir alle Platz, und dann warteten sie, daß ich etwas sagte. Ich blickte in die Runde erwartungsvoller Gesichter, und alles, was mir einfiel, war, daß ich gern was zu trinken gehabt hätte. Ich holte tief Luft, ließ sie wieder ausströmen und schlug mir den Gedanken aus dem Kopf.

Ich sagte, ich sei ihnen für ihr Kommen dankbar. »Ich weiß, Sie hatten kurz Zeit, über die Angelegenheit zu sprechen, aber ich denke trotzdem, ich sollte Ihnen vielleicht kurz schildern, wie sich die Sache aus meiner Sicht darstellt, aus der Sicht eines Außenstehenden und professionellen Ermittlers.« Ich sprach etwa fünfzehn oder zwanzig Minuten, ging erst der Reihe nach alle Todesfälle durch und stellte dann meine Vermutungen an, inwieweit die Selbstmorde und Unfälle tatsächlich als solche zu betrachten seien. Ich kann mich nicht mehr erinnern, was ich genau sagte, aber ich verhaspelte mich nicht und redete, glaube ich, auch kein wirres Zeug. Ihren Gesichtern nach zu schließen, hingen sie mir förmlich an den Lippen.

»Wie wir jetzt weitermachen«, sagte ich, »liegt ganz an Ihnen, meine Herren. Bevor ich Ihnen jedoch die verschiedenen Möglichkeiten aufzeige, möchte ich die Gelegenheit ergreifen, um Ihnen ein paar Fragen zu stellen.«

»Was für Fragen?« wollte Gruliow wissen.

»Die Sterbeziffer in Ihrem Club ist überdurchschnittlich hoch. Aus diesem Grund hat Lew Hildebrand mich eingeschaltet. Nun würde ich gern wissen, wie viele von Ihnen wegen dieser vielen Todesfälle stutzig geworden sind und ob auch Ihnen der Gedanke gekommen ist, es könnte Mord im Spiel sein.«

Kendall McGarry – einer seiner Vorfahren hatte die Unabhängigkeitserklärung unterzeichnet – erklärte, genau diesen Gedanken habe er auch gehabt, und er sei ihm schon vor zwei Jahren gekommen. »Aber das erschien mir denn doch zu grotesk und absurd – etwas, was man sich als Vorlage für eine Fernsehserie vorstellen könnte. Im Fernsehen ja, aber nicht im wirklichen Leben.«

Bob Berk gab zu, ebenfalls schon einmal flüchtig diesen Gedanken gehabt zu haben. Gordon Walser, der beim ersten Treffen erzählt hatte, er sei mit einem Finger zuviel an jeder Hand auf die Welt gekommen, erklärte, er habe in den letzten zehn Jahren seine beiden Eltern und verschiedene andere Verwandte verloren, weshalb ihm die hohe Sterblichkeitsziffer im Club nicht aufgefallen sei. Ganz ähnlich hatte Lowell Hunter ›mehr Freunde, als sich zählen ließen, durch Aids verloren‹; die Sterbeziffer im Club, versicherte er uns, sei erheblich niedriger als in seinem Bekanntenkreis.

Gerard Billings sagte, es hätte ihn stärker betroffen, wenn ein größerer Anteil der Todesfälle krankheitsbedingt gewesen wäre. »Das ist wirklich beängstigend«, sagte er. »Krebs, Herzinfarkte, diese ganzen kleinen Zeitbomben in unseren Zellen und Blutgefäßen. Das ist es, was mir Angst macht. Bei Selbstmord dagegen hat man eine Wahl, allerdings eine, die ich persönlich nie in Erwägung gezogen habe. Ein abgestürztes Privatflugzeug? Also, ich fliege nicht selber; deshalb kann mir das auch nicht passieren. Und was die Morde angeht, das ist so, wie wenn man vom Blitz getroffen wird. So etwas passiert immer den anderen. Man geht nicht in gefährliche Viertel, man läßt die Finger von andrer Männer Frauen, man geht nachts nicht durch den Central Park und man legt sich nicht mit Jim an. ›Don't Mess Around with Jim‹, kennt ihr diesen Jim-Croce-Song?« Er sang ein paar Takte und verstummte erst, als ihn die anderen ansahen.

Bill Ludgate sagte, er sei sich der hohen Sterbeziffer sehr deutlich bewußt gewesen, habe aber nie Verdacht geschöpft. Er sei lediglich etwas beunruhigt darüber gewesen, daß seine Generation langsam wegzusterben begonnen habe und daß er seinem Lebensende vielleicht näher sei, als er gedacht habe. Avery Davis sagte: »Wißt ihr, mir kam genau derselbe Gedanke, bloß habe ich ganz andere Schlüsse daraus gezogen. Ich dachte mir, die Mitglieder, die schon von uns gegangen sind, seien gewissermaßen für uns gestorben. Nachdem sie schon alle tot waren, dachte ich, stünden meine Chancen besser, noch eine Weile am Leben zu bleiben. Was natürlich genauer besehen Unsinn ist, aber mir schien es damals fast logisch.«

Ich fragte, ob einem von ihnen etwas Verdächtiges aufgefallen sei. Hatte jemand den Eindruck gehabt, beschattet oder beobachtet zu werden? Hatten sich Anrufe gehäuft, bei denen der Anrufer wieder aufgehängt oder behauptet hatte, sich verwählt zu haben?

Niemand hatte etwas Konkretes. Bob Berk, der in Upper Montclair, New Jersey, lebte, sagte, er habe in seinem Privatanschluß eine Zeitlang ein starkes Rauschen und sonstige Störgeräusche gehabt, fast so, als werde sein Telefon abgehört, aber nach ein paar Monaten habe sich dieses Problem auf genauso unerklärliche Weise von selbst gelöst, wie es aufgetreten sei. Bill Ludgate sagte, seine Frau sei von einem Anrufer belästigt worden, der immer wieder angerufen und ohne ein Wort aufgehängt habe, und er sei schon kurz davorgestanden, etwas dagegen zu unternehmen, als er die Identität des Anrufers herausbekommen habe; es sei seine damalige Geliebte gewesen, die ihn zu Hause zu erreichen versucht habe.

»Du Schlawiner, du«, sagte Gerry Billings.

Aber er habe das Verhältnis beendet, sagte Ludgate, und die Anrufe hätten aufgehört.

Ich stellte ihnen noch ein paar Fragen. Ich sagte es ihnen zwar nicht, aber mich interessierten weniger die Auskünfte, die sie mir gaben, als der Eindruck, den ich dadurch von ihnen als Menschen gewann. Ich wußte, wo sie wohnten, ich wußte, wie alt sie waren, ich wußte, was sie beruflich machten und was für einen Lebensstandard sie sich leisten konnten, aber ich wollte ein Gefühl dafür bekommen, was für Menschen sie waren.

Ich könnte nicht sagen, was ich mir davon erwartete.

Als ihnen die Antworten ausgingen und mir die Fragen, ging ich mit ihnen die verschiedenen Möglichkeiten durch, wie sie im weiteren vorgehen konnten. Sie konnten zur Polizei gehen, zum Beispiel zu Joe Durkin, der schon ein bißchen mit der Angelegenheit vertraut sei, oder zu sonst jemandem innerhalb des Apparats. Wenn sie mit der Reaktion dort nicht zufrieden seien oder wenn sie sichergehen wollten, daß sofort eine Großfahndung gestartet werde, könnten sie sich direkt an die Medien wenden.

Oder ich könnte meine Ein-Mann-Ermittlungen fortsetzen, mich langsam vorantasten, Daten auswerten und auf irgendeine Art von Durchbruch warten. Das würde dem Club unerwünschte Aufmerksamkeit und den einzelnen Mitgliedern Schlagzeilen ersparen, aber es konnte auch sein, daß nichts dabei herauskam. Zumindest konnte ich ihnen jedoch verschiedene Empfehlungen für ihre persönliche Sicherheit geben, und sie konnten mir gewissermaßen bei meinen Ermittlungen assistieren, indem sie mich unverzüglich informierten, wenn ihnen irgend etwas Ungewöhnliches oder Verdächtiges auffiel.

»Es gibt keine Garantie, daß ich irgend etwas erreiche«, sagte ich. »Aber die kann Ihnen die Polizei auch nicht geben. Und sie werden Ihr Leben bis in den hintersten Winkel durchleuchten.«

»Wegen des Medieninteresses, meinen Sie?«

»Auch ohne das. Wenn ich ein Cop wäre, wissen Sie, was ich als erstes täte? Ich würde mir von jedem von Ihnen nachweisen lassen, wo Sie in der Februarnacht waren, in der Alan Watson ermordet wurde.«

Das ließ ein paar von ihnen sichtlich stutzen; sie hatten noch nicht gemerkt, daß sie unter Verdacht standen. »Vielleicht sollten Sie das auf jeden Fall tun«, schlug Avery Davis vor. »Unsere Alibis überprüfen. Und auch die der fünf, die nicht kommen konnten.« Ich schüttelte den Kopf. »Warum nicht?«

»Weil ich nicht über die Mittel verfüge, Ihre Alibis effektiv zu überprüfen. Ich persönlich glaube nicht, daß die Polizei den Fall durch eine Überprüfung der Alibis lösen könnte. Vermutlich können mindestens ein paar von Ihnen nicht beweisen, daß Sie Watson nicht nach Hause gefolgt sind und ihn umgebracht haben. Das ist jedoch kein Zeichen Ihrer Schuld. Im Gegenteil, wer Watson umgebracht hat, könnte durchaus ein hieb- und stichfestes Alibi vorzulegen haben. Trotzdem müßte die Polizei alles genauestens überprüfen, weil bei amtlichen Ermittlungen jede Möglichkeit ausgeschöpft werden muß – vor allem in einem derart brisanten Fall.«

»Was raten Sie uns, Matt?« fragte Gruliow.

»Ich kann Ihnen nichts raten. Das müssen Sie selbst entscheiden. Es geht hier um Ihren Kopf.«

»Und wenn es Ihr Kopf wäre?«

»Schwer zu sagen. Es lassen sich für beide Optionen gute Argumente finden. Erst mal sieht es natürlich so aus, als ob es das sicherste wäre, sofort an die Öffentlichkeit zu gehen, aber ich weiß nicht, ob dem wirklich so ist. Dieser Killer hat sehr viel Geduld. Was wird er tun, wenn die Polizei eine Großfahndung startet und die Zeitungen voll davon sind? Wahrscheinlich verkriecht er sich irgendwo und hält eine Weile still. Er hat's nicht eilig, ihm läuft nichts davon. Er kann es sich leisten, ein oder zwei Jahre zu warten. Und dann, wenn alle anfangen zu denken, es hätte ihn gar nicht gegeben, kann er sich sein nächstes Opfer aussuchen und weitermorden.«

»Aber warum, um Himmels willen?« wollte Lowell Hunter wissen. »Es ist doch niemand von uns, oder? Das kann doch gar nicht sein.«

»Ich kann einfach nicht glauben, daß es jemand in diesem Raum ist«, sagte Bob Berk.

»Und einer von denen, die nicht hier sind? Kannst du dir vorstellen, daß es Ripley oder Pomeroy oder Brian O'Hara ist oder – wer sonst noch? John Youngdahl? Rick Bazerian?«

»Nein.«

»Wenn es einer von uns ist«, sagte Bill Ludgate, »heißt das, einer von uns ist verrückt. Nicht bloß ein bißchen exzentrisch, nicht nur ein bißchen neben der Mütze, sondern total verrückt. Ich sehe euch zwar nur einmal im Jahr, aber ich finde, ihr seid alle relativ normal.«

»Kann ich mich da künftig auf dich berufen, Billy?«

»Es muß also jemand sein, der nicht zum Club gehört«, fuhr er fort. »Aber wer könnte ein Interesse daran haben, uns umzubringen? Wer weiß denn überhaupt, daß es uns gibt?«

»Eine Exfrau vielleicht«, sagte Ray Gruliow. »Wie viele von uns sind geschieden?«

»Wieso sollte eine Exfrau ...«

»Was weiß ich? Entfremdung? Erkaltete Gefühle? Wer kann schon sagen, warum eine Exfrau was macht? Aber wir fangen an, auf der Stelle zu treten. Wir sind zusammengekommen, um eine Entscheidung zu treffen, und genau das sollten wir auch tun, bevor wir irgend etwas anderes unternehmen.« Er wandte sich mir zu. »Matt, würden Sie uns vielleicht zehn Minuten Zeit lassen, um uns zu überlegen, wie wir weiter vorgehen wollen? Sie können gern oben warten; dort ist ein Schlafzimmer, wo Sie es sich bequem machen können, wenn Sie wollen.«

Ich sagte, ich würde lieber etwas frische Luft schnappen, was sich als eine besonders unangemessene Redewendung entpuppte; als ich Gruliows vollklimatisiertes Haus verließ, schlug mir die luftlose Hitze mit physischer Gewalt entgegen. Ich blieb kurz auf der obersten Stufe stehen und sah mich um. Auf der anderen Straßenseite, vor dem Cherry Lane Theater, war eine schwarze Limousine geparkt. Der Chauffeur lehnte am Kotflügel und rauchte eine Zigarette. Einen Moment dachte ich, er beobachtete mich, aber sein Blick folgte mir nicht, als ich die Treppe hinunterstieg, und ich merkte, wie er die Tür im Auge behielt, um zu sehen, ob noch jemand nach draußen kam.

»Noch eine Viertelstunde«, rief ich ihm zu. »Mindestens.«

Er bedachte mich mit einem reservierten Blick; er war zwar froh über den Hinweis, hielt es aber für unangebracht, daß ich ihn angesprochen hatte. Blödes Arschloch, dachte ich, und ging die Straße runter, bis ich einen Blick auf das Heck der Limousine werfen konnte. ABD-1 stand auf dem Nummernschild. Daraus schloß ich, daß die Limousine Avery Blanchard

Davis gehörte, und klopfte mir in Gedanken selbst auf die Schulter, daß ich etwas rausgekriegt hatte. Wurde ja auch langsam Zeit.

Es war 16 Uhr 19 gewesen, als ich Gruliows Haus verlassen hatte, und es war kurz nach halb fünf, als die Eingangstür aufging und Hard-Way Ray nach draußen kam und erst nach links, dann nach rechts blickte. Er sah mich nicht.

Ich war zur Seventh Avenue gegangen, hatte mir in einem Deli einen eisgekühlten Kaffee gekauft und mich dann auf die Eingangstreppe des Apartmenthauses gegenüber gesetzt, um ihn zu trinken. Bis dahin hatte Davis' Chauffeur seine Zigarette zu Ende geraucht und sich hinter die getönten Scheiben der Limousine zurückgezogen. Niemand kam vorbei, weder zu Fuß noch auf vier Rädern, nur ein rothaariger Jugendlicher kam von der Bedford Street auf einem Skateboard um die Ecke geschossen, sauste an mir vorbei und um die Kurve und verschwand für immer. Ich trank meinen Kaffee aus und warf den Becher in eine offene Mülltonne. Dann ging auf der anderen Straßenseite die Tür auf, und Gruliow kam nach draußen und hielt nach mir Ausschau und sah mich nicht.

Ich stand auf, und durch die Bewegung wurde Gruliow auf mich aufmerksam. Er winkte mir zu. Ich ließ ein Auto vorbeifahren und überquerte die Straße. Währenddessen war er die Treppe heruntergekommen, um auf dem Gehsteig auf mich zu warten.

»Wir möchten, daß Sie weitermachen«, sagte er.

»Wenn Sie meinen.«

»Kommen Sie rein«, sagte er, »damit ich es Ihnen offiziell sagen kann.«

21

»Jeder hat tausend Dollar eingezahlt«, erzählte ich Elaine. »Diejenigen, die ihre Scheckhefte dabeihatten, stellten einen Scheck aus, und die anderen schrieben Schuldscheine aus.«

»Du hast Schuldscheine von Ihnen gekriegt?«

»Die Schuldscheine hat Ray Gruliow genommen«, sagte ich. »Und die Schecks auch. Engagiert haben sie nämlich ihn. Sie haben ihn alle zusammen als Rechtsbeistand genommen.«

»Wieso? Wollen sie den Mörder anzeigen?«

»Und Gruliow hat mich angeheuert. Er hat mir von seinem Geschäftskonto einen Scheck über neuntausend Dollar ausgestellt – für die Schecks und die Schuldscheine, die er von den anderen gekriegt hat, zuzüglich seiner eigenen tausend Dollar.«

»Demnach arbeitest du also für ihn?«

Ich schüttelte den Kopf. »Ich bin von ihm beauftragt worden, für seinen Mandanten Ermittlungen anzustellen, wobei sein Mandant die Gruppe als Ganzes ist. Seinen Aussagen zufolge dient das dem Zweck, mich unter den Schutz der anwaltlichen Schweigepflicht zu stellen.«

»Was heißt das konkret? Daß du vor Gericht die Aussage verweigern kannst?«

»Das ist an sich nicht das Problem. Nein, es bedeutet, daß ich nicht verpflichtet bin, meine Ermittlungsergebnisse an die Polizei weiterzugeben oder irgendwelche Auskünfte darüber zu erteilen, was mein Auftraggeber Gruliow oder seine Mandanten zu mir gesagt haben.«

»Bist du dadurch wirklich abgesichert?«

»Ich weiß nicht. Gruliow scheint es jedenfalls zu denken. Außerdem, wenn ich es für angebracht halten sollte, der Polizei bestimmte Informationen vorzuenthalten, täte ich das in jedem Fall – ohne Rücksicht auf irgendwelche rechtlichen Probleme. Es kann also in keinem Fall schaden, durch das Zeugnisverweigerungsrecht zusätzlich abgesichert zu sein. Aber grundsätzlich würde ich genau dasselbe tun, ob nun mit oder ohne.«

»Mein Held«, sagte sie. »Für einen Klienten tut er alles.«

»Nicht ganz. Ich habe mir nämlich ausbedungen, jederzeit die Polizei einschalten zu können. Mir geht es vor allem darum, diesen Kerl daran zu hindern, noch mehr Morde zu begehen.«

»Darum müßte es ihnen doch auch gehen, oder nicht?«

»Möchte man zumindest meinen. Ich weiß nicht, was gesprochen wurde, als ich auf der anderen Straßenseite auf der Treppe saß, aber ich hatte den Eindruck, es ist ihnen wichtiger, den Club der Einunddreißig aus der Sensationspresse rauszuhalten, als ihre Namen aus den Seiten mit den Todesanzeigen. Wenn die Öffentlichkeit Wind von der Sache bekommt, bedeutet das für den Club das Aus. Vergiß nicht, es hat ihn schon gegeben, bevor sie geboren wurden, und sie rechnen damit, daß er sie alle überdauern wird. Sie sind zwar nicht sonderlich scharf drauf, dafür zu sterben, aber ohne ihn leben möchten sie auch nicht.«

»Männer.«

»Was soll daran so schlecht sein? Zwei von ihnen hatten die gleiche schwarz-rot gestreife Krawatte, und kein Mensch hat ein Wort darüber verloren. Ich glaube, sie haben's nicht mal gemerkt.«

»Wie fürchterlich. Bloß glaube ich es dir nicht. Das hast du dir bloß ausgedacht, stimmt's?«

»Ja. Wie hast du das gemerkt?«

»Weil dir so was auch nicht aufgefallen wäre, du alter Bär.«

»Warum nicht? Ich bin ein guter Beobachter.«
»Beschreib mir ihre Krawatten.«
»Welche Krawatten?«
»Die Krawatten der anderen.«
»Also, Gerry Billings hatte eine Fliege.«
»Er trägt immer eine Fliege. Welche Farbe?«
»Äh ...«
»Daß du mir jetzt bloß nicht schwindelst. Kannst du dich an irgendeine Krawatte erinnern?«
»Ein paar waren gestreift«, sagte ich.
»Aha. Und ein paar nicht.«
»Ich hatte Wichtigeres im Kopf als Krawatten.«
»Eben«, sagte sie. »Meine Rede.«

Bevor ich Gruliows Scheck nahm, hatte ich mit ihnen über Sicherheitsmaßnahmen gesprochen. »Sie müssen jetzt vor allem auf Dinge achten, die Sie sonst normalerweise übersehen oder als selbstverständlich betrachten. Folgt Ihnen jemand auf der Straße? Fährt immer wieder dasselbe Auto um Ihren Block, oder steht es gegenüber von ihrem Haus? Bekommen Sie gehäuft verdächtige Anrufe? Haben Sie ein starkes Rauschen in der Telefonleitung oder ein häufiges Klicken mit abrupten Lautstärkeveränderungen?«

»Jetzt ist Paranoia angesagt«, sagte jemand.

»Ein gewisses Maß an Paranoia ist heutzutage praktisch unvermeidlich«, sagte ich. »Und gerade Sie haben ein Recht, etwas paranoider zu sein als üblich. Jeder von Ihnen hat eben tausend Dollar gezahlt, weil jemand versucht, Sie umzubringen. Sie wollen es diesem Kerl doch nicht leicht machen, oder?«

»Was halten Sie davon, einen Bodyguard zu engagieren?«

»Mein Chauffeur ist bewaffnet«, verriet uns Avery Davis, »und der Wagen ist kugelsicher. Allerdings hat das nichts mit dieser Geschichte zu tun. Freunde von uns wurden im Auto überfallen – Ed und Rhea Feinbock.«

»Davon hab ich gelesen«, sagte Bill Ludgate.

»Also, ich hab's aus erster Hand erfahren, von Ed selbst. Diese Schweine haben ihn mit ihren Pistolen zusammengeschlagen. Und dann hab ich von ähnlichen Fällen gelesen, und darauf hab ich mir die Limousine zugelegt und einen Fahrer angestellt. Und weil ich schon dabei war, hab ich jemand mit Bodyguard-Ausbildung genommen.«

»Würde er sich in einen Schuß werfen?« wollte Bob Berk wissen. »Würde er eine Kugel für dich abfangen, Avery?«

»Bei dem, was ich ihm zahle, wahrscheinlich nicht.«

»Ich will niemand davon abraten, sich einen Leibwächter zu nehmen, aber ich glaube nicht, daß das viel brächte«, sagte ich. »Ich halte es für wichtiger, daß Sie selbst aufpassen, als daß Sie jemand engagieren, der auf Sie aufpaßt. Sie müssen ständig auf der Hut sein.«

»Indem wir aufpassen, ob uns jemand folgt?«

»Unter anderem. Denken Sie daran, wie Ian Heller ums Leben gekommen ist.«

»Vor die U-Bahn gesprungen«, sagte jemand.

»Gesprungen oder gefallen«, sagte ich, »und lassen Sie uns vorerst davon ausgehen, daß er gestoßen wurde. Der Polizist, der den Fall bearbeitet hat, war lange genug im Untergrund tätig, um auf einem U-Bahnsteig immer besonders vorsichtig zu sein. Er hält immer nach frei herumlaufenden Psychotikern Ausschau und sieht grundsätzlich zu, daß er nie zwischen einem potentiellen Irren und der Bahnsteigkante zu stehen kommt. Diese Vorsichtsmaßnahme allein hätte Heller jedoch nichts genützt.«

»Warum nicht?«

»Angenommen, es war jemand, den Heller kannte? Angenommen, es war ein Bekannter von ihm?«

»Wollen Sie damit sagen, es war einer von uns?« fragte Ken McGarry.

»Nicht unbedingt, obwohl es sich nicht ausschließen läßt. Bloß weil Sie einen Scheck über tausend Dollar ausgestellt haben, sind Sie nicht automatisch über jeden Verdacht erhaben. Aber gehen wir einfach mal davon aus, Heller stand auf dem Bahnsteig und wartete auf die U-Bahn, als jemand auf ihn zukam.«

»Jemand, den er kannte?«

»Jemand, der ihn kannte. Jemand, der ihn mit dem Namen ansprach. ›Sie sind doch Ian Heller? Vermutlich können Sie sich nicht mehr an mich erinnern, aber wir haben uns auf der Party von Soundso kennengelernt.‹ Er weiß genug über Heller, um ihn in ein Gespräch zu verwickeln. Heller denkt nicht im Traum daran, vor eine U-Bahn gestoßen zu werden. Wenn überhaupt etwas, fühlt er sich sicherer, als er sich noch vor ein paar Minuten gefühlt hat. Er ist nicht mehr ganz allein unter lauter potentiell gefährlichen Fremden. Er hat einen Freund bei sich.«

Gordon Walser sagte, das sei ja richtig teuflisch. Lowell Hunter meinte: »Das erinnert mich an den *Paten.* ›Wenn der Angriff kommt, dann von jemand, dem du vertraust, von jemand, dem du nicht eine Sekunde mißtrauen würdest. So jemand werden sie nehmen.‹«

»Genau so wird er vorgehen«, sagte ich. »Eigentlich ist Ian Heller ein schlechtes Beispiel. Sein Tod ist während der Rush-hour passiert. Der Bahnsteig war überfüllt, und jeder könnte sich entsprechend postiert und ihm im richtigen Moment einen kurzen Stoß versetzt haben. Aber es könnte auch passiert sein, als nichts los war, in einem leeren U-Bahnhof, und zwar genau so, wie ich es geschildert habe.«

»Dann fahren wir eben nicht mehr mit der U-Bahn«, sagte jemand.

»Was Sie vor allem tun sollten«, schlug ich vor, »Sie sollten sich den Mörder mehr wie einen gerissenen Ganoven vorstellen als wie einen psychopathischen Killer. Stellen Sie sich vor, wie er Alan Watson auflauert und ihm scheinbar zufällig über den Weg läuft, nachdem sich Watson in der Austin Street noch kurz eine Pizza gekauft hat. ›Alan, wie geht's? Bist du gerade auf dem Weg nach Hause? Ich muß in dieselbe Richtung, da können wir ja zusammen gehen.‹ Selbst wenn Watson den Kerl nie gesehen hat, muß er davon ausgehen, daß es ein Nachbar ist – jemand, den er mal kennengelernt und wieder vergessen hat. Und wahrscheinlich haben sie sich angeregt unterhalten, bis ihm der Kerl ein Messer in die Brust gestoßen hat.«

»Ich weiß nicht, ob ich sie überzeugen konnte«, sagte ich zu Elaine. »Ein paar wollten wissen, ob sie sich eine Waffe zulegen sollten. Ich wußte nicht, was ich ihnen raten sollte. Wahrscheinlich bekämen sie keinen Waffenschein, jedenfalls nicht so schnell. Sie müßten sich also wegen unerlaubten Waffenbesitzes strafbar machen.«

»Immer noch besser, als umgebracht zu werden.«

»Sicher. Außerdem sind das lauter angesehene Männer, Leute, die zum Establishment gehören; wenn die sich mit einer nicht zugelassenen Waffe verteidigen, müßten sie wahrscheinlich nicht gleich mit einer Strafanzeige rechnen. Aber jetzt mal angenommen, da kommt jemand vollkommen Harmloses daher und bittet einen von ihnen um Feuer, oder er stolpert und stößt gegen einen unserer bewaffneten Helden?«

»Peng peng.«

»Ich habe sie gebeten, mich sofort anzurufen, wenn etwas Ungewöhnliches passiert. Außerdem wollen sie auch untereinander in Kontakt bleiben. Schon komisch.«

»Was?«

»Wie sich ihre Beziehung dadurch verändert hat. Einerseits sind sie sich näher. Du darfst nicht vergessen, das sind Männer, die vor über dreißig Jahren eine sehr enge Beziehung eingegangen sind – allerdings nur für eine Nacht pro Jahr. Sie sind durch eine tiefe und lange Kameradschaft miteinander verbunden, und zugleich kennen sie sich kaum.«

»Und?«

»Und jetzt ist das alles anders geworden, wobei einen nichts stärker zusammenschweißt als die Notwendigkeit, sich gegen einen gemeinsamen Feind verteidigen zu müssen. Gleichzeitig könnte dieser Feind aber auch einer von ihnen sein.«

»Hat dazu Pogo nicht mal was sehr Zutreffendes gesagt?«

»›Wir sind auf den Feind getroffen, und er ist wir.‹ Die Sache ist bloß die, wir sind noch nicht auf den Feind getroffen, jedenfalls noch nicht frontal. Vielleicht ist er einer von uns, vielleicht aber auch nicht. Deshalb …«

»Deshalb fühlen sie sich einerseits enger verbunden, aber es ist ihnen auch nicht ganz wohl dabei.«

»Etwas in der Art. Das ist das erste Mal, daß sie untereinander in Kontakt bleiben müssen. Und es ist auch das erste Mal, daß sie sich gegenseitig nicht mehr trauen können. Praktisch wie Kannibalen und Christen.« Sie sah mich verständnislos an. »Du weißt schon, Kannibalen und Christen. So eine Denksportaufgabe. Da sind sechs Leute, die einen Fluß überqueren wollen, drei Kannibalen und drei Christen, und das Boot faßt nur drei Personen, und du kannst einen Christen nicht mit zwei Kannibalen allein lassen, weil er sonst aufgefressen wird.«

»Das ist aber nicht besonders realistisch.«

»Meine Güte, es soll ja auch nicht realistisch sein. Es ist eine Denksportaufgabe.«

»Weißt du, ich bin Jüdin. Kannibalen, Christen, wo soll da der Unterschied sein? Wer kann die schon auseinanderhalten?«

»Du offensichtlich nicht.«

»Nein, ich nicht«, gab sie mir recht. »Und außerdem: Goi ist Goi. Bloß damit du's weißt.«

Wir gingen zu einem Italiener einen Block weiter und aßen zu Abend. Es hatte immer noch nicht geregnet, aber es sah immer mehr danach aus. »Du hast also Gerry Billings kennengelernt«, sagte Elaine. »Du hast ihn doch hoffentlich auch gefragt, ob er nicht was gegen dieses Wetter tun kann.«

»Gütiger Gott, dieser Quatsch muß ihm doch schon bei den Ohren rauskommen.«

»Wenn es ihm nicht zu den Ohren rauskommt, auf eine Wand zu deuten und von Warmfronten und Kaltfronten zu erzählen, kommt ihm wahrscheinlich nichts so schnell aus den Ohren raus. Wenn man ihn nämlich auf eine Wetterkarte oder Tabelle deuten sieht, tut er das gar nicht wirklich, weißt du?«

»Deutet jemand anderer für ihn?«

»Er deutet auf nichts, und das Bild von ihm, wie er deutet, wird auf ein anderes Bild mit einer Wetterkarte oder Tabelle projiziert. Danach sieht es also völlig normal aus, aber er steht bloß da und deutet auf eine weiße Wand. Das ist wahrscheinlich das schwierigste an seinem Job: sich zu merken, welcher Teil der Wand Wyoming ist.«

Wir stritten uns um die Rechnung. Sie wollte sie bezahlen, weil sie eins der Malen-nach-Zahlen-Bilder für schätzungsweise das Hundertfache von dem verkauft hatte, was sie dafür bezahlt hatte. Ich meinte, das seien trotzdem nur ein paar hundert Dollar, während ich gerade einen Neuntausend-Dollar-Vorschuß eingesackt hätte.

»Du mußt aber erst noch den Buckel krumm machen, um ihn dir zu verdienen«, sagte sie. »Dagegen ist das Bild weg aus meinen Händen und aus meinem Laden. Fall erledigt. Aus, Amen.«

»Zu dumm«, sagte ich. »Trotzdem zahle heute ich.«

Zu Hause hörte ich den Anrufbeantworter ab. Jim Shorter hatte nicht angerufen, obwohl ich damit gerechnet hatte. Ich versuchte ihn zu erreichen, aber er ging nicht dran. Dann wählte ich meine Nummer gegenüber, um zu sehen, ob ich vergessen hatte, die Anrufweiterleitung einzuschalten. Aber es kam das Besetztzeichen, und das hieß, ich hatte drangedacht.

Ich probierte es bei Alan Watsons Witwe in Forest Hills. Niemand meldete sich.

»Du bist so unruhig«, sagte Elaine. »Möchtest du dir einen Film ansehen? Oder meinst du, du solltest zu einem Treffen gehen?«

»Ich hatte eigentlich mehr daran gedacht, mir ein Taxi nach Yorkville hoch zu nehmen.«

»Was gibt's denn dort Interessantes?«

»Ein Treffen.«

»Kannst du das in der St. Paul's nicht einfacher haben? Warum den weiten Weg da hochfahren? Willst du nach deinem neuen Schützling sehen, ist es das?«

»Er ist nicht mein Schützling.«

»Dein inoffizieller Schützling. Er hat nicht angerufen, und du machst dir seinetwegen Sorgen.«

»Wahrscheinlich. Was würden deine Freunde bei den Anonymen Alkoholikern dazu sagen?«

»Daß es mich nichts angeht, wie du deinen Entzug machst.«

»Das habe ich nicht gemeint.«

»Ich weiß. Du hast gemeint, was sie *dir* sagen würden, daß du tun sollst, und wenn du das wissen willst, mußt du sie schon selber fragen.«

»Ich sollte ihn in Ruhe lassen«, sagte ich.

»Findest du, hm?«

»Ich sollte meinetwegen zu einem Treffen gehen, nicht wegen jemand anderem, und wenn er nüchtern wird, schön, aber wenn er loszieht und wieder zu trinken anfängt, auch schön.«

»Also?«

»Ich habe Angst, daß er was trinkt, und ich habe Angst, es könnte dann meine Schuld sein. Aber es ist nicht meine Schuld, wenn er trinkt, und nicht mein Verdienst, wenn er nüchtern bleibt, und überhaupt hat er seine eigene höhere Macht. Richtig?«

»Alles, was du sagst, ist richtig, Meister.«

»O Mann.«

»Was willst du also machen? Ein Taxi nach uptown nehmen?«

»Ach, scheiß drauf«, sagte ich. »Gehen wir ins Kino.«

In dem Film, den wir sahen, spielte Don Johnson einen mordenden Gigolo und Rebecca De Mornay seine Anwältin. Beim Verlassen des Kinos sagte Elaine: »Kaum zu glauben, wie ähnlich sie Hillary sah.«

Wer sei Hillary, wollte ich wissen, und wer sehe wie sie aus?

»Hillary Clinton«, sagte sie. »Wer sonst? Und Rebecca De Mornay sah ihr so ähnlich, daß sogar der Präsident auf sie reingefallen wäre. Hast du das nicht gemerkt? Das kann ich gar nicht glauben. Wo warst du überhaupt?«

»Irgendwo weit draußen im All, schätze ich. Voller Bedauern über die Vergangenheit, voller Angst vor der Zukunft.«

»Das übliche also. Nur damit du's weißt: Don Johnson war der Böse.«

»So viel hab ich mitgekriegt.«

»Viel mehr brauchst du eigentlich auch nicht zu wissen. Ich glaube, gleich fängt es zu regnen an. Grade hab ich einen Tropfen gespürt, außer er kam von einer Klimaanlage.«

»Nein, ich hab's auch gespürt.«

»Duellierende Klimaanlagen? Ziemlich unwahrscheinlich, würde ich sagen. Was willst du jetzt noch machen?«

»Keine Ahnung. Heimgehen vielleicht.«

»Rumsitzen und aus dem Fenster stieren? Bei Leuten anrufen, die nicht zu Hause sind? Im Zimmer auf und ab gehen?«

»Etwas in der Art.«

»Ich hab eine bessere Idee«, sagte sie. »Bring mich nach Hause, und dann schau mal bei Mick vorbei, ob er sich eine Nacht um die Ohren schlagen will. Knall dich mit Kaffee und Perrier voll. Sieh dir den Sonnenaufgang an. Geh zur Messe und zur Heiligen Reunion.«

»Kommunion.«

»Wie du willst.«

»Goi ist Goi, hm?«

»Du sagst es.«

Vor dem Parc Vendôme sagte sie: »Jetzt regnet es eindeutig. Willst du noch schnell hochkommen und dir einen Regenschirm holen?«

»So stark regnet es nicht.«

»Möchtest du sehen, ob jemand angerufen hat? Möchtest du dir den Wetterbericht anschauen und sehen, welche Farbe die Fliege von deinem Freund Gerry Billings hat? Nein, du brauchst keinen Wetterbericht, um zu wissen, aus welcher Richtung der Regen kommt.«

»Nein.«

»Natürlich nicht. Du willst bloß ins Grogan's. Grüß Mick schön von mir, ja? Und viel Spaß.«

22

»Sie haben ihn grade verpaßt«, sagte Burke. »Er ist noch keine fünfzehn Minuten weg. Aber er kommt wieder zurück. Er hat gesagt, Sie würden vielleicht vorbeischauen.«

»Tatsächlich?«

»Und daß Sie auf ihn warten sollen. Er sei nicht lange weg. Wir haben frischen Kaffee, wenn Sie welchen wollen.«

Er schenkte mir eine Tasse Kaffee ein, und ich ging damit zu dem Tisch, an dem Mick und ich meistens saßen, drüben an der Seite unter dem Tullamore-Dew-Spiegel. Auf einem der Tische in der Nähe hatte jemand die Post liegengelassen, und ich schlug den Sportteil auf, um zu sehen, was die Kolumnisten zu sagen hatten. Ich konnte mich auf ihre Sätzen nicht besser konzentrieren, als ich der Handlung des Films gefolgt war. Nach einer Weile legte ich die Zeitung weg und überlegte, ob ich es noch mal bei Jim Shorter versuchen sollte. War es schon zu spät, um ihn anzurufen? Grade als ich darüber nachdachte, ging die Tür auf, und Mick Ballou kam herein.

Er blieb an der Tür stehen. Das Haar klebte ihm vom Regen am Kopf, seine Kleider waren klatschnaß. Als er mich sah, leuchtete sein Gesicht auf. »Bei Gott, hab ich nicht gesagt, daß du heute vorbeikommst? Bloß, was hast du dir da wieder für einen beschissenen Abend ausgesucht?«

»Als ich hergekommen bin, hat's nur leicht genieselt.«

»Ich weiß. Hab's ja noch selber mitgekriegt. Ein weicher Tag, wie man in Irland sagt. Und was ist draus geworden? So ein richtiges Scheißwetter.« Er rieb sich die Hände und stampfte mit den Füßen auf den alten Fliesenboden. »Ich zieh mich nur mal schnell um. Wenn du dir um diese Jahreszeit eine Erkältung holst, kriegst du sie bis Weihnachten nicht mehr los.«

Er ging nach hinten in sein Büro. Dort schläft er manchmal auf der grünen Ledercouch, und im Eichenschrank hat er ein paar Sachen zum Umziehen. Außerdem hat er dort einen Schreibtisch und einen schweren, alten Mosler-Safe. Im Safe ist immer eine Menge Geld, und ich kann mir nicht vorstellen, daß der Kasten so schwer zu knacken ist. Bisher war allerdings niemand so blöd, es zu versuchen.

Nach ein paar Minuten kam er in einem frischen Sporthemd und einer neuen Hose und mit ordentlich gekämmten Haar aus dem Büro. Er sagte ein paar Worte zu einem der Darts-Spieler, legte einem alten Mann mit einer Schlägermütze freundlich die Hand auf die Schulter und schlüpfte hinter die Bar, um sich was zu trinken einzuschenken. Er kippte schnell einen, um die Kälte zu vertreiben, und fast konnte ich die Wärme spüren, die sich in seiner Magengrube ausbreitete, dieses tröstliche Gefühl, das einen an Leib und Seele wärmt. Dann schenkte er sich noch mal ein und kam mit dem Glas und einer frischen Tasse Kaffee für mich an den Tisch.

»Jetzt geht es mir gleich viel besser«, sagte er und ließ sich auf den Platz mir gegenüber sinken. »Schrecklich, wenn man in so einer Nacht geschäftlich losmuß.«

»Hoffentlich ging alles gut.«

»Ach, nichts Wichtiges. Da war nur so ein Kerl, der beim Spielen ein paar Dollar verloren hat und einen Schuldschein dafür ausgestellt hat. Und dann fiel ihm plötzlich ein, sie hätten ihn beschissen, und er wollte seine Schulden nicht bezahlen.«

»Und?«

»Und der Mann, der den Schuldschein von ihm gekriegt hat, hat ihn zum Verkauf angeboten.«

»Und du hast ihn gekauft.«

»Ja. Sah wie eine gute Investition aus. So ungefähr, wie wenn du eine Hypothek kaufst – natürlich zu einem wesentlich günstigeren Preis.«

»Hast du bar bezahlt?«

»Klar, und ich hab Andy Buckley losgeschickt, damit er mit dem Kerl redet. Und weißt du was? Behauptet dieser Blödman doch immer noch, sie hätten ihn beschissen, und er wäre deshalb niemandem was schuldig, ganz gleich, wer jetzt den Schuldschein hat. Er hat gemeint, da gebe es keine langen Diskussionen, das habe er sich gut überlegt.«

»Und was hast du dann gemacht?«

»Ich bin zu ihm gegangen.«

»Und dann?«

»Hat er sich's doch noch mal anders überlegt.«

»Zahlt er jetzt?«

»Er hat schon gezahlt. Man kann also sagen, es war eine lohnende Investition. Hat einen ordentlichen Gewinn abgeworfen. Und sehr schnell.«

Er ist ein Hüne von einem Mann, mein Freund Mick, groß und kräftig, mit einem Kopf, der unter den Steinstatuen auf den Osterinseln keineswegs fehl am Platz aussähe. Er hat was Primitiv-Archaisches. Vor Jahren hat mal irgendein schlauer Kopf im Afterhours-Club der Morisseys gesagt, Stonehenge sehe ungefähr so aus, als stünden Mick und seine Brüder im Kreis rum. Es mag also durchaus richtig sein, daß er einer der letzten einer aussterbenden Rasse ist, der wüsten irischen Gangster, die schon seit der Zeit vor dem Bürgerkrieg die West Forties und Fifties mit ihren Saufereien und Schlägereien unsicher gemacht haben. Alle möglichen Gangs und Banden führten das Regiment – die Gophers, die Rhodes Gang, der Parlor Mob, die Gorillas. Viele ihrer Anführer waren ebenfalls Kneipenbesitzer, von Mallet Murphy und Paddy the Priest bis zu Owney Madden. Sie waren so hemmungslos brutal wie alle anderen Organisationen, die New York je heimgesucht haben, und wäre da nicht ihr alles verzehrender Durst gewesen, hätten sie vielleicht einen bleibenderen Eindruck hinterlassen. Laut Mick hat Gott den Whiskey geschaffen, um die Iren daran zu hindern, die Weltherrschaft zu übernehmen. Die Hell's-Kitchen-Gangster hatte er jedenfalls daran gehindert, New York zu übernehmen.

Vor einiger Zeit fingen ein paar Zeitungsjournalisten an, die gegenwärtigen Vertreter ›die Westies‹ zu nennen, aber bis sich dieser Markenname durchgesetzt hatte, gab es kaum mehr jemand, dem man ihn anhängen konnte. Die kriminelle Szene des Viertels war praktisch nicht mehr existent – wenn ihre Vertreter nicht Opfer des Alkohols oder der Gewalt geworden waren, saßen sie entweder lebenslänglich oder vegetierten in irgendwelchen Stationen des Manhattan State Hospital dahin. Oder sie waren verheiratet und lebten in einem der Vororte drüben in Jersey, wurden fett und faul, hatten dubiose Reparaturwerkstätten, manipulierten die Spiele bei den Las Vegas-Abenden, mit denen die Kirchen ihre Finanzen aufbesserten, oder arbeiteten unter der Woche für ihre Schwiegerväter und soffen an den Wochenenden, bis es ihnen zu den Ohren rauskam.

Mick, Sohn einer Frau aus dem County Mayo und eines nicht weit von Marseilles geborenen Vaters, war ein Mann, der Whiskey wie Wasser trank, ein erfolgreicher Krimineller und brutaler Killer, der sich für eine Mordnacht die Schlachterschürze umband, die sein Vater getragen hatte, und dieselbe Schürze auch zur Messe in der St. Bernard's anzog. Es gab keinen Grund, weshalb wir hätten Freunde werden sollen, und auch keine Erklärung für unsere Freundschaft. Und ebensowenig konnte ich mir die Nächte erklären, die wir uns um die Ohren schlugen, in denen die Geschichten flossen wie Wasser oder Whiskey. Er trank dann für uns beide, füllte sein Glas immer wieder mit dem zwölf Jahre alten Jamesons nach. Ich leistete ihm mit Kaffee, Coca-Cola oder Mineralwasser Gesellschaft.

Vielleicht war das für mich, wie Jim Faber mal mutmaßte, eine Möglichkeit zu trinken, ohne einen Kater zu bekommen, und wieder die Freuden früherer Kneipengeselligkeit zu genießen, ohne ins Delirium tremens zu verfallen oder einen Leberschaden zu riskieren. Vielleicht verbindet uns auch, wie Elaine mal gesagt hat, ein langes gemeinsames Karma, und wir erneuern nur die Bande, die uns bereits in unzähligen früheren Leben verbunden haben. Oder vielleicht war Mick, wie ich mir mal dachte, der Bruder, den ich nie hatte, und der Weg, den ich unbeschritten ließ.

Aber vielleicht sind wir auch bloß zwei Männer mit einer Schwäche für lange Nächte in ruhiger Umgebung – und für ein paar gute Geschichten.

»Du weißt doch sicher noch, wie ich vor zwei Jahren in Irland war«, begann er.

Um einer gerichtlichen Vorladung zu entgehen, hatte ihm sein Anwalt Mark Rosenstein geraten, das Land zu verlassen. »Ich wollte dich besuchen kommen«, sagte ich, »aber es kam was dazwischen.«

»Ah, wir hätten die Heide zum Glühen gebracht, wir beide. Schon ein komisches Völkchen, die Iren. Hab ich dir von Paddy Meehans Pub erzählt?«

»Ich glaube nicht.«

»Paddy Meehan hatte in West Cork eine Kneipe, und ich glaube, es war ein ziemliches Loch, obwohl ich das damals nicht so gesehen habe. Aber der gute Paddy hatte einen Onkel in Boston, und der alte Knabe starb und hinterließ eine ›saubere‹ Summe, wie sie es da drüben nennen.«

»Wem? Paddy?«

»Richtig, und der hat zum erstenmal seit Menschengedenken so was wie Geschäftssinn bewiesen. Investiert das ganze Geld in seine Kneipe, um sie ein bißchen auf Vordermann zu bringen. Läßt die Wände mit Zirbelholz verkleiden und Leuchter mit Dimmern installieren, und überm Eingang läßt er ein neues Leuchtschild aufhängen. Ein Ding wie das achte Weltwunder. Es war meilenweit zu sehen.« Er schmunzelte bei der Erinnerung. »Und den Holzboden läßt er mit bestem Linoleum belegen, und er kauft neue Tische und Stühle und spart wirklich an nichts. Aber das Schönste an dem kleinen Pub sind die zwei Türen im hinteren Teil, jede mit einem Schild, in einer alten Oghamschrift. Auf der einen Tür steht FIR – das ist Gälisch für Männer – und auf der anderen MNA, für Frauen. Und dazu diese Silhouetten von einem Mann und einer Frau, wie man sie von den Flughafentoiletten kennt – für die Touristen, die kein Gälisch können.«

»Er hat also Klos eingebaut.«

»Möchte man jedenfalls meinen. Bloß kennst du da Paddy Meehan nicht. Du gehst durch eine von den zwei Türen, egal, ob FIR oder MNA, und du stehst mitten auf einer riesigen Wiese.«

Er erzählte noch eine Geschichte über Irland, und die erinnerte mich an etwas, was vor Jahren bei einem Essen eines Grüne-Insel-Vereins passiert war. Die Unterhaltung fand ihren eigenen Rhythmus, mit Phasen des Schweigens dazwischen. Draußen regnete es in Strömen.

»Hab ich dir eigentlich mal die Geschichte von Dennis und der Katze erzählt?« fragte er.

»Nicht daß ich wüßte.«

»Die hättest du bestimmt nicht vergessen. Die würdest du nicht mal vergessen, wenn du trinken würdest. Dennis, das war vielleicht einer.«

»Ich kann mich noch an Dennis erinnern.«

»Wir hatten eine anständige Erziehung, weißt du. Ich bin der einzige, der auf die schiefe Bahn geraten ist. Francis wurde Priester. Jetzt verkauft er in Oregon

Autos. Ich meine, warum nicht? Und John ist in White Plains, eine Stütze der Scheiß-Gesellschaft.«

»Er ist Anwalt, oder?«

»Er macht in Recht und Immobilien, und jedesmal wenn in der Morgenzeitung was über mich steht, stößt ihm das Frühstück sauer auf.« Die Vorstellung ließ seine grünen Augen aufblitzen. »Und Dennis war, was man einen Luftikus nennt. Wollte niemandem was Böses, eine Seele von einem Mensch. Aber natürlich mit einer Schwäche für den Alkohol.«

»Natürlich.«

»Und er hat wirklich zugelangt. Gleich nach der High-School hat er bei Railway Express angefangen. Fünf Tage die Woche von Mitternacht bis acht Uhr früh im Zentraldepot, und er ist immer schön jeden Tag zur Arbeit gegangen und hat immer dabei getrunken, von dem Moment, in dem er seine Karte in die Stechuhr schob, bis zum Morgengrauen, wenn er wieder heimging. Jeder dort hat getrunken, und wenn sie nicht getrunken haben, haben sie geklaut, und wenn sie das nicht getan haben, haben sie überlegt, was sie als nächstes klauen sollen. Die Firma gibt's inzwischen nicht mehr, und man muß kein Genie sein, um sich auszurechnen, warum.«

»Wahrscheinlich nicht.«

»Aber das schönste war diese Geschichte mit der Katze. Da war eine Frau mit einer Katze, die einen Preis gewonnen hatte – eine Perserkatze, glaube ich. Jedenfalls eins von diesen langhaarigen Viechern. Sie hatte eigens für die Katze eine Holzkiste bauen lassen, und die brachte sie ins Depot, um sie nach Kalifornien zu schicken.«

»Und die Katze wurde gestohlen?«

»Nein, wurde sie nicht. Wieso hätte jemand eine Katze stehlen sollen? Sie fiel bloß runter mitsamt der Kiste und allem. Die schöne Kiste ging also zu Bruch, und die Katze stand mitten in den Trümmern, warf einen kurzen Blick auf diese besoffenen Idioten, und weg war sie. Und was, glaubst du, haben sie dann getan?«

»Was?«

»Die Kiste wieder zusammengebaut. Sie haben sich Hammer und Nägel geholt und sie wieder zusammengebaut, und soviel sie erzählt haben, haben sie sie auch wirklich gut hingekriegt. Bloß, als sie fertig waren, war die Katze nicht wieder aufgetaucht – kann man ihr auch nicht verdenken, oder? Eine leere Kiste konnten sie allerdings schlecht nach San Diego schikken, und deshalb rannten sie, die ganze Mannschaft, in dem Lagerhaus rum und riefen: ›Hier, Miez, hier‹, und machten dazu so Miaugeräusche.«

»Das muß ja ein Bild für Götter gewesen sein.«

»Wenn's die Katze auch gesehen hat, hat sie sich jedenfalls nicht mehr blicken lassen, weil keiner von ihnen auch nur noch ein Haar von dem Viech zu sehen gekriegt hat. Aber sie haben eine andere Katze gefunden, einen häßlichen, alten Kater, dem ein Ohr und ein Auge fehlten, und sein Fell war total verdreckt und stumpf vor Räude. Das Lagerhaus war sein Revier, und er lebte von den Ratten dort – und von kleinen Kindern. Hätte mich jedenfalls nicht gewundert.«

Die Erinnerung zauberte ein breites Lächeln über sein Gesicht. »Es war Dennis, der schließlich auf die Lösung kam. ›Hier steht INHALT: EINE KATZE‹, sagte er zu den anderen, ›mehr nicht. Sie hat eine Katze in die Kiste getan, sie wird eine Katze aus der Kiste holen. Was will sie mehr?‹ Also steckten sie den alten Kater in die Kiste, und ab ging die Post nach Kalifornien.«

»O nein.«

»Kannst du dir das vorstellen? Die arme Frau macht die Kiste auf, und raus springt dieses Untier mit diesem fiesen Funkeln in dem einen guten Auge.«

»›O Gott, Miezi.‹« Ich schraubte meine Stimme so hoch, wie ich konnte. »›Was haben sie denn mit dir angestellt?‹«

»›Ach, Miezi, du bist ja kaum wiederzuerkennen!‹«
»›War die Reise so schlimm, Miezi?‹«
»Man kann es richtig vor sich sehen. Und du hättest es erst Dennis erzählen hören sollen. Er hat es wesentlich besser erzählt als ich.« Seine Miene verdunkelte sich, und er nahm einen kräftigen Schluck. »Und dann haben sie ihn nach Vietnam eingezogen, und der Idiot ist auch tatsächlich gegangen. Ich hätte ihn rausholen können. Ich hab ihm gesagt, ich hol dich da raus, nichts einfacher als das, ein Anruf genügt.«
»Und er wollte nicht?«
»Ich will da rüber, hat er gesagt. Ich will meinem Land dienen, hat er gesagt. Dennis, sage ich, laß einen anderen gehen. Sollen die Scheißnigger ihrem Scheißland dienen. Die haben mehr zu gewinnen und weniger zu verlieren als du. Aber er hat nicht auf mich gehört. Und er ist rüber, und er ist gefallen, und sie haben ihn in einem Leichensack heimgebracht. Herr Jesus, was für eine Verschwendung.«
»Warum, glaubst du, wollte er zum Militär, Mick?«
»Wer kann so was schon sagen? Bevor er nach Vietnam kam, war er noch mal auf Urlaub zu Hause. Ich hab ihm damals gesagt, wenn ich dich jetzt rausholen will, tut's ein Anruf allein nicht mehr, aber dich außer Landes zu schaffen wäre ein Klacks. Er hätte nach Kanada gehen können oder nach Irland. Mickey, sagt er zu mir, was soll ich in Kanada machen? Oder in Irland? Und überhaupt, was hab ich hier schon groß gemacht? Und dabei hat er mich angelächelt, mit einem Lächeln, das einem das Herz bricht. Und ich hab gewußt, daß er da drüben stirbt, und ich hab gewußt, daß er's auch weiß.«
Ich dachte kurz nach. »Glaubst du, er ist deshalb rübergegangen?«
»Ja, das glaube ich.«
»›Ich hab ein Rendezvous mit dem Tod‹«, sagte ich und zitierte die paar Zeilen, die ich von dem Alan-Seeger-Gedicht auswendig wußte.

»Das trifft's haargenau«, sagte Mick. »Ein Rendezvous mit dem Tod. Er hatte eine Verabredung und wollte sie unbedingt einhalten, der arme Teufel.«

Kurz vor zwei drehte Burke die Zapfhähne ab und schickte die Handvoll Gäste nach Hause. Alle, bis auf den kleinen, alten Mann mit der Schlägermütze. Er blieb auf seinem Hocker sitzen, als Burke die Stühle auf die Tische stellte, damit sie aus dem Weg waren, wenn am Morgen der Boden gewischt wurde. Als er damit fertig war, brachte er Micks Flasche und eine Thermoskanne Kaffee und stellte sie in Reichweite auf den Tisch daneben.

»Ich gehe, Mick«, sagte er.

»Alles klar.«

»Mr. Dougherty sitzt immer noch da. Soll ich ihn mit rausnehmen?«

»Frag ihn, ob er bleiben will, bis der Regen nachläßt. Das geht schon in Ordnung. Schließ ruhig ab. Ich laß ihn dann raus, wenn er gehen will.«

Aber der Alte wollte nicht länger als bis zur Sperrstunde bleiben. Er folgte Burke zur Tür, und sie gingen zusammen nach draußen. Mick machte die Lichter aus. Nur das über unserem Tisch ließ er an. Dann kam er an den Tisch zurück und schenkte sich nach.

»Das war Eamonn Dougherty«, sagte er. »Hatte nie seinen Fuß hier reingesetzt, bis im Frühjahr die Galway Rose in der Eleventh Avenue dichtmachen mußte. Das ganze Haus soll abgerissen werden, oder vielleicht steht's auch schon nicht mehr. Ich war schon länger nicht mehr in der Gegend. Dougherty war jeden Tag in der Galway Rose, und jetzt ist er jeden Tag hier. Sitzt acht Stunden da, trinkt seine zwei Glas Bier und sagt kein einziges Wort.«

»Ich glaube nicht, daß ich ihn kenne.«

»Wie solltest du auch? Der hat schon fünfzehn Jahre, bevor du auf die Welt gekommen bist, Leute umgebracht.«

»Im Ernst?«

»Wir haben mal über West Cork geredet, über Paddy Meehans Pub und seine Renovierungsaktion. Eamonn Dougherty ist aus Skibbereen in West Cork. Während der Unruhen war er bei Tom Barrys schneller Kolonne.« Er begann zu singen: ›Oh, but isn't it great to see / The Auxies and the RIC / The Black and Tans turn tail and flee / Away from Barry's coll-yum.‹ Kennst du das Lied?«

»Ich weiß nicht mal, was die Worte bedeuten.«

»Die Auxies waren die Auxiliaries, die Hilfstruppen, die RIC war die Royal Irish Constabulary, und wer die Black and Tans waren, wirst du wohl wissen. Doch jetzt ein Lied, das du auch ohne Wörterbuch verstehst:

On the eighteenth day of November
Outside of the town of Macroom
The Tans in their great Crossley tender
Came hurrying on to their doom
But the boys of the coll-yum were waiting
With rifle and powder and shot
And the Irish Republican Army
Made shit of the whole fuckin' lot.

Es war ein Riesenmassaker, und natürlich haben diese Scheißiren ein Lied drüber gemacht. Eamonn Dougherty war damals dabei. Ich kann dir sagen, der hat einige Kerle auf dem Gewissen. Die Engländer haben einen Preis auf seinen Kopf ausgesetzt, und als dann auch noch die Regierung des Freistaates einen Preis auf seinen Kopf ausgesetzt hat, ist er hier rübergekommen. Ein Verwandter hat ihm einen Job besorgt, in einem Lagerhaus Lkws entladen, obwohl man meinen möchte, daß er dafür ein bißchen klein ist. Dann hat er jahrelang in einer Taxizentrale gearbeitet, und inzwischen ist er schon lange pensioniert. Und trinkt seine zwei Glas Bier am Tag und sagt kein Wort, und Gott allein weiß, was in seinem Kopf vor sich geht.«

»Als du angefangen hast, über ihn zu reden«, sagte ich, »mußte ich unwillkürlich an einen anderen kleinen alten Mann denken. Er hieß Homer Champney.«

»Kenne ich nicht.«

»Ich hab ihn auch nie kennengelernt«, sagte ich. »Aber er hat was begonnen – oder fortgeführt. So genau weiß das niemand. Jedenfalls eine irre Geschichte.«

»Ah«, sagte er. »Dann laß mal hören.«

23

Also erzählte ich die Geschichte vom Club der Einunddreißig. Ich redete lange. Als ich fertig war, sagte Mick erst nichts. Er schenkte sein Glas voll und hielt es ans Licht.

»Ich kann mich noch an das Cunningham's erinnern«, sagte er. »Es gab dort gute Steaks, und an der Bar bekam man was Anständiges zu trinken. Wenn ich an die vielen Lokale denke, die's nicht mehr gibt, und die vielen Leute, die's nicht mehr gibt. Ich versteh die Zeit nicht. Ich versteh sie überhaupt nicht.«

»Ich auch nicht.«

»Sand durch ein Stundenglas. Du hältst etwas – ganz gleich, was – einen Augenblick lang in der Hand. Und dann ist es weg.« Er seufzte. »Wann hatte der Club sein erstes Treffen? Vor dreißig Jahren?«

»Zweiunddreißig.«

»Da war ich fünfundzwanzig, und ein Schlawiner war ich damals vielleicht. Die hätten mich bestimmt nicht in ihren Club aufgenommen – oder sonst in einen anständigen Verein. Aber ich wäre diesem Club beigetreten, wenn man mich gefragt hätte.«

»Ich auch.«

»Und hätte bei keinem Treffen gefehlt. Zusammenhalten. Zeugnis ablegen. Auf den Mann mit dem Beil warten.«

»Den Mann mit dem …?«

»Den Tod«, sagte er. »So stelle ich ihn mir vor. Ein Mann mit nackten Armen und Schultern und mit einer schwarzen Kapuze und einem Henkersbeil.«

»Elaine würde jetzt sagen, du bist in einem früheren Leben hingerichtet worden, und der Mann, den du gerade beschrieben hast, war dein Henker.«

»Und wer könnte schon sagen, daß sie nicht recht hat?« Er schüttelte seinen mächtigen Schädel. »Sand durch ein Stundenglas. Eamonn Dougherty, die Geißel von Skibbereen, sitzt auf seinem Barhocker und sieht zu, wie die Jahre vergehen. Er hat die Galway Rose überlebt, dieser mörderische kleine Scheißkerl. Der überlebt uns alle, sage ich dir, mit seiner komischen Mütze und seinen zwei Glas Bier.« Er nahm einen Schluck. »Eine lange Reihe toter Männer.«

»Wie bitte?«

»Ach, nur so eine Geschichte. Kennst du Barney O'Day? Kam immer ins Morissey's.«

»Dort habe ich ihn zwar nie getroffen«, sagte ich, »aber ich kenne ihn aus meiner Zeit beim 6. Revier. Er war Geschäftsführer einer Bar in der West Thirteenth Street. Es gabdort Live-Musik, und manchmal stellte er sich auf die Bühne und sang ein Lied.«

»Hatte er denn eine halbwegs gescheite Stimme?«

»Ich glaube nicht, daß er schlechter war als die Typen, die dafür bezahlt wurden. Ich hab ihn auch öfter im Lion's Head gesehen. Was ist mit ihm?«

»Also, diese Geschichte, die hat jemand anderer bei einer Totenwache erzählt«, begann er. »Barneys alte Mutter liegt im Krankenhaus, und er sitzt bei ihr am Krankenbett, und die gute Frau sagt zu ihm, sie hat mit ihrem Leben abgeschlossen, sie möchte sterben. Ich hab ein gutes Leben gehabt, sagt sie, und ich hab es voll ausgekostet, und ich möchte nicht, daß ich von irgendwelchen Maschinen künstlich am Leben gehalten werde und an lauter Schläuchen hänge. Und jetzt gib mir einen Kuß, Barney, mein Junge, sagt sie, denn du warst immer ein guter Sohn, wie sich eine Mutter keinen besseren wünschen kann, und dann gehst du zum Doktor und sagst ihm, er soll den Stecker rausziehen und mich sterben lassen.

Der gute Barney gibt ihr also einen Kuß und geht den Doktor suchen und sagt ihm ohne langes Trara, was die alte Frau von ihm will. Aber der Doktor ist noch ein halbes Kind. Er macht das noch nicht lange, und Barney merkt genau, daß er so was nicht im Kreuz hat. Er möchte Leben verlängern, nicht verkürzen. Er zieht also nicht so recht, und Barney, trotz seiner rauhen Schale eine Seele von einem Menschen, Barney will es dem guten Mann ein bißchen leichter machen.

›Doktor‹, sagt er also zu ihm, ›jetzt nehmen Sie das doch nicht so tragisch. Ist doch gar nicht so schlimm, was Sie tun sollen. Wissen Sie, Doktor, wir O'Days stammen von einer langen Reihe toter Leute ab.‹«

Draußen frischte der Wind auf und trieb den Regen gegen die Fenster. Ich sah hinaus. Autos fuhren vorbei, und ihre Lichter spiegelten sich auf dem nassen Asphalt. »Das war eine sehr schöne Geschichte«, sagte ich.

»Seit ich sie zum erstenmal gehört habe«, sagte er, »geht mir dieser Satz nicht mehr aus dem Kopf. Stammen wir denn nicht alle von einer langen Reihe toter Leute ab?«

»Doch.«

»Und daran hat mich deine Geschichte von diesem Club erinnert. Einunddreißig Männer, und einer folgt dem anderen ins Grab. Eine lange Reihe toter Männer, die jahrhundertelang zurückreicht.«

»Bis ins alte Babylon, wie manche sagen.«

»Bis zurück zu Adam«, sagte er. »Bis zurück zum ersten Fisch, dem Hände wuchsen, damit er sich an Land ziehen konnte. Bringt diese Männer irgend so ein Scheißkerl um?«

»So sieht es jedenfalls aus.«

»Hast du schon eine Ahnung, wer es ist?«

»Nein«, sagte ich, »habe ich nicht. Entweder ist es einer von ihnen oder eben nicht. Aber so oder so ergibt das Ganze keinen rechten Sinn für mich. Angefangen hat es damit, daß mir einer von ihnen Geld gegeben hat, und ich hab mich wirklich reingehängt, aber ich könnte nicht behaupten, daß was dabei rausgekommen ist. Und jetzt haben sie sich zusammengetan und mir noch mehr Geld gegeben, das ich auch genommen habe, obwohl ich keine Ahnung habe, was ich tun soll, um es mir zu verdienen.«

»Du wirst ihn finden.«

»Bloß weiß ich nicht, wie. Ich weiß nicht mal, was ich als nächstes tun soll. Ich habe nicht einen Anhaltspunkt.«

»Du mußt bloß warten.«

»Warten?«

»Wie viele sind noch übrig? Vierzehn?«

»Vierzehn.«

»Du wartest einfach ab«, sagte er. »Und wenn nur noch einer übrig ist, verhaftest du ihn.«

Und eine Weile später sagte er: »In Washington gibt es so ein Denkmal, eine Wand mit den ganzen Namen der Männer, die in Vietnam gefallen sind. Hast du sie mal gesehen?«

»Nur auf Fotos.«

»Ich hab mich gefragt, wieso willst du da überhaupt hin? Du weißt doch, wie dieses Ding aussieht. Du weißt, wie er heißt. Wenn du unbedingt meinst, kannst du ja seinen Namen auf ein Blatt Papier schreiben und zu Hause an die Wand hängen. Aber aus irgendeinem Grund bin ich trotzdem hingefahren. Ich kann's nicht erklären.

Ich bin mit dem Zug runtergefahren. Am Bahnhof hab ich mir ein Taxi genommen und dem Fahrer gesagt, ich will zum Vietnam Memorial. Es war gar nicht weit. Es ist nur eine Mauer, weißt du, sonst nichts weiter. Aber du hast ja gerade gesagt, du kennst sie von Fotos. Du weißt also, wie sie aussieht.

Ich sah sie also an und fing an, die Namen zu lesen. ›Eine lange Reihe toter Männer.‹ Und *das* war nun wirklich eine lange Reihe toter Männer. Tausende von Namen in keiner bestimmten Reihenfolge und nur ein Name dabei, der mir was bedeuten würde.

Warum also alle anderen lesen? Und wie hätte ich überhaupt seinen darunter finden sollen?

Ich hab mitbekommen, wie jemand zu einem anderen gesagt hat, wo man hin muß, wenn man einen bestimmten Namen finden will, und ich hab aufgehört, die ganzen Namen zu lesen, und bin zu dem Register und hab nachgesehen, wo sein Name ist. Ich hatte Angst, sie könnten ihn ausgelassen haben, aber nein, da stand er. Und ich hab ihn an der Wand gefunden. Nur seinen Namen, Dennis Edward Ballou.

Ich hab auf den Namen gesehen, und mir schnürte sich die Kehle zu, und ich bekam so ein schreckliches Ziehen in der Brust, als hätte mir jemand eine reingehauen. Die Buchstaben seines Namens verschwammen mir vor den Augen, und ich mußte blinzeln, um wieder deutlich sehen zu können, und ich dachte, gleich muß ich weinen. Ich hab nicht mehr geweint, seit ich ein kleiner Junge war. Ich hab mir beigebracht, nicht zu weinen, wenn mich mein Vater geschlagen hat, und diese Lektion hab ich ziemlich gut gelernt. An diesem Tag wäre ich dankbar gewesen für ein paar Tränen, aber das ist für mich schon lange nicht mehr drin. Sie sind in mir drinnen vertrocknet, einfach weg, in Luft aufgelöst.

Aber ich kam nicht mehr von diesem irren Scheißdenkmal da weg. Ich las immer wieder seinen Namen, und dann las ich den Namen vor seinem und den dahinter, und dann ging ich an dem Denkmal entlang und las noch mehr Namen. Ich bin stundenlang dageblieben. Wie viele Namen ich gelesen habe? Das könnte ich dir beim besten Willen nicht sagen. Und zwischendurch ging ich wieder zurück, suchte seinen Namen und sah ihn an.

An sich hatte ich vorgehabt, über Nacht zu bleiben, mir die Stadt anzusehen. Ich hatte in einem Hotel gegenüber vom Weißen Haus ein Zimmer gebucht. Aber ich blieb bis Sonnenuntergang an der Mauer, und dann ging ich los, bis ich zu einer Bar kam, und ich ging rein und bestellte mir was zu trinken. Danach ging ich in eine andere Bar und in noch eine, und dann kaufte ich mir eine Pulle und fuhr mit dem Taxi zurück zur Union Station.

Ich nahm den ersten Zug nach Hause, und ich rührte die Flasche bis zum ersten Halt in Wilmington, Delaware, nicht an. Dann machte ich sie auf und nahm einen Schluck, und bis wir in New York zurück waren, war die Flasche leer. Und nach der Wirkung, die sie auf mich hatte, hätte ich auch Quellwasser trinken können. An der Penn Station nahm ich mir ein Taxi und ließ mich direkt hierher bringen, und Andy Buckley wartete hier auf mich, um mir zu sagen, ein Freund aus der Bronx hätte angerufen. Ein Typ, den wir suchten, wäre gesehen worden, wie er in ein bestimmtes Haus nicht weit von der Gun Hill Road ging.

Andy ist also gefahren, und wir sind zur Gun Hill Road hoch und haben uns diesen Kerl geschnappt. Und ich hab ihn mit meinen Händen zu Tode geprügelt.«

»Erzähl mal«, sagte er. »Wie war dein Vater?«

»Ich bin nicht sicher, ob ich das überhaupt weiß. Er ist gestorben, bevor ich erwachsen wurde.«

»War er auch Cop?«

»Du meine Güte, nein.«

»Ich dachte, vielleicht liegt das bei euch in der Familie.«

»Überhaupt nicht. Er hat alles Mögliche gemacht.«

»Hat er getrunken?«

»Das auch. Meistens hat er für andere gearbeitet, aber ein paarmal hatte er auch ein eigenes Geschäft. Woran ich mich noch am besten erinnern kann, ist dieser Schuhladen. Der war oben in der Bronx. In einem zweistöckigen Gebäude, und wir haben über dem Laden gewohnt.«

»Und er hat Schuhe verkauft.«

»Hauptsächlich Kinderschuhe. Und Arbeitsschuhe, diese Stiefel mit stahlverstärkten Kappen, wie sie Bauarbeiter tragen. Es war ein Laden, in dem die Leute aus dem Viertel einkauften; einmal im Jahr kamen sie mit ihren Kindern vorbei, um neue Schuhe zu kaufen. Und es gab da dieses Röntgengerät, wo man die Füße reinsteckte, und man konnte seine Fußknochen sehen, um sagen zu können, ob man schon neue Schuhe brauchte.«

»Kann man denn nicht einfach auf die Schuhe drükken, um festzustellen, wie weit die Zehen reichen?«

»Das genügt wahrscheinlich vollauf, und deshalb gibt es diese Geräte heute wahrscheinlich auch nicht mehr, aber damals war das der letzte Schrei. Ich würde gern wissen, wie diese Röntgenstrahlen auf die Füße gewirkt haben. Aber damals hat sich deswegen kein Mensch Gedanken gemacht. Genausowenig, wie sich jemand was wegen Asbest gedacht hat.«

»Du mußt bloß lange genug leben«, sagte er, »dann wirst du merken, daß es auf der Welt nichts gibt, was gut für einen ist. Was wurde aus dem Laden?«

»Wahrscheinlich lief er nicht, oder vielleicht hat er ihn auch verkauft. Eines Tages mußten wir umziehen, und danach habe ich nichts mehr von dem Laden gesehen. Jahre später wollte ich ihn mir mal wieder ansehen, aber die ganze Straße war weg, einfach niedergewalzt und zubetoniert, als sie den Cross-Bronx Expressway verbreitert haben.«

»Bist du da aufgewachsen? In der Bronx?«

»Wir sind viel rumgezogen. Bronx, Upper Manhattan, Queens. Meine Großeltern mütterlicherseits lebten in East New York, einem Teil von Brooklyn, und ein paarmal trennten sich meine Eltern, und dann kamen wir zu ihnen. Dann rauften sie sich wieder zusammen, und wir fingen in einer neuen Wohnung wieder neu an.«

»Wie alt warst du, als er starb?«

»Vierzehn.« Ich war schon vor einer Weile von Kaffee auf Perrier umgestiegen, und ich nahm mein Glas und sah mir die Bläschen sehr genau an. »Er fuhr mit der U-Bahn, mit der Fourteenth-Street-Line, dem Double-L-Train. Mittlerweile heißt er nur noch L-Train. Einen Buchstaben haben sie einfach weggenommen. Vermutlich eine Rationalisierungsmaßnahme.

Er hat zwischen zwei Waggons gestanden. Dort hat er sich hingestellt, um rauchen zu können. Er ist runtergefallen und unter die Räder gekommen.«

»O Gott.«

»Es ging wohl ganz schnell. Und es kann gar nicht anders sein, er muß betrunken gewesen sein, glaubst du nicht auch? Wer außer einem Besoffenen käme schon auf die Idee, sich zwischen die Waggons zu stellen?«

»Was hat er getrunken?«

»Mein Vater? Whiskey. Zum Essen trank er zwar schon mal ein Bier, aber wenn er was trinken wollte, dann Whiskey, Whiskey Soda. Blended-Sorten. Three Feathers, Four Roses. Carstair's. Ich weiß nicht mal, ob es diese Marken überhaupt noch gibt, aber die hat er getrunken.«

»Meiner hat Wein getrunken.«

»Wein hab ich bei uns zu Hause nie gesehen. Könnte sogar gut sein, daß mein alter Herr in seinem ganzen Leben kein Glas Wein getrunken hat.«

»Meiner hat ihn gallonenweise gekauft, und zwar von einem Mann, der ihn selbst gemacht hat, einem anderen Franzosen. Und er hat Marc getrunken. Hast du das Zeug mal probiert?«

»Ich glaube, ich weiß nicht mal, was das ist. Eine Art Brandy?«

Er nickte. »Nach dem Weinkeltern macht man aus den ausgepreßten Trauben einen Weinbrand. Die Italiener machen ziemlich das gleiche und nennen es

Grappa. Aber egal, wie das Zeug heißt, es ist so ziemlich das Schlimmste, was du dir antun kannst. Ich hab in Frankreich welchen probiert, in der Stadt, in der er geboren wurde, und ich hab das Zeug nur schnell runtergekippt und versucht, daß es mir nicht wieder hochkommt. Er hat es über einen anderen französischen Einwanderer bezogen. In diesem Stadtteil gab es eine Menge Franzosen, weißt du. Sie arbeiteten in den Hotels und Restaurants, ziemlich viele jedenfalls, und ein paar, wie mein Vater, arbeiteten in der Fleischfabrik.« Er nahm einen Schluck. »Hat dein Vater dich geschlagen? Wenn er besoffen war?«

»Nein, nie. Er war der gutmütigste Mensch, den man sich denken kann.«

»Tatsächlich?«

»Er war ein stiller Mensch«, sagte ich, »und er war sehr melancholisch. Wahrscheinlich könnte man sagen, daß er resigniert hatte. Nur wenn er trank, wurde er gutgelaunt. Er sang dann immer irgendwelche Lieder und, ich weiß auch nicht, blödelte einfach so rum. Aber dann trank er weiter, und irgendwann war er noch trauriger als zuvor. Aber ich hab ihn nie wütend gesehen, und schon gar nicht hab ich mitbekommen, daß er jemanden geschlagen hat.«

»Meiner war auch ziemlich still. Der alte Sack hat nie ein Wort gesagt.« Er schenkte sich nach. »Sein Englisch war nicht gut, er hatte einen starken Akzent. War nicht einfach, ihn zu verstehen. Aber er sagte so wenig, daß es kaum was ausmachte. Mit seinen Händen war er allerdings nicht so zurückhaltend.«

»Hat er dich geschlagen?«

»Er hat uns alle geschlagen. Nicht meine Mutter, denn vor ihr, glaube ich, hatte er Angst. Wie ein Elefant vor einer Maus Angst hat; er, ein Prügel von einem Mann, und sie so ein zartes, zierliches Persönchen. Bloß, sie konnte mit ihrer Zunge mehr Schaden anrichten als er mit seinen Fäusten.« Er legte den Kopf auf die Seite und sah zu der Walzblechdecke hoch.

»Die Statur habe ich von ihm, und ich war schon sehr bald so groß. Er schlug mich immer ohne ein Wort, und ich hab die Prügel ohne ein Wort eingesteckt, und dann, ich war noch nicht ganz sechzehn, da hatte ich irgendwann die Schnauze voll. Ich bin nicht mal zusammengezuckt, als er mich geschlagen hat, sondern hab zurückgeschlagen, mit der Faust und voll aufs Maul. Er hat mich nur mit großen Augen angesehen, und ich hab noch mal zugeschlagen. Er ging zu Boden, und ich nahm einen Holzstuhl und hatte ihn schon über meinen Kopf gehoben, und es wäre gut möglich gewesen, daß ich ihn umgebracht hätte. Der Stuhl war nämlich ganz schön schwer gewesen, aber in meiner Wut fühlte er sich an wie aus Balsaholz.

Aber er fing bloß schallend an zu lachen. Er lag flach auf dem Boden, das Blut floß ihm aus dem Mund, und ich war gerade dabei, ihm mit einem Stuhl den Schädel zu zertrümmern, aber er fängt einfach an zu lachen. Ich hab ihn nie zuvor lachen hören, und soviel ich weiß, hat er auch danach nie wieder gelacht, aber damals hat er gelacht. Ihm hat es das Leben gerettet, und mich hat es davor bewahrt, die schlimmste Sünde zu begehen, die ein Mensch begehen kann. Ich hab den Stuhl wieder hingestellt und hab ihn an der Hand genommen und vom Boden hochgezogen, und er hat mir auf die Schulter geklopft und sich ohne ein Wort verzogen. Er hat mich nie wieder geschlagen.

Ein Jahr später hatte ich eine eigene Wohnung, trieb unten am Hafen für ein paar Italiener Schutzgelder ein und stahl, was mir zwischen die Finger kam. Ein Jahr später war er tot.«

»An was ist er gestorben?«

»Ein Blutgefäß im Kopf ist ihm geplatzt. Wie aus heiterem Himmel, ohne Vorwarnung. Er war fast zwanzig Jahre älter als meine Mutter, und bei seinem Tod war er älter, als ich jetzt bin. Der Mann war fünfundvierzig, als ich geboren wurde, demnach muß er – wie alt? – zweiundsechzig gewesen sein, als er gestorben ist. Er hat gearbeitet, als es passiert ist. Am Morgen war er noch in der Messe, deshalb glaube ich, daß er im Stand der Gnade gestorben ist. Ob das allerdings wirklich einen Unterschied macht, weiß ich nicht. Ich weiß, daß er mit einem Hackmesser in der Hand starb und mit einer blutigen Schürze an. Ich hab beides aufgehoben, weißt du, das Hackmesser und die Schürze. Die Schürze ziehe ich an, wenn ich zur Messe gehe. Und hin und wieder kommt auch das Hackmesser noch zum Einsatz.«

»Ich weiß.«

»Ja, stimmt ja. Er ging jeden Morgen zur Messe, und ich weiß nicht, warum er es getan hat oder was er sich davon erhofft hat. Ich weiß auch nicht, warum ich gehe oder was ich mir davon erhoffe.« Er schwieg eine Weile, dann fragte er: »Deine Mutter lebt nicht mehr, oder?«

»Nein, sie ist schon lange tot.«

»Meine auch. Sie hatte Krebs, aber mir war eigentlich von Anfang an klar, daß es Dennis' Tod gewesen ist, der sie ins Grab gebracht hat. Sie war einfach nicht mehr dieselbe, nachdem sie das Telegramm bekommen hatte.« Er sah mich an. »Wir sind Waisen, wir zwei.« Er deutete auf die Fenster, gegen die der Regen peitschte. »Waisen des Sturms«, sagte er und nahm einen Schluck.

Ich weiß nicht, wie er plötzlich auf Frauen zu sprechen kam. Anscheinend brauche er sie jetzt nicht mehr so, sagte er, und er sei sich nicht sicher, ob es auf das Alter oder den Alkohol zurückzuführen sei.

»Also, ich hab zu trinken aufgehört«, sagte ich.

»Weiß Gott, und wie. Aber jetzt ist von Inwood bis zur Battery keine Frau mehr vor dir sicher.«

»Ach, die sind sicher.«

»Siehst du die andere noch?«

»Ab und zu.«

»Und weiß sie was davon?«

»Ich glaube nicht«, sagte ich, »obwohl sie mir erst kürzlich einen Mordsschrecken eingejagt hat. Ich hab versucht, diese Frau zu erreichen, deren Mann im Februar in Forest Hills erstochen wurde. Ich sage zu Elaine, ich müsse da mal rausfahren und mit ihr reden. Und sie wünscht mir viel Spaß mit der Witwe, und ich hab mehr aus ihrer Bemerkung rausgehört, als sie reingelegt hat. Der Schreck muß mir wohl anzusehen gewesen sein, aber ich hoffe, ich konnte es einigermaßen überspielen.«

Das erinnerte ihn an eine Geschichte, und er erzählte sie, und die Unterhaltung schlängelte sich dahin wie ein alter Fluß. Etwas später sagte er: »Die Witwe in Forest Hills? Warum willst du die besuchen?«

»Um rauszufinden, ob sie irgendwas weiß.«

»Was könnte sie denn wissen?«

»Sie könnte was gesehen haben. Ihr Mann könnte was zu ihr gesagt haben.« Ich nannte ihm ein paar Dinge, die ich sie fragen wollte, ein paar der Punkte, die zu klären waren.

»So gehst du bei deiner Arbeit vor?«

»Es gehört dazu. Warum?«

»Weil ich keine Ahnung davon habe, was du in deinem Job eigentlich genau machst.«

»Die meiste Zeit weiß ich das selber nicht.«

»Ach, lüg mich nicht an. Du probierst alles Mögliche aus, bis irgendwas hinhaut. Mir würde es an der nötigen Phantasie fehlen, um mir das alles auszudenken, und an der Geduld, es durchzuziehen. Wenn ich was rauskriegen will, kenne ich nur eine Möglichkeit.«

»Und zwar?«

»Ich geh zu dem Mann, der die Antwort kennt«, sagte er, »und ich tu alles, was nötig ist, damit er sie mir gibt. Wenn ich allerdings nicht weiß, zu wem ich gehen soll, bin ich total aufgeschmissen.«

Wenn der Regen nachgelassen hätte, wäre ich vielleicht früher heimgegangen. Zwischen halb fünf und fünf wurde ich ziemlich müde. Die Unterhaltung geriet eine Weile ins Stocken, und ich sah aus dem Fenster. Es regnete immer noch in Strömen. Aber statt mich auf meine Müdigkeit zu berufen und mich auf den Heimweg zu machen, schob ich mein Perrier beiseite und schenkte mir aus der Thermoskanne noch eine Tasse Kaffee ein. Kurz darauf hatte ich meinen toten Punkt überwunden, und ich hielt bis zum Morgen und zur Metzgermesse in der St. Bernard's durch.

Es hatten sich ungefähr fünfzehn oder zwanzig Leute in der kleinen Seitenkapelle versammelt, darunter sieben oder acht Männer aus der Fleischfabrik, alle in weißen Schürzen, genau wie die von Mick, und einige davon genauso fleckig wie seine. Ein paar Nonnen waren auch da, und zwei Hausfrauen und ein paar Männer in Anzug und Krawatte. Und ein paar ältere Leute, Männer und Frauen, darunter einer, der dem mörderischen Eamonn Dougherty wie aus dem Gesicht geschnitten war, die Schlägermütze eingeschlossen.

Als die Messe aus war, gingen wir, ohne an der Kommunion teilgenommen zu haben. Der Himmel war noch bedeckt, aber es regnete nicht mehr. Micks Cadillac stand, wo er ihn geparkt hatte, auf dem reservierten Platz vor Twomey's Bestattungsinstitut. Twomey stand vor der Ladentür und winkte uns zu, als er uns sah. Mick nickte ihm lächelnd zu.

»Rosige Zeiten für Twomey«, sagte er zu mir. »Sein Geschäft geht doppelt so gut wie früher – jetzt, wo sie alle an Aids sterben. So hat alles seine guten und schlechten Seiten.«

»Das kannst du laut sagen.«

»Und noch was kann ich dir verraten. Die schlechten überwiegen, und zwar bei weitem.«

Er ließ mich vor dem Haus raus. Ich fuhr im Lift nach oben und versuchte beim Öffnen der Tür möglichst wenig Lärm zu machen, um Elaine nicht zu wecken, falls sie noch schlief.

Als ich jedoch die Tür öffnete, stand sie schon da, in einem Morgenmantel, den ich ihr gekauft hatte. Ein Blick in ihr Gesicht genügte, und ich wußte, daß etwas passiert war.

Noch bevor ich sie fragen konnte, sagte sie: »Du weißt es noch nicht, oder? Du hast es noch nicht gehört?«

»Was soll ich gehört haben?«

Sie streckte den Arm aus und nahm meine Hand. »Gerard Billings wurde gestern abend umgebracht.«

24

Ganze zwölf Jahre lang hatte Gerard Billings für einen unabhängigen New Yorker Fernsehsender das Wetter angesagt. Obwohl er offiziell der leitende Meteorologe war, hatte er in erster Linie eine journalistische Funktion. Seine extravagante Kleidung, sein sonniges Gemüt und seine Bereitschaft, sich vor der Kamera zum Narren zu machen, hatten mehr zu seinem beruflichen Aufstieg beigetragen als seine Fähigkeit, eine Wetterkarte zu deuten.

Er ging zweimal am Tag auf Sendung, um 18 Uhr 55, kurz vor Ende der Halb-sieben-Nachrichten, und um 23 Uhr 15, mitten in den Spätnachrichten und vor der ausführlichen Zusammenfassung der Sportereignisse des Tages. Üblicherweise kam er um fünf Uhr abends in den Sender, überlegte sich, was er sagen würde, stellte seine Karten und Tabellen zusammen und ging nach der Sendung zum Abendessen. Manchmal ließ er sich mit dem Essen ein paar Stunden Zeit und kehrte dann ins Studio zurück. Aber es gab auch Abende, an denen er nach Hause fuhr, um sich kurz hinzulegen und umzuziehen und dann zu seinem zweiten Auftritt ins Studio zurückzufahren. Dort traf er in der Regel zwischen zehn und halb elf ein; er mußte sich dann nicht mehr so lange vorbereiten, weil er auf dieselben Werte zurückgriff und im wesentlichen denselben Kommentar abgab.

An diesem Dienstag abend fuhr er um sieben Uhr sofort in seine Wohnung in der West Ninety-sixth Street, in der er seit seiner Scheidung vor vier Jahren lebte. Er ließ sich aus einem chinesischen Restaurant in der Amsterdam Avenue etwas zu essen kommen. Kurz nach zehn ging er nach unten und stieg in ein Taxi, das ein vor kurzem eingewanderter Bengale namens Rachman Ali fuhr. Als das Taxi wartete, um nach links in die Columbus Avenue zu biegen, wurde es von einem Auto gestreift, das rechts zu überholen versuchte. Der Fahrer sprang aus seinem Wagen und begann mit Rachman Ali einen lautstarken Streit, der darin eskalierte, daß jener eine Handfeuerwaffe zog, Ali dreimal in Gesicht und Brustkorb schoß, die Tür des Taxis aufriß und die restlichen Kugeln auf Alis Fahrgast abfeuerte. Dann raste er in seinem Auto davon, das nach den verschiedenen Zeugenaussagen zwischen zwei und zwölf Jahre alt war. Die Augenzeugen waren sich jedoch zumindest dahingehend einig, daß es eine viertürige Limousine gewesen war, daß sie eine dunkle Farbe gehabt und schon bessere Zeiten gesehen hatte.

Als Elaine Nachrichten sah, merkte sie schon, bevor Billings Ersatzmann vorgestellt wurde, daß etwas nicht stimmte. Niemand machte irgendwelche Witze wie: der fehlende Meteorologe sei durch das Wetter aufgehalten worden; und die Journalisten im Studio schienen ein finsteres Geheimnis zu hüten. Wie sich dann herausstellte, hatten sie wenige Momente, bevor sie auf Sendung gingen, von Billings' Tod erfahren und beschlossen, die Nachricht zurückzuhalten, bis seine Angehörigen verständigt worden seien. Gegen Ende des Wetterberichts stießen sie diese Entscheidung jedoch wieder um, aus Angst, die Konkurrenz könnte ihnen zuvorkommen; deshalb gab die Moderatorin die traurige Nachricht unmittelbar nach den Sportmeldungen bekannt.

»Ich wußte nicht, was ich tun sollte«, sagte Elaine. »Ich wußte, daß du im Grogan's bist. Ich schlug die Nummer nach und wollte schon anrufen, aber was hättest du schon tun können, in so einer Regennacht? Außerdem, soweit ich es beurteilen konnte, war es doch genau das, wonach es aussah: ein Verkehrsunfall verursacht einen Streit, der daraufhin außer Kontrolle gerät. So was kommt ständig vor, und bewaffnet ist heute jeder, und vielleicht fassen Sie den Verrückten, der es war, sowieso gleich. Weshalb hätte ich dir also deswegen den Abend mit Mick verderben sollen? Also hab ich das Radio angemacht und bin die ganze Nacht aufgeblieben. Ich hab ein Buch gelesen und nebenher ganz leise das Radio laufen lassen, und jede halbe Stunde kamen dieselben Nachrichten, und wenn der Billings-Mord wieder dran war, hab ich zu lesen aufgehört und lauter gedreht, aber es kam immer nur das gleiche, Wort für Wort. Irgendwann bin ich bei laufendem Radio eingeschlafen, und als ich um sieben aufgewacht bin, lief es immer noch.

Hätte ich dich anrufen sollen? Ich wußte einfach nicht, was ich tun sollte.«

Es war völlig in Ordnung, daß sie mich nicht angerufen hatte. Es gab nichts, was ich hätte tun können. Es gab auch jetzt, am Morgen nach den tödlichen Schüssen, noch herzlich wenig, was ich tun konnte, außer die Anrufe zu parieren, die ich von Ray Grulioow, Lewis Hildebrand und Gordon Walser bekam. Ich müsse mehr erfahren, erklärte ich allen, bevor ich sagen könne, wie ich weiter vorgehen würde.

Bis zum frühen Nachmittag wurde der Wagen ausfindig gemacht, ein 1988er Ford Crown Victoria mit Nummernschild aus Jersey, zugelassen auf einen Augenarzt aus Teaneck. Das Fahrzeug war auf den Abstellplatz für Verkehrssünder abgeschleppt worden, weil es im Theaterviertel in midtown im Halteverbot gestanden hatte. Die Identifizierung war mit Hilfe eines Teils der Autonummer vorgenommen worden, den sich ein Zeuge gemerkt hatte; bestätigt wurde sie durch entsprechende Lackkratzer an Tatfahrzeug und Rachman Alis Yellow Cab. Die Frau des Augenarzts erklärte der Polizei, ihr Mann sei auf einem Kongreß in Houston; er sei am Freitag von Newark abgeflogen und habe sein Auto in einem Parkhaus abgestellt.

Auf dem Lenkrad und am Armaturenbrett waren Fingerabdrücke, aber wie sich herausstellte, stammten sie von dem Verkehrspolizisten, der die Autotür geöffnet und den Gang herausgenommen hatte, damit der Wagen abgeschleppt werden konnte. Es gab keine Fingerabdrücke, die vom Todesschützen hätten stammen können, den Augenzeugen als durchschnittlich groß beschrieben; er hatte eine Baseballmütze und eine glänzende, dunkelblaue Trainingsjacke getragen, auf deren Brusttasche ein Name gestickt war. Alle Augenzeugen waren jedoch zu weit entfernt gewesen, um den Namen lesen zu können.

Der Vorfall schien ziemlich alltäglich, und Nachrichtenwert hatte er nur insofern, als eins der Opfer ein gewisses Maß an lokaler Berühmtheit genossen hatte. Jemand hatte aus einem Flughafenparkhaus ein Auto gestohlen, vermutlich in der Absicht, es beim Begehen einer Straftat zu benutzen. Vielleicht hatte der Täter zum Zeitpunkt des Unfalls unter dem Einfluß chemischer Substanzen gestanden. Vielleicht hatte er einen schlechten Tag erwischt. In jedem Fall war seine Reaktion auf diese harmlose Karambolage ziemlich heftig ausgefallen. Statt Führerschein und Versicherungskarte herzuzeigen, hatte er eine Knarre rausgeholt und losgeballert.

So könnte es gewesen sein.

Oder er könnte in dem gestohlenen Auto an einer Stelle gewartet haben, von der er den Eingang des Hauses, in dem Billings wohnte, sehen konnte; er könnte dem Taxi gefolgt sein, in das Billings eingestiegen war, und den Zusammenstoß und sein blutiges Ende inszeniert haben.

Nicht ganz einfach.

Ich blieb den ganzen Tag auf, trank zuviel Kaffee und kämpfte gegen die Müdigkeit an. Um halb neun raffte ich mich dazu auf, zu meinem Stammtreffen zur St. Paul's rüberzugehen, aber ich konnte mich nicht dazu durchringen, dort auch aufmerksam zu sein, und deshalb konnte ich mir nicht verkneifen, in der Pause zu gehen. Als ich nach Hause kam, sagte Elaine, ich solle ein heißes Bad nehmen und ins Bett gehen.

»Und keine Widerrede«, sagte sie.

Das heiße Wasser nahm mir etwas von meiner Anspannung, und als ich mich ins Bett legte, schlief ich fast sofort ein. Ich muß von Jim Shorter geträumt haben, denn ich machte mir gerade Sorgen um ihn, als ich aufwachte. Das erzählte ich Elaine, worauf sie sagte, er habe am Abend zuvor angerufen, als ich in der St. Paul's war.

»Er meinte, es sei nicht wichtig«, sagte sie, »und du brauchtest nicht zurückrufen, weil er gerade auf dem Sprung sei. Deshalb habe ich auch nichts zu dir gesagt.«

Ich rief bei ihm an. Er meldete sich nicht.

Ich hörte mir die Nachrichten an, und es gab nichts Neues über Billings. Ich ging die ›Times‹ und alle drei Boulevardzeitungen kaufen und las vier Fassungen der gleichen Geschichte. Der ›Times‹-Artikel auf der Titelseite wurde auf der Seite mit den Todesmeldungen fortgesetzt. Sein Nachruf umfaßte ein Foto und fünfzehn Zentimeter Text. Ich las den Nachruf und das halbe Dutzend anderer. Und dann las ich auch noch die halbe Seite mit den bezahlten Todesanzeigen. Ein ganzes Drittel davon war für einen Mann, der vergangene Woche gestorben war und offensichtlich eine Vielzahl wohltätiger Organisationen großzügig unterstützt hatte, von denen sich nun jede bemüßigt fühlte, ihrem Kummer über sein Ableben mit einer Todesanzeige Ausdruck zu verleihen.

Während ich diese nur rasch überflog, las ich die anderen, wie ich mir das neuerdings angewöhnt habe, sehr genau. Gegen Ende zu ließ meine Aufmerksamkeit, wie üblich, etwas nach. Sobald ich es mal über S hinaus geschafft habe, ohne auf meinen eigenen Namen gestoßen zu sein, ist mein Eifer nicht mehr ganz so groß. Aber ich machte das Alphabet durch und erfuhr so vom Tod von Helen Stromberg Watson aus Forest Hills, Witwe von Alan Watson.

Es waren einige Anrufe nötig, bis ich einen Cop dranbekam, der bereit war, mit mir zu sprechen.

»Ertrunken«, sagte er. »Könnte ausgerutscht sein und sich dem Kopf an den Fliesen angeschlagen haben. In ihrer Badewanne ertrunken. So was ist schnell passiert. Man muß bloß lang genug bewußtlos sein, damit sich die Lunge mit Wasser füllt. Kommt ständig vor.«

»Ach, wirklich?«

»Wenn's nach mir ginge, müßte an jeder Badewanne ein Warnschild angebracht werden. Nein, Spaß beiseite, Selbstmord ist natürlich nicht ganz auszuschließen. Die Frau hat Anfang des Jahres ihren Mann verloren, sein Tod hat ihr schwer zu schaffen gemacht, das übliche eben. Neben der Badewanne stand eine Flasche J&B. Da läßt sich jemand in der Badewanne vollaufen, bis er hinüber ist – würden Sie das Selbstmord nennen? Ich nicht, nicht ohne einen Abschiedsbrief, nicht wenn man auf die Gefühle von Kindern Rücksicht nehmen muß, die in weniger als einem halben Jahr beide Elternteile verlieren. Andererseits, wer kann schon sagen, was im Kopf von jemand anderem vorgeht? Man trinkt ein bißchen was, und auf einmal hat man einen Blackout und ertrinkt. Oder man spürt den Alkohol ziemlich, vor allem in der heißen Badewanne, und man verliert das Gleichgewicht und schlägt sich den Kopf an und wird deshalb ohnmächtig. Also, solche Unfälle passieren ständig.«

»Und gestorben ist sie am Montag?«

»Da wurde sie gefunden. Der Doktor meint, sie lag schon drei Tage im Wasser.«

Kein Wunder, daß sie nicht ans Telefon gegangen war.

»Sie wissen ja selbst, was für Wetter war«, fuhr er fort. »Und vielleicht wissen Sie auch, wie eine Leiche nach ein paar Tagen im Wasser aussieht. Muß ich da noch lange erklären, was passiert, wenn beides zusammenkommt?«

»Wer hat die Leiche entdeckt?«

»Eine Nachbarin. Eins der Kinder hat bei ihr angerufen. Es machte sich Sorgen, weil die Mutter nicht ans Telefon ging. Die Nachbarin hatte einen Schlüssel und hat nachgesehen. Die wird sich wahrscheinlich bedankt haben.«

Ich rief wieder bei Jim Shorter an. Niemand meldete sich.

Ich rief Elaine im Laden an und fragte sie: »Hat Shorter, als er gestern abend angerufen hat, irgendwie nervös gewirkt? Hat er den Eindruck gemacht, als hätte er Angst?«

»Nein, wieso?«

»Alan Watsons Witwe ist irgendwann im Lauf des Wochenendes in ihrer Badewanne ertrunken. Der genaue Zeitpunkt läßt sich nur schwer bestimmen, aber es ist ganz offensichtlich passiert, nachdem ich in Corona gewesen bin und mit dem Leiter des Wachdiensts gesprochen habe.«

»Ich verstehe nicht ganz, wo da der Zusammenhang sein soll.«

»Es muß einen geben«, sagte ich. »Ich glaube, der Mörder verwischt seine Spuren. Offensichtlich hat er Angst, daß jemand was gesehen hat oder irgend etwas weiß. Er hat die Witwe umgebracht, und als nächster ist logischerweise der Mann an der Reihe, der als erster am Tatort war: der Wachmann, der Watsons Leiche entdeckt hat.«

»Jim Shorter?«

»Bei ihm geht niemand ans Telefon.«

»Ach, wer weiß, wo der sich rumtreibt. Vielleicht ist er bei einem Treffen.«

»Oder in einer Kneipe«, sagte ich. »Oder mit einer Flasche auf seinem Zimmer. Und geht bloß nicht ans Telefon.«

»Oder er ist frühstücken oder sieht sich die Rothko-Retrospektive im Whitney an, was ich als erstes tun würde, wenn ich kein Geschäft hätte, um das ich mich kümmern muß. Was willst du jetzt tun?«

»Ihn suchen. Irgendwas weiß er – auch wenn er nicht weiß, daß er's weiß. Ich muß ihn finden, bevor es ihm zum Verhängnis wird.«

»Moment.« Sie hielt kurz das Mundstück zu, dann nahm sie die Hand wieder weg und sagte: »TJ ist hier. Er will wissen, ob dir nach ein bißchen Gesellschaft ist.«

Bis ich mich angezogen hatte und nach unten gegangen war, wartete er schon vor dem Haus auf mich. Er hatte seine schnieken Klamotten an, allerdings wurde der Gesamteindruck durch die schwarze Raiders-Mütze leicht getrübt. »Wenn ich auf oberspießig machen soll«, sagte er, »geh ich halt ohne Deckel, Säckel.«

»Ich hab nichts über die Mütze gesagt.«

»Hör wohl Flöhe husten.«

»Oder du kannst Gedanken lesen.« Ich trat an den Randstein, winkte ein Taxi herbei und gab dem Fahrer Eighty-second und Second an. »Außerdem«, setzte ich das Gespräch mit TJ fort, »glaube ich nicht, daß es was ausmacht, wie wir angezogen sind. Wir vertun bloß unsere Zeit.«

»Du erwartest nichts.«

»Ganz recht.«

»Nimmst mich bloß mit, damit du nicht allein bist.«

»So ungefähr.«

Er verdrehte die Augen. »Was machen wir dann in einem Taxi, Maxi? Wenn n Typ wie du n Floß nimmt, ist doch irgendwas los.«

»Dann hoffen wir mal«, sagte ich, »daß du dich täuschst.«

Ich ließ ihn im Taxi warten, stieg eine Treppe hoch und sah im Versammlungsraum des Eighty-second Street Workshop nach. Dorthin hatte ich Jim am Freitag abend mitgenommen, und er hatte mir erzählt, daß er dort inzwischen bei einigen Treffen gewesen war. Es fand gerade ein Treffen statt, und ich ging rein und nahm neben dem Kaffeecontainer Platz. Von dort konnte man den Raum gut überblicken. Als ich sicher war, daß Jim nicht da war, ging ich wieder nach unten und stieg in das Taxi. Ich gab dem Fahrer an, zur First Avenue hochzufahren und uns an der Ecke Ninety-fourth rauszulassen.

Unsere erste Station war das Blue Canoe, und wenn Shorter nicht wieder zu trinken anfing oder umgebracht wurde, würde die Kneipe vielleicht eines Tages in seiner AA-Qualifikation vorkommen. »Ich hab mich damals mit diesem Typen getroffen«, würde er dann vielleicht erzählen, »und ich dachte noch, vielleicht spendiert er mir ein paar Bier, aber statt dessen bin ich in einem AA-Treffen gelandet. Und hier bin ich nun und habe seitdem keinen Tropfen Alkohol mehr angerührt.«

Im Moment war er weder im Blue Canoe noch in einer der anderen Bars oder Luncheonettes in der First Avenue. TJ und ich machten gemeinsam die Runde. Praktischer wäre es natürlich gewesen, wenn wir uns die Arbeit hätten teilen können, aber woher sollte er wissen, wie Shorter aussah?

Als wir unsere vier Blocks First Avenue abgeklappert hatten, gingen wir in der Ninety-fourth nach Westen, zu der Pension, in der Shorter wohnte. Hätte ich gewußt, welche Klingel seine war, hätte ich bei ihm geläutet. Statt dessen drückte ich auf den Knopf, neben dem HAUSMEISTER stand. Als niemand öffnete, gingen wir zur Second Avenue, wo wir noch mehr

Zeit vertaten und in sämtliche Bars und Lokale von der Ninety-second bis zur Ninety-sixth schauten und wieder zum Ausgangspunkt zurückkehrten. Ich fand ein Telefon, das funktionierte, und wählte Shorters Nummer, aber niemand meldete sich.

Langsam wurde ich unruhig.

Es hatte keinen Sinn, die Stadt nach ihm zu durchkämmen, dachte ich, weil wir ihn so nicht finden würden. Und bei ihm anzurufen hatte keinen Sinn, weil er nicht ans Telefon ging.

Ich ging schnell zu der Pension zurück. TJ trottete neben mir her. Ich klingelte noch mal beim Hausmeister, und als wieder niemand öffnete, drückte ich aufs Geratewohl auf andere Klingelknöpfe, damit jemand den Türöffner betätigte. Das tat niemand, aber nach ein paar Minuten kam aus einem der Zimmer im Erdgeschoß eine sehr große Frau und watschelte auf die Eingangstür zu. Sie sah uns durch die Glasscheibe stirnrunzelnd an und fragte, ohne die Tür zu öffnen, was wir wollten.

Ich sagte, wir wollten den Hausmeister sprechen.

»Das können Sie sich sparen«, sagte sie. »Er hat keine freien Zimmer.«

»Wo ist er?«

»Das ist ein anständiges Haus.« Weiß Gott, für wen sie uns hielt. Ich holte eine Visitenkarte von Reliable raus und hielt sie gegen die Glasscheibe. Sie sah sie mit zusammengekniffenen Augen an und bewegte beim Lesen die Lippen. Als sie fertig war, bildeten ihre Lippen einen schmalen Strich. »Da drüben«, sagte sie widerwillig, »das ist er. Auf der Treppe. Er heißt Carlos.«

Auf der Treppe, auf die sie deutete, waren drei Männer. Zwei spielten Dame, und der dritte kiebitzte. Der Kiebitz trank eine Dose Miller's. Die Spieler teilten sich einen Karton Tropicana-Orangensaft. Ich sagte: »Carlos?«, worauf sie mich alle ansahen.

Ich hielt ihnen meine Visitenkarte hin, und einer

der Spieler nahm sie. Er war untersetzt, mit einer platten Nase und braunen Triefaugen, und ich nahm an, daß er Carlos war. »Ich mache mir wegen eines Ihrer Mieter Sorgen«, sagte ich. »Ich fürchte, ihm ist was zugestoßen.«

»Wer soll das sein?«

»James Shorter.«

»Shorter.«

»Ende vierzig, mittelgroß, dunkles Haar ...«

»Ich weiß, wen Sie meinen«, sagte er. »Sie brauchen ihn mir nicht zu beschreiben. Ich kenne alle Mieter. Ich überlege bloß, ob ich ihn heute schon gesehen habe.« Er schloß die Augen. »Nein«, sagte er nach einigem Nachdenken. »Hab ihn schon eine ganze Weile nicht mehr gesehen. Wenn Sie mir Ihre Karte dalassen, ruf ich Sie an, wenn ich ihn sehe.«

»Ich glaube, wir sollten nachsehen, ob ihm nichts fehlt.«

»Sie meinen, in seinem Zimmer?«

»Genau das meine ich.«

»Haben Sie bei ihm geklingelt?«

»Ich weiß nicht, welche Klingel seine ist.«

»Steht sein Name nicht dran?«

»Nein.«

Er seufzte. »Viele wollen ihren Namen nicht an der Klingel. Wenn ich ein Namensschild dranmache, machen sie es einfach wieder weg. Dann kommen ihre Freunde zu Besuch, drücken auf den falschen Knopf und stören alle. Oder sie klingeln bei mir. Ich kann Ihnen sagen, daß ist ganz schön lästig.«

»Tja«, sagte ich.

Er stand auf. »Was wir als erstes machen, wir klingeln bei ihm. Dann sehen wir weiter.«

Wir läuteten bei ihm, aber nichts rührte sich. Wir gingen ins Haus und stiegen drei Treppen hoch. Das Haus war ungefähr so, wie ich erwartet hatte; es roch nach Desinfektionsmittel, das gegen die Gerüche von Essen, Mäusen und Urin ankämpfte. Carlos führte uns zu Shorters Zimmertür und hämmerte mit der Faust dagegen. »He, aufmachen«, rief er. »Da ist ein Herr, der Sie sprechen will.«

Nichts.

»Nicht zu Hause«, sagte Carlos und hob die Schultern. »Sie können ihm ja was auf einen Zettel schreiben und ihn unter der Tür durchschieben, und wenn er heimkommt ...«

»Ich finde, Sie sollten uns die Tür aufschließen.«

»Na, ich weiß nicht recht.«

»Ich mache mir Sorgen um ihn. Es ist gut möglich, daß ihm was zugestoßen ist.«

»Wie meinen Sie das? Was soll ihm zugestoßen sein?«

»Was Schlimmes. Schließen Sie endlich die Tür auf.«

»Sie haben gut reden. Und ich bin dann derjenige, der Ärger kriegt.«

»Ich übernehme die Verantwortung.«

»Und was soll ich sagen? ›Der Typ hat die Verantwortung übernommen.‹ Ich bin derjenige, der das ganze Fett abkriegt, Mann.«

»Wenn Sie die Tür nicht sofort aufmachen«, sagte ich, »trete ich sie ein.«

»Ist das Ihr Ernst?« Er sah mich an und merkte, daß es so war. »Meinen Sie, er liegt vielleicht krank da drinnen, hm?«

»Oder Schlimmeres.«

»Was ist schlimmer als krank?« Ich schätze, es begann ihm zu dämmern, weil er plötzlich zusammenzuckte. »Scheiße, hoffentlich nicht.« Er zog einen Schlüsselbund heraus, suchte den Hauptschlüssel und steckte ihn ins Schloß. »Übrigens«, sagte er, »hätten Sie die Tür nicht einzutreten brauchen – außer er hat die Kette vorgelegt. Die Schlösser taugen nichts, die kriegen sie mit jeder Plastikkarte auf. Aber wenn die Kette vor ist, Scheiße, dann müssen Sie sie trotzdem eintreten.«

Die Kette war aber nicht vor. Er drehte den Schlüssel herum, klopfte unnötigerweise noch einmal an die Tür und drückte sie nach innen auf.

Das Zimmer war leer.

Er blieb in der Tür stehen. Ich zwängte mich an ihm vorbei und sah mich in dem kleinen Zimmer um. Es war so ordentlich und karg wie eine Mönchszelle. Ein eisernes Bettgestell, eine Kommode, ein Nachttisch. Das Bett war gemacht.

Die Schubladen waren leer. Genau wie der Kleiderschrank. Ich sah unters Bett. Nirgendwo waren irgendwelche persönlichen Gegenstände, nur die billigen Möbel, die schon dagewesen waren, als er eingezogen war.

»Schätze, er ist ausgezogen«, sagte Carlos.

Das Telefon stand auf dem Nachttisch. Ich schob einen Bleistift unter den Hörer und hob ihn so weit hoch, daß das Freizeichen zu hören war. Dann ließ ich ihn wieder zurücksinken.

»Er hat niemandem was gesagt«, sagte Carlos. »Er zahlt immer wochenweise; er hat also bis Sonntag bezahlt. Komisch, nicht?«

TJ ging zum Bett und hob das Kopfkissen hoch. Darunter war eine Broschüre. Er sah sie kurz an, dann gab er sie mir.

Ich wußte bereits, was es war.

»Das verstehe ich nicht«, sagte Carlos. »Wenn er auszieht, warum macht er dann noch das Bett? Bevor ich das Zimmer weitervermiete, muß ich das Bettzeug doch sowieso wechseln.«

»Na, hoffen wir mal.«

»Klar mache ich das.« Er runzelte verdutzt die Stirn. »Vielleicht kommt er ja wieder zurück.«

Ich sah auf das Verzeichnis mit den AA-Treffen, das ich ihm gekauft hatte, das einzige, was er zurückgelassen hatte.

»Nein«, sagte ich. »Der kommt nicht mehr zurück.«

25

Martin Banszak nahm seine randlose Brille ab, hauchte die Gläser an und polierte sie dann mit seinem Taschentuch. Als er mit dem Ergebnis zufrieden war, setzte er sie wieder auf und richtete seine traurigen blauen Augen auf mich.

»Sie wissen ja sicher, was für eine Sorte Männer wir kriegen«, sagte er. »Als Wachmann verdient man nur ein, zwei Dollar über dem Mindestlohn. Diese Tätigkeit erfordert keine Erfahrung und ein Minimum an Ausbildung. Unsere besten Leute sind pensionierte Polizisten, die ihre Rente aufbessern wollen, aber so jemand findet gewöhnlich auch eine bessere Stellung. Wir kriegen in erster Linie Leute, die keine Arbeit haben und irgendwas brauchen, um sich über die Runden zu bringen, bis sie was Besseres gefunden haben. Das sind oft gute Kräfte, aber sie bleiben nicht lang bei uns. Und dann kriegen wir Männer, die für uns arbeiten, weil sie nichts anderes finden.«

»Holen Sie Referenzen über sie ein?«

»Nur die allernötigsten. Ich versuche, keine verurteilten Straftäter einzustellen. Immerhin sind wir im Sicherheitssektor tätig. Wer läßt schon den Fuchs den Hühnerstall bewachen? Aber manchmal läßt sich das kaum vermeiden. Ich kann natürlich ihre Namen im Computer abfragen, aber was nützt das schon, wenn es sich um einen geläufigen Namen handelt? ›Frage: War William Johnson Insasse im Strafvollzug des Staates New York?‹ Also, wahrscheinlich finden Sie an jedem x-beliebigen Tag ein halbes Dutzend William Johnsons, die in einem Gefängnis dieses Staates sitzen. Wie soll ich das also feststellen? Und wenn einer zu mir kommt und sagt, er heißt William Johnson, woher soll ich wissen, daß das wirklich der

Name ist, mit dem er auf die Welt gekommen ist? Wenn mir ein Mann eine Sozialversicherungskarte und einen Führerschein zeigt, was bleibt mir da schon viel anderes übrig, als mal davon auszugehen, daß sie echt sind?«

»Lassen Sie nicht Ihre Fingerabdrücke überprüfen?«

»Nein.«

»Warum nicht?«

»Weil es zu lang dauert. Bis ich Rückmeldung aus Washington kriege, vergehen mindestens zwei Wochen. In der Zwischenzeit hat der Bewerber längst was anderes gefunden.«

»Können Sie sie denn nicht provisorisch anstellen? Und wieder entlassen, wenn die Überprüfung negativ ausfällt?«

»Handhabt man das so bei Reliable? Na ja, wahrscheinlich haben Sie ja auch entsprechend höhere Sätze. Eine Firma mit Sitz in Manhattan, eine noble Adresse. Für die Kunden, die es sich leisten können, Ihnen Ihre Betriebskosten zu finanzieren, mag das ja alles schön und gut sein.« Er nahm einen Bleistift und tippte mit dem Radiergummi an seinem Ende auf die Schreibtischplatte. »Ich kann nicht eine Hälfte meiner Mitarbeiter durch die andere überprüfen lassen. Dann wäre ich in Null Komma nichts pleite.«

Ich sagte nichts.

»Vor zwei Jahren«, fuhr er fort, »haben wir versucht, die Fingerabdrücke unserer Bewerber überprüfen zu lassen. Wissen Sie, was darauf passiert ist?«

»Die Zahl der Bewerbungen ging zurück.«

»Ganz genau. Niemand wollte sich einem so unangenehmen und erniedrigenden Verfahren unterziehen.«

»Vor allem die nicht, die polizeilich gesucht werden. Für die wäre es ganz besonders unangenehm und erniedrigend geworden.«

Er sah mich finster an. »Und für die, die aufgehört haben, für ihre Kinder Unterhalt zu zahlen. Und für die, die ihre Schulden nicht mehr bezahlen können. Und, ja, für die, die wegen geringfügiger Verstöße gegen das Betäubungsmittelgesetz oder wegen anderer Straftaten eine Haftstrafe verbüßt haben. In bestimmten Vierteln ist es nicht ganz einfach, aufzuwachsen, ohne mit dem Gesetz in Konflikt zu kommen und mal die Fingerabdrücke abgenommen zu kriegen. Der Großteil dieser Männer bewährt sich bei uns sehr gut.«

Ich nickte. Wer war ich schon, um mich zum Richter über ihn aufzuspielen, und was ging es mich an, wie er seine Firma führte? Er feuerte einen Mann wegen Trunkenheit, weil es die Kunden störte. Aber welchen Kunden störte es, daß der Mann, der sein Lagerhaus bewachte, irgendwann einfach aufgehört hatte, den Unterhalt für sein Kind zu zahlen, oder einem V-Mann der Polizei ein Gramm Kokain verkauft hatte? Das waren keine Vergehen, die man am Atem oder am Gang eines Mannes erkennen konnte.

»Kommen wir zurück zu Shorter«, sagte ich.

Shorters Akte enthielt neben den von ihm eingereichten Bewerbungsunterlagen eine Auflistung seiner Arbeitsstunden und der Vergütung, die er dafür erhalten hatte. Kein Foto, und da hakte ich nach. War es nicht üblich, alle Angestellten zu fotografieren?

»Natürlich«, sagte Banszak. »Wir brauchen ein Foto für dieAusweise. Wir machen sie gleich hier vor dieser Wand. Der ideale Hintergrund.« Wo war also das Foto? Auf den Ausweis laminiert, den Shorter bei seiner Entlassung hatte zurückgeben müssen und der dann routinemäßig vernichtet worden war, hieß es.

»Hat er ihn denn zurückgegeben?«

»Ich denke schon.«

»Und wurde er vernichtet?«

»Müßte er eigentlich.«

»Was ist mit dem Negativ?«

Er schüttelte den Kopf. »Wir nehmen Polaroid. Alle tun das. Man will ja den Ausweis möglichst gleich machen und nicht erst warten, bis der Film entwickelt ist.«

»Negativ gibt es also keins.«

»Nein.«

»Und Sie machen nur ein Foto? Machen Sie nicht noch ein zweites für die Unterlagen?«

»Doch, an sich schon.« Er blätterte im Ordner. »Anscheinend ist es nicht hier. Vielleicht wurde es falsch abgeheftet.«

Oder von Shorter aus der Personalakte entfernt, dachte ich. Oder erst gar nicht aufgenommen, weil Martin Banszak nicht gerade das strengste Regiment zu führen schien.

Ich sah mir die Bewerbungsunterlagen noch mal an. Als sich Shorter im Juli ´92 für die Stelle beworben hatte, hatte er bereits dieselbe Adresse in der East Ninety-fourth Street gehabt.

Im Juli ´92?

Ich fragte Banszak. Hatte Shorter tatsächlich schon sieben Monate für ihn gearbeitet, als Alan Watson ermordet wurde?

»Ja«, bestätigte er mir, »und er war sehr pünktlich und zuverlässig. Darum habe ich beim ersten Mal noch ein Auge zugedrückt.«

»Als er das erste Mal zu trinken anfing.«

»Ja. Es muß ihm wohl selber peinlich gewesen sein, weil er sich erst gar nicht zu rechtfertigen versuchte, sondern nur mit hängendem Kopf darauf wartete, gefeuert zu werden. Aber er hatte sich nie etwas zuschulden kommen lassen und war schon sieben Monate bei uns, deshalb ließ ich es ihm noch mal durchgehen.« Er runzelte die Stirn. »Beim nächsten Mal rief allerdings jemand an, um sich zu beschweren. Da mußte ich ihn entlassen.«

Sieben Monate. So lange hatte er gewartet, um den richtigen Augenblick abzupassen.

Ich nahm das Bewerbungsschreiben. »Davon brauche ich eine Kopie«, sagte ich. »Gibt es hier in der Nähe einen Laden, wo ich es mir kopieren kann?« Banszak sagte, er habe ein Kopiergerät und könne es für mich kopieren. Er ging in einen anderen Raum und kam mit der Ablichtung zurück, gab sie mir aber nicht sofort.

»Ich weiß nicht, ob ich Sie recht verstanden habe«, sagte er. Aber wenn Shorter irgend etwas weiß, wenn er untergetaucht ist, um sich vor Watsons Mörder in Sicherheit zu bringen« – das war die Begründung, die ich mir ausgedacht hatte – »sollte dann nicht die Polizei eingeschaltet werden?«

»Wenn es nicht mehr anders geht, sicher«, sagte ich. »Aber wie es aussieht, hat Shorter einen falschen Namen angenommen und das meiste, was in diesem Bewerbungsschreiben steht, erfunden. Wenn ich ihm also einige unangenehme Fragen seitens der Polizei ersparen kann ...«

»Ja, natürlich«, sagte er. »Auf jeden Fall.«

Er existierte nicht.

Er hatte einen Führerschein des Staates New York gehabt, dessen Nummer in seinem Bewerbungsschreiben angegeben war. Aber bei der Zulassungsstelle hatten sie nie was von ihm gehört, und die Führerscheinnummer, die er angegeben hatte, gab es nicht. Die Sozialversicherungsnummer dagegen war echt, aber sie gehörte einem State-Farm-Versicherungsagenten aus Emporia, Kansas, der Bennett Gunnarson hieß, nicht James Shorter.

Es hätte mir einige Mühe erspart, wenn Banszak seinen Angestellten Fingerabdrücke hätte abnehmen lassen – selbst wenn er nichts anderes damit gemacht hätte, als sie zu den Akten zu legen. Gleich nachdem ich entdeckt hatte, daß Shorter ausgeflogen war, hatte ich TJ vor der Pension Wache stehen lassen und war mit dem Taxi zum Flatiron Building gefahren, um mir bei Reliable von Wally Donn einen Spurensicherungssatz zu leihen. Bevor ich aus Shorters Zimmer gegangen war, hatte ich den Telefonhörer angehaucht – so, wie es Banszak mit seiner Brille gemacht hatte. Allerdings kamen dabei keine Fingerabdrücke zum Vorschein. Aber manchmal sind sie besser zu sehen, wenn man Puder nimmt. Und das Telefon war nicht die einzige glatte Oberfläche im Zimmer, auf der sich ein Fingerabdruck hätte befinden können.

Wieder zurück in der East Ninety-fourth, streute ich Puder auf das Telefon, das Fenster, das Waschbecken, die Kopf- und die Fußseite des Betts, den Lichtschalter und was sonst noch Aussicht auf Erfolg versprach. Nichts, nicht mal Schmutzflecken.

»Er hat saubergemacht«, sagte ich zu TJ. »Er hat ganz bewußt jede glatte Oberfläche im Zimmer abgewischt.«

»Ist eben sehr ordentlich, der Typ.«

»Ein Mörder ist er, das ist er. Im Februar hat er Alan Watson umgebracht. Vor ein paar Tagen hat er Helen Watson umgebracht und – mein Gott.«

»Was denn?«

»Helen Watson«, sagte ich. »Ich hab mich mal mit ihm unterhalten, und da hat er mich gefragt, ob ich schon mit Helen Watson gesprochen hätte. Woher wußte er ihren Vornamen? Von mir jedenfalls nicht. Mein Gott, wie lange hat er sie wohl schon belauert?«

Inzwischen hatte ich die Antwort.

Er hatte Alan Watson mindestens sieben Monate beobachtet, von dem Tag an, an dem er bei Queensboro-Corona zu arbeiten begonnen hatte, bis zu dem Abend, an dem er die Gelegenheit beim Schopf ergriffen und dem Börsenmakler ein Messer ins Herz gestoßen hatte. Weiß Gott, wie viele Gelegenheiten sich ihm bis dahin schon geboten hatten, aber er hatte es nicht eilig gehabt, er hatte sich Zeit gelassen, hatte gewartet, bis die Spannung immer größer wurde.

Und dann, als er schließlich zuschlug, gönnte er sich die zusätzliche Befriedigung, die Leiche selbst zu entdecken und die Polizei zu verständigen, wie ein Feuerteufel, der zurückkommt, um der Feuerwehr beim Löschen des Brandes zuzusehen, den er selbst gelegt hat. Und dann, erstaunlicherweise, hatte er seinen Job noch sechs Wochen behalten, bevor er es so hingedreht hatte, daß er entlassen wurde.

Ich wußte also, daß er sich gern Zeit ließ, und ich wußte auch, daß er schnell zuschlagen konnte, wenn er wollte. Ich hatte ihn noch am Freitag abend gesehen, und einen Tag später war Watsons Witwe tot gewesen. Ein paar Tage später wurde Gerard Billings auf dem Rücksitz eines Taxis erschossen.

Gerissen war er auf jeden Fall.

Aber wer zum Teufel war er?

Ich rief Ray Gruliow an und erzählte ihm von der neuesten Entwicklung. »Ich komme mir wie der letzte Idiot vor«, sagte ich. »Da finde ich den Dreckskerl und lasse ihn wieder laufen.«

»Sie wußten ja nicht, daß Sie ihn gefunden hatten.«

»Das ja. Das wußte nur er, nicht ich. Er hat richtig mit mir gespielt, dieser Dreckskerl. Er war die Katze und ich eine besonders unterbelichtete Maus. Wollen Sie wissen, was ich getan habe? Ich habe dieses Schwein zu einem AA-Treffen mitgenommen.«

»Nein.«

»Doch. Sie haben ihn rausgeworfen, weil er im Dienst getrunken hat, er hat ein sehr armseliges Leben geführt, und er hat wie ein Säufer gewirkt, der endgültig am Versumpfen ist. Es hat sich förmlich angeboten, ihm von den Anonymen Alkoholikern zu erzählen, und er hat sehr überzeugend skeptisches Interesse gemimt. Ich muß sagen, in puncto Anonymität ist der Kerl ein Naturtalent. Mir ist noch niemand begegnet, der es so gut verstanden hat, seine Anonymität zu wahren. Ich weiß immer noch nicht, wer er ist.«

»Aber Sie haben ihn doch gesehen. Sie sind ihm gegenübergesessen und haben sich mit ihm unterhalten.«

»Sicher. Ich weiß, wie er aussieht.« Ich beschrieb Shorter in allen Einzelheiten. »Jetzt wissen wir beide, wie er aussieht«, sagte ich schließlich. »Fällt Ihnen zu dieser Beschreibung irgendjemand ein, den Sie kennen?«

»Ich bin nicht sehr gut darin, jemand anhand einer Beschreibung wiederzuerkennen.«

»Er ist achtundvierzig Jahre alt. Als Geburtsort hat er Klamath Falls, Oregon, angegeben, aber dort haben sie nie was von einem Mann dieses Namens gehört, und es ist nicht gesagt, daß er da mal auch nur auf tausend Meilen Entfernung hingekommen ist. Eine Woche bevor er bei Queensboro-Corona aufgetaucht ist, hat er sich dieses möblierte Zimmer genommen, und wenn mich nicht alles täuscht, war das die Geburtsstunde von James Shorter. Ich schätze, er hat sich einen falschen Ausweis zugelegt, ein möbliertes Zimmer gemietet und auf Arbeitssuche gemacht.«

»Um Alan nachspionieren zu können.«

»Genau«, sagte ich. »Ich glaube, darauf fährt er richtig ab. Anders kann ich mir sein Verhalten nicht erklären. Ich habe mich zu diesem Thema ein bißchen kundig gemacht, und es gibt gewisse Elemente, die in das Schema passen. Zum Beispiel, wie er sein ganzes Leben darauf ausgerichtet hat, Alan Watson möglichst gut nachstellen zu können. Und wie er den Mord selbst hinausgezögert hat. Wie viele Gelegenheiten, schätzen Sie, hatte er in den sechs Monaten, die er für Q-C gearbeitet hat? Zwanzig? Hundert? Aber er hat es immer wieder aufgeschoben. Allerdings nicht aus Angst vor Entdeckung.«

»Er hat nur gewartet, um einen noch größeren Kick davon zu kriegen.«

»Genau.«

»Aber bei Gerry ...«

»Ich glaube, er begann schon sehr bald, nachdem er Watson umgebracht hatte, jemand anderem nachzustellen. Wahrscheinlich Billings, aber es könnte auch jemand anderer gewesen sein. Möglicherweise hat er sogar gleich mehrere von Ihnen ins Visier genommen. Er wohnte immer noch im selben möblierten Zimmer und nannte sich immer noch James Shorter, weshalb ich nicht glaube, daß er bereits beim letzten Akt seines kleinen Dramas angelangt war. Doch dann bin ich aufgetaucht, und er hat gemerkt, daß es für James Shorter langsam Zeit wurde zu verschwinden, aber er wollte einen richtig schön dramatischen Abgang machen.«

»War ja auch recht spektakulär, wie er Gerry umgebracht hat.«

»Er muß genau gewußt haben, wo er wohnte und wie sein Tagesablauf aussah. Eine Waffe hatte er vermutlich schon, oder zumindest wußte er, wo er sich eine beschaffen kann. Und mit dem Bus zum Newark Airport rauszufahren und in einem gestohlenen Auto wieder zurückzukommen, dürfte auch nicht allzu schwer gewesen sein. Danach brauchte er nur noch auf Billings zu warten und zuzuschlagen. Einen Autounfall zu inszenieren war natürlich eine originelle Idee, aber er hatte auch andere Möglichkeiten. Er hätte Billings im Vorbeifahren erschießen oder ihn einfach überfahren können.«

Oder er hätte sich eine Möglichkeit ausdenken können, eine Bombe durch Gruliows Hightech-Plastikfenster zu werfen. Auf diese Weise hätte er neun der noch lebenden vierzehn Mitglieder auf einen Schlag um die Ecke bringen können. Er hatte von der Versammlung gewußt, weil ich so freundlich gewesen war, ihm davon zu erzählen, und er hatte mich nicht mal groß auszuquetschen gebraucht, damit ich ihm verriet, daß es im Village stattfand. Das einzige Mitglied, das im Village wohnte, war Gruliow. Vielleicht war Shorter am Dienstag nachmittag in der

Commerce Street gewesen, vielleicht war er gleich gegenüber im Grange über einem Bier gesessen und hatte beobachtet, wie sie einer nach dem anderen ankamen. Und vielleicht hatte er auch mich beobachtet.

»Wer ist der Kerl?« sagte ich. »Haben Sie irgendeine Ahnung?«

»Nicht die geringste.«

»Wir wissen, daß er kein Mitglied ist, wobei ich nicht glaube, daß das einer von uns je ernsthaft in Erwägung gezogen hat. Wer weiß sonst noch etwas über den Club?«

»Eigentlich niemand. Jedenfalls nichts Näheres.«

»Er ist achtundvierzig. 1961 wäre er dann – wie alt? – sechzehn gewesen. Könnte er der jüngere Bruder eines Mitglieds sein, der seinen Haß auf seinen Bruder auf den ganzen Club übertragen hat?«

»Ist das nicht ein bißchen arg an den Haaren herbeigezogen?«

»Ich weiß nicht, ob wir damit rechnen können, ein logisches Motiv zu finden«, sagte ich. »Wieso sollte es für ein so langfristiges unnormales Verhalten eine vernünftige Erklärung geben? Er hat doch nur einen Vorwand gebraucht.«

»Müßte er denn nicht einen sehr triftigen Grund gehabt haben, um so lange durchzuhalten?«

»Nein«, sagte ich. »Er hat vermutlich nur einen Auslöser gebraucht. Sobald er mal in Fahrt war, hat ihn sein eigener Schwung weitergetragen, völlig unabhängig davon, wie schwach das auslösende Moment war.«

»Weil ihm das Ganze Spaß macht.«

»Er fährt voll darauf ab«, sagte ich. »Aber wenn mich nicht alles täuscht, ist es mehr als das. Es ist sein ganzer Lebensinhalt.«

Kürzere Fassungen dieses Gesprächs führte ich auch mit allen anderen Clubmitglieder, die ich erreichen konnte. Ich beschrieb ihnen Shorter und fragte sie, ob die Beschreibung auf jemand zutraf, der schon seit langem etwas gegen die Gruppe haben könnte. Im wesentlichen sagten sie alle das gleiche: die Beschreibung traf auf zu viele Leute zu, und ganz abgesehen davon fiel ihnen niemand ein, der aus irgendeinem Grund, ob nun vernünftig oder nicht, etwas gegen den Club haben könnte – oder auch nur wissen, daß es ihn gab.

»Zu dumm, daß es kein Foto von ihm gibt«, sagte mehr als einer von ihnen. Und ich erklärte ihnen, sein Arbeitgeber in Corona habe zwar zwei Polaroidaufnahmen von ihm machen lassen, aber es sei keine mehr davon aufzutreiben. Eine befinde sich auf seinem Ausweis, den er höchstwahrscheinlich behalten habe; der andere war praktischerweise aus seinen Unterlagen verschwunden.

Und wann, fragte ich mich, war das passiert? Hatte er eine Möglichkeit gefunden, das Foto zu entwenden, bevor sie ihn entlassen hatten? Oder war er irgendwann danach an einem Wochenende kurz vorbeigekommen, um alle Spuren zu verwischen? Das könnte er mit dem Ausflug nach Forest Hills verbunden haben, bei dem er Helen Watson in der Badewanne ertränkt hatte.

»Mußte er denn keine anderen Fotos von sich machen lassen?« fragte Elaine. »Wie hat er seine Gehaltsschecks eingelöst? Ich kann mir schwer vorstellen, daß er ein Bankkonto hatte.«

»Vermutlich hat er sie immer in ein Scheckeinlöse-Institut getragen. Jedenfalls hatte er nur seinen Queensboro-Corona Ausweis und den Führerschein. Mehr brauchte er auch gar nicht.«

»Und du hast ihm gegenüber am Tisch gesessen.«

»Und zu einem Treffen habe ich ihn auch mitgenommen.«

»Bei einem AA-Treffen nehmen sie einem wohl keine Fingerabdrücke ab? Und ein Foto fürs Verbrecheralbum machen sie wahrscheinlich auch nicht.

Das würde wahrscheinlich gegen das alte Anonymitätsprinzip verstoßen.«

»Leider ja.«

»Wenn ich dabeigewesen wäre, hätte ich heimlich ein Foto von ihm machen können – so, wie damals im Wallbanger's, weißt du noch?«

»Mein Gott, so was Blödes!«

»Was ist denn? Hab ich was Falsches gesagt?«

»Nein. Du hast was Richtiges gesagt. Ich weiß wirklich nicht, was mit mir los ist, wirklich nicht. Warum kann ich plötzlich nicht mehr gescheit denken?«

»Wie meinst du das?«

Statt einer Antwort deutete ich auf eine gerahmte Zeichnung an der Wand.

26

»Eins kann ich dir sagen«, meinte Ray Galindez. »Das ging wirklich fix. Du hattest ein sehr klares und präzises Bild von diesem Kerl im Kopf, und wie lang hat es gedauert, es da rauszuholen und zu Papier zu bringen? Fünfzehn, zwanzig Minuten?«

»So in etwa.«

»Verglichen mit Zeugen, die nicht wissen, wie sie ihre Augen gebrauchen sollen, und sich nicht erinnern können, was sie damit gesehen haben, war das wirklich ein Klacks. Vor einer Woche hatte ich eine Zeugin, die hat die ganze Zeit gesagt, ich würde die Augen nicht richtig hinkriegen. Was stimmt daran nicht? Zu groß, zu klein, zu weit auseinander, zu dicht beisammen, was? Sind es Schlitzaugen? Sind es Mandelaugen? Hängende Lider? Etwas mehr müssen Sie mir schon sagen, denn immer bloß zu behaupten, sie stimmen nicht, hilft mir nicht weiter. Ich versuche dies, ich versuche das, ich verändere dies, ich korrigiere jenes, und alles, was ich zu hören kriege, ist, die Augen stimmen nicht. Weißt du, was sich schließlich rausgestellt hat?«

»Was?«

»Sie hat seine blöden Augen nie gesehen. Der Typ trug eine Spiegelsonnenbrille. Und bis ihr das einfällt, braucht sie eine geschlagene Stunde. Dabei war das ein Typ, der direkt vor ihr stand und sie mit seiner Knarre bedroht hat. ›Die Augen stimmen nicht‹, erzählt sie mir. ›Diese Augen werde ich nie vergessen.‹ Bloß daß sie sie nie gesehen hat. Was soll sie da also nie vergessen?«

»Wenigstens war sie so schlau, sich mit dir zusammenzusetzen«, sagte ich. »Bei mir hat es nur zu der Feststellung gereicht, daß ich kein Foto von ihm habe.

Dabei habe ich sogar eine deiner Zeichnungen an der Wand hängen, und trotzdem bin ich nicht draufgekommen.«

»Manchmal sieht man den Wald vor lauter Bäumen nicht.«

»Schon möglich.«

Als ich ihm Geld geben wollte, wollte er es nicht nehmen. »Ich glaube, ich bin eher dir was schuldig«, meinte er. »Nach allem, was Elaine für mich getan hat. Ich hab mal meine Mutter in die Galerie mitgenommen, und seitdem hörst du von ihr nur noch *mi hijo el artista.* Als ich zur Polizei gegangen bin, war sie nicht annähernd so stolz. Weil wir gerade davon reden – da hat sich auch einiges geändert.«

»Bei der Polizei?«

»Ach, das steht auf einem anderen Blatt Papier. Nein, ich meine eigentlich mehr meinen Job speziell. Sie möchten, daß ich mit einem Computer arbeite.«

»Du meinst, wie mit einem Phantombildapparat?«

»Nein, anders. Wesentlich flexibler als mit so was. Man kann inzwischen winzige Veränderungen an der Mundform vornehmen, den Kopf verlängern, die Augen tiefer setzen, alles, was man mit Bleistift und Papier könnte.« Er erklärte, wie die Software funktionierte und was sie alles konnte. »Aber es hat nichts mehr mit Zeichnen zu tun. Es ist keine Kunst.«

Er lachte, und ich fragte ihn, was so komisch sei.

»Daß ich jetzt auch schon dieses Wort benutze«, sagte er. »Wenn Elaine meine Arbeit Kunst nannte, hab ich ihr immer widersprochen. Aber langsam glaube ich, sie hat recht. Eins kann ich dir jedenfalls sagen: was ich mit dieser Frau gemacht habe, die aus Europa rübergekommen ist, war ganz anders als alles, was ich bisher gemacht habe. Hat dir Elaine schon davon erzählt? Sie ist eine Kundin von ihr, sie hat ihre ganze Familie im Konzentrationslager verloren.«

»Elaine hat mir davon erzählt. Ich wußte bloß nicht, daß du schon angefangen hast, mit ihr zu arbeiten.«

»Bisher hatten wir zwei Sitzungen, aber so was Anstrengendes habe ich noch nie gemacht. Sie kann sich nicht mehr erinnern, wie diese Leute ausgesehen haben.«

»Wie kannst du sie dann zeichnen?«

»Oh, die Erinnerungen sind ja noch da. Die Frage ist nur, wie kommt man an sie ran und wie holt man sie raus. Angefangen haben wir mit ihrem Vater. Wie hat er ausgesehen? Also, das hat zu nichts geführt, weil sie es nicht weiß. Das Beste, was sie zu bieten hat, ist, daß er groß war. Gut, was für ein Mensch ist er? Er ist sehr gutmütig, sagt sie. Okay, ich fange also an zu zeichnen. Er hat eine tiefe Stimme, erinnert sie sich. Okay, jetzt zeichne ich einen großen, gutmütigen Mann mit einer tiefen Stimme, der wütend wird. Spät abends saß er immer am Küchentisch und addierte lange Zahlenreihen. Okay, zeichnen wir das. Und so machen wir weiter, und hin und wieder müssen wir eine Pause machen, weil ihr die Tränen kommen oder weil sie nicht mehr aufs Papier sehen kann oder weil sie einfach fix und fertig ist. Glaub mir, bis wir Schluß gemacht haben, waren wir *beide* fix und fertig.«

»Und am Ende hattest du ein menschliches Gesicht?«

»Am Ende hatte ich ein menschliches Gesicht«, sagte er. »Aber wem gehört dieses Gesicht? Sieht es aus wie der Mann, der in die Gaskammer kam? Das kann kein Mensch sagen. Es hat Erinnerungen zurückgebracht, soviel steht fest, und sie hat ein Bild, das ihr was bedeutet – also, ich meine, was soll's? Ist es so gut wie ein Foto? Wer weiß, vielleicht ist es sogar besser. Ist es Kunst?« Er zuckte mit den Achseln. »Ich muß zugeben, ich glaube schon.«

»Und das da?«

»Dieses Schwein?« Er beugte sich vor und blies ein paar Radiergummikrümel von der Zeichnung. »Das braucht keine Kunst zu sein. Hauptsache, es sieht so aus wie er.«

Ich ging in einen Kopierladen und machte zwei Dutzend Kopien von der Zeichnung. Ich fand sie gut getroffen. Das Original gab ich Elaine, aber ich bat sie, es vorerst nicht aufzuhängen. Eine Kopie bekam TJ, der eine Augenbraue hob und erklärte, Shorter sei eine ganz schön häßliche Type.

In den nächsten paar Tagen erreichte ich die meisten der Männer, die an dem Treffen bei Gruliow teilgenommen hatten, und auch ein paar, die nicht hatten kommen können. Niemand teilte TJs Ansicht, aber es erkannte auch niemand einen lange verschollenen Cousin in Shorter wieder.

»Ein richtiger Durchschnittstyp«, meinte Bob Berk. »Kein Gesicht, das einem gleich ins Auge sticht.«

Mehrere sagten, er komme ihnen vage bekannt vor. Lewis Hildebrand meinte, er könne Shorter schon mal gesehen haben, aber mit Sicherheit könne er das unmöglich sagen. »Die visuellen Eindrücke, die in dieser Stadt auf einen einstürzen, sind überwältigend«, sagte er. »Gehen Sie in midtown Manhattan ein Stück die Straße runter, und durch Ihr Blickfeld kommen mehr Menschen, als ein durchschnittlicher Kleinstadtbewohner in einem ganzen Jahr zu sehen bekommt. Gehen Sie in der Rush-hour durch die Grand Central Station, und Sie sehen Tausende von Menschen, ohne einen von ihnen wirklich zu sehen. Wie viel sortieren wir einfach aus? Wie viel bleibt hängen, bewußt oder sonst wie?«

Hard-Way Ray Gruliow sah die Zeichnung in seinem Wohnzimmer in der Commerce Street mit zusammengekniffenen Augen an und schüttelte dann den Kopf. »Irgendwie kommt er mir bekannt vor«, sagte er. »Aber nur sehr vage.«

»Das höre ich schon die ganze Zeit.«

»Ganz schön verrückt, hm? Da ist jemand, der uns so haßt, daß er sein ganzes Leben der Aufgabe widmet, uns umzubringen. Das ist nämlich kein Typ, der eines Tages mit dem falschen Fuß aufgestanden ist und mit seiner Knarre in ein Postamt geht. Es handelt sich hier um sein Lebenswerk.«

»Allerdings.«

»Und wir sehen uns sein Bild an, und alles, was uns zu ihm einfällt, ist, daß er uns vage bekannt vorkommt. Wer könnte er sein? Woher könnte er uns kennen?«

»Und woher könnten Sie sich an ihn erinnern?«

»Keine Ahnung. Das einzige Mal, daß wir uns treffen, ist dieses Abendessen einmal im Jahr. Vielleicht war er mal Kellner im Cunningham's. Wie alt, haben wir gesagt, war er damals? Sechzehn? Da kann er kein Kellner gewesen sein. Vielleicht war er Piccolo.«

»Und Sie haben vielleicht beim Trinkgeld gespart.«

»Nein, das ist nicht unsere Art. Da lassen wir uns nicht lumpen.«

Die Ortsgruppe 100 der Restaurant- und Hotelangestellten Amerikas hat ihr Büro in der Eighth Avenue, nur zwei Straßen vom Restaurantviertel. Ich sprach dort mit einem gewissen Gus Brann, der es sichtlich komisch fand, daß ich Angestellte eines Lokals ausfindig zu machen versuchte, das es schon zwanzig Jahre nicht mehr gab. »Die Gastronomie ist auch nicht mehr das, was sie mal war«, sagte er. »Jedenfalls nicht im Servicesektor. Man hatte Kellner, die ihren Beruf ihr ganzes Leben lang ausübten. Sie kannten ihre Gäste und wußten, wie man bedient. Und heute, wen kriegen Sie da? Lauter Schauspieler und Schauspielerinnen. ›Ich heiße Scott, und wir werden gemeinsam an einem Essenserlebnis teilhaben.‹ Schätzen Sie mal, wie viele von denen auch bei der Schauspielergewerkschaft sind.«

»Keine Ahnung.«

»Jede Menge, glauben Sie mir. Man geht essen, und was kriegt man? Eine Ein-Mann-Theatervorstellung.«

»In den altmodischen Steakhäusern ist die Fluktuation aber nicht so stark, oder?«

»Nein, da haben Sie recht, aber wie viele von denen gibt es schon noch? Da wäre das Gallagher's, das Old Homestead, das Keens, das Peter Luger, das Smith und Wie-heißt-er-gleich-wieder? Wolensky, das …«

»Kellner bleiben doch in der Regel beim selben Restauranttyp, oder nicht?«

»Ich hab Ihnen doch gerade gesagt, sie bleiben nicht mal in der Branche.«

»Aber ein Kellner von der alten Sorte. Angenommen, so jemand arbeitet im Cunningham's, und es muß schließen, dann sucht er sich doch in einem der Lokale, die Sie gerade aufgezählt haben, eine Stellung, würden Sie nicht auch sagen?«

»Außer er hat sich in den Kopf gesetzt, in einem Schmierenstück ein Engagement für die Hauptrolle zu ergattern. Aber ansonsten, klar, man bleibt generell bei dem, was man kennt.«

»Wenn Sie also jemand suchen würden, der mal im Cunningham's gearbeitet hat, würden Sie dort zuerst nachfragen.«

»Ich schätze schon.«

»Für mich wäre das allerdings mit ziemlichem Aufwand verbunden«, sagte ich. »Ich müßte ein paar Tage kreuz und quer durch die Stadt fahren, und selbst dann wäre noch nicht gesagt, ob überhaupt jemand bereit wäre, mit mir zu reden. Dagegen müßte jemand vom Fach wie Sie wahrscheinlich nur ein bißchen rumtelefonieren, um so was rauszukriegen.«

»He«, sagte er. »Ich habe hier auch noch was anderes zu tun, wenn Sie wissen, was ich meine.«

»Sicher.«

»Ich kann mich hier nicht den ganzen Tag hinters Telefon klemmen und irgendwelche Leute löchern, wer vor zwanzig, dreißig Jahren wo gearbeitet hat.«

»Sie würden mir eine Menge Zeit sparen helfen«, sagte ich, »und Zeit ist bekanntlich Geld. Ich wollte diese Auskünfte nicht umsonst.«

»Dann«, sagte er, »sieht das natürlich anders aus.«

Am nächsten Tag rief ich Gruliow an und sagte ihm, daß ich nicht nur einen, sondern sogar zwei Herren gefunden hätte, die ihr Leben lang Leuten mit einem kräftigen Appetit Steaks serviert hatten. »Sie haben beide im Cunningham's gearbeitet, als es schließen mußte. Einer von ihnen fing dort vor über vierzig Jahren als Piccolo an.«

»Dann müßte er bei unserem ersten Treffen dabeigewesen sein«, sagte er. »Mein Gott, er müßte sogar noch einige Treffen des vorherigen Kapitels mitbekommen haben.«

»Er erkannte das Gesicht auf der Zeichnung jedoch nicht wieder. Genausowenig sagte es dem anderen was, der übrigens noch ein bißchen älter ist, obwohl er erst 1967 ins Cunningham's kam. Von dort wechselte er zum Old Homestead, wo er dann blieb, bis er vor dreieinhalb Jahren in Pension ging. Sie haben beide das gleiche gesagt.«

»Und das war?«

»Daß er ihnen bekannt vorkommt.«

»Wissen Sie was?« seufzte Gruliow. »Unser Freund hat einfach ein typisches Allerweltsgesicht. Niemand kann sich an ihn erinnern, aber jeder denkt, er hätte ihn schon mal irgendwo gesehen. Übrigens, Matt, das war nur so eine Schnapsidee von mir, daß er im Cunningham's gearbeitet haben könnte.«

»Ich weiß.«

»Und trotzdem sind Sie der Sache nachgegangen.«

»Es hat sich ja förmlich angeboten.«

»Wie haben Sie eigentlich diese Typen aufgetrieben?«

»Ich hab sie nicht aufgetrieben«, sagte ich. »Ich hab jemanden aufgetrieben, der sie für mich aufgetrieben hat. Wissen Sie, wenn ich die Polizei einschalten würde, hätten die in kürzester Zeit ein Dutzend Männer, die im fraglichen Zeitraum im Cunningham's gearbeitet haben. Und einer von denen hätte vielleicht einen Namen für das Gesicht auf der Zeichnung.«

»Ich habe mit den anderen gesprochen«, sagte er.

»Und?«

»Wir wollen alle sehr vorsichtig sein. Wir werden nach dem Mann auf der Zeichnung Ausschau halten. Aber wenn es nicht unbedingt sein muß, möchten wir lieber nicht an die Öffentlichkeit gehen.«

»Wenn noch jemand umgebracht wird ...«

»Sie haben gesagt, er würde wahrscheinlich das nächste halbe Jahr untertauchen.«

»Das habe ich gesagt«, gab ich zu, »aber was weiß ich letztlich schon. Ich maße mir nicht an, vorhersagen zu können, was ein Irrer als nächstes tun wird. Und bisher hat er noch keine Anstalten gemacht, mich anzurufen und mir Bescheid zu sagen.«

Es war Mittwoch nachmittag, als ich mit Gruliow sprach. Am Abend ging ich zum erstenmal in dieser Woche zu einem Treffen, und nachher schaute ich noch auf eine Tasse Kaffee ins Flame. Einer der Männer am Tisch war ein Neueinsteiger, und die anderen versuchten ihm zu helfen, indem sie seine Fragen beantworteten und ihm versicherten, daß es wirklich ein Leben nach der Nüchternheit gab. Der Neue war Anfang dreißig und sah ganz anders aus als Jim Shorter, aber seine Einstellung war ganz ähnlich wie die der Person, die Shorter für mich verkörpert hatte – eine Mischung aus vorsichtiger Hoffnung und skeptischem Zynismus. Es war mir sehr unangenehm, am selben Tisch mit ihm zu sitzen. Er benahm sich nicht irgendwie blöd, und ich wußte, daß er keine Show abzog, aber ich wurde das Gefühl nicht los, noch mal hereingelegt zu werden.

Ich ging nach Hause und erzählte Elaine davon. »Am liebsten würdest du ihn umbringen, stimmt's?« sagte sie.

»Den Typ von heute abend? Ach so, du meinst Shorter.«

»Natürlich.«

»Wahrscheinlich bin ich ziemlich sauer auf ihn«, sagte ich. »Ich spür's zwar nicht richtig, aber es muß da sein. Da versuche ich, diesem Schwein zu helfen, und er führt mich bloß an der Nase rum. Dieser Drecksack.«

»Ja«, sagte sie. »Könnte fast sein, daß du ein bißchen sauer bist.« Sie wollte noch was sagen, aber das Telefon klingelte, und sie stand auf und nahm ab. »Ja«, sagte sie. »Einen Augenblick. Ich seh mal, ob er da ist.«

Sie hielt das Mundstück zu. »Es ist Shorter«, sagte sie.

27

»Jim«, sagte ich, »gut, daß Sie anrufen. Ich hatte gehofft, Sie würden sich melden.«

»Ich war ziemlich beschäftigt, Matt.«

»Das kenne ich. Bin selber auch ziemlich viel unterwegs gewesen. Ich habe Sie mehrere Male zu erreichen versucht, aber wahrscheinlich waren Sie nicht zu Hause.«

»Wahrscheinlich.«

»Ich dachte, vielleicht treffe ich Sie bei einem Treffen, aber ich wohne ja am anderen Ende der Stadt.«

»Eine völlig andere Welt.«

»Ja. Wie geht's so?«

Es trat eine Pause ein. Dann sagte er: »Ich weiß, daß Sie's wissen, Matt.«

»Hä?«

»Das komische ist, daß ich dachte, Sie hätten's von Anfang an gewußt. Ich dachte, Scheiße, haben sie endlich doch geschnallt, was Sache ist, und sich einen Detektiv genommen. Aber Sie hatten nicht die leiseste Ahnung, oder?«

»Nein.«

»Mich zu einem AA-Treffen mitzuschleppen. Erst dachte ich, das wäre eine Falle. Mich erst ablenken und dann überrumpeln. Aber Sie haben nichts gemerkt, oder? Sie dachten, ich brauchte Hilfe, und wollten mir helfen.«

»Etwas in der Art.«

»Wissen Sie, Matt, das war wirklich nett von Ihnen. Ehrlich.«

»Wenn Sie das sagen.«

»Und die Treffen waren interessant. Ich kann mir durchaus vorstellen, wie da jemand mit Alkoholproblemen wieder Fuß fassen kann. Und wenn mich nicht alles täuscht, gehen auch Leute hin, die gar keine Alkoholiker sind – einfach, um nicht allein zu sein, und weil sie das Gefühl vermittelt bekommen, ihr Leben wieder in den Griff zu kriegen.«

»Von denen werden Sie aber, glaube ich, nicht allzu viele finden.«

»Nicht? Na ja, das können Sie sicher besser beurteilen als ich, Matt. Wissen Sie, ich hab Ihnen, äh, was vorgemacht. Ich bin kein Alkoholiker.«

»Das müssen Sie selbst am besten wissen.«

Er lachte. »Striktes Leugnen, ja? Ich wette, das bekommen Sie ziemlich oft zu hören. Nein, wissen Sie, ich wollte mich bloß auf elegante Weise bei Queensboro-Corona verabschieden, und was Alkohol angeht, ist Martin Banszak unerbittlich. Knallt sich zwar selbst den ganzen Tag mit Valium voll, der alte Sack, läuft rum wie so ein bescheuerter Zombie, aber wenn er einen mit einer Fahne erwischt, kann man einpacken.«

»Er hat Ihnen doch noch mal eine Chance gegeben.«

»Ja, ist das nicht irre? Deshalb dachte ich mir, gehst du beim zweiten Mal auf Nummer Sicher.«

»Was haben Sie gemacht? Selbst angerufen und sich beschwert?«

»Woher wissen Sie das? Ach stimmt, Sie sind ja Detektiv. So was rauszufinden ist Ihr Job.«

»Richtig. Allerdings habe ich mich bisher nicht sehr geschickt angestellt.«

»Also, das finde ich überhaupt nicht, Matt.«

»Da sind eine ganze Reihe Dinge, die ich nicht verstehe, Jim.«

»Was zum Beispiel?«

»Warum Sie es tun, zum Beispiel.«

»Ha. Das können Sie sich nicht erklären, wie?«

»Ich dachte, vielleicht helfen Sie mir ein bißchen.«

»Sie meinen, indem ich Ihnen einen Tip gebe?«

»Etwas in der Art.«

»Das geht aber leider nicht. Außerdem, kann ich Ihnen sagen, ist es ziemlich egal, wie ich auf diese Beschäftigung gekommen bin. Andere Leute sammeln Briefmarken, kleben sie in ein Album ein, leben in irgendeiner Dachkammer von Erdnußbutterbroten, stecken jeden Cent in ihre Briefmarkensammlung. Fragen Sie so jemand auch, wie er dazu gekommen ist, Briefmarken zu sammeln? Er ist Briefmarkensammler. Es ist sein Hobby.«

»Sind Sie ein Sammler, Jim?«

»Ob ich die Mitglieder sammle? Meinen Sie das? Ob ich sie mit einem Schmetterlingsnetz einfange? Und nicht eher aufhöre, bis der Satz komplett ist?« Er lachte. »Gar keine schlechte Idee. Aber nein, so ist es nicht. Lassen Sie mich Ihnen mal so viel sagen: Ich habe meine Gründe.«

»Aber welche das sind, wollen Sie nicht sagen.«

»Nein.«

»Demnach sind sie wahrscheinlich rational nicht nachvollziehbar. Sonst würde es Ihnen doch nichts ausmachen, damit rauszurücken.«

»He, ganz schön raffiniert«, bemerkte er anerkennend. »Bring den Kerl dazu, dir zu beweisen, daß er nicht verrückt ist. Das Problem ist bloß, ich müßte verrückt sein, um darauf reinzufallen.«

»Tja, das ist einer der Punkte, derentwegen ich mir ein bißchen Sorgen mache, Jim.«

»Daß ich verrückt bin?«

»Daß Sie die Beherrschung verlieren.«

»Wie kommen Sie denn darauf?«

»Der Taxifahrer.«

»Der Taxifahrer? Ach, dieser Araber.«

»Er war Bengale.«

»Interessiert doch keine Sau. Ali Dingsbums. Was soll mit ihm sein?«

»Warum haben Sie ihn umgebracht? Er war nicht im Club.«

»Er war im Weg.«

»Sie haben sein Taxi gerammt.«

»Na und? Sie schwindeln sich am JFK durch den Zoll und zehn Minuten später machen sie mit einem vorläufigen Taxiführerschein die Straßen unsicher. Finden zwar nicht mal die Penn Station, aber nehmen einem richtigen Amerikaner einen Job weg.«

»Und deshalb sind Sie wütend geworden?«

»Machen Sie Witze? Das ist mir doch scheißegal. Ali war dran, und er war im Weg. Sayonara, Baby. Mehr nicht.«

»Genau das meine ich. Die Sache gerät Ihnen außer Kontrolle.«

»Da täuschen Sie sich gewaltig, Matt. Ich habe die Lage hundertprozentig unter Kontrolle.«

»Früher haben Sie sich auf die Clubmitglieder beschränkt.«

»Und was ist mit Diana Shipton? Sie war nicht im Club. Ich hätte jede Menge Gelegenheiten gehabt, Boyd kaltzumachen, als er allein war.«

»Warum haben Sie das nicht gemacht?«

»Manchmal möchte man eben ein bißchen Furore machen. Das war übrigens nicht das einzige Mal. Was ist zum Beispiel mit – ach, lassen wir das.«

»Was?«

»Ach, nichts. Ich erzähle Ihnen zu viel.«

»Warum haben Sie Helen Watson umgebracht?«

»Ach, das wissen Sie?«

»Warum?«

»Weil Sie mit ihr reden wollten. Vielleicht hätte sie sich dran erinnert.«

»Woran hätte sie sich erinnert?«

»Mein Gott, daß ich sie gebumst habe. Glauben Sie, daran hätte sie sich nicht erinnert?«

»Ich schätze schon.«

»Das haben Sie aber nicht gewußt, oder?«

»Nein.«

»Und jetzt wissen Sie nicht, ob Sie mir glauben sollen.«

»Ich weiß nicht mal, ob Sie sie umgebracht haben. Vielleicht hat sie zu viel getrunken und ist ertrunken.«

»Der Scotch im Bad. Dachte ich mir doch, daß Ihnen das gefallen würde. Sozusagen ein kleiner Wink von mir, Matt. Ein kleiner Gruß.«

»Wie das Treffenverzeichnis unterm Kopfkissen.«

»So in etwa. Das mit dem Verzeichnis fand ich echt nett, wirklich. Und ich fand's auch nett, daß Sie sich so um mich bemüht haben. Ich bin's sonst nicht gewöhnt, daß sich jemand so ins Zeug legt, um mir was Gutes zu tun.«

»Waren die Menschen schlecht zu Ihnen, Jim?«

»Was soll das jetzt wieder? Trick siebzehn aus der Psychokiste? ›O ja, Schwester, die Menschen waren immer so gemein und fies zu mir.‹«

»Ich versuche Sie bloß zu verstehen, mehr nicht.«

»Den Code knacken.«

»Vermutlich.«

»Wozu? Ihre Kumpel können ganz beruhigt sein. Ich setze mich freiwillig zur Ruhe.«

»Tatsächlich?«

»Ehrlich gestanden, langsam habe ich die Schnauze voll von Jim Shorter. Und auch von diesem kleinen Zimmer in der Ninety-fourth Street. Wissen Sie, was ich vielleicht mache? Ich gehe vielleicht weg von New York.«

»Wohin?«

»Hey, die Welt ist doch riesengroß. Wenn ich noch was davon sehen will, sollte ich langsam meinen Arsch hochkriegen. Wissen Sie, wie alt ich bin?«

»Achtundvierzig.«

Eine Pause. »Ach ja, richtig. Ich werde jedenfalls nicht jünger.«

»Das werden die wenigsten.«

»Und einige werden auch nicht älter.« Sein Lachen war rauh und gemein, und es endete abrupt, als hätte er gemerkt, wie es sich anhörte. »Die Sache ist die, jetzt ist erst mal eine Weile Schluß mit den Morden.«

»Wie lange ist eine Weile?«

»Warum wollen Sie mich ständig auf was festnageln? Kein Mord mehr bis zum nächsten Jahresessen.«

»Und wann ist das?«

»Was wollen Sie eigentlich, mich aushorchen? Am ersten Donnerstag im Mai, wissen Sie nicht mehr? Bis dahin bin ich aus dem Verkehr gezogen.«

»Und darauf geben Sie mir Ihr Wort?«

»Aber klar doch. Mein Wort als Ehrenmann. Wieviel, schätzen Sie, ist das wert?«

»Das weiß ich nicht. Wie haben Sie von der Existenz des Clubs erfahren, Jim?«

»Gute Frage.«

»Was haben Sie gegen die Mitglieder?«

»Wer sagt, ich hab was gegen sie?«

»Ich fände es gut, wenn Sie es mir erklären würden, damit ich es verstehen kann.«

»Ich fände es gut, wenn Sie endlich aufhören würden, das zu versuchen.«

»Nein, fänden Sie nicht.«

»Nein?«

»Sonst hätten Sie doch nicht angerufen.«

»Angerufen hab ich, weil Sie ziemlich nett zu mir waren. Und da wollte ich auch ein bißchen nett sein.«

»Sie haben angerufen, weil Sie das Spiel weiterspielen wollen.«

»Sie halten das für ein Spiel?«

»*Sie* halten es für ein Spiel.«

»Ha! Ich sollte auf der Stelle einhängen.«

»Es sei denn, es macht Ihnen Spaß.«

»Das auf jeden Fall. Aber man soll bekanntlich nichts übertreiben. Irgendwann muß mal Schluß sein. Aber Sie wollen einen Tip, stimmt's?«

»Sicher.«

»Nein, keinen Tip. Sie sind ja Detektiv. Was Sie wollen, ist ein Anhaltspunkt, stimmt's?«

»Ich weiß nicht. Ich bin nicht besonders gut darin, mit Anhaltspunkten zu arbeiten.«

»Aber sicher sind Sie das. Sherlock Holmes.«

»Ist das der Anhaltspunkt?«

»Nein, das sind Sie in etwa. So ein bescheuerter Sherlock Holmes. Rumpelstilzchen. *Das* ist der Anhaltspunkt.«

»Rumpelstilzchen?«

»Es besteht immer noch Hoffnung für Sie«, sagte er. »Bye.«

28

Ich verabredete mich mit Felicia Karp für vier Uhr. Ich kam zehn Minuten früher zu dem Haus in der Stafford Avenue, und um zwanzig nach vier begann ich mir Sorgen zu machen. Fünfzehn Minuten später war ich im Windfang, sah mir das Schloß der Tür an, die zu ihrer Wohnung im ersten Stock hinaufführte, und fragte mich, wie schwer es wohl wäre, die Tür aufzubekommen. Die Aussicht, wegen Hausfriedensbruchs angezeigt zu werden, beunruhigte mich weniger als der Gedanke, was ich dort vielleicht finden würde. Immerhin wohnte sie nur fünfzehn Gehminuten von da, wo Helen Watson in ihrer Badewanne ertrunken war.

Ich holte einen flachen, elastischen Stahlstreifen aus meiner Brieftasche und drehte mich um, um mich zu vergewissern, daß mich niemand beobachtete, wenn ich mir an der Tür zu schaffen machte. Auf der anderen Straßenseite rangierte jemand mit einem Ford Escort in eine enge Parklücke. Ich hätte durch die Tür sein können und die Treppe hinauf, bevor das Auto eingeparkt war, aber ich wartete, und Felicia Karp stieg aus. Ich steckte mein Einbruchswerkzeug weg und ging ihr entgegen.

»Entschuldigen Sie bitte«, sagte sie. »Uns wurde buchstäblich in letzter Minute eine Konferenz aufgedrückt, und ich konnte Sie nicht mehr erreichen.« Sie gab mir ihren Leinwandbeutel zum Halten, während sie die Tür aufschloß. Dann führte sie mich in die Küche, wo sie in der Mikrowelle zwei Tassen von ihrem Frühstückskaffee heiß machte. An der Wand schwang die schwarze Katze ihren Pendelschwanz hin und her und betrachtete mich mit rollenden Augen.

Ich zeigte ihr Ray Galindez' Zeichnung. Sie hielt sie auf Armeslänge von sich und fragte, wer der Mann sein solle.

»Kennen Sie ihn?«

»Er kommt mir bekannt vor. Wer ist es?«

»Er hat als Wachmann für ein privates Sicherheitsunternehmen gearbeitet. Im Februar hat er die Leiche von Alan Watson entdeckt, als er ein paar Straßen weiter, auf der anderen Seite der Continental Avenue, seine Runde machte. Watson war erstochen worden, und es war nicht schwer für diesen Mann, als erster am Tatort zu sein.«

»Wollen Sie damit sagen, daß er ihn umgebracht hat?«

»Ja.«

»War Alan Watson einer der Männer, mit denen sich mein Mann einmal im Jahr zum Essen traf?« Das bejahte ich. »Und dieser Mann? Hat er meinen Mann umgebracht?«

»Ich glaube schon.«

»O Gott.« Sie sah die Zeichnung an und erschauderte. »Wußte ich's doch, daß Fred Karp nie Selbstmord begehen würde. O mein Gott.«

»Sie sagen, der Mann kommt Ihnen irgendwie bekannt vor.«

»Ich kenne ihn.«

»Oh.«

»Ich bin sicher, ich habe ihn schon irgendwo gesehen. Wo hat er seine Runden gemacht? Wir haben hier zwar noch keinen privaten Wachdienst, aber es ist davon die Rede, daß wir demnächst einen kriegen. Auf der anderen Seite der Continental Avenue, haben Sie gesagt? Dort kann ich ihn nicht gesehen haben. Eine schöne Wohngegend, besser als hier, aber ich komme dort nie hin. Trotzdem, das Gesicht kommt mir bekannt vor. Aber ich habe es nicht hinter dem Fenster eines Streifenwagens gesehen. Woher kenne ich dieses Gesicht? Helfen Sie mir.«

»Haben Sie ihn in letzter Zeit hier in der Gegend gesehen?«

»Nein.«

»Ist er hierher ins Haus gekommen?« Sie schüttelte den Kopf. »Haben Sie ihn in der Schule gesehen? Er könnte sich als Vater ausgegeben haben.«

»Warum sollte er das tun? Bin ich in Gefahr?«

»Möglicherweise.«

»Um Gottes willen.« Sie studierte die Zeichnung. »Er sieht so furchtbar gewöhnlich aus. Wenn man sich ihn so ansieht, könnte man meinen, er hätte nicht mal das Zeug zum Polizisten.«

»Als was könnten Sie sich ihn vorstellen?«

»Keine Ahnung. Als Hilfskraft, in irgendeiner total untergeordneten Tätigkeit.«

»Schließen Sie die Augen. Er tut irgend etwas. Was sehen Sie ihn tun?«

»Was ist das, irgendeine neue Imaginationstechnik? Das funktioniert bei mir nicht. Ich bin zu kopflastig, das ist mein Problem.«

»Versuchen Sie's trotzdem. Was tut er?«

»Ich kann ihn nicht sehen.«

»Wenn Sie ihn sehen könnten, was würde er tun?«

»Ich weiß ...«

»Überlegen Sie nicht lange. Antworten Sie einfach. Was tut er?«

»Er macht mit einem Besen sauber. Mein Gott, einfach unglaublich.«

»Was?«

»Ich hab's. Er war Hausmeister im Kashin Building, wo Fred sein Büro hatte. Er trug eine Uniform, Hose und Hemd im selben grünlichen Grau. Wie ist es möglich, daß ich mich daran erinnern kann?«

»Das weiß ich nicht.«

»Manchmal holte ich Fred im Büro ab, und wir gingen essen und ins Theater. Und einmal sah ich diesen Mann. Ich glaube ...«

»Ja?«

»Ich scheine mich zu erinnern, daß er in Freds Büro war, als ich ihn mal abholen kam. Sie unterhielten sich, und er wischte den Boden und leerte die Papierkörbe.«

»Wie hieß er?«

»Woher soll ich das wissen?«

»Vielleicht hat Ihr Mann ihn Ihnen vorgestellt.«

»Das kann … John. Er hieß John!«

»Sehr gut.«

»Niemand hat ihn mir vorgestellt. Es stand auf seinem Hemd.« Sie beschrieb eine kurze waagrechte Linie auf ihrer linken Brust. »Auf der Brusttasche, weiß gestickt. Nein! Nicht weiß, gelb.« Sie schüttelte den Kopf. »Unglaublich, an was man sich alles erinnern kann.«

»Und er hieß John?«

»Ja. Ich mochte ihn nicht.«

»Warum nicht?«

»Ich fand, er hatte irgendwas Verschlagenes. Fast hätte ich sogar was zu Fred gesagt, aber dann ließ ich es doch sein.«

»Was hätten Sie ihm gesagt?«

»Ich hätte ihn gewarnt.«

»Hielten Sie den Mann für gefährlich?«

Sie schüttelte den Kopf. »Nicht so, wie Sie meinen. Ich konnte mir nur vorstellen, daß er vielleicht stehlen würde. Er hatte so was Verdruckstes. Wissen Sie, was ich meine?«

»Ja.«

»Aber es war nicht so ausgeprägt, daß es mich noch länger beschäftigt hätte. Ich glaube nicht, daß ich am nächsten Tag noch daran dachte. Und ich bin sicher, danach habe ich ihn nicht mehr gesehen.«

»Falls Sie ihn je wieder …«

»Ja«, sagte sie. »Dann rufe ich Sie sofort an, keine Sorge.« Sie sah stirnrunzelnd die Zeichnung an. »Eindeutig gelb. Sein Name, meine ich. John, in gelber Schrift, auf der linken Brusttasche.«

Der Hausverwalter des Kashin Building erkannte den Mann auf der Zeichnung nicht, aber wie sich herausstellte, hatte der Hausverwalter noch nicht dort gearbeitet, als Fred Karp ermordet worden war. Ich ging in die Zentrale der Hausverwaltung in der West Thirty-seventh Street. Auch dort erkannte niemand den Mann auf der Zeichnung, aber eine junge Frau sah in den Personalunterlagen nach und fand dort einen Angestellten namens John Siebert. Er hatte seine Stelle fünf Monate vor Karps Tod angetreten und drei Wochen danach aufgegeben. Unter ›Kündigungsgrund‹, sagte sie mir, stand ›Umzug nach Florida‹.

»Wahrscheinlich wollte er sich zur Ruhe setzen«, sagte sie.

Gegen Ende seines Lebens hatte Hal Gabriel sehr zurückgezogen gelebt. Er hatte seine Wohnung kaum verlassen und sich Essen und Getränke aus chinesischen Restaurants und Getränkemärkten kommen lassen. Im näheren Umkreis seines Hauses in der Ninety-second, Ecke West End gab es ein halbes Dutzend chinesische Restaurants. Ich wußte nicht, welche vor zwölf Jahren, als Gabriel erhängt aufgefunden worden war, schon existiert hatten, aber ich hatte noch von keinem chinesischen Restaurant gehört, das einen Weißen als Boten angestellt hätte.

Ich erkundigte mich in den zwei Getränkemärkten einen Block weiter östlich am Broadway. Beide hatten vor nicht allzu langer Zeit den Besitzer gewechselt. Der ehemalige Inhaber des einen hatte sich in Florida zur Ruhe gesetzt, der des anderen war vor fünf Jahren bei einem Raubüberfall ermordet worden. In keinem der beiden Läden erkannte jemand den Mann auf der Zeichnung wieder.

Ich hatte TJ dabei, und jeder von uns übernahm eine Straßenseite und zeigte die Zeichnung in Coffee Shops und Pizzabuden herum. Der Mann an der Kasse des

Poseidon sah sie an und sagte: »Hab ihn Jahre nicht mehr gesehen. Zwei Rühreier trocken, getoasteter Muffin ohne Butter.« Er grinste über meinen Gesichtsausdruck. »Gutes Gedächtnis, wie?«

Fast zu gut. Ich beglückwünschte ihn dazu und ging nach draußen, wo mir TJ berichtete, in der Reinigung gegenüber hätte ebenfalls jemand Shorter wiedererkannt und sich daran erinnert, daß er Smith hieß.

»Ach ja, Smith«, sagte ich. »Und er wollte keine Butter auf seinen Muffin.«

»Was?«

»Smith? Und er konnte sich nach zwölf Jahren noch an ihn erinnern?«

»War ne Frau«, sagte TJ. »Und sie kann sich noch an ihn erinnern, weil er seine Anzugjacke nicht mehr abgeholt hat. Hat sie jahrelang für ihn aufgehoben, und dann hat sie sie irgendwann letztes Jahr der Wohlfahrt gegeben. Wie ich ihr das Bild gezeigt hab, hat sie sofort die Muffe gekriegt, daß sie vielleicht Ärger kriegt. ›Ich hab sie wirklich lang aufgehoben‹, hat sie gesagt.«

In dem Haus, in dem Hal Gabriel gewohnt hatte, erkannte niemand den Mann auf der Zeichnung, und auch das Verzeichnis der Mieter von 1981 ließ keinerlei Aufschlüsse zu. Aber gleich um die Ecke gab es ein Fremdenheim, und aus einem alten Gästebuch wurde ersichtlich, daß ein paar Monate vor Hal Gabriels Tod ein Joseph Smith in einem Zimmer im vierten Stock gewohnt hatte. Eine Woche, nachdem die Leiche gefunden worden war, war Mr. Smith ohne Angabe einer neuen Adresse ausgezogen.

Rumpelstilzchen.

Ich dachte oft an ihn, den bösen Zwerg aus dem Märchen. Ich wußte nicht, was Shorter mit diesem Hinweis gemeint hatte oder ob es überhaupt ein Hinweis war. Auf meiner Suche nach weiteren Hinweisen, daß er im Umfeld anderer Todesfälle aufgetaucht war, folgte ich einer Menge sehr kalter Fährten.

Ohne Erfolg. Keine führte zu etwas.

Ich bin schon so lange in der Verbrechensaufklärung tätig, daß mir bestimmte Schritte längst in Fleisch und Blut übergegangen sind. In den letzten Jahren habe ich mich verschiedentlich nach anderen Möglichkeiten umgesehen, meinen Lebensunterhalt zu verdienen, aber ich mußte immer wieder von neuem erkennen, daß das mein Beruf ist, daß ich einigermaßen gut darin bin und daß ich mich aufgrund meiner Erfahrung und meiner Begabung für nichts anderes eigne.

Und trotzdem verstehe ich mich noch immer nicht richtig darauf.

Manchmal ist es relativ einfach. Man geht die Straße auf einer Seite hoch und auf der anderen wieder runter, man klopft an jede Tür, buchstäblich und sprichwörtlich, und jedes neue Datenteilchen fügt sich in seinen Platz und führt einen zu einer neuen Straße mit neuen Türen, an die man klopfen kann. Irgendwann ist man dann genug Straßen rauf und runter gegangen und hat an genug Türen geklopft, und die letzte Tür geht auf, und man kriegt die Antwort. Leicht ist das nicht und auch nur selten einfach, aber dem Ablauf des Ganzen liegt eine gewisse Logik zugrunde.

Aber so ist es nicht immer.

Manchmal ist es wie ein Puzzle. Man sucht alle Teile mit geraden Seiten heraus und setzt den Rahmen zusammen, und dann sortiert man nach Farben und versucht dies und jenes, bis man ein Stück weiterkommt. Und man sucht ein bestimmtes Teil, aber es ist nicht da. Es muß fehlen, und man will schon an den Hersteller schreiben und sich beschweren, und dann nimmt man ein Teil, das man schon drei- oder viermal an dieser Stelle probiert hat, und man weiß, daß es nicht das ist, das man sucht, aber auf einmal paßt es.

Aber auch so ist es nicht immer.

Jim Shorter, alias Joseph Smith, alias John Siebert. Alias Rumpelstilzchen?

»Vielleicht hat er einen Satz Koffer mit Monogramm gestohlen und kann sich nicht von ihnen trennen«, führte Elaine als mögliche Erklärung an.

»Da, wo der gewohnt hat«, sagte ich, »würdest du schon auffallen, wenn du mit Einkaufstüten aus einem guten Geschäft einziehst. Trotzdem, er hält an diesen Initialen fest. Wofür steht JS bloß?«

»Joan Scherman.«

»Wer ist Joan Scherman?«

»Eine Photostylistin. Sie kam gestern in den Laden und wollte den kleinen Biedermeierstuhl als Requisit für eine Zeitschriftenwerbung mieten. Ich hatte ihn mit dreihundertfünfzig ausgezeichnet und hätte dreihundert dafür genommen, und sie zahlt hundert Dollar Miete für zwei Tage. Ist das nicht toll?«

»Wenn du den Stuhl zurückkriegst.«

»Oh, sie hat eine Kaution hinterlegt und alles. Nicht die schlechteste Art, Geld zu verdienen, findest du nicht auch? Aber das hilft dir nicht weiter.«

»Nein.«

»JS, JS, JS. Ja-Sager. Jonas Salk. Jesus segnet. Joghurt-Soße. Tut mir leid, ich bin dir überhaupt keine Hilfe.«

»Macht doch nichts.«

Sie warf sich in Pose. »Ich hab's. Jüdische Sexbombe. Wie findest du das?«

»Ich finde, es ist Zeit, ins Bett zu gehen«, sagte ich.

Und so ging ich schlafen und dachte nicht mehr an James Shorter und seine verschiedenen Decknamen, und am nächsten Morgen, beim Rasieren, kam es mir.

Ich zog Anzug und Krawatte an, trank eine Tasse Kaffee und nahm ein Taxi zur Penn Station.

Sechzehn Stunden später kam ich wieder aus der Penn Station. Es war nach Mitternacht. Es gab noch einen Mann, mit dem ich sprechen wollte, aber es war zu spät, um ihn anzurufen. Das mußte bis zum nächsten Morgen warten.

Zur Abwechslung war es mal kühl. Ich war früher am Tag ziemlich viel zu Fuß unterwegs gewesen, aber die letzten paar Stunden hatte ich im Zug gesessen. Ich wollte mir noch ein bißchen die Beine vertreten, und das endete damit, daß ich sie mir den ganzen Weg bis zur Kreuzung von Tenth Avenue und Fiftieth Street vertrat.

»Ich hab heute öfter an dich gedacht«, sagte ich zu Mick Ballou. »Ich war in Washington und hab mir das Vietnam Memorial angesehen.«

»Du jetzt auch?«

»Ich hab den Namen deines Bruders gesehen.«

»Ah, dann ist also niemand gekommen und hat ihn weggemacht.«

»Nein.«

»Hätte mich auch gewundert. Aber man weiß ja nie, was den Leuten alles einfällt.«

»Nein, das kann man wirklich nicht wissen.«

»Schon ein irrer Anblick, nicht? Das Memorial. Wie es aussieht, und diese ganzen Namen. Ein Name nach dem andern.«

»Eine lange Reihe toter Männer«, sagte ich. »Da hattest du völlig recht.«

»Aber du bist doch nicht bloß hin, um dir Dennis' Namen anzusehen. Du kanntest ihn doch kaum.«

»Das ist richtig.«

»Du kanntest Eddie Dunphy, und Eddie kannte Dennis, aber darüber hinaus …«

»Ich kannte ihn vom Sehen, aber näher, nein, näher kannte ich ihn nicht.«

»Dann mußt du also noch was anderes in Washington zu tun gehabt haben, und das Memorial hast du dir nur angesehen, weil du schon mal da warst.«

»Nein«, sagte ich. »Ich bin tatsächlich nur hingefahren, um mir das Memorial anzusehen.«

»Echt?«

»Ich hab im Register nachgesehen, und so hab ich dann Dennis' Namen gefunden – und die Namen ein paar anderer Männer, die ich kannte und die in Vietnam gefallen sind. Der Bruder eines Mädchens, das ich auf der High-School kannte. Typen, die dort vor zwanzig oder fünfundzwanzig Jahren gestorben sind und an die ich zum erstenmal seit Jahren wieder dachte, und als ich nach ihren Namen suchte, standen sie tatsächlich da.«

»Mhm.«

»Und dann hab ich getan, was du auch getan hast. Ich bin einfach losgegangen und hab mehr oder weniger aufs Geratewohl irgendwelche Namen gelesen. Das war sehr bewegend. Ich bin froh, daß ich dort war, und sei's nur deswegen.«

»Aber du bist nicht bloß deswegen hin.«

»Nein«, sagte ich. »Da war noch ein anderer Name, nach dem ich gesucht habe.«

»Und stand er da?«

»Nein.«

»Dann hast du also den weiten Weg umsonst gemacht.«

»Nein«, sagte ich. »Ich habe gefunden, was ich gesucht habe.«

29

Ich traf mich mit Ray Gruliow einen Block von der City Hall entfernt in einer Bar, die sich Dirty Mary's nannte. Mittags herrscht dort immer Mordsbetrieb, die ganzen Leute, die zu irgendwelchen Anwälten und Behörden müssen. Die Spezialität des Hauses ist eine mit Cheddar überbackene Shepherd's Pie. Wir waren jedoch eine Stunde zu früh fürs Mittagessen da, und bis auf zwei alte Knacker an der Bar, die noch vom letzten Abend übriggeblieben sein könnten, war das Lokal leer.

Auch Hard-Way Ray sah aus, als könnte er vom letzten Abend übriggeblieben sein. Sein Gesicht wirkte abgespannt, und er hatte dunkle Ringe unter den Augen. Als ich die Bar betrat, saß er mit einer Tasse Kaffee in einer Nische, und ich sagte dem Kellner, daß ich das gleiche wollte.

»Nein, will er nicht«, sagte Gruliow. »Er möchte eine normale Tasse Kaffee. Schwarz, stimmt's?«

»Schwarz«, bestätigte ich.

»Und ich möchte noch einen ›Hard Way‹«, sagte er. Das, erklärte er mir, als der Kellner gegangen war, sei einer mit Schuß. Ich sagte ihm, das hätte ich mir schon gedacht.

»Sie sind ja auch schnell von Begriff«, sagte er. »Normalerweise fange ich nicht schon so früh damit an, aber nach der Nacht, die ich hinter mir habe ... Außerdem bin ich schon stundenlang auf den Beinen. Ich mußte im Gericht anwesend sein, als um neun die Verhandlung eröffnet wurde. Ich bekam einen Aufschub, aber ich mußte persönlich erscheinen und ihn beantragen.« Er nahm einen Schluck von seinem Kaffee mit Schuß. »Ich trinke gern aus Kaffeetassen«, sagte er. »Vermittelt einem eine Vorstellung, wie es in der Prohibition gewesen sein muß. Und ich mag einen Schuß Alkohol im Kaffee. Damit einen das Koffein nicht zu sehr putscht.«

»Wem sagen Sie das.«

»Haben Sie ihn auch so getrunken?«

»Ab und zu.« Ich holte eine Kopie der Zeichnung heraus und gab sie ihm. Er faltete sie auseinander, sah sie sich an, schüttelte den Kopf und begann sie wieder zusammenzufalten. Ich streckte die Hand aus, um den Vorgang zu unterbrechen.

»Mein Gott«, sagte er. »Ich hab mir die Visage von diesem Kerl schon so oft angesehen, daß sie mich bis in meine Träume verfolgt. Inzwischen bin ich an dem Punkt, daß ich jeden Moment damit rechne, ihm irgendwo zu begegnen. In dem Taxi, in dem ich heute morgen hierhergekommen bin, hab ich ständig heimlich nach dem Fahrer geschielt, ob es nicht er sein könnte. Und den Kellner hab ich mir vorhin auch sehr genau angesehen.«

»Dann sehen Sie sich jetzt noch mal die Zeichnung an.«

»Was soll ich denn darauf sehen, was ich nicht schon gesehen habe?«

»Sie haben diesen Mann gekannt«, sagte ich.

»Ich hab Ihnen zwar gesagt, er kommt mir bekannt vor, aber …«

»Sie haben ihn dreißig Jahre nicht mehr gesehen. Er war Mitte Zwanzig, als Sie ihn kannten.«

Er rechnete nach und runzelte die Stirn. »Er ist jetzt achtundvierzig, richtig? Dann wäre er vor dreißig Jahren …«

»Er hat nicht sein richtiges Alter angegeben – entweder, damit es mit dem in seinem gefälschten Ausweis übereinstimmte, oder weil er Angst hatte, man könnte ihn schon für zu alt für den Job als Wachmann halten. Er muß sich acht oder neun Jahre jünger gemacht haben. Das ist aber nicht sein schlimmster Schwindel.«

»Mein Gott, ich kenne ihn, ich kann mir sein Gesicht vorstellen, ich kann ihn sprechen sehen, ich kann fast seine Stimme hören. Helfen Sie mir doch.«

»Sie kennen seinen Namen. Er ist Teil Ihrer jährlichen Litanei.«

»Teil unserer ...«

»Schon seit Jahren«, sagte ich, »denken Sie alle, er wäre tot.«

»Mein Gott. Er ist es, oder?«

»Ich möchte es von Ihnen hören, Ray.«

»Es ist«, sagte er, »es ist Severance.«

»Ich habe auf dem Weg hierher ein paar Zwischenstopps eingelegt«, erzählte ich ihm. »Ich bin rüber zu Lew Hildebrands Apartment und hab ihn noch erwischt, bevor er zur Arbeit ist. Mit Avery Davis habe ich in seinem Büro gesprochen. Beide konnten den Mann auf der Zeichnung als James Severance identifizieren. Davis sagte sogar, ihm wäre die Ähnlichkeit des Mörders mit Severance bereits aufgefallen und er hätte auch was gesagt, wenn er nicht gewußt hätte, daß Severance tot ist. Das dachten alle, und es war ja auch was, das als sicher galt. Schließlich haben Sie jedes Jahr seinen Namen verlesen.«

»Aber er ist nicht tot?«

»Ich bin gestern nach Washington gefahren«, sagte ich. »Um nachzusehen, ob sein Name in das Memorial eingemeißelt ist.«

»Aber er stand nicht drauf?«

»Nein.«

»Ich weiß nicht, ob das wirklich was beweist, Matt. Die Eintragungen sind nicht annähernd hundert Prozent zuverlässig. Es wurden Leute übersehen, und andere, die überlebt haben, fanden ihren Namen auf dem Memorial. Er könnte als vermißt registriert worden sein, er könnte aus unzähligen Gründen übersehen worden sein ...«

»Er war gar nicht in der Army.«

»Er war gar nicht in Vietnam?«

»Er war nicht beim Militär, Punkt. Ich bin zur Veterans Administration und hab dort jemand aufgetrieben, der jemand im Pentagon kennt. Sie haben die Personalakten sehr gründlich überprüft. Er war nie bei irgendeiner Truppengattung. Ich weiß nicht, ob er überhaupt einberufen wurde oder ob er sich für die Einberufung eingetragen hat. Das wäre schwerer zu überprüfen, aber ich weiß nicht, ob das einen Sinn hätte. Was zählt, ist, daß er nicht in Vietnam gestorben ist, und das Problem ist auch nicht, ob er woanders gestorben sein. Er ist nämlich noch am Leben.«

»Irgendwie ist das schwer vorstellbar.«

»Avery Davis meinte, das sei, als finde man mit dreißig raus, daß man als Kind adoptiert worden ist.«

»Ich weiß, wie er das meint. Ich kannte Severance kaum. Er hat nie viel gesagt. Ein paar Jahre habe ich ihn einmal im Jahr gesehen, und dann hat er bei einem Essen gefehlt, weil er eingezogen wurde, und dann hat Homer im nächsten Jahr seinen Namen verlesen. Und seitdem habe ich ihn jedes Jahr einmal verlesen hören.«

»Wieso wurde er für den Club ausgewählt?«

»Keine Ahnung. Entweder war er mit jemand befreundet, oder Homer hat ihn von sich aus ausgesucht. Kannten ihn Lew oder Avery?«

Ich schüttelte den Kopf. »Sie haben ihn im Cunningham's zum erstenmal gesehen. Und sie wissen nicht, wie er dort hingekommen ist. Ich würde gern wissen, wie er seinen Tod fingiert hat. Wie haben Sie von seinem vermeintlichen Tod erfahren?«

»Lassen Sie mich mal überlegen.« Er nahm einen Schluck von seinem Hard-Way-Kaffee. »Mein Gott, ist das schon lange her. Ich glaube mich noch erinnern zu können, wie Homer einen Brief von ihm vorlas, in dem er uns schrieb, sein Körper stecke zwar in einer Uniform, aber mit dem Herzen sei er bei uns. Und er hoffe, bald wieder bei uns zu sein, und falls ihm etwas zustoßen solle, habe er veranlaßt, daß wir benachrichtigt würden.«

»Er hat Ihnen nur was vorgemacht.«

»So sieht es zumindest aus. Es muß ein Jahr später gewesen sein, als Homer seinen Namen zusammen mit dem von Phil Kalish verlas und uns mitteilte, daß er vor ein paar Monaten ein Telegramm bekommen habe.«

»Von wem?«

»Ich glaube nicht, daß er das gesagt hat. Vermutlich nahm ich damals an, daß es entweder von der Army oder von Verwandten von Severance kam. Offensichtlich war dem aber nicht so, egal, wer es unterschrieben hat. Severance hat es selbst abgeschickt.«

»Ja.«

»Hatte er damals schon vor, uns umzubringen?«

»Schwer zu sagen.«

»Aber warum, um Himmels willen? Was haben wir ihm denn getan?«

»Keine Ahnung«, sagte ich. »Wissen Sie, ich habe mich ein paarmal mit ihm getroffen. Ich habe an einem Tisch mit ihm gesessen.«

»Das haben Sie erzählt.«

»Ich habe auch die noch lebenden Mitglieder kennengelernt, die meisten von ihnen jedenfalls. Und man kann sich schwer vorstellen, daß er sich mit dem Rest von Ihnen zu einem Essen trifft. Zugegeben, Sie haben hart gearbeitet und sich eine Existenz aufgebaut, während er in billigen Absteigen gewohnt und in Diners gegessen und sich mit Gelegenheitsjobs über Wasser gehalten hat, falls er überhaupt was gearbeitet hat. Bis zu einem gewissen Grad könnte dieser Unterschied auf die unterschiedlichen Richtungen zurückzuführen sein, die Sie in den letzten dreißig Jahren eingeschlagen haben, aber ich glaube, er muß schon von Anfang an anders gewesen sein.«

»Also schön. Ich wollte es ja nicht aussprechen, solange ich ihn noch als einen unserer geschätzten

Toten betrachtete, aber jetzt kann ich es ja wohl sagen, oder? In meinen Augen war er ein Versager.«

»Ein Versager.«

»Eine Niete, ein Niemand. Ein Typ, der es nie zu was bringen würde. Ja, er hatte nicht unser Niveau. Er gehörte nicht an einen Tisch mit uns.«

»Vielleicht hat er das auch selbst gemerkt«, sagte ich. »Vielleicht hat ihm das gestunken.«

Er stellte Spekulationen über Severances Motive an und darüber, was in ihm vorgegangen sein könnte. Früher, sagte er, als er noch nicht wußte, wer der Mörder war oder was seine Motive waren, sei ihm der Gedanke gekommen, das Ganze könne eine Art kollektiver Erotomanie gewesen sein, bei der sich eine psychisch kranke Person total auf jemand fixiert, häufig eine Berühmtheit. »Wie diese Frau, die ständig in David Lettermans Haus eingebrochen ist. Oder dieser Irre, der John Lennon erschossen hat.«

»Danach«, sagte ich, »haben wir noch jede Menge Zeit, um uns zu überlegen, was in ihm vorgeht.«

»Danach?«

»Wenn er hinter Schloß und Riegel ist. Und ich glaube, wir sollten zusehen, daß das möglichst bald passiert. Ich fürchte, jetzt ist der Punkt gekommen, wo ich nicht mehr länger verantworten kann, allein weiterzumachen, Ray. Ich würde sagen, ich lasse jetzt lieber die Profis übernehmen.«

»Ich hab Sie nie für einen Amateur gehalten.«

»Wenn eine Großfahndung angesagt ist, bin ich aber einer. Das ist die einzige Möglichkeit, ihn schnell zu fassen. Wenn die Polizei, die Sensationspresse und *Aktenzeichen XY* mitmachen, kann er nicht lange unerkannt bleiben.«

Er sah mich an. »Und was ist mit uns?«

»Das mit dem Club wird natürlich rauskommen, falls Sie das meinen. Das läßt sich unmöglich vermeiden.«

»Nicht?«

»Ich wüßte jedenfalls nicht, wie.«

Er stützte das Kinn in die Handfläche. »Mal angenommen, er ist in New York. Glauben Sie, Sie könnten ihn finden?«

»Ohne Polizei?«

»Ohne Polizei und Presse.«

»Ich habe nicht deren Möglichkeiten.«

»Natürlich nicht, aber Sie haben andere Möglichkeiten. Wir könnten Ihnen ein umfangreiches Operationsbudget zur Verfügung stellen. Und Sie könnten eine Belohnung aussetzen.«

»Unmöglich ist es nicht«, sagte ich. »Aber Sie würden das Unvermeidliche nur hinausschieben. Spätestens wenn er vor Gericht gestellt wird, käme das Ganze heraus, und es wäre keinen Deut weniger sensationell und zöge denselben Medienrummel nach sich.«

»Falls er vor Gericht gestellt wird.«

»Ja.«

»Und was, glauben Sie, würde vor Gericht passieren? Und danach?«

»Ich weiß nicht, ob ich Ihnen ganz folgen kann.«

»Was würde passieren? Wie würde der Prozeß ausgehen?«

»Ich vermute, er würde wegen Mordes verurteilt – außer er hat Hard-Way Ray zum Verteidiger.«

Er lachte. »In diesem Fall müßte er leider auf meine Dienste verzichten. Aber sind Sie wirklich so sicher, er würde schuldig gesprochen? Wegen welchem Mord, glauben Sie, würde ihm der Prozeß gemacht?«

»Billings ist der letzte.«

»Und wie sieht es mit der Beweislage aus? Können Sie ihm nachweisen, daß er am Tatort war? Oder daß er den Wagen gestohlen hat? Können Sie eine Mordwaffe vorlegen oder gar den Beweis erbringen, daß er sie in der Hand gehalten hat?«

»Sobald sich die Polizei der Sache annimmt …«

»Vielleicht haben sie einen oder auch zwei Augenzeugen, die ihn bei einer Gegenüberstellung identifizieren, aber sicher wäre ich mir da nicht, und ich brauche Ihnen nicht extra zu erzählen, wie wenig solche Augenzeugenaussagen vor Gericht wert sind. Wen hat er sonst noch umgebracht? Watsons Witwe? Watson selbst? Können Sie irgendwas davon beweisen? Wir wissen, daß er am Tatort war – er hat Alans Leiche entdeckt, aber wie wollen Sie das beweisen?«

»Worauf wollen Sie hinaus?«

»Daß seine Verurteilung keineswegs schon beschlossene Sache ist. Die frühen Fälle können Sie ganz vergessen. Er hat Boyd und Diana Shipton umgebracht, er ist runter nach Atlanta und hat Ned Bayliss erschossen, er hat Hal Gabriel mit seinem Gürtel aufgehängt, und weiß Gott, was er sonst noch alles getan hat. Aber das können Sie alles vergessen, weil es keine Möglichkeit gibt, es zu beweisen. Und ich bezweifle sehr, daß Sie ein Gericht davon überzeugen können, daß er sonst jemand umgebracht hat.«

Mir fiel etwas ein, was Joe Durkin gesagt hatte. »Es ist ein Wunder, daß überhaupt jemand ins Gefängnis kommt«, sagte ich.

»Das sehe ich nicht so«, sagte er. »Ich finde, grundsätzlich ist unser System recht gut darin, Leute einzusperren. Manchmal sogar zu gut. Aber das heißt nicht, daß Sie die nötigen Beweise beschaffen könnten, um Severance aus dem Verkehr zu ziehen. Und außerdem, selbst wenn Ihnen das gelänge, könnte er immer noch auf Unzurechnungsfähigkeit plädieren und käme wahrscheinlich auch damit durch. Er hat sein Leben der Aufgabe gewidmet, ganz systematisch eine Serie von sinnlosen Morden zu begehen. Wollen Sie den Geschworenen so jemand als ein Muster an geistiger Gesundheit verkaufen?«

»Das würde ich mir nicht mal selbst abnehmen.«

»Ich auch nicht. Ich glaube, der Kerl ist total verrückt. Und ich glaube, er hat in seinem Leben schon genug Schaden angerichtet.«

Ich hatte schon eine Idee, wohin das führen würde. Aber ich wollte da nicht unbedingt hin. Ich lenkte die Aufmerksamkeit des Kellners auf mich und ließ mir Kaffee nachschenken.

»Angenommen, ich täusche mich«, sagte Gruliow. »Angenommen, er wird vor Gericht gestellt, er wird in allen Punkten für schuldig befunden, und er kommt ins Gefängnis.«

»Wäre doch nicht schlecht.«

»Finden Sie? Auf jeden Fall würde es eine Menge unerwünschter Aufmerksamkeit auf den Club und seine Mitglieder lenken. Aber das läßt sich wohl nicht vermeiden, oder? Vielleicht würden wir ja als Verein sogar überleben. Was mich betrifft, kann ich mir nicht vorstellen, daß ich nicht weiter jeden Mai mit den anderen zusammenkommen würde. Aber ich möchte lieber erst gar nicht daran denken, wie sich durch den ganzen Medienrummel alles verändern würde.«

»Das wäre gewiß bedauerlich, aber ...«

»Aber es geht hier um Leben und Tod. Unser Wunsch, von den Medien in Ruhe gelassen zu werden, hat deshalb eher sekundären Charakter. Das ist sicher richtig. Aber gehen wir doch noch einen Schritt weiter. Was wird aus Severance?«

»Er bleibt für den Rest seines Lebens in irgendeinem Hochsicherheitsgefängnis.«

»Glauben Sie?«

»Wollten wir nicht davon ausgehen, daß er schuldig gesprochen wird? Ich glaube nicht, das Gericht verpaßt ihm nur einen kleinen Denkzettel und läßt ihn mit einer zeitlich begrenzten Strafe und fünf Jahren Bewährung davonkommen.«

»Gehen wir mal davon aus, er bekommt lebenslänglich. Wie lange würde er tatsächlich sitzen?«

»Das hängt davon ab.«

»Sieben Jahre?«

»Es könnten wesentlich mehr werden.«

»Glauben Sie nicht, er würde sich im Gefängnis gut führen? Glauben Sie nicht, er könnte den Bewährungsausschuß davon überzeugen, daß er ein geläuterter Mensch ist? Matt, dieser Kerl ist der geduldigste Drecksack auf der ganzen Welt. Er hat sich dreißig Jahre Zeit gelassen, um uns umzubringen, und er hat erst gut die Hälfte von uns durch. Glauben Sie nicht, er würde einfach in aller Ruhe seine Strafe absitzen? Man wird ihn Tüten kleben lassen, und für ihn ist das nur ein weiterer Gelegenheitsjob – wie der als Wachmann in Queens. Man wird ihn in eine Zelle stecken, und für ihn ist es nur eine weitere Bleibe in einer langen Reihe möblierter Zimmer. Was kümmert es ihn, wie lange er sinnlos seine Zeit vertut? Er vertut schon dreißig Jahre sinnlos seine Zeit. Früher oder später müssen sie ihn rauslassen, aber können Sie sich auch nur eine Sekunde lang vorstellen, daß er sich wie durch ein Wunder gebessert hat?«

Ich sah ihn an.

»Können Sie sich das vorstellen?«

»Nein, natürlich nicht.«

»Er wird dort weitermachen, wo er aufgehört hat. Bis er rauskommt, wird ihm allerdings Mutter Natur etwas Arbeit abgenommen haben. Bis dahin werden sich unsere Reihen etwas gelichtet haben. Aber ein paar von uns werden noch übrig sein, und was wetten Sie, daß er weiter versuchen wird, uns einen nach dem andern um die Ecke zu bringen?«

Ich machte schon den Mund auf, sagte dann aber doch nichts.

»Sie wissen, daß ich recht habe«, sagte er.

»Ich weiß, Sie waren immer gegen die Todesstrafe.«

»Absolut«, sagte er. »Ohne Einschränkungen.«

»So hören Sie sich aber heute morgen nicht an.«

»Ich finde es bedauerlich, daß jemand wie Severance wieder in die Freiheit entlassen werden könnte.

Das heißt aber nicht, daß ich finde, der Staat sollte offiziell zum Mörder werden.«

»Ich hatte nicht den Eindruck, daß hier vom Staat die Rede war.«

»Ach?«

»Sie wollen ihn fassen, ohne die Medien oder die Polizei einzuschalten. Ich habe das Gefühl, das Urteil hätten Sie am liebsten ganz ähnlich gefällt und vollstreckt.«

»In anderen Worten?«

»Sie wollen, daß ich ihn für Sie finde und umbringe«, sagte ich. »Aber das mache ich nicht.«

»Darum würde ich Sie auch nicht bitten.«

»Ich will ihn auch nicht für Sie finden, damit Sie ihn selbst umbringen können. Wie würden Sie es machen? Losen, wer es tun muß? Oder ihn aufknüpfen und alle zusammen am Strick ziehen?«

»Was würden Sie tun?«

»Ich?«

»In unserer Situation.«

»Ich war einmal in Ihrer Situation«, sagte ich. »Da war ein Mann, er hieß ... also, sein Name tut hier eigentlich nichts zur Sache. Jedenfalls, er hatte sich fest vorgenommen, mich umzubringen. Er hatte schon eine Menge anderer Leute umgebracht. Ich weiß nicht, ob ich ihn hinter Gitter hätte bringen können, aber ich weiß, daß man ihn nicht ewig dabehalten hätte. Früher oder später hätte man ihn rauslassen müssen.«

»Was haben Sie getan?«

»Was ich tun mußte.«

»Sie haben ihn umgebracht?«

»Ich tat, was ich tun mußte.«

»Bereuen Sie es.«

»Nein.«

»Fühlen Sie sich schuldig?«

»Nein.«

»Würden Sie es noch mal tun?«

»Wohl schon«, sagte ich. »Wenn ich müßte.«

»Das würde ich auch«, sagte er. »Wenn *ich* müßte. Aber das ist nicht, worauf ich hinauswill. Ich halte wirklich nichts von der Todesstrafe, ob das Urteil nun der Staat verhängt oder eine Einzelperson.«

»Tut mir leid«, sagte ich, »aber das müssen Sie mir schon genauer erklären.«

»Keine Sorge.« Er nahm einen Schluck Kaffee. »Ich habe lange darüber nachgedacht, und ich habe auch mit ein paar anderen darüber gesprochen. Also, wie finden Sie folgendes?«

Ich hörte mir an, was er zu sagen hatte. Ich hatte eine Menge Fragen und eine Menge Einwände, aber er hatte sich gut vorbereitet. Mir blieb keine andere Wahl, als das Urteil abzugeben, das er haben wollte.

»Hört sich ganz schön verrückt an«, sagte ich schließlich, »und die Kosten …«

»Die sind kein Problem.«

»Also, moralische Einwände habe ich keine«, sagte ich. »Und es könnte funktionieren.«

30

In der ersten Augustwoche bekam ich gegen ein Uhr mittags einen Anruf. Joe Durkin sagte: »Matt, ich möchte mit dir reden. Könntest du mal auf der Wache vorbeischauen?«

»Gern«, sagte ich. »Wann würde es dir passen?«

»Jetzt würde es mir passen.«

Ich ging sofort los und kaufte unterwegs noch zwei Becher Kaffee. Einen gab ich Joe. Er nahm den Deckel ab und schnupperte am Dampf. »Du verziehst mich bloß«, sagte er. »Dabei habe ich mich endlich an unsere Brühe hier gewöhnt. Was ist das hier, eine französische Röstung?«

»Keine Ahnung.«

»Riecht jedenfalls toll.«

Er stellte den Becher ab, öffnete eine Schublade und nahm einen der Handzettel heraus, die seit ein paar Wochen in der Stadt in Umlauf waren. Er war aus Postkartenkarton und hatte Postkartenformat. Eine Seite war leer. Auf der anderen war James Severance zu sehen, wie ihn Ray Galindez gezeichnet hatte. Unter der Zeichnung stand eine siebenstellige Telefonnummer. »Was ist das?« fragte er und schob mir die Karte über den Schreibtisch zu.

»Sieht aus wie eine Postkarte«, sagte ich und drehte sie um. »Die Rückseite ist leer. Schätze, hier gehört die Adresse hin und hier der Text. Und die Briefmarke käme hier oben in die Ecke.«

»Das unter dem Bild ist deine Telefonnummer.«

»Na schön. Aber wenn das auf dem Bild ich sein soll, muß ich sagen, daß es miserabel getroffen ist.«

Er nahm mir die Karte aus der Hand, sah mich an, sah die Zeichnung an, sah wieder mich an. »Irgendwie«, sagte er, »glaube ich nicht, daß du das bist.«

»Ich auch nicht.«

»Egal, wer der Kerl ist, ein Spitzel hat mir gesagt, das Bild von diesem Typen geht überall rum. Kein Mensch weiß, wer er ist oder warum jemand nach ihm sucht. Drum dachte ich mir, ich rufe unter der Nummer an und frage einfach mal.«

»Und?«

»Ich frage gerade.«

»Also«, sagte ich, »es hat mit einem Fall zu tun, an dem ich arbeite.«

»Wer hätte das gedacht.«

»Und der Mann auf der Zeichnung könnte ein wichtiger Zeuge sein.«

»Zeuge von was?«

»Das kann ich nicht sagen.«

»Was ist, hast du die geistlichen Weihen genommen? Ist dir durch das Beichtgeheimnis die Zunge gebunden?«

»Ich bin von einem Anwalt angestellt worden, und was mir gesagt wurde, fällt unter das Zeugnisverweigerungsrecht.«

»Wer hat dich engagiert?«

»Raymond Gruliow.«

»Raymond Gruliow.«

»Ja.«

»Hard-Way Ray.«

»Stimmt, so nennen sie ihn manchmal.«

Er sah noch einmal die Zeichnung an. »Kommt mir bekannt vor, der Typ.«

»Das sagen alle.«

»Wie heißt er? Das kann doch nicht auch vertraulich sein.«

»Wenn wir seinen Namen wüßten«, sagte ich, »wäre er wesentlich leichter zu finden.«

»Ein Zeuge hat ihn gesehen und sich mit einem Künstler zusammengesetzt, und dabei ist diese Zeichnung rausgekommen.«

»So in etwa.«

»Soviel ich gehört habe, ist eine Belohnung ausgesetzt.«

Ich sah auf die Karte. »Komisch. Hier steht aber nichts von einer Belohnung.«

»Ich hab was von zehn Riesen gehört.«

»Das ist eine Menge Geld.«

»Mir kommt es auch ziemlich viel vor. Vor allem, wenn ich mir überlege, was ich für den Preis für zwei Anzüge alles getan habe. Was ich nur komisch finde, ist, daß du mir die Zeichnung nie vorbeigebracht hast.«

»Ich dachte nicht, daß du ihn kennst. Tust du doch auch nicht, oder?«

»Nein.«

»Also hätte es auch wenig Sinn gehabt, dir die Zeichnung zu zeigen.«

Er sah mich lange an, bevor er sagte: »Wenn auf jemand so eine hohe Belohnung ausgesetzt ist, ist es normalerweise jemand, der nicht gefunden werden will.«

»Ach, ich weiß nicht. Was ist zum Beispiel mit dem kleinen Jungen, der in SoHo verschwunden ist? Für den waren doch in der ganzen Stadt Vermißtenanzeigen aufgehängt.«

»Da hast du natürlich auch wieder recht. Für diesen Typen da sind aber keine Plakate aufgehängt, oder?«

»Ich hab jedenfalls keins gesehen.«

»Nur so Handzettel, die man unauffällig wegstecken kann. Nichts an Laternenpfählen oder Briefkästen, keine Aushänge an Schwarzen Brettern. Nur massenweise Karten, die still und heimlich in den Vierteln rumgehen.«

»Ist eben eine Low-Budget-Operation, Joe.«

»Mit einer fünfstelligen Belohnung.«

»Also, wenn du das sagst – obwohl ich hier immer noch nichts von einer Belohnung stehen sehe.«

»Nein, ich auch nicht. Der Kaffee ist wirklich gut.«

»Freut mich, daß er dir schmeckt.«

»Als du das letzte Mal hier warst«, sagte er, »hast du dich für diese ganzen alten Fälle interessiert. Den Maler und seine Frau, diesen Schwulen, der mehr gekriegt hat, als er bezahlt hat, den Taxifahrer, der einen verkehrten Fahrgast mitgenommen hat. Erinnerst du dich noch?«

»Als wär's gestern gewesen.«

»Das kann ich mir denken. Hat der Typ da was damit zu tun?«

»Wieso denn das?«

»Warum beantwortest du eine Frage immer mit einer Gegenfrage?«

»Muß ich dafür einen Grund haben?«

»Blöder Klugscheißer. Was ist übrigens mit diesen alten Fällen?«

»Soweit ich weiß«, sagte ich, »sind sie immer noch gestorben.«

Das Warten war schwer auszuhalten.

Gut zehn Tage, bevor sich Joe Durkin bei mir gemeldet hatte, hatten wir begonnen, die einschlägigen Kreise auf unseren Mann anzusetzen. Ich fing mit ein paar Leuten wie Danny Boy Bell an, die professionell Informationen verbreiten und beschaffen, und ich gab jedem von ihnen einen Stoß Handzettel mit Severances Konterfei und meiner Telefonnummer. TJ machte sich in der Forty-second Street an die Arbeit, erzählte es bei den Leuten herum, die er auf der Deuce kannte, und klapperte die billigen Hotels und Fremdenheime in der Umgebung ab. Gruliow telefonierte ein bißchen herum und schickte mich zu verschiedenen Kriminellen und politischen Außenseitern, die er mal verteidigt hatte. Von einem sagte er: »Der hier hat mich nach dem Prozeß umarmt und gesagt, ich soll ihn anrufen, wenn ich mal jemand umgebracht haben will. Sie können mir glauben, ein paarmal war ich schon versucht. Nur gut, daß ich nicht an die Todesstrafe glaube, nicht mal für Exfrauen.«

Ich war ziemlich sicher, daß Severance sich in Manhattan verkriechen würde. Wenn er mal außerhalb des Stadtteils gelebt hatte, war mir nichts davon bekannt. In den Monaten, als er Alan Watson nachgestellt hatte, als er in einer Queensboro-Corona-Uniform Streife gefahren war und sogar als er (wenn er die Wahrheit sagte) eine Affäre mit Watsons Frau gehabt hatte, hatte er in Manhattan gelebt. Er hätte nur ein paar Straßen von der Q-C-Zentrale ein billigeres und besseres Zimmer finden können oder auch in der Nähe von Watsons Haus in Forest Hills. Aber stattdessen war er in die East Ninety-fourth Street gezogen. Von dort mußte er den Zug nehmen und einmal umsteigen, um zur Arbeit zu kommen, und auf dem Heimweg nochmal das gleiche.

Deshalb konzentrierte ich meine Fahndung auf Manhattan, und hier vor allem auf die Viertel, in denen jemand wie Severance nicht groß auffiel. Ich klapperte die Absteigen ab, die sich Hotel nannten oder möblierte Zimmer vermieteten, und ich ging in Imbißstuben und Drugstores und fragte, ob sie wüßten, wo ich ein möbliertes Zimmer kriegen könnte, weil es in jedem Viertel ein paar Fremdenheime gibt, die kein Schild aushängen haben.

Und wir ließen Handzettel in Delis und Bodegas, in Schuhputzsalons und Kneipen und Paketdepots. Und dann wurde es Zeit, sich hinzusetzen und zu warten, Zeit, zu Hause zu bleiben, falls das Telefon klingelte. Und ab diesem Punkt wurde es schwierig.

Es ist nämlich einfacher, wenn man was zu tun hat. Wenn ich in meinem Zimmer im Northwestern rumsaß, mir ein Baseballmatch oder eine Nachrichtensendung ansah, ein Buch oder eine Zeitung las oder aus dem Fenster sah, kam mir immer wieder der Gedanke, die ganze Mühe wäre umsonst, reine Zeitverschwendung.

Er mußte nicht in Manhattan sein. Er konnte in Kalifornien am Strand liegen, sich die Zeit vertreiben und warten, bis sich in New York die Lage wieder beruhigte. Er konnte in Jersey oder Connecticut sein und einem der Vorstadtbewohner unter den Clubmitgliedern nachstellen. Vielleicht nahm er gerade sein nächstes Opfer aufs Korn, während ich hier rumsaß und wartete, daß das Telefon klingelte.

Einen Tag nach meinem Besuch bei Durkin griff ich zum Telefon und rief Lisa Holtzmann an.

Ich dachte nicht lange nach. Ohne einen bewußten Entschluß gefaßt zu haben, hatte ich plötzlich den Hörer in der Hand und wählte ihre Nummer. Es läutete viermal, und ihr Anrufbeantworter schaltete sich ein. Ich hängte auf, ohne was auf Band zu sprechen.

Am nächsten Nachmittag erreichte ich sie. »Ich hab an dich gedacht«, sagte ich ihr, aber ich weiß nicht, ob es stimmte. Sie sagte mir, ich solle vorbeikommen, und ich ging zu ihr.

Zwei Tage später ging ich zum Halb-neun-Treffen in die St. Paul's. In der Pause ging ich wieder und rief Lisa von einem Münzapparat an der Ecke an. Nein, sagte sie, sie habe gerade nichts zu tun. Ja, ihr sei nach ein bißchen Gesellschaft.

An diesem Abend lag sie neben mir im Bett und erzählte mir, daß sie sich immer noch mit dem Art Director dieser Fluglinienzeitschrift traf. »Ich war mit ihm im Bett«, sagte sie.

»Der Glückliche.«

»Ich weiß wirklich nicht, warum ich mir unsere Gespräche immer schon vorher auszumalen versuche. Du sagst nie, was ich immer vermute, daß du sagen würdest. Findest du wirklich, er hat Glück mit mir gehabt? Ich finde das nämlich nicht.«

»Warum nicht?«

»Weil ich so eine Hure bin. Ich hab mich vorgestern abend mit ihm getroffen. Am Nachmittag warst du bei mir, und dann bin ich mit ihm essen gegangen – und hab ihn nach Hause mitgenommen und mit ihm gebumst. Ich war noch vom Nachmittag wund, aber ich hab trotzdem mit ihm gebumst.«

Ich sagte nichts und sie auch nicht. Durch ihr Fenster konnte ich New Jersey leuchten sehen wie einen Weihnachtsbaum. Nach einer Weile streckte ich die Hand aus und berührte sie. Ich spürte, wie sie sich erst zu beherrschen versuchte, doch dann gab sie auf und ließ sich gehen, und ich streichelte sie weiter, bis sie sich stöhnend an mich drückte.

Danach sagte ich: »Vermassle ich dir dein Leben, Lisa? Du brauchst es bloß zu sagen, dann höre ich auf damit.«

»Ha.«

»Das ist mein voller Ernst.«

»Ich weiß. Außerdem tust du das nicht. Ich vermassle mir mein Leben selber. Wie alle anderen auch.«

»Schon möglich.«

»Irgendwann wirst du aufhören, bei mir anzurufen. Oder du rufst an, und ich sage, nein, ich möchte nicht, daß du vorbeikommst.« Sie nahm meine Hand und legte sie auf ihre Brust. »Aber jetzt noch nicht.«

Die Tage kamen und gingen, und der Sommer verstrich. Elaine und ich gingen ein paarmal ins Kino oder in einen Jazzclub. Ich ging zu meinen Treffen und rührte, immer schön einen Tag nach dem anderen, nichts zu trinken an.

Wally rief an, aber ich sagte ihm, ich könne momentan nichts annehmen, solange ich den Fall, an dem ich gerade arbeitete, nicht abgeschlossen hätte.

Sonntags ging ich mit meinem Tutor zu Abend essen. Ab und zu schaute ich im Grogan's vorbei, meistens nach einem AA-Mitternachtstreffen. Dann saß ich eine Stunde oder so mit Mick zusammen, und wir fanden immer was, worüber wir reden konnten.

Aber wir machten nie eine Nacht durch, und ich kam jedesmal lange vor Sonnenaufgang nach Hause.

Eine Freundin von Elaine lud uns übers Wochenende nach East Hampton ein, aber ich fand, ich könnte es mir nicht leisten, ein paar Stunden von der Stadt entfernt zu sein. Ich sagte ihr, sie solle allein fahren, und sie überlegte es sich und fuhr. Perverserweise rief ich Lisa an diesem Wochenende überhaupt nicht an. Ich ging mit Ray Gruliow essen, in ein Fischrestaurant, das er mochte. Sie hatten zwar nicht seine Spezialmarke irischen Whiskeys, aber er gab sich auch mit was weniger Ausgefallenem zufrieden und trank im Lauf des Abends verdammt viel davon.

Ich weiß nicht, wie es kam, aber ich erzählte ihm von Lisa. »Wer hätte das gedacht? Der Mann hat also doch menschliche Züge«, sagte er.

»Stand das je unter Zweifel?«

»Nein«, sagte er, »eigentlich nicht. Aber ich dachte, mit so was würde man Schluß machen, wenn man zu den Anonymen Alkoholikern geht.«

»Das hab ich früher auch gedacht.«

»Dann haben wir uns also beide getäuscht. Jedenfalls gut, das zu hören. Und gut für Sie, mein Freund. Sie kennen doch die vier Dinge, die ein Mann zum Leben braucht?« Kannte ich nicht. »Essen, ein Dach überm Kopf und eine Muschi.« Das sind doch nur drei, sagte ich. »Und eine fremde Muschi«, sagte er. »Das sind vier.«

Er war ein guter Gesellschafter, bis ihm der Alkohol anzumerken war und er anfing, mir immer wieder die gleiche Geschichte zu erzählen. Es war eine ziemlich gute Geschichte, aber sie einmal zu hören, reichte mir. Ich setzte ihn in ein Taxi und ging nach Hause.

Die Yankees brachten Spannung in die Ostliga. Sie gewannen eine Menge Spiele, hatten aber Mühe, gegen die Blue Jays Boden gutzumachen. In der anderen Liga war den Mets der Platz am Tabellenende fast sicher. Am Labor Day blieben wir in der Stadt, und

Elaine hatte den Laden das ganze Wochenende offen.

An einem Dienstagnachmittag Mitte September saß ich in meinem Hotelzimmer und sah in den Regen hinaus. Das Telefon klingelte.

Eine Frau sagte: »Sind Sie der Mann, der den Mann auf dem Bild sucht?«

Es waren hin und wieder Anrufe eingegangen. Wer war der Mann auf dem Bild? Was wollte ich von ihm? Stimmte das mit der Belohnung?

»Ja«, sagte ich. »Der bin ich.«

»Werden Sie mir das Geld wirklich zahlen?«

Ich hielt den Atem an.

»Ich habe ihn nämlich gesehen«, sagte sie. »Ich weiß, wo er ist.«

31

Zwei Stunden später war ich in einem Waschsalon an der Ecke Manhattan Avenue und 117th Street, neben einer haitianischen Ladenkirche. TJ begleitete mich; er trug eine Khakihose und ein hellgrünes Polohemd und hatte seine Schreibunterlage dabei. Die Geschäftsführerin war eine kleine, gedrungene Frau über sechzig mit nicht sehr überzeugendem blondem Haar und einem europäischen Akzent. Sie war die Frau, die mich angerufen hatte, und ich konnte sie nur mit Mühe davon überzeugen, daß sie tatsächlich die zehntausend Dollar bekäme, wenn wir den Mann auf dem Handzettel in Gewahrsam brächten, aber nichts, wenn er uns durch die Lappen ginge. Sie wollte mehr als eine mündliche Zusicherung, bevor sie die Information herausrückte, und das konnte ich verstehen. Ich gab ihr zweihundert Dollar im voraus und ließ mir den Erhalt von ihr quittieren, und ich glaube, es war die Quittung, die schließlich den Ausschlag gab, denn wieso sollte ich was Schriftliches von ihr haben wollen, wenn ich vorhatte, sie auszuschmieren? Sie nahm die vier Fünfziger, faltete sie zusammen, steckte sie in eine Tasche ihrer Schürze und machte sie dort mit einer Sicherheitsnadel fest. Dann führte sie mich zum Fenster und deutete über die Straße.

Das Gebäude, auf das sie zeigte, war ein siebenstöckiges Mietshaus, das irgendwann vor dem Ersten Weltkrieg gebaut worden war. Die Fassade befand sich in gutem Zustand, und in einigen Fenstern hingen Zimmerpflanzen. Nach einer Billigabsteige mit möblierten Zimmern sah das nicht aus.

Aber sie war sicher, daß er dort wohnte. Er war schon vor ein paar Tagen einmal in den Waschsalon gekommen, und danach war ihr der Handzettel wieder eingefallen, den ihr jemand gegeben hatte, und sie hatte ihn in einer Schublade gefunden, und er war's, hundertprozentig.

Sie hätte also schon fast unter der Nummer angerufen, aber was sollte sie sagen? Sie wußte nicht, wie er hieß oder wo er wohnte. Und wenn sie jemand davon erzählte, wer garantierte ihr, daß sie die Belohnung auch wirklich bekam?

Deshalb hatte sie nichts gesagt und statt dessen gewartet, daß er noch mal auftauchte. Wäschewaschen war schließlich keine einmalige Angelegenheit. Man wusch seine Wäsche, aber früher oder später mußte man sie wieder waschen. Sie sah sich jeden Tag die Zeichnung auf dem Handzettel an, damit sie ihn auch wirklich erkannte, wenn sie ihn wieder sah. Sie dachte schon langsam, daß er es vielleicht gar nicht war, aber dann war er heute mit einem Wäschesack und einer Schachtel Waschpulver hereingekommen, und er war's, eindeutig. Keine Frage. Er sah genau wie auf der Zeichnung aus.

Fast hätte sie angerufen, während seine Kleider noch herumwirbelten, erst in der Waschmaschine, dann im Trockner. Doch wie sollte sie es anstellen, damit sie auch wirklich die Belohnung kassierte? Deshalb ließ sie ihn, in seine Zeitung vertieft, sitzen, bis seine Wäsche fertig war. Als er ging, schlüpfte sie nach draußen und folgte ihm. Sie ließ den Waschsalon unbeaufsichtigt und riskierte damit ihren Job. Angenommen, der Besitzer kam vorbei, während sie weg war? Angenommen, in ihrer Abwesenheit passierte etwas?

Aber sie blieb nicht lange weg. Sie folgte ihrer Beute eineinhalb Blocks in Richtung uptown, und als er in einen Deli ging, wartete sie auf der anderen Straßenseite. Aber er kam schon wenige Augenblicke später wieder heraus und trug nun außer dem Sack mit sauberer Wäsche auch noch eine Einkaufstüte. Er ging in die Richtung zurück, aus der er gekommen war, und betrat das Apartmenthaus schräg gegenüber vom Waschsalon.

Vom Eingang des Apartmenthauses beobachtete sie, wie er den Lift betrat und wie sich die Tür hinter ihm schloß. Über dem Lift befand sich eine Tafel mit Zahlen, die aufleuchteten, wenn der Aufzug losfuhr, und anzeigten, auf welchem Stockwerk er sich befand. Vom Eingang konnte sie die Zahlen zwar nicht erkennen, aber als der Lift stehenblieb, ging sie durch die unbeaufsichtigte Eingangshalle und drückte auf den Knopf, um ihn nach unten zu holen. Dabei leuchtete sofort die 5 auf.

»Er wohnt also im fünften Stock«, sagte sie. »Aber ich weiß nicht, in welcher Wohnung.«

Und sie glaubte, daß er momentan dort sei. Beschwören könne sie es zwar nicht, schließlich habe sie ja auch noch ihren Job; sie müsse Kunden Geld wechseln, und es gebe auch Leute, die ihr die Wäsche nur vorbeibrachten und sie dafür bezahlten, daß sie sie ihnen wusch, trocknete und zusammenlegte. Darum habe sie den Eingang des Mietshauses nicht ununterbrochen im Auge behalten können, aber sie habe ihn beobachtet, so gut es ging, und sie habe ihn nicht weggehen sehen.

Weil ich nicht riskieren wollte, daß ich ihm in der Eingangshalle über den Weg lief oder daß er mich von seinem Wohnungsfenster im fünften Stock entdeckte, blieb ich im Waschsalon, während sich TJ die Klingeln und Briefkästen ansah. Er kam mit einer Liste der Mieter im fünften Stock zurück. Es gab dort zwölf Apartments, und an jeder Klingel und jedem Briefkasten befand sich ein Namensschild. Keiner der Nachnamen begann mit einem S.

Ich schlüpfte mit abgewandtem Gesicht nach draußen, ging zur Ecke 116th Street, überquerte die Straße und ging zu dem Haus zurück, in dem Severance entdeckt worden war. Ich klingelte beim Hausmeister, und aus der rauschenden Sprechanlage kam eine Stimme. »Ermittlungen«, sagte ich. »Kann ich Sie kurz sprechen?« Er sagte, ich solle in den Keller kommen, und betätigte den Türöffner.

Ich fuhr im Lift nach unten, ging an einer mit einem Vorhängeschloß gesicherten Tür mit der Aufschrift WASCHRAUM vorbei und an einer anderen mit der Aufschrift LAGER.

Am Ende des Gangs war eine offene Tür. Dahinter sah ein weißhaariger Mann fern und trank Kaffee. Seine Hände waren arthritisch, die Handrücken dunkel von Leberflecken. Ich zeigte ihm die Zeichnung, aber erst erkannte er ihn nicht. Ich sagte ihm, daß der Herr wahrscheinlich im fünften Stock wohne. »Ach«, sagte er, holte eine Lesebrille heraus und sah sich die Zeichnung noch mal an.

»Ich hab ihn erst nicht erkannt«, sagte er. »Das ist Silverman.«

»Silverman?«

»Fünf K. Der Untermieter der Tierneys.«

Kevin Tierney unterrichte an der Columbia University, seine Frau war Lehrerin in einer Privatschule in den West Eighties. Die beiden verbrächten die Sommerferien in Griechenland und der Türkei. Kurz vor ihrer Abreise hätten sie ihm Joel Silverman als einen Freund vorgestellt, der so lange in ihrem Apartment wohnen werde.

»Aber das war kein Freund von ihnen«, sagte er. »Schon den ganzen Monat haben sie allen möglichen Leuten die Wohnung gezeigt. Sie wollten den Hausbesitzer nicht fragen und offiziell untervermieten. In dem Augenblick, wo jemand die Wohnung wollte, ist er ihr Freund geworden, wenn Sie wissen, was ich meine. Tierney hat mir ein paar Dollar zugesteckt, damit ich ein Auge zudrücke. Das war bestimmt anständig von ihm, keine Frage, aber es zeigt auch, was da wirklich los ist.«

»Und wie ist Silverman als Mieter?«

»Ich sehe ihn nie. Darum habe ich ihn auch nicht gleich erkannt. Erst, als sie das mit dem fünften Stock gesagt haben. Keine Beschwerden von ihm, keine Beschwerden über ihn. Hätte nichts dagegen, wenn ich lauter solche Mieter hätte.«

Wäre ich ein Cop gewesen, mit einem Haftbefehl und etwas Verstärkung und einer kugelsicheren Weste, hätte ich ihn mir sofort geschnappt. Ich hätte an der Feuertreppe und an jedem Ausgang jeweils einen Mann postiert, und dann wäre ich mit einer Kanone in der Hand in die Wohnung.

Statt dessen warteten wir im Waschsalon gegenüber. Abwechselnd beobachteten TJ und ich den Eingang auf der anderen Straßenseite und die Fenster von 5K, die von unserem Beobachtungsposten zu sehen waren. TJ kam ständig mit neuen Kriegslisten an, wie er in die Wohnung gelangen könne. Er wollte sich als Botenjunge ausgeben, als Student von Professor Tierney, als Kammerjäger auf Kakerlaken-Vernichtungsfeldzug. Ich sagte ihm, wir würden einfach warten.

Kurz vor Sonnenuntergang ging in Severance' Fenster ein Licht an. Ich telefonierte gerade, als es passierte, und TJ machte mich darauf aufmerksam. Jetzt wußten wir, daß er noch da oben war und daß er sich nicht verdrückt hatte, bevor wir eingetroffen waren oder während wir kurz mal nicht aufgepaßt hatten.

TJ ging um die Ecke und kam mit zwei Pizzas und zwei Cokes zurück. Ich machte noch einen Anruf. Gegenüber ging das Licht aus.

»Was bedeutet das? Geht er schlafen?« sagte TJ.

»Dafür ist es zu früh.«

Fünf Minuten später stand er vor dem Haus. Er hatte ein T-Shirt und eine Army-Arbeitshose an. Sein Haar war kürzer geschnitten als das letzte Mal, als ich ihn gesehen hatte, aber er war es eindeutig.

»Los«, sagte ich zu TJ.

»Hast du den Piepser?«

»Ich hab alles. Versuch ihn nicht aus den Augen zu verlieren, aber lieber das, als daß er dich entdeckt. Wenn du ihn aus den Augen verlierst, piepst du mich an und sagst mir Bescheid. Den Code weißt du?«

»Hab alles aufgeschrieben.«

»Wenn du mich angepiepst hast, kommst du hierher zurück, wo du den Eingang beobachten kannst. Wenn du ihn heimkommen siehst, piepst du mich wieder an. Es ist nicht weiter tragisch, wenn du ihn aus den Augen verlierst, aber sieh zu, daß er dich nicht sieht.«

Er grinste. »He, keine Sorge, Jorge. Den Meisterschatten sieht keiner.«

Ich hatte mir vom Hausmeister einen Satz Schlüssel besorgt und mit ein paar Scheinchen sein Gewissen beruhigt. Einer verschaffte mir Zugang zum Haus. Die anderen beiden schlossen die beiden Sicherheitsschlösser an der Tür von Apartment 5K auf. Ich schlüpfte in die dunkle Wohnung, zog die Tür hinter mir zu und schloß beide Schlösser wieder ab. Ohne Licht zu machen, ging ich durch die Wohnung, um mich mit ihr vertraut zu machen. Es gab ein geräumiges Wohnzimmer, ein kleines Schlafzimmer, eine Küche mit einem Fenster und ein Arbeitszimmer, das ursprünglich ein kleineres zweites Schlafzimmer gewesen sein muß.

Ich setzte mich und wartete.

Die Zeit wäre schneller vergangen, wenn ich ein Buch aus der enormen Bibliothek der Tierneys hätte lesen können, aber ich wollte kein Licht im Fenster riskieren. Aus dem gleichen Grund ließ ich den Fernseher ausgeschaltet. Die Langeweile gehörte dazu, aber die Müdigkeit war ein Problem. Meine Gedanken machten sich selbständig, und ständig wollten mir die Augen zufallen. Auf der Suche nach etwas, das mich wachhalten könnte, ging ich in die Küche und fand eine halbvolle Packung ungemahlenen Kaffee im Kühlschrank. Ich steckte mir eine Handvoll Bohnen in die Hosentasche und kaute von Zeit zu Zeit eine. Ich weiß nicht, woran es lag, am Koffein oder an dem bitteren Geschmack, jedenfalls blieben meine Augen offen.

Ungefähr fünfundvierzig Minuten nachdem ich in die Wohnung gekommen war, ertönte TJs Piepser. Wir hatten uns ein ganzes System von Zwei-Nummern-Signalen ausgedacht, aber er hatte eine vollständige siebenstellige Nummer eingetippt. Ich nahm den Hörer ab und wählte sie.

Er ging dran, sobald es klingelte. Mit leiser Stimme sagte er: »Sind im Kino. Bin ihm zum Broadway rüber gefolgt. Weißt du, wie sich Leute ständig umgucken, damit sie sehen, ob sieverfolgt werden? Hat er nicht gemacht.«

»Das ist wahrscheinlich ein gutes Zeichen.«

»Hab mir bloß gedacht, vielleicht ist das nur ein Trick. Vielleicht geht er ins Kino und verdrückt sich dann durch einen Seitenausgang. Aber als er sich diesen Riesenkübel Popcorn kauft, ist mir klar: keine Aufregung. Der schaut sich den Film ganz an, Tarzan.«

»Bist du jetzt im Kino?«

»In der Vorhalle. Bin kurz rein und hab geschaut, wo er sitzt. Nach dem Telefonieren geh ich wieder rein – dahin, von wo aus ich ihn gut beobachten kann. Den Film guck ich mir jedenfalls nicht an. Weißt du, was läuft?«

»Was?«

»*Jurassic Park*.«

»Hast du schon gesehen, oder?«

»Zweimal. Mann, ich kann keine Dinosaurier mehr sehen. Wenn die Viecher noch leben würden, würde ich losziehen und sie alle abknallen.«

Die Vorstellung sollte um Viertel nach zehn aus sein, und wir erweiterten unser Code-Arsenal um ein neues Signal. Um zwanzig nach zehn ertönte der Piepser und ich sah, daß er 5-6 eingetippt hatte. Das hieß, sie hatten das Kino verlassen. In der nächsten Stunde piepste er mich dreimal an, jedesmal mit dem gleichen Code, 2-4; das hieß, daß er Severance noch im Auge hatte. Das nächste Signal kam um zehn vor zwölf, und 1-1 bedeutete, daß Severance das Gebäude betrat.

Ich schaltete den Piepser aus. Ich wollte nicht, daß er irgendein Geräusch machte. Ich setzte mich in einen Sessel links vom Eingang.

Ich holte die Waffe heraus, die ich einstecken hatte, seit ich heute nachmittag den ersten Anruf erhalten hatte. Ich drehte sie in meinen Händen, um ein Gefühl dafür zu bekommen.

Dann legte ich sie in meinen Schoß und wartete.

Ich lauschte aufmerksam, aber ich hörte keine Schritte. Der Boden im Flur war mit Teppich ausgelegt, und das dämpfte sie vermutlich. Die erste Warnung, daß er da war, war das Geräusch des Schlüssels, der sich im Schloß drehte. Er schloß das erste Schloß auf, und dann trat eine lange Pause ein, so lange, daß ich mich zu fragen begann, ob er Lunte gerochen hatte. Dann hörte ich den Schlüssel wieder, und er schloß das zweite Schloß auf. Ich beobachtete, wie sich der Türknauf drehte, beobachtete, wie die Tür nach innen aufging.

Er kam rein, griff automatisch nach dem Schalter für die Deckenlampe, drehte sich automatisch um, um die Tür hinter sich zuzumachen.

»Severance!« sagte ich.

Er wirbelte in die Richtung herum, aus der meine Stimme kam. Ich hatte die Waffe gehoben, und als er mir ganz zugewandt war, zielte ich auf seinen Bauch und drückte den Abzug. Er machte ein Geräusch wie ein knackender Zweig.

Er sah mich an, dann auf seine Brust hinab. Aus seinem T-Shirt ragte ein sieben Zentimeter langer

Pfeil. Wie in Zeitlupe griff seine Hand danach. Die Finger wollten sich nicht um den Pfeil schließen. Er versuchte es – und er strengte sich an –, aber er schaffte es nicht.

Dann wurden seine Augen glasig, und er fiel zu Boden.

Ich holte noch einen Pfeil aus dem Etui und lud die Pistole. Ich beobachtete ihn ein paar Minuten, dann bückte ich mich, um nach seinem Puls und seiner Atmung zu sehen. Ich hatte zwei Paar Handschellen dabei, und ich benutzte beide. Mit dem einen Paar schloß ich ihm die Hände auf dem Rücken zusammen, mit dem anderen die Füße, und zwar mit der Kette um ein Tischbein geschlungen.

Ich ging zum Telefon und griff nach dem Hörer.

32

Als er aufwachte, war ich das erste, was er sah. Ich saß auf einem Metallklappstuhl. Er lag auf einem niedrigen Sperrholzpodest auf einer Matratze. Seine Hände und ein Bein waren frei, aber um ein Fußgelenk hatte er eine massive Stahlschelle. Daran war eine Kette angebracht, deren anderes Ende an einer Platte im Boden befestigt war.

»Matt«, sagte er. »Wie haben Sie mich gefunden?«

»So schwer waren Sie gar nicht zu finden.«

»Ich schaue mir zwei Stunden Dinosaurier an, ich komme nach Hause, und wamm! Was war das, ein Betäubungspfeil?«

»Ja.«

»Wie lang war ich weg? Muß doch mindestens ein paar Stunden gewesen sein.«

»Länger, Jim.«

»›Jim.‹ Als Sie auf mich geschossen haben, haben Sie aber nicht so zu mir gesagt.«

»Nein.«

»Sie haben anders zu mir gesagt.«

»Ich hab Severance zu Ihnen gesagt.«

»Hätte wohl wenig Sinn, so zu tun, als wüßte ich nicht, was Sie meinen?«

»Nein.«

»Wenn jetzt natürlich ein Tonband mitläuft ...«

»Es läuft keines mit.«

»Ich kann mich nämlich nicht erinnern, daß mir jemand meine Rechte vorgelesen hat.«

»Hat auch niemand.«

»Vielleicht sollten Sie das aber.«

»Warum? Sie sind nicht verhaftet. Sie sind nicht wegen irgendwas angeklagt.«

»Nicht? Worauf warten Sie dann?«

»Es wird auch keine Gerichtsverhandlung geben.«

»Ach, jetzt verstehe ich. Sie Dreckskerl, warum haben Sie keine richtige Kanone genommen? Warum haben Sie nicht kurzen Prozeß gemacht?« Er setzte sich auf, beziehungsweise versuchte es, und merkte, daß er eine Kette am Bein hatte. Mit dieser Entdeckung kam ihm die Erkenntnis, daß er nicht mehr auf dem Perserteppich in der Wohnung der Tierneys in Morningside Heights lag.

»Was soll der Scheiß? Eine Kette um die Füße? Wo bin ich überhaupt?« sagte er.

»Auf Red Hawk Island.«

»Red Hook ist keine Insel. Das ist nur ein mieses Viertel.«

»Red Hawk, nicht Hook. Das ist eine kleine Insel in der Georgian Bay.«

»Wo ist die Georgian Bay, verdammte Scheiße?«

»In Kanada«, sagte ich. »Sie ist ein Arm des Huron-Sees. Wir befinden uns ein paar hundert Meilen nördlich von Cleveland.«

»Das sagen Sie doch nur so, oder?«

»Setzen Sie sich auf, Jim. Sehen Sie aus dem Fenster.«

Er schwang die Beine über die Bettkante, setzte sich auf, stand auf. »Pfff«, stöhnte er und setzte sich wieder. »Mir ist schwindlig.«

»Das ist das Betäubungsmittel.«

Er stand nochmal auf, und diesmal blieb er auf den Beinen. Die Kette hinter sich her ziehend, ging er an das einzige Fenster des Raums. »Kiefern«, sagte er. »Ein ganzer Wald mit diesen Scheißdingern.«

»Der Central Park ist es jedenfalls nicht.«

Er drehte sich zu mir um. »Was soll das, verdammte Scheiße? Wie komme ich hierher?«

»Zwei Männer haben Sie auf einer Bahre aus der Wohnung der Tierneys getragen und auf den Rücksitz einer Limousine gepackt. Sie wurden zu einem Privatflugplatz in Westchester County gefahren, wo man Sie in ein Privatflugzeug gebracht hat. Hier auf Red Hawk Island gibt es eine kleine Landebahn, und auf der sind wir gelandet. Wir sind gegen Mittag hier eingetroffen, ungefähr zwölf Stunden nachdem Sie aus dem Kino nach Hause gekommen sind. Jetzt ist es fast fünf Uhr abends. Wir haben Sie mit Injektionen so lange betäubt gehalten, bis wir alles für Sie vorbereitet hatten.«

»Und was ist das hier? Eine Blockhütte?«

Ich nickte. »Es gibt ein Haupthaus und mehrere Nebengebäude. Das hier ist eins der Nebengebäude. Der Fußboden ist aus Beton, falls es Sie interessiert, und die Metallplatte, an die Sie gekettet sind, ist fest darin verankert – falls es Sie interessiert.«

»Klartext: Ich komme hier nicht weg.«

»So in etwa.«

Er ging zum Bett zurück und setzte sich darauf. »Ganz schöner Aufwand, um jemand umzubringen.«

»Sie brauchen gerade zu reden.«

»Wie bitte?«

»Sehen Sie doch mal, was Sie sich für einen Aufwand gemacht haben, um alle diese Männer umzubringen. Warum, Jim?«

Er schwieg einen Moment. Dann sagte er: »Sie haben mich die ganze Zeit Jim genannt. Das ist der Name, unter dem Sie mich kennengelernt haben. Jim Shorter. Schon komisch, weil das der Name ist, den ich nie genommen habe. Ich habe mir alle möglichen Namen zugelegt, immer mit den gleichen Anfangsbuchstaben, aber nie Jim, nie James. Ein paarmal hab ich mich Joe genannt, John, Jack. In einem Fall war ich Jeremy. Und Jeffrey, Jeffrey war ich, als Carl Uhl dran glauben mußte. ›Um Gottes willen, Jeff, was tust du da!‹ Er hat um sein Leben gebettelt, dieser Schwanzlutscher.« Sein Grinsen war kurz und fies. »Alle möglichen Namen. Aber den Namen, mit dem ich vor langer Zeit mal geboren wurde, hab ich nicht benutzt. Doch dann dachte ich mir irgendwann, warum eigentlich nicht, was kann es schon schaden? Deshalb war der Name, unter dem Sie mich kennengelernt haben, mein richtiger Name. Der Vorname jedenfalls.«

»Wieso haben Sie damit angefangen?«

»Warum soll ich Ihnen auch nur einen Furz erzählen, hä?«

»Das geht ja nun schon eine ganze Weile so. Wird es da nicht langsam Zeit, daß Sie es jemand erzählen?«

»Eine ganze Weile. Ich hab schon einen ganzen Haufen erledigt, was?«

»Allerdings.«

»Wissen Sie, ich hätte einfach untertauchen sollen. Als ich Sie kennengelernt habe, hatte ich die Wohnung hier schon gemietet.«

»Diese Wohnung hier?«

»Verdammt noch mal. Ich denke immer noch, ich bin in der Manhattan Avenue. Ich hatte mit Tierney schon geregelt, daß er mir die Wohnung untervermietet. Ich mußte bloß noch warten, daß sie nach Europa abreisen. Und kaum waren sie weg, hieß es, adios Jim Shorter, hallo Joel Silverman. Ist ein netter jüdischer Junge, Joel. Bei dem kann man sich drauf verlassen, daß er die Pflanzen gießt und nicht auf den Teppich pinkelt.« Er lachte. »Doch dann sind Sie aufgetaucht. Ich konnte nicht gleich verschwinden, nicht so, wie ich es geplant hatte. Ich mußte warten, daß Sie das Interesse an mir verlieren. Aber statt Sie abzuwimmeln, hab ich mich von Ihnen zu so einem bescheuerten AA-Treffen mitschleppen lassen. Ist das noch zu fassen?«

»Und dieses eine Treffen hat Ihr ganzes Leben verändert.«

»Ja, richtig, genau wie bei diesen Schleimscheißern, die da ihre Geschichten erzählen. Auf einmal rufen Sie mich an, ich rufe Sie an, und wie soll ich Sie mir da vom Hals schaffen und aufhören, Jim Shorter zu sein? Erst bin ich los und hab Helen in Forest Hills kaltgemacht, denn das hab ich nicht nur so gesagt, daß ich was mit ihr hatte. Witwen sind ziemlich leicht rumzukriegen, wissen Sie. Sie war auch nicht die erste, der ich etwas nähergekommen bin, nachdem ich ihren Mann erledigt hab. Da war zum Beispiel Bayliss; wahrscheinlich wissen Sie gar nicht, daß der auch auf mein Konto geht ...«

»In einem Hotelzimmer in Atlanta.«

»Ja, da hab ich hinterher die Frau besucht. Und bei Helen hab ich's genauso gemacht, ein ganz schöner Schock, die Leiche Ihres Manns zu entdecken, bla bla bla, und im nächsten Moment macht sie schon die Beine breit, und ich steck ihr die Salami rein. Ich weiß nicht, ob Sie sich eine Vorstellung machen, was das für ein Gefühl ist. Als ob man den Mann ein zweites Mal umbringt.«

»Und dann haben Sie Helen umgebracht.«

»Ich dachte, ich könnte vermeiden, daß Sie es rauskriegen. Sie haben erzählt, Sie wollten bei ihr vorbeischauen, drum dachte ich, schau ich vorher lieber selber bei ihr vorbei. Aber danach dachte ich, Scheiße, sogar ein guter Unfall wirkt bestimmt verdächtig. Inzwischen wissen Sie, daß ich ganz gut darin bin, Unfälle vorzutäuschen. Da ist mir klargeworden, es ist höchste Zeit, Jim Shorter in der Versenkung verschwinden zu lassen und unterzutauchen, und zwar ganz egal, ob Sie mir auf die Schliche kommen oder nicht. Deshalb dachte ich mir, machst du so einen richtigen fetzigen Abgang, und dann hab ich diesen Blödmann von einem Wetterfrosch umgelegt.«

»Gerry Billings.«

»Ein richtiges Arschloch, dieser ewig gutgelaunte kleine Wichser mit seinen Fliegen und seinem dämlichen Gegriene. Sie hätten sein Gesicht sehen sollen, als ich ihn abgeknallt habe. Er ist auf die ganze Show reingefallen, wissen Sie. Dachte, es wäre ein Verkehrsunfall, in den er völlig unschuldig verwickelt worden ist und wegen dem er jetzt grundlos erschossen wird. Ich hab gehofft, er würde mich erkennen und mit diesem Wissen sterben, aber so viel Zeit hatte ich nicht, drum hab ich ihn einfach erschossen und das Ganze hinter mich gebracht.«

»Warum bringen Sie sie um, Jim?«

»Glauben Sie, dafür brauche ich einen Grund?«

»Ich glaube, Sie haben einen.«

»Warum sollte ich Ihnen den sagen?«

»Ich weiß nicht«, sagte ich. »Aber ich glaube, das werden Sie noch.«

Er konnte sie von Anfang an nicht ausstehen.

Ein Haufen selbstgefälliger Scheißer. Aßen und tranken und redeten sich das Maul fußlig, und er saß unter ihnen und fragte sich, was er hier sollte. Wer hatte die Idee gehabt, ihn einzuladen? Wie war jemand darauf gekommen, er könnte hier reinpassen?

Überhaupt ganz schön verrückt. Ein Haufen erwachsener Männer, saßen rum und warteten, daß sie starben. Allein die Tatsache, daß man sterben mußte, fand er zum Kotzen. Darüber wollte er nicht nachdenken. Jeder mußte sterben, irgendwann holte jeden der Tod, aber hieß das, daß er darüber nachdenken mußte?

Er zitterte, als er 1961, an ihrem ersten Abend, das Cunningham's verließ. Wenn ihm etwas klar war, dann das: mit diesen Spinnern wollte er nichts zu tun haben. Die konnten sich nächstes Jahr ohne ihn treffen. Er hatte die Schnauze voll. Sollten sie eben seinen Namen verlesen oder seinen Namen verbrennen oder sonst irgendwas, denn dieser ganze Scheiß konnte ihm gestohlen bleiben. Zum Glück hatten sie ihn nicht mit seinem Blut unterschreiben oder einen Eid auf den Kopf seiner Mutter schwören lassen oder sonst irgend so einen Geheimbund-Hokuspokus. Sie hatten ihn aufgenommen, Gott weiß warum, und er konnte sich wieder verabschieden. Und Sie brauchen mich nicht zur Tür zu begleiten, vielen Dank, ich finde allein raus.

Aber im Jahr darauf kam er wieder. Er hatte es nicht vorgehabt, aber als es so weit war, ging er aus irgendeinem Grund hin.

Es war wieder genauso bescheuert. Die Unterhaltung drehte sich hauptsächlich darum, was sie seit dem letzten Essen für Fortschritte gemacht hatten – Beförderungen, Gehaltserhöhungen, ringsum nichts als berufliche Erfolge. Das nächste Jahr war dasselbe in Grün, und da sagte er sich, jetzt reicht's, ich hab die Nase voll.

Dann starb Phil Kalish, und eine Erregung durchzuckte ihn wie ein Stromstoß. Ich hab dich geschlagen, dachte er. Du warst schlauer und größer und hast besser ausgesehen, du hast gut verdient, du hast Frau und Kinder gehabt, und was hat es dir gebracht? Denn jetzt bist du tot, und ich lebe noch, du blöder Sack.

War das denn nicht der Sinn des Ganzen: am Leben zu bleiben? Kamen sie nicht zusammen, um das zu feiern? Daß sie noch am Leben waren und die, die nicht da waren, tot?

Er ging also 1964 zum Jahresessen und hörte, wie Phil Kalishs Name verlesen wurde. Und er sah sich im Raum um und fragte sich, wer als nächster dran wäre.

Das war der Moment, an dem er zu planen begann. Er war noch nicht sicher, ob er was tun würde, aber er konnte schon mal alles vorbereiten.

Aber als erstes mußte er sterben. Er spielte eine ganze Reihe von Möglichkeiten durch, es zu tun, wobei die meisten so aussahen, daß er jemand umbrachte und dem Toten seine Ausweispapiere unterschob. Doch dann schaukelte sich das mit Vietnam immer mehr hoch, und das machte die Sache ganz einfach. Er rief Homer Champney an und teilte ihm mit, seine Reserveeinheit sei eingezogen worden und er könne nicht zum Jahresessen nach New York kommen. Er war in keiner Reserveeinheit, er war nie beim

Militär oder bei der Nationalgarde gewesen; er war wegen eines psychiatrischen Gutachtens ausgemustert worden, was nur wieder mal zeigte, daß sie beim Militär keine Ahnung hatten, diese Trottel, weil er sich nämlich als wesentlich besserer Killer erwiesen hatte als die Leute, die die Army nahm. In der Woche vor dem Jahresessen rief er noch mal an, um ihnen mitzuteilen, daß er nach Vietnam versetzt würde.

Und bis zum nächsten Jahr war er dann gefallen. Am Abend des Jahresessens ging er in der Forty-second Street ins Kino und stellte sich vor, wie sie jetzt seinen Namen zusammen mit dem von Kalish verlasen und wie sie alle nette, bedauernde Dinge über ihn sagten und wie jeder von diesen Lutschern froh war, daß es ihn erwischt hatte und nicht sie.

Wenn die gewußt hätten.

Er ließ sich viel Zeit, um den ersten abzuservieren. Er ließ sich bei jedem Zeit und fragte sich, wie viele er aus dem Weg räumen könnte, bevor sie Verdacht schöpften. Immerhin, es waren nur noch vierzehn übrig, als sie endlich Lunte rochen. Über die Hälfte tot, obwohl nicht alle auf sein Konto gingen, das nicht.

Aber die meisten. Und jedesmal, wenn er die nächste Sache plante und vorbereitete, fühlte er sich total lebendig, so, als ob er sein Leben total unter Kontrolle hätte. Und wenn er es dann tat, also, es zu tun war ganz schön geil, denn es war gefährlich und man mußte aufpassen, daß nichts schiefging.

Wenn es aber mal vorbei war, war es ein bißchen traurig.

Nicht daß er ihnen nachweinte. Diese Säcke, sie hatten es verdient. Und es war ungeheuer befriedigend, denn jedesmal war es einer weniger, und er war immer noch am Leben, und er hatte wieder einen von diesen Scheißkerlen geschlagen.

Nein, das traurige war, daß es vorbei war. Genauso ging es wahrscheinlich einer Katze, wenn die Maus, mit der sie spielte, schließlich den Geist aufgab und starb. Man bekam was zu futtern, aber der Spaß war vorbei. Bittersüß, so könnte man es vielleicht nennen.

Deshalb zog er es in die Länge. Deshalb hatte er sich so viele Jahre Zeit gelassen, statt jeden Monat einen umzubringen. Sie hatten lange nichts gemerkt, aber jetzt wußten sie Bescheid, und in gewisser Weise erhöhte das den Reiz, denn was konnten sie schon dagegen tun? Gerard Billings hatte es gewußt, und was hatte es ihm genützt?

Sie trugen die besten Kleider, und sie aßen in den besten Restaurants, und sie standen in der Zeitung. Teure Zahnärzte sorgten dafür, daß ihre Zähne weiß blieben, und teure Ärzte sorgten dafür, daß sie sich fit fühlten, und ihre Bräune holten sie sich an teuren Stränden. Und das hier war ihr Spiel, nicht seines, und trotzdem schlug er sie. Denn eines Tages würden sie alle tot sein, und er wäre noch am Leben.

»Aber jetzt verliere ich wahrscheinlich«, sagte er. »Sie werden mich umbringen.«

»Nein.«

»Dann tut's eben jemand anderer für Sie. Was ist? Wollen Sie sich die Hände nicht schmutzig machen? Darum hat man Sie doch angeheuert, denn daß sich diese Saftsäcke die Hände nicht schmutzig machen wollen, ist mir schon klar. Aber warum ziehen Sie jetzt plötzlich den Schwanz ein? Sie enttäuschen mich, Matt. Ich hätte Ihnen ein bißchen mehr zugetraut.«

»Niemand wird Sie umbringen, Jim.«

»Und das soll ich Ihnen glauben?«

»Glauben Sie, was Sie wollen. In einer Stunde steige ich mit den anderen wieder ins Flugzeug.«

»Und?«

»Und Sie bleiben hier.«

»Was soll das heißen?«

»Sie sind nicht verhaftet«, sagte ich. »Und Sie sind nicht angeklagt, und Ihnen wird nicht der Prozeß gemacht. Aber das Urteil ist gesprochen, und es lautet auf lebenslänglich ohne Bewährung. Hoffentlich gefällt Ihnen dieser Raum, Jim. Sie werden den Rest Ihres Lebens in ihm verbringen.«

»Sie wollen mich einfach hier lassen?«

»Richtig.«

»So angekettet? Ich werde verhungern.«

Ich schüttelte den Kopf. »Sie kriegen Essen und Wasser. Red Hawk Island gehört Avery Davis. Er kommt einmal im Jahr her, um Schwarzbarsche zu angeln. Die übrige Zeit ist niemand hier außer einer Familie von Cree-Indianern, die hier lebt und sich um das Haus kümmert. Einer von ihnen wird das Essen bringen.«

»Und wie soll ich mich waschen? Und was ist, wenn ich aufs Klo muß, verdammt noch mal?«

»Hinter Ihnen«, sagte ich. »Toilette und Waschbecken. Leider werden Sie sich nur mit einem Schwamm waschen können, und die Kleider werden Sie auch nicht sehr oft wechseln. Da ist noch so ein Overall wie der, den Sie anhaben, aber das ist auch schon alles, was Sie an Garderobe haben. Sehen Sie die Druckknöpfe entlang der Naht? Damit Sie den Overall an- und ausziehen können, ohne die Fußschelle abnehmen zu müssen.«

»Toll.«

Ich beobachtete seine Augen. »Ich glaube nicht, daß daraus was wird, Jim.«

»Woraus?«

»Sie denken, Sie kommen da schon raus. Ich glaube nicht, daß Ihnen das gelingt.«

»Sie müssen es ja wissen, Matt.«

»Die Cree-Familie arbeitet schon zwanzig Jahre für Davis. Ich glaube nicht, daß sie bestechlich ist oder sich übertölpeln läßt.Die Eisenschelle werden Sie nicht abstreifen oder öffnen können, und die Metallplatte kriegen Sie nicht aus dem Beton.«

»Dann sitze ich hier wohl fest.«

»Das glaube ich auch. Sie können Ihre Zelle zerstören, aber das wird Ihnen nichts nützen. Wenn Sie die Fensterscheibe zerbrechen, wird sie nicht ersetzt – und hier oben kann es ganz schön kalt werden. Wenn Sie die Toilette kaputt machen, kriegen Sie Ihre eigenen Ausscheidungen zu riechen. Wenn Sie es irgendwie schaffen, ein Feuer zu legen – also, Davis hat seinen Angestellten Anweisung erteilt, das Haus abbrennen zu lassen. Niemand hat ein Interesse daran, Ihnen das Leben zu retten.«

»Warum bringen sie mich dann nicht um?«

»Ihre Clubkameraden wollen sich nicht mit Ihrem Blut die Hände schmutzig machen. Aber sie wollen auch nicht, daß Sie sich weiter die Hände mit ihrem Blut schmutzig machen. Gegen dieses Urteil gibt es keine Berufung, Jim. Und keine vorzeitige Entlassung wegen guter Führung. Sie bleiben hier, bis Sie sterben. Dann landen Sie in einem namenlosen Grab, und bei den Jahresessen wird man wieder Ihren Namen verlesen.«

»Sie mieses Schwein«, sagte er.

Ich sagte nichts.

»Sie können mich hier nicht wie ein Tier einsperren«, sagte er. »Ich komme hier raus.«

»Vielleicht schaffen Sie es.«

»Oder ich bringe mich um. Es dürfte nicht allzu schwer sein, eine Möglichkeit zu finden.«

»Nein, überhaupt nicht.« Ich nahm eine Streichholzschachtel aus meiner Hosentasche und warf sie ihm zu. Er nahm sie vom Bett und sah sie verdutzt an. Er nahm etwas heraus und hielt es zwischen Daumen und Zeigefinger. »Was ist das?«

»Eine Kapsel«, sagte ich. »Mit den besten Empfehlungen von Dr. Kendall McGarry. Er hat sie eigens für Sie machen lassen. Es ist Zyanid.«

»Was soll ich damit tun?«

»Einfach draufbeißen, und Sie sind Ihre Sorgen los. Oder wenn Ihnen das nicht zusagt …«

Ich deutete in eine Ecke des Raums. Erst sah er es nicht. »Höher«, sagte ich, worauf er den Blick hob und die Schlinge sah, die von der Decke hing.

»Wenn Sie sich einen Stuhl rüberziehen und sich draufstellen«, sagte ich, »müßte die Höhe genau stimmen. Dann brauchen Sie bloß noch den Stuhl umzustoßen. Das müßte genauso klappen, wie es bei Hal Gabriel mit dem Gürtel in der Wandschranktür geklappt hat.«

»Miese Sau.«

Ich stand auf. »Es gibt keinen Ausweg. Das ist der entscheidende Punkt. Und es ist das einzige, was Sie wirklich wissen müssen. Früher oder später werden Sie wahrscheinlich versuchen, den Cree-Wächter zu überrumpeln, ihn niederzuschlagen oder sonst irgendwie zu überwältigen. Aber das wird Ihnen nichts nützen. Sie können ihn nicht zwingen, Sie freizulassen, weil er das nicht könnte, selbst wenn sein Leben davon abhinge. Er hat keinen Schlüssel. Es gibt keinen Schlüssel. Die Schelle um Ihr Fußgelenk hat kein Schloß; sie ist geschweißt. Um da durchzukommen, brauchten Sie einen Schweißbrenner oder einen Laser, und so was gibt es auf der ganzen Insel nicht.«

»Irgendeine Möglichkeit muß es geben.«

»Also, Sie könnten Ihren Fuß abnagen. So was würde ein Fuchs oder ein Vielfraß tun, obwohl ich nicht weiß, wie gut einem das tut oder wie weit man damit kommt, bevor man verblutet. Außerdem glaube ich nicht, daß Sie die richtigen Zähne haben. Aber Sie können es ja immer noch mit dem Seil oder der Kapsel probieren.«

»Den Gefallen würde ich Ihnen nicht tun.«

»Na, ich weiß nicht. Ich persönlich glaube, Sie bringen sich um. Ich glaube nicht, daß Sie es hier allzu lange aushalten, nicht mit so einem einfachen und schnellen Ausweg. Aber vielleicht täusche ich mich. Wer weiß, vielleicht erreichen Sie auch, was Sie schon die ganze Zeit wollten. Vielleicht überleben Sie alle. Vielleicht bleiben Sie als letzter übrig.«

Als ich ins Haupthaus zurückkam, genehmigten sich Davis und Gruliow einen Drink. Ich sah die Flasche und die zwei Gläser mit bernsteinfarbener Flüssigkeit, und irgendwie fand ich das eine hervorragende Idee. Es war ein Gedanke, den ich nicht weiterzuspinnen beschloß. Der Pilot trank Kaffee, und ich schenkte mir auch eine Tasse ein.

Einige Zeit vor Sonnenuntergang waren wir an Bord der Maschine und in der Luft. Ich machte eine Weile die Augen zu, und das nächste, was ich weiß, war, daß mich Gruliow wachrüttelte und wir in Westchester wieder auf dem Boden waren.

33

Als sich die erste Aufregung gelegt hatte, führte ich Elaine in ein hochklassiges vegetarisches Restaurant in Chelsea in der Ninth Avenue aus. Die Räumlichkeiten waren komfortabel und der Service aufmerksam, und erstaunlicherweise konnte man für ein Essen für zwei Personen hundert Dollar ausgeben, ohne etwas zu bekommen, das kroch, schwamm oder flog.

Anschließend gingen wir ins Village und tranken Espresso in einem Café, bei dem man im Freien sitzen konnte. »Ich bin mir über ein paar Dinge klargeworden«, sagte ich. »Ich bin fünfundfünfzig Jahre alt. Ich muß mir kein Bein ausreißen, um ein zweiter Allan Pinkerton zu werden. Ich werde mir eine Privatdetektiv-Lizenz besorgen, aber ich miete kein Büro und stelle keine Leute an, die für mich arbeiten. Ich habe die letzten zwanzig Jahre meinen Stiefel durchgezogen und bin damit ganz gut über die Runden gekommen, und daran möchte ich nichts ändern.«

»Wenn du bisher glücklich damit warst ...«

»Na ja, hin und wieder ist es schon ein bißchen eng geworden, aber irgendwas hat sich immer ergeben.«

»Und wird sich auch immer ergeben.«

»Hoffen wir mal. Da ist noch was, wozu ich mich entschlossen habe. Ich will die Dinge, die ich wirklich tun will, nicht länger aufschieben. Du warst wie oft in Europa? Dreimal?«

»Viermal.«

»Also, ich war nie da, und ich würde gern mal hinfahren, bevor ich am Stock gehe. Ich möchte mir London und Paris ansehen.«

»Prima Idee.«

»Sie haben mir eine anständige Prämie gezahlt. Deshalb bin ich, sobald ich den Scheck eingelöst hatte, ins Reisebüro und hab eine Reise gebucht. Ich dachte, ich gebe das Geld lieber gleich aus.«

»Bevor du es für irgendwelchen Alltagskram vertust.«

»Das dachte ich mir auch. Wir fliegen Montag in einer Woche vom JFK und kommen fünfzehn Tage später wieder zurück. Wir haben für jede Stadt eine Woche Zeit. Das bedeutet natürlich, daß du den Laden zumachen mußt, aber ...«

»Ach, laß doch den Laden. Außerdem ist es mein Laden. Da werde ich wohl selbst entscheiden können, wann ich ihn zumache. Du meine Güte, das ist ja richtig aufregend! Ich verspreche dir, ich werde nicht zuviel mitnehmen. Wir reisen mit leichtem Gepäck.«

»Ja, klar.«

»Kennst du diesen Song? ›I'll travel light‹? Ich werde zumindest *versuchen,* mit leichtem Gepäck zu reisen. Wie wäre das?«

»Nimm so viel mit, wie du willst«, sagte ich. »Es ist deine Hochzeitsreise. Du darfst so viel mitnehmen, wie du willst.«

Sie sah mich an.

»Wir reden ständig vom Heiraten«, sagte ich. »Aber irgendwie können wir uns nicht so recht dazu durchringen. Wegen dem ganzen Drumherum: wo die Hochzeit sein soll und wen wir einladen und dieser ganze andere Kram. Ich möchte folgendes – aber nur, wenn es dir recht ist. Ich möchte Montag morgen zur City Hall runterfahren und die dreiminütige Standardzeremonie durchziehen. Vierundzwanzig Stunden später landen wir in Heathrow.«

»Du bist immer wieder für eine Überraschung gut.«

»Wie meinen?«

Sie legte ihre Hand auf meine. »Um es mit Gary Gilmore zu sagen: ›Let's do it.‹«

In Paris, wo wir am Rive Gauche in der gleichen Sorte Café die gleiche Sorte Kaffee tranken, begann ich plötzlich über James Severance zu sprechen. »Ich habe ihn immer noch ganz deutlich vor Augen«, sagte ich, »wie er mit dieser Kette ums Bein auf der Bettkante saß, und hinter ihm konnte ich von einem Haken in einem Deckenbalken die Schlinge hängen sehen.«

»Rumpelstilzchen«, sagte sie. »Der böse Zwerg. Was hat er damit eigentlich gemeint? Hat er dir das gesagt?«

»Hätte er wahrscheinlich, wenn ich daran gedacht hätte, ihn zu fragen. Ich hab's vergessen. Aber ich glaube, ich weiß, was er gemeint hat. Im Märchen sagt der Zwerg dem Mädchen, er würde es in Frieden lassen, wenn es seinen Namen errät. Mit anderen Worten: wenn du meinen Namen weißt, dann hast du Macht über mich. In meinem Fall hieß das: Wenn du dir die Namen, die ich im Lauf der Jahre benutzt habe, genau ansiehst, erkennst du das Schema hinter den Initialen, und dann weißt du, wer ich bin.«

»Aber du bist andersrum draufgekommen, stimmt's? Erst hast du rausbekommen, wer er ist, und dann erst bist du draufgekommen, was der Hinweis bedeutet. Sauberer Hinweis.«

»Ich glaube nicht, daß er mich in irgendeiner Form weiterbringen sollte.«

»Warum hat er ihn dir dann gegeben?«

»Um sich mächtig zu fühlen. Der Mann, in dessen Händen alle Fäden zusammenlaufen, der Hinweise verteilt wie Almosen und sich den Bettlern überlegen fühlt, die ihn mit ausgestreckten Armen umringen.«

»Schon möglich. Was, glaubst du, wird er tun?«

»Keine Ahnung. Sich umbringen wahrscheinlich. Wie lang hält man es dort schon aus, bis man seinen Kopf durch die Schlinge steckt und ins Nichts tritt.«

»Irgendwie ganz schön brutal«, sagte sie.

»Ich weiß, und hätte es eine menschlichere Alternative gegeben, hätte ich bestimmt dafür plädiert. Die Schlinge war meine Idee, das und die Zyanidkapsel. Wenn man jemand für den Rest seines Lebens einsperrt, sollte er meiner Meinung nach die Möglichkeit haben, dieses Leben zu verkürzen. Ich habe noch nie verstanden, warum sie im Todestrakt Selbstmordwachen aufstellen. Warum einen zum Tod Verurteilten daran hindern, sich umzubringen? Hat er darauf nicht sogar ein Recht?«

»Wahrscheinlich schon.«

»Gruliow ist strikt gegen die Todesstrafe. Ich könnte nicht sagen, daß ich seine Meinung teile. Das heißt aber nicht, daß ich dafür auf die Straße gehen würde.«

»Ungefähr wie meine Position in puncto Abtreibung«, sagte sie. »Eine strikte Befolgerin des Mittelwegs. Ich finde nicht, daß sie verboten werden sollte, aber ich finde auch nicht, daß sie obligatorisch sein sollte.«

»Du bist eben eine Gemäßigte.«

»Das kannst du laut sagen.« Sie bedachte mich mit einem, was man, glaube ich, einen Seitenblick nennt. Ich weiß nicht, wie die Franzosen dafür sagen, aber ich bin sicher, sie haben ein Wort dafür. »Dieses ständige Gerede über den Tod«, sagte sie. »Du möchtest nicht zufällig für eine Bejahung des Lebens ins Hotel zurück, hm?«

Etwas später sagte sie: »Wow. Du hast mich eben wirklich, äh, *les étoiles* sehen lassen. Das heißt die Sterne.«

»Allerdings.«

»Du alter Bär. Mein Gott, was hast du bloß mit mir gemacht.«

»Na ja, wenn man schon in Frankreich ist …«

»Ach ja, stimmt, hier haben sie diese spezielle Betätigung erfunden. Heißt es zumindest. Soll ich dir was Blödes sagen?«

»Wäre nicht das erste Mal, daß du das tust.«

»Ich hatte Angst, es könnte nicht mehr so gut sein, wenn wir verheiratet sind.«

»Und da sind wir nun und führen uns auf wie zwei Jungverheiratete.«

»Jungverheiratete, in unserem Alter. Wer hätte das gedacht?« Ihre Finger begannen mit den Haaren auf meiner Brust zu spielen. »Verheiratet zu sein gefällt mir.«

»Mir auch.«

»Aber es ist eigentlich nur ein Blatt Papier. Zu ändern braucht sich deswegen gar nichts.«

»Wie meinst du das?«

»Damit meine ich, unsere Beziehung funktioniert. Und das brauchen wir uns nicht zu vermasseln, bloß weil wir Eheringe tragen. Sie sind an unseren Fingern, nicht in unseren Nasen. Wir können weiterhin jeder soviel Freiraum haben wie zuvor. Ich finde auch, du solltest dein Hotelzimmer gegenüber behalten.«

»Findest du?«

»Unbedingt. Selbst wenn du dort nichts machst, als dir ein Baseballmatch anzusehen oder aus dem Fenster zu schauen, wenn dir danach ist. Das muß sich nicht ändern.« Ihre Hand fand meine und drückte sie. »Nichts muß sich ändern. Wir können weiter ab und zu ins Marilyn's Chamber gehen. Ich kann weiter Leder tragen und gefährlich aussehen.«

»Und ich kann meine Guayabera tragen und lächerlich aussehen.«

»Nichts muß sich ändern«, sagte sie. »Hast du verstanden?«

»Ich glaube schon.«

»Dein Privatleben ist deine Sache. Du darfst bloß nicht aufhören, mich zu lieben.«

»Hab ich nie«, sagte ich. »Und werde ich nie.«

»Du bist mein Bär, und ich liebe dich«, sagte sie. »Und nichts muß sich ändern.«

Anfang Dezember war ich mit Lewis Hildebrand im Addison Club zu Mittag. Wir unterhielten uns beim Essen über Gott und die Welt, und beim Kaffee sagte er: »Ich möchte Ihnen einen Vorschlag machen, aber ich weiß nicht, wie ich anfangen soll. Wie Sie wissen, hat unser Club ein Mitglied, das nicht mehr an den Treffen teilnehmen kann.

Um genau zu sein, hat er seine Mitgliedschaft schon vor Jahren gekündigt, aber wir waren der Ansicht, er sei gestorben. Ist er immer noch ein Mitglied? Sollen wir seinen Namen wieder verlesen, wenn er tatsächlich stirbt?«

»Das sind interessante Fragen.«

»Und es ist nicht nötig, sie jetzt zu beantworten. Doch abgesehen davon, daß wir dieses Mitglied haben, das keines ist, haben wir auch zum erstenmal in der Geschichte unseres Clubs ein Nichtmitglied, das sehr eng mit dem Club vertraut ist. Sie haben die meisten Mitglieder kennengelernt, Sie kennen unsere Geschichte. Genaugenommen sind Sie sogar ein Teil unserer Geschichte.

Einige von uns haben sich ausführlich über Ihren Sonderstatus unterhalten, und jemand hat den Vorschlag gemacht, Sie sollten vielleicht Mitglied werden.«

Ich wußte nicht, was ich sagen sollte.

»Wir haben noch nie ein neues Mitglied aufgenommen«, fuhr er fort. »Und wir haben noch nie ein verstorbenes Mitglied ersetzt, denn das widerspräche dem Grundgedanken unseres Clubs. In diesem Fall würde jedoch ein Mitglied ersetzt, das *nicht* gestorben ist, und das scheint seltsam passend. Natürlich würde eine derartige Maßnahme die einstimmige Zustimmung aller Mitglieder erfordern.«

»Das möchte ich auch meinen, ja.«

»Und sie hat sie erhalten. Matt, ich bin ermächtigt, Ihnen die Mitgliedschaft im Club der Einunddreißig anzutragen.«

Ich holte erst mal Luft. »Ich fühle mich sehr geehrt«, sagte ich.

»Und?«

»Und ich nehme an.«

Dieses Jahr fiel der erste Donnerstag im Mai auf den fünften. Ich war mit den anderen dreizehn noch lebenden Mitgliedern im Bankettsaal im ersten Stock bei Keens. Ich hörte zu, wie Raymond Gruliow, das älteste Mitglied unseres Kapitels, die Namen der verstorbenen Mitglieder verlas, beginnend mit Philip Kalish und endend mit Gerard Billings. James Severances Namen verlas er nicht, aber diese Unterlassung erforderte keine Grundsatzentscheidung. Severance ist noch am Leben, immer noch am Boden des Blockhauses auf Red Hawk Island festgekettet.

Vielleicht überlebt er uns alle.

Drei Wochen und einen Tag nach unserem Jahresessen rief mich Ray Gruliow an. »Das müßtest du doch eigentlich wissen«, sagte er. »Finden in diesem kleinen Laden in der Perry Street immer noch AA-Treffen statt?«

»Ja«, sagte ich. »Sechs oder sieben am Tag.«

»Als ich vor längerer Zeit mal dort war, war die Luft so verraucht, daß man vom einen Ende das andere nicht sehen konnte.«

»Inzwischen wird dort nicht mehr geraucht.«

»Das ist ja schon mal etwas. Ich dachte, ich schaue mir mal an, wie es heute dort aussieht. Hättest du Lust mitzukommen?«

Ich holte ihn zu Hause ab, und wir gingen gemeinsam hin. »Eigentlich komme ich mir schon ein bißchen komisch dabei vor«, sagte er. Ich bin eine ziemlich umstrittene Figur. Und ich habe mich in all den Jahren ja auch ziemlich exponiert. Ich bin ständig in den Medien.«

»Sogar ein Sandwich wurde nach dir benannt.«

»Hab ich dir erzählt, hm?«

»Also, wenn irgendein Deli-Besitzer ein Sandwich machen und ihn einen Matt Scudder nennen würde, würde ich das überall rumerzählen. Aber wovor hast du eigentlich mehr Angst, Ray? Daß dich die Leute in der Perry Street erkennen? Oder daß nicht?«

Er blieb abrupt stehen, sah mich an und lachte schallend los. »Mein Gott, es geht wirklich immer nur ums liebe Ego, hm?«

»So ziemlich.«

»Meine Frau hat mich verlassen. Damit ist jetzt auch meine dritte Ehe im Arsch. Letzte Woche hatte ich bei der Auswahl der Geschworenen einen Kater und gab eine miserable Vorstellung. Meine Leber ist angeschwollen, und vorgestern früh bin ich aufgewacht und wußte nicht mehr, wie ich heimgekommen bin. Und unmittelbar bevor ich dich angerufen habe, mußte ich an Severance denken, und dabei kam mir der Gedanke, es wäre vielleicht nicht das schlechteste, den Kopf in eine Schlinge zu stecken und den Stuhl umzustoßen. Weißt du was? Es ist mir scheißegal, ob mich jemand erkennt oder nicht. Es muß sich was ändern, solange ich mich noch selber erkenne.«

»Hört sich an, als wärst du reif.«

»Mein Gott«, sagte er. »Ich hoffe, du hast recht.«

»Das hoffe ich auch«, sagte ich. »Das letzte Mal, als ich jemand zu einem Treffen mitgenommen habe, ist nichts Gescheites dabei rausgekommen.«

Lawrence Block, geboren 1938 in Buffalo, lebt – selbstverständlich – in New York. Er hat inzwischen dreimal den Edgar Allen Poe Award erhalten, zweimal den Shamus Award, zweimal den Maltese Falcon Award sowie den Nero Wolfe Award; zuletzt als Grand Master der Mystery Writers of America ausgezeichnet.
Bei Heyne erschienen: *Tanz im Schlachthof* (05/2), *Nach der Sperrstunde* (05/36), *Engel der Nacht* (05/86), *Endstation Friedhof* (05/68) und *Der Teufel weiß alles* (05/110).